Über dieses Buch

Die FISCHER LÄNDERKUNDE vermittelt in neun eigens für diese Reihe geschriebenen Bänden ein umfassendes Bild der Erde – nicht allein der Landschaften, ihrer klimatischen Bedingungen und natürlichen Lebensgrundlagen, sondern vor allem auch der auf ihnen gewachsenen kulturellen, wirtschaftlichen, sozialen und politischen Formen. Bewußt wurde auf die herkömmliche Gliederung nach Ländern zugunsten einer Einteilung nach Kulturkontinenten verzichtet. Die Autoren kennen die von ihnen behandelten Räume und Themen aus eigener Forschungsarbeit.

Der Leser erfährt hier die geographischen, wirtschaftlichen und gesellschaftlichen Gegebenheiten als zusammenhängende Struktur und gewinnt damit sichere Grundlagen für ein kritisches Verständnis der aktuellen Nachrichten, die uns täglich aus allen Teilen der Welt erreichen.

Der vorliegende Band behandelt ein Gebiet, das sich vom Atlantischen Ozean bis zum Fuße des Himalajas erstreckt, von Marokko bis Afghanistan. Die Gemeinsamkeit ergibt sich aus den klimatischen Bedingungen. Kulturelle Bindeglieder sind der Islam und die Geschichte des Irans, der Araber und der Osmanen. Vor diesem Hintergrund sind die gegenwärtigen wirtschaftlichen, sozialen und politischen Verhältnisse zu sehen.

Die Herausgeber/Autoren

Horst Mensching, geboren 1921, ist Professor am Institut für Geographie und Wirtschaftsgeographie der Universität Hamburg. Zahlreiche Veröffentlichungen und mehrere Bücher über seinen speziellen Forschungsbereich, die Geomorphologie, die Geoökologie und die regionale Geographie Nordafrikas und der Sahelzone.

Eugen Wirth, geboren 1925, ist ordentlicher Professor und Direktor des Geographischen Instituts der Universität Erlangen-Nürnberg. Er hat sich in zahlreichen wissenschaftlichen Veröffentlichungen besonders mit der Länderkunde, Wirtschafts- und Sozialgeographie des Vorderen Orients beschäftigt.

Heinz Schamp, geboren 1913, ist Wissenschaftlicher Direktor und Arbeitsgruppenleiter im Institut für Landeskunde der Bundesforschungsanstalt für Landeskunde und Raumordnung in Bonn-Bad Godesberg. Er hat sich in zahlreichen Veröffentlichungen als Kenner Ägyptens ausgewiesen.

Fischer Länderkunde

Herausgegeben von
Willi Walter Puls

Band 4

Fischer
Taschenbuch
Verlag

Nordafrika und Vorderasien

DER ORIENT

Herausgegeben und verfaßt von
Horst Mensching
Eugen Wirth

unter Mitarbeit von
Heinz Schamp

Fischer
Taschenbuch
Verlag

Illustrierte Originalausgabe
des Fischer Taschenbuch Verlages

1.–22. Tausend: Februar 1973
23.–27. Tausend: Juni 1975
28.–32. Tausend: Mai 1976
33.–40. Tausend: Juni 1977
durchgesehene und aktualisierte Auflage
41.–47. Tausend: Januar 1980
48.–55. Tausend: Mai 1981

Umschlagentwurf: Wolf D. Zimmermann

Die Karten zeichneten:
Geographisches Institut der Universität Erlangen-Nürnberg
(Fig. 6, 23, 24, 25, 26, 35, 36, 39, 42);
Harald und Ruth Bukor (alle übrigen)

Fischer Taschenbuch Verlag GmbH, Frankfurt am Main

Satz: Hanseatische Druckanstalt GmbH, Hamburg
Druck und Einband: Clausen & Bosse, Leck
Printed in Germany
1280-ISBN-3-596-26123-6

Inhalt

Vorwort

In den vergangenen Jahren hat sich an den deutschen Hochschulen das ursprüngliche Gleichgewicht zwischen Forschung und Lehre immer mehr zuungunsten der Forschung verlagert. Hochschullehrer und wissenschaftliche Mitarbeiter werden in einem von Jahr zu Jahr steigenden Maße aber nicht nur durch Aufgaben der akademischen Lehre, sondern darüber hinaus auch durch Verpflichtungen im Rahmen der Organisation und Selbstverwaltung von Hochschule und Wissenschaft belastet. Die Zeit für Forschungen schrumpft dadurch immer stärker zusammen. Wer überhaupt noch in der Lage ist, eigene wissenschaftliche Arbeit zu betreiben, widmet sich verständlicherweise vor allem denjenigen oft sehr speziellen Problemkreisen und Detailuntersuchungen, die ihm besonders am Herzen liegen; für einen breiteren Leserkreis bestimmte länderkundliche Darstellungen müssen demzufolge bei einem Hochschulgeographen in der Dringlichkeitsliste des zu Schreibenden wohl zu Recht hintanstehen.

Die beiden unterzeichneten Verfasser des vorliegenden Bandes haben sich trotz dieser Situation dem beharrlichen Drängen des Herausgebers und des Verlags der ›Fischer Länderkunde‹ nicht verschließen können, Nordafrika und Vorderasien unter besonderer Betonung der aktuellen wirtschaftlichen und sozialen Problematik in einer möglichst allgemein verständlichen länderkundlichen Synthese darzustellen; denn es kann kein Zweifel darüber bestehen, daß eine solche Arbeit mit zu den Anforderungen gehört, welche die sogenannte ›Gesellschaft‹ heute an die geographische Wissenschaft stellt. Beide Autoren beschäftigen sich nun schon seit ca. 2 Jahrzehnten mit dem Orient; damit versteht es sich von selbst, daß eine solche Überblicksdarstellung auf den bisherigen spezielleren Arbeiten der Verfasser aufbaut. Wo es im Rahmen der Gesamtkonzeption angebracht erschien, lehnen sich auch die Formulierungen an frühere eigene Veröffentlichungen an.

Den jeweiligen spezielleren Arbeitsgebieten entsprechend hat *H. Mensching* die beiden Hauptabschnitte 2 (Die Landesnatur und ihr Nutzungspotential) und 4 (Nordafrika) verfaßt; von *E. Wirth* stammen die Abschnitte 1 (Einleitung),

3 (Die gegenwärtige wirtschaftliche und soziale Situation) und 5 (Vorderasien); der Abschnitt 6 (Schlußbetrachtung und Ausblick) wurde gemeinsam verfaßt. In ständigem wechselseitigem Kontakt bemühten sich beide Autoren darum, in allen Abschnitten die gemeinsam erarbeitete Grundkonzeption im Auge zu behalten. Herr Dr. *H. Schamp* hat dankenswerterweise das Kapitel 44 (Ägypten) geschrieben und zur Veröffentlichung zur Verfügung gestellt. Alle Manuskripte wurden Anfang 1972 abgeschlossen. Eine kritische Durchsicht und Revision des Textes 1978/79 bemühte sich vor allem darum, die Zahlen auf den neuesten Stand zu bringen und einige ganz junge Entwicklungen mit zu berücksichtigen.

Horst Mensching Eugen Wirth

1 Einleitung: Der Orient — Versuch einer Definition und Abgrenzung

Wenn in der vorliegenden Länderkunde Teile zweier getrennter Kontinente, nämlich *Nordafrika* und *Vorderasien*, zu einem einheitlichen Großraum ›Orient‹ zusammengefaßt werden, so ist dies alles andere als selbstverständlich. In der gängigen geographischen Literatur wird Nordafrika in der Regel beim Kontinent Afrika, Vorderasien beim Kontinent Asien abgehandelt. In der nicht-geographischen Literatur hingegen haben sich die aus dem angelsächsischen Sprachgebrauch übernommenen Begriffe ›Naher Osten‹ oder ›Nah- und Mittelost‹ eingebürgert; diese fassen Ägypten mit Teilen Vorderasiens zu einem engeren Teilbereich zusammen.

Gegenüber solchen weithin üblichen Abgrenzungen wird nachfolgend ganz bewußt die These vertreten, daß Nordafrika und Vorderasien im Rahmen des altweltlichen Trockengürtels sowohl hinsichtlich ihrer Landesnatur als auch hinsichtlich ihrer Kulturlandschaft eine übergreifende geographische Einheit darstellen. Jeder, der Nordafrika und Vorderasien von längerem Aufenthalt oder ausgedehnteren Reisen her kennt, ist immer wieder davon überrascht, wie sehr sich sowohl die Landschaften als auch die Lebensformen in dem ganzen Bereich zwischen Atlantik und Indus, zwischen Kaspischem Meer und zentraler Sahara gleichen. Hinter aller Vielfalt, Mannigfaltigkeit und Buntheit scheint immer wieder die große übergeordnete regionale Einheit des Orients auf.

Diese Großregion des Orients aus geographischer Sicht einigermaßen befriedigend zu definieren und gegen die benachbarten Großregionen abzugrenzen, würde den Rahmen vorstehender Einleitung bei weitem sprengen. Deshalb sei zu einer ersten Orientierung nur mit ein paar Stichworten und Schlaglichtern angedeutet, was der Geograph unter ›Orient‹ versteht. Dabei wird dann sofort deutlich, daß die wesentlichen Bestimmungselemente des Orients gerade diejenigen großräumigen Zusammenhänge beinhalten, die Nordafrika und Vorderasien zu einer übergreifenden geographischen Einheit verbinden. Man kann die grundlegenden geographischen Charakteristika vielleicht in folgenden Thesen zusammenfassen:

a) Der Orient ist der westliche und mittlere Teil des großen altweltlichen Trockengürtels. Der Grabenbruch des Roten Meeres, die Grenze der Kontinente Afrika und Asien, wird beiderseits von Großlandschaften gesäumt, die sich nicht nur in Gebirgsbau und Oberflächenformen, sondern auch hinsichtlich ihres Klimas weitgehend gleichen. Das Klima des Orients ist sommerheiß und meist sommertrocken. Von wenigen Gunstregionen abgesehen wird der Spielraum menschlicher Betätigung durch Wassermangel erheblich eingeengt. Wüste, Halbwüste und Steppe überwiegen. Wo jedoch die Möglichkeit der Feldbewässerung gegeben ist, erlauben die meist subtropischen Temperaturverhältnisse Oasenkulturen mit intensivem Anbau mannigfaltiger Feldfrüchte und Baumhaine.
Der *Nordostteil* des altweltlichen Trockengürtels (Zentralasien) unterscheidet sich in vieler Hinsicht vom *Orient* als dessen westlichem und mittlerem Teil: Das subtropische Trockenklima des Orients resultiert aus der Breitenlage, d. h. aus der atmosphärischen Zirkulation; das kühlgemäßigte Trockenklima des Nordostens hingegen resultiert aus dessen extremer Kontinentalität. Dementsprechend werden hier die Temperaturdifferenzen noch größer, das Maximum der Niederschläge liegt im Sommer, der Schnee bleibt im Winter monatelang liegen, und Oasenkulturen sind nicht mehr möglich. Dem Kamel- und Kleintiernomadismus des Orients steht im Nordosten überwiegender Rindernomadismus gegenüber.

b) Der Orient ist die nach heutigem Wissen erdölreichste Großregion der Erde. Aus geologischen ›Zufälligkeiten‹ heraus sind diese reichen Erdölvorkommen gerade wieder auf den westlichen und mittleren Teil des altweltlichen Trockengürtels, also auf Nordafrika und Vorderasien, beschränkt. Die folgende Tabelle zeigt wohl besser als viele Worte, welche Bedeutung die Erdölländer des Orients im Rahmen der Welt-Erdölwirtschaft besitzen. Zwei Drittel allen Erdöls der Welt liegen im Orient. Die sicheren Erdölreserven allein Saudi-Arabiens übertreffen die des gesamten Ostblocks beträchtlich, und dasselbe gilt von den sicheren Erdölreserven des Iran oder Kuwaits im Vergleich mit denen ganz Nordamerikas. In zwei späteren Abschnitten (34, 57) wird die überragende Rolle des Erdöls für viele Staaten des Orients noch ausführlicher gewürdigt.

Tabelle 1: Sichere Erdölreserven 1974 in Mill. t

Erde			*Orient*	
Orient	63 000	(63 %)	Saudi-Arabien	22 400
Ostblock	15 200		Iran	9 000
Nordamerika	6 050		Kuwait	10 000
Lateinamerika	5 700		Irak	4 700
Westeuropa	3 500		Algerien	4 000
übrige Welt	6 550		Libyen	3 500
			Neutrale Zone	2 500
			Abu Dhabi	3 900
			übriger Orient	3 000
	100 000	(100 %)		63 000

Quelle: Oeldorado 74 (Sonderbeilage zum Esso-Magazin 1/75, Hamburg 1975).

c) *Der Orient ist kulturgeschichtlich das Ursprungszentrum sowohl der neolithischen Revolution als auch unserer Hochkulturen.* Kein Raum der Erde ist damit für die Entwicklung und Entfaltung menschlicher Gesittung und Kultur von solch überragender Bedeutung gewesen wie der Orient. Alle wesentlichen Schritte, welche die Menschheit zwischen der Altsteinzeit und der griechisch-römischen Antike vorwärts gebracht haben, wurden nach dem heutigen Stand der Forschung zum ersten Mal im Orient getan. Eine grundlegende anthropologische Differenzierung – wieder zwischen westlichem und mittlerem Teil des altweltlichen Trockengürtels einerseits und dessen Nordostteil andererseits – war diesem Prozeß der Kulturentwicklung wohl bereits vorangegangen: Der Orient gehört noch ganz zum Lebensraum der sogenannten weißen Rasse, der Nordosten hingegen zu dem der gelben Rasse.

Die ›*neolithische Revolution*‹ begann vor etwa 10 000 Jahren in den Steppen und Bergländern Vorderasiens. Seit dieser Zeit läßt sich hier in ersten Anfängen eine seßhafte Bevölkerung nachweisen, die kleine Lehmhüttendörfer bewohnt. Wenig später wurden bereits Frühformen unseres Weizens und unserer Gerste angebaut sowie Rinder, Schafe und Ziegen als Haustiere gehalten. Schon im vierten vorchristlichen Jahrtausend findet man dann im Orient den Gebrauch von Zugtieren, Pflug, Rad und Wagen, Töpferscheibe sowie erste tastende Anfänge einer Metallverarbeitung. Damit war die früheste durch Funde nachweisbare Kultur qua ›cultura‹ (Bauernkultur) unserer Erde entstanden: An die Stelle des

Menschen der älteren Steinzeit, der sich als Wildbeuter oder Jäger von der pflanzlichen und tierischen Natur einfach das nimmt, was er benötigt oder bekommen kann, tritt der Mensch der Jungsteinzeit, der bereits Vorsorge für die Zukunft trifft und der als Bauer Pflanzen wie Tiere hegt und pflegt.
In einem weiteren entscheidenden Schritt menschlicher Kulturentwicklung sind dann auch die ersten *Hochkulturen* der Erde im Orient entstanden. Schon im vierten vorchristlichen Jahrtausend finden wir in den Stadtstaaten der Sumerer (Unterirak) Metallguß, kupferne Nadeln und Beile, Stempelsiegel und Mauerwerk aus Lehmziegeln. Wenig später, vor etwa fünftausend Jahren, lassen sich im Unterirak schon Bilderschrift und monumentale Palast- und Tempelbauten nachweisen. Ägypten folgte bald nach. Wir finden in diesen ersten Städten der Welt eine straffe politische Ordnung, eine bereits geschichtete Gesellschaft, Beamtentum, kodifiziertes Recht, Anfänge von Mathematik und Astronomie, aber auch die Nutzung der Dattelpalme und des Weinstockes, Wollverarbeitung durch Spinnen und Weben, Verwendung von Schmuck, Spiegel und Schminke. Die Handelsbeziehungen reichten damals vom Unterirak bereits bis nach Innerpersien, nach Kleinasien, Nordsyrien und Ägypten.
Nochmals Jahrtausende später gewinnt schließlich das Wort ›ex oriente lux‹ nicht nur in allgemein-kultureller, sondern auch in religiös-geistiger Hinsicht eine grundlegende, weltumspannende Bedeutung: Nachdem Zarathustra in Iran als wichtiger Vorläufer gewirkt hat, entstehen im Orient die *Weltreligionen* Judentum, Christentum und Islam. Sie haben sich, ebenso wie Bauernkultur und städtische Hochkultur, als Geschenk des Orients an die Menschheit über weite Teile unseres Erdballs ausgebreitet.

d) Der Orient ist derjenige Teil der antiken, hellenistisch-römisch beeinflußten Mittelmeerwelt, der im 7. Jahrhundert n. Chr. von den Arabern erobert wurde und noch heute überwiegend dem Islam zugehört (H. V. WISSMANN 1942). Man vergißt nur allzu leicht, daß Morgenland und Abendland vor der Eroberung durch die Araber ein Jahrtausend lang in dem ›orbis terrarum‹ des *antik-mediterranen Kulturkreises* vereinigt waren. Südeuropa, Nordafrika und Vorderasien, die drei schon Herodot bekannten ›Kontinente‹, erschienen um

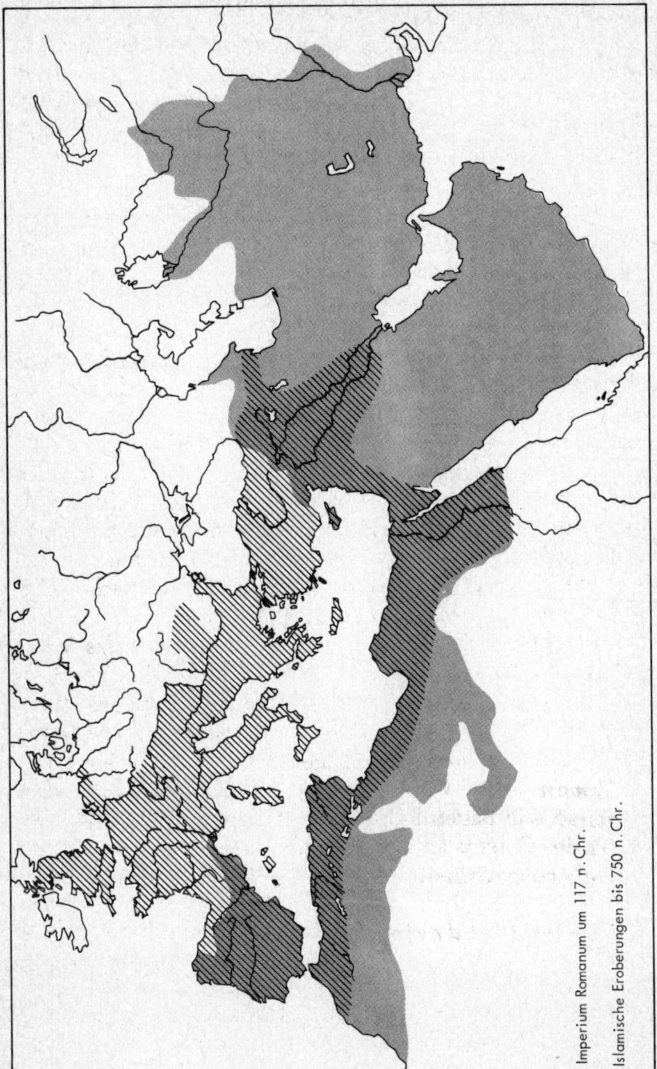

Fig. 1: Römerreich und früher Islam

das Mittelmeer zentriert. Das Imperium Romanum, seine Kultur und seine Wirtschaftsorganisation umfaßten gleichermaßen Westeuropa und Teile Mitteleuropas wie Nordafrika und weite Teile Vorderasiens. Auch die gleichzeitigen Reiche im Hochland von Iran und in Südarabien wurden kulturell vom Mittelmeer her stark beeinflußt. Vor allem in den Jahrhunderten der Pax Romana mit ihrer einheitlichen Reichsorganisation und mit vielfältigen, dichten Handelsbeziehungen zwischen allen Teilen des Reiches wurde der Orient ganz entscheidend geprägt.

Damit ruht die Kultur des heutigen Orients in mindestens ebenso starkem Maße wie die des heutigen Europa auf antiken, hellenistisch-römisch beeinflußten Fundamenten. Dem aufmerksamen Beobachter tritt antikes Erbe allenthalben im Orient noch heute in überraschend starkem Maße entgegen — und zwar nicht nur in eindrucksvollen Ruinen, sondern als lebendige Gegenwart auch in Lebensformen, Wirtschaftsweise und Gegenständen des täglichen Gebrauchs. Diese gemeinsame Tradition, vielfältige kulturelle wie wirtschaftliche Beziehungen im Mittelalter (Kreuzzüge!) und in der frühen Neuzeit sowie starke Tendenzen einer modernen Verwestlichung lassen Orient und Okzident, Morgenland und Abendland bei aller Unterschiedlichkeit doch als nah verwandte Kulturgroßräume erscheinen.

Die Traditionen des ›*Alten Orients*‹, der Hochkulturen und Reiche in den zwei bis drei Jahrtausenden vor der klassischen Antike, sind allerdings niemals erloschen; sie waren nur überdeckt gewesen. Bereits in der Spätantike beginnen sie wieder aufzuleben. Die Eroberungen durch die *Araber* und der Siegeszug des *Islam* bedeuten im Grunde genommen nur eine Fortsetzung dieses Prozesses der ›Rück-Orientalisierung‹. Dennoch stellen sie einen ganz entscheidenden historischen Einschnitt dar; denn der Islam beinhaltet nicht nur eine Religion, sondern eine ganz eigengeartete, in sich geschlossene Kultur. Nicht zufällig werden ›orientalische‹ und ›islamische‹ Kultur vielfach gleichgesetzt. Für den Maghreb, der außerhalb der frühen Hochkulturen des Alten Orients lag, bedeutete die arabische Eroberung sogar die erste Orientalisierung. Damit zerfällt im 7. Jh. n. Chr. der Erdkreis der späten Antike endgültig in Abendland und Morgenland, Europa und Orient.

Von Iran und einigen Nachbarprovinzen abgesehen umfaßten die arabischen Eroberungen der frühen Kalifenzeit

(635–750 n. Chr.) überwiegend die Länder der römisch-byzantinisch geprägten Mittelmeerwelt. Dies sind noch heute die Kernräume des Orients. Demgegenüber können viele Gebiete spätmittelalterlicher und neuzeitlicher islamischer Eroberung und Mission – welche ja weit nach Tropisch-Afrika und Südasien ausgriff – nicht mehr zum Orient gerechnet werden, selbst wenn sich deren Bevölkerung noch heute überwiegend zum Islam bekennt. Spanien und Sizilien gingen andererseits dem Orient durch die christliche Rückeroberung wieder verloren.

e) Die Länder des Orients sind heute rentenkapitalistisch geprägte Entwicklungsländer alter Kulturtradition. Die vieltausendjährige, für die Entfaltung unserer Kultur so entscheidend wichtige Geschichte des Orients ist keineswegs etwa nur lange zurückliegende Vergangenheit oder nur eine zu unserem Bildungsgut gehörende historische Reminiszenz; sie reicht vielmehr als eine schwere Hypothek bis in die unmittelbare Gegenwart hinein. Im Laufe der vergangenen Jahrtausende haben sich nämlich im Orient sehr spezifische *Wirtschafts- und Gesellschaftssysteme* herausgebildet; diese erscheinen heute in festen Formen geprägt und erweisen sich gegenüber jeder modernen wirtschaftlichen und technischen Erschließung als ein hartnäckig resistenter Faktor. Gerade die alte und hochentwickelte Zivilisation des Orients verleiht damit der Problematik der dortigen Entwicklungsländer eine eigengeartete Note.
HANS BOBEK (1959, 1962) hat das traditionelle, im Orient noch heute weit verbreitete Wirtschafts- und Sozialsystem ›*Rentenkapitalismus*‹ genannt. Im Rentenkapitalismus werden nach streng rechenhaften Prinzipien bei möglichst geringen eigenen produktiven Investitionen möglichst hohe Ertragsanteile abgeschöpft. Um die aktuelle Problematik moderner wirtschaftlicher und technischer Entwicklung aufzuzeigen, können wir in Anlehnung an Bobek die Länder des Orients als rentenkapitalistisch geprägte Entwicklungsländer alter Kulturtradition definieren. In einem späteren Abschnitt (32) wird darauf noch ausführlicher einzugehen sein.

Versucht man, die vorstehend skizzierte Definition des Orients in einer übergreifenden länderkundlichen Synthese etwas mit Inhalt zu füllen, dann lassen sich zweckmäßigerweise vier charakteristische *Landschaftstypen* unterscheiden. Es sind dies der mittelmeerische Orient, die Gebirgslandschaften, die Wüsten und Halbwüsten sowie die großen Stromlandschaften des Orients. Ihnen können drei charakteristische *Lebensformen* gegenübergestellt werden: Die der Hirtennomaden, die der Fellachen und die der orientalischen Stadt. An anderer Stelle (E. WIRTH 1970) ist ausführlicher dargelegt worden, wie der Orient bis zum heutigen Tag durch den Formenwandel zwischen diesen vier Landschaftstypen und durch die wechselseitigen Beziehungen zwischen diesen drei Lebensformen geprägt wird.

Schon um der statistischen Vergleichbarkeit willen ist eine jede Länderkunde gehalten, diejenigen *Staaten* zu benennen, die sie dem von ihr behandelten Großraum zuordnen will. Speziell in Nordafrika treten dabei erhebliche Schwierigkeiten auf: Gerade in der zentralen Sahara, etwa unter dem Wendekreis, grenzt heute eine Gruppe nördlich gelegener (Algerien, Libyen, Ägypten) an eine Gruppe südlich gelegener Staaten (Mali, Niger, Tschad, Sudan). Obwohl die innerhalb der letztgenannten Staaten gelegenen Teile der Sahara noch stark vom Orient beeinflußt sind, werden nachstehend Mali, Niger, Tschad und Sudan nicht mehr mit einbezogen; denn die Schwerpunkte von Bevölkerung, Landnutzung und Wirtschaft dieser südlichen Staaten liegen eindeutig bereits im Bereich des tropischen Afrika.

Auch Westpakistan mit der Stromoase des Indus und Sowjetisch-Mittelasien mit den alten islamischen Städten Samarkand, Buchara und Chiwa erinnern sowohl in ihrer Landesnatur wie in der Kulturlandschaft und den Lebensformen ihrer Bewohner noch in vieler Hinsicht an den Orient. Die lange Zugehörigkeit zum anglo-indischen Kolonialreich bzw. zur Sowjetunion hat beide Regionen jedoch so nachhaltig überprägt, daß man mit triftigen Argumenten auch für eine Einreihung in andere Großräume plädieren kann. Die länderkundliche Einheit des Subkontinents Indien wie die staatliche Einheit der Sowjetunion lassen eine entsprechende Zuordnung Westpakistans und Sowjetisch-Mittelasiens ratsam erscheinen.

Dem Orient seien damit folgende Staaten zugerechnet: Mauretanien, Spanische Sahara, Marokko, Algerien, Tunesien, Libyen, Ägypten, die Staaten und Scheichtümer der Arabischen Halbinsel, Jordanien, Libanon, Syrien, Irak, Iran und Afghanistan. Da ihr Staatsgebiet auf dem Boden Vorderasiens liegt, seien auch die Türkei und Israel mit eingeschlossen, obwohl sich diese beiden Staaten in bewußtem Bekenntnis als einen Teil Europas betrachten. In der Umgrenzung auf die genannten Staaten umfaßt der Orient etwa 13,5 Mill. km^2 mit (1977) rd. 230 Mill. Einwohnern (Nordafrika: ca. 6,6 Mill. km^2 mit ca. 83,5 Mill. Einw.; Vorderasien: ca. 6,9 Mill. km^2 mit ca. 146,5 Mill. Einw.). Sowohl hinsichtlich Flächenumfang als auch hinsichtlich Einwohnerzahl liegt der Orient damit in der Größenordnung zwischen Südamerika und den USA.

2 Die Landesnatur und ihr Nutzungspotential

21 Natur und Lebensraum im Orient

Nordafrika und Vorderasien lassen in der Gesamtheit des orientalischen Lebensraumes auch naturgeographisch Gemeinsamkeiten und Leitlinien erkennen, die nicht nur für die geographische Differenzierung der großen Landschaftsräume wichtig sind. Vielmehr spielen sie auch für die Nutzungsmöglichkeit des natürlichen Potentials durch den Menschen eine entscheidende Rolle, zumal der natürliche Eignungsraum des Orients im weitesten Sinne einen breiten Grenzsaum darstellt. Dieser Grenzsaum leitet vom feucht-mediterranen Klima des Mittelmeerraumes und seiner Randgebiete zum kontinentalen Binnenklima Nordafrikas und Vorderasiens über und bewirkt an der Trockengrenze des Feldbaus entscheidende Beschränkungen in den Landnutzungssystemen. Der Hinweis, daß die Landwirtschaft – sehen wir von der Erdölgewinnung einmal ab – nach wie vor den Haupterwerbszweig der Bevölkerung des Orients darstellt, mag die Bedeutung dieser Abhängigkeiten von der Natur unterstreichen. Ihre genaue Kenntnis schützt vor mancher Fehlinterpretation der Entwicklungsmöglichkeiten der Agrarwirtschaft dieser Länder. Es wird deshalb notwendig sein, vor allem die klimatischen Grundlagen des Landschaftshaushalts und ihre Konsequenzen in der Kulturlandschaft zu umreißen.

Der zonale Wandel des mediterranen Klimas wird durch die Verbreitung der hohen alpidischen Randgebiete sowohl im Küstenbereich des Mittelmeeres als auch im westlichen Teil der hohen Kettengebirge des vorderasiatischen Raumes entscheidend beeinflußt. Deutlich zeigen dies die Atlasketten des Maghreb, das Libanongebirge und die Randketten Anatoliens sowie des westlichen Iran, die jeweils ihr Binnen- und Hinterland abschirmen und die die an ihnen aufsteigenden feuchten Luftmassen der winterlichen Zyklonen zum weitgehenden Abregnen zwingen. Dadurch unterscheiden sich überall die humideren Gebirgslandschaften von den ariden Becken und Ebenen sehr deutlich. Selbst im vorderasiatischen Binnenland Irans sind diese Gegensätze noch ausgeprägt. Dort aber,

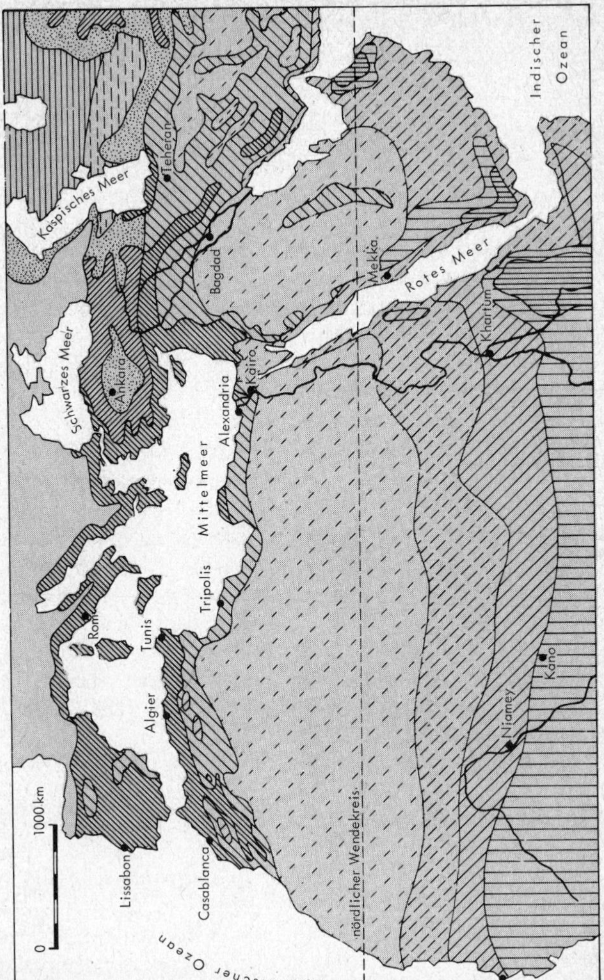

Fig. 2: Jahreszeiten-Klimate

wo in den mittelmeerischen Randgebieten keine Gebirge vorhanden sind, zeigt sich die fehlende Klimawirksamkeit hoher Gebirgsketten am klarsten: In Libyen und Ägypten z. B. können die baumlose Steppe und die Wüstensteppe bis zur Küstenlinie vordringen, wobei die Niederschläge hier nur wenig höher als im Binnenland sind. Klima und Relief bestimmen also übergeordnet und sich gegenseitig beeinflussend die naturgeographischen Leitlinien des orientalischen Lebensraumes vom Atlantik bis nach Vorderasien.

Für den Menschen ergeben sich aus diesem naturgegebenen Eignungsraum, wie ihn OTREMBA genannt hat, Konsequenzen in bezug auf seine Anpassung an die Möglichkeiten des vorhandenen Nutzungspotentials. Gerade aus dem Mittelmeerraum mit seinen sehr alten Kulturen ist bekannt, daß die natürlichen Grenzen in vielfacher Weise zu wenig beachtet worden sind. So wurde beispielsweise der Wald in den gebirgigen Nährzonen des beschränkten Wasserhaushaltes seit frühester Zeit rücksichtslos abgeholzt, und auch die Grenzsäume zur Wüste wurden unmäßig überweidet. Jedes Entwicklungsprogramm für eine bessere und intensivere Landnutzung muß in diesen Ländern heute mehr denn je solche Zusammenhänge beachten und beträchtliche Mittel für Maßnahmen des Erosionsschutzes und der Wiederaufforstung aufwenden. So werden der Wasserhaushalt, seine physisch-geographischen Grundlagen und seine über Jahrtausende andauernde menschliche Nutzung mit ihren durch die Technik sich wandelnden Formen zu einem wichtigen geographischen Fragenkomplex, der stärker im Vordergrund der Betrachtung stehen muß, als dies in humiden Erdbereichen zunächst notwendig zu sein scheint.

Der im ganzen Orient bis auf die montanen Randzonen zumeist defizitäre Wasserhaushalt offenbart eine Reihe von unmittelbaren Erkennungsmerkmalen im Landschaftsbild. Dazu gehört das natürliche und das durch den Menschen veränderte Pflanzenkleid ebenso wie die damit eng zusammenhängende Bodenbildung. Ihre unmittelbare Relevanz zur Bodennutzung ist offensichtlich. In allen Bereichen der Kulturlandschaft des Orients, in den Gebirgen, den Steppenebenen und in den Wüsten sind in der langen Geschichte der Besiedlung durch die verschiedenartigen Nutzungssysteme schwerwiegende Eingriffe in diesen Teil des Landschaftshaushaltes erfolgt, die es zu erkennen gilt. Eine wichtige Grundlage hierfür wurde im Auftrage der UNESCO-FAO in der ›Carte Bioclima-

tique de la Région Méditerranéenne‹ (1963) entwickelt, die in zwei Kartenblättern (1:5 Mill.) auf der Basis eines Trockenheitsindex den gesamten Orient einschließlich Afghanistan und Pakistan in bioklimatische Zonen gliedert. Für eine Beurteilung des agraren Nutzungspotentials ist sie unentbehrlich, besonders, weil sie ökologisch konzipiert ist. In der Tat sind die sehr verschiedenartigen Auswirkungen der Aridität von Nordafrika bis zum Hochland von Iran wohl das wichtigste gemeinsame Merkmal der orientalischen Naturlandschaft, in der nur die Gebirge günstigere Voraussetzungen haben und durch ihre ›Fernwirkung‹ mittels ausreichender Wasserversorgung der wenigen großen Flüsse (Atlasflüsse, Nil, Euphrat und Tigris, Indus) auch die wüstenhaften Tafel- und Beckenlandschaften mit ihren Flußoasen versorgen.
Entsprechend der Zielsetzung dieser länderkundlichen Reihe sollen hier diejenigen physiogeographischen Grundlagen der Natur im Vordergrund der Betrachtung stehen, deren unmittelbare Auswirkungen im menschlichen Lebensraum des Orients von Bedeutung sind.

22 Strukturleitlinien des Großreliefs

Betrachtet man eine Atlaskarte, die den gesamten Mittelmeerraum und Vorderasien umfaßt, so erkennt man sofort die Zugehörigkeit des Großreliefs zu zwei übergeordneten Einheiten: zum alpidischen *Kettengebirgssystem* im nördlichen Teil unseres Raumes und zum *Tafelland* der alten Landmassen des afrikanisch-arabischen Festlandblocks. Der Grenzsaum mit den südwärts ausstrahlenden Ausläufern der west-östlich streichenden Faltengebirgszone läßt vereinzelte Vorposten erkennen, sei es durch Hebungen und schwache Ondulationen, oder auch, wie im Libanongebirge, ausgeprägte Gebirgsbildung, wenn auch mit abgeschwächter Faltung der Gesteinsschichten. Auch die vorherrschende Nord-Süd-Richtung dieses Gebirges weist auf die Übergangsstellung zwischen dem mittelmeerischen und vorderasiatischen Bereich hin. Der Kontaktsaum, in dem der starre afrikanisch-arabische Sockel an das junge, tertiäre Gebirgssystem der Atlasländer stößt, erstreckt sich von der marokkanischen Atlantikküste südlich des Hohen Atlas und entlang des Sahara-Atlas bis zur tunesi-

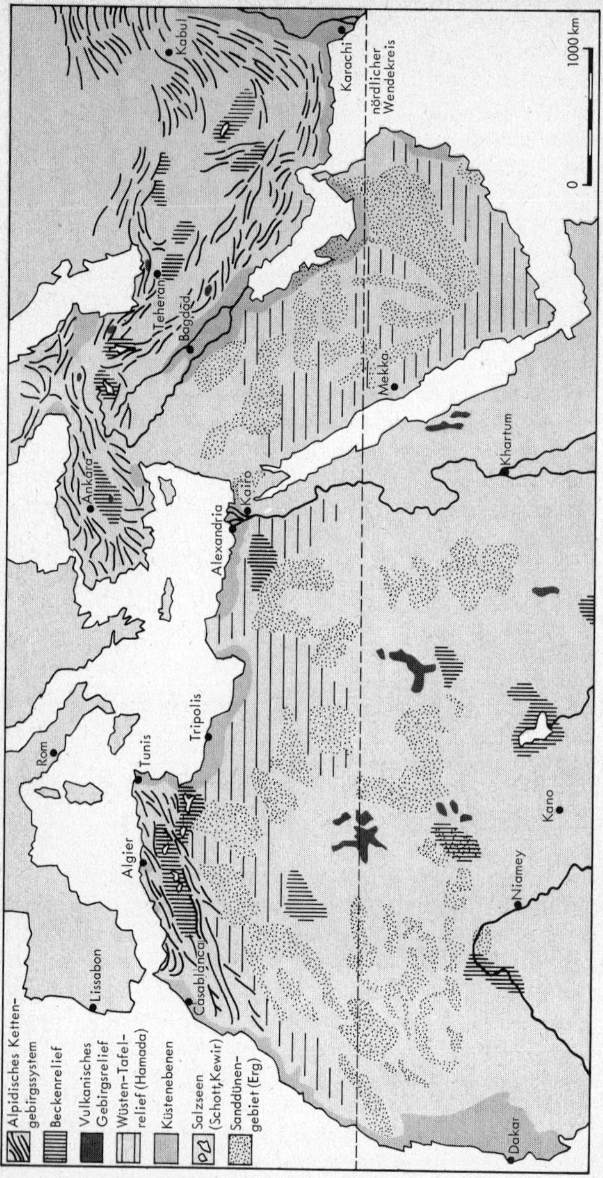

Fig. 3: Das Großrelief

schen Syrtenküste, wo er mit dem Einbruch des östlichen Mittelmeeres untergetaucht ist. Auf der Südseite der vorderasiatischen Gebirgsketten des anatolischen Taurus mit dem Südzweig des Libanon und am Südrand des Zagrosgebirges mit der mesopotamischen Senke, in der Euphrat und Tigris fließen, stößt das arabische Sockelrelief ebenfalls an den alpidischen Gebirgsgürtel an.

An der Ostküste des Persischen Golfes und an der Nordküste des Golfes von Oman hat der Meereseinbruch beide Großeinheiten des Reliefs und seiner verschiedenartigen geologischen Strukturen voneinander getrennt. Die küstennahen Randerhebungen beiderseits dieses großen Meeresarmes, besonders mit dem über 3300 m ansteigenden Oman-Gebirge, lassen den Umfang dieser Kontaktzone noch einmal deutlich werden. Wie sehr sich die geologisch-tektonischen Leitlinien (Lineamente) im Bereich des iranischen Südbogens in Laristan, Mekran und Belutschistan bis zur Indus-Senke schon aufgespaltet haben und nicht mehr den engen Zusammenhang wie im Nordbogen erreichen, zeigen die langen voneinander isolierten Bergrücken dieses Gebietes mit ihren zahllos dazwischengeschalteten Senken (Depressionen), die nicht selten abflußlos sind. Durch diese hier kurz umrissene Aufgliederung des geologisch jungen Gebirgssystems in die nördlichen und südlichen Stränge, wodurch auch die ausgedehnten inneren Hochländer Anatoliens und Irans entstehen konnten, unterscheidet sich dieser Bereich Vorderasiens im morphologischen Landschaftsbild erheblich von der Arabischen Halbinsel und dem östlichen Teil Nordafrikas. Lediglich in den Atlasländern sind Reliefverwandtschaften zu erkennen.

Auf einen anderen geologischen Unterschied, den auch E. WIRTH (1970) besonders hervorgehoben hat, muß man hinweisen, da er dem Orientreisenden auffällt. Der Ararat in der Türkei (5165 m) und der Demawend in Nordiran (5671 m) lassen ebenso wie viele andere zumeist isoliert stehende Vulkankegel im Orient die Bedeutung des Vulkanismus im vorderasiatischen Raum erkennen. Zwar fehlen vulkanische Erscheinungen in Nordafrika keineswegs, auch ist ihre reliefprägende Wirksamkeit in den zentralsaharischen Wüstengebirgen des Ahaggar, Air und Tibesti deutlich genug, doch erreichen sie im Gebirgssystem des mediterranen Nordafrika nirgends jene imponierenden Reliefgestalten, die im Osten so beherrschend sind.

Die großen Reliefeinheiten des afrikanisch-arabischen Sockels werden in weiten Bereichen von den mesozoischen und neogenen Deckschichten (Sandsteine, Kalkgestein) beherrscht. Sie bestimmen das Bild der ausgedehnten *Schichttafeln* mit ihren steilen Stufenrändern, wie sie in vielfältiger Weise im *Hammadarelief* der nördlichen Sahara und Arabiens auftreten. Die weiten, sehr flachen Senken mit feineren Ablagerungen (Serir) bilden den zweiten Haupttyp des Flachlandes außerhalb der Gebirgszone. Stufenländer und weitgespannte Depressionen entstanden in der jüngeren (tertiären und quartären) Erdgeschichte ebenso wie die zentralsaharischen Wüstengebirge im Gefolge der ausgreifenden Reflexbewegungen der beschriebenen alpidischen Gebirgsbildungszone, die sich quer durch die ›Alte Welt‹ erstreckt. Ihr erdgeschichtlicher Vorläufer war jener große Senkungstrog, der in der Meereszone der Tethys (griechische Bezeichnung nach der Gemahlin des Gottes Okeanos) die mächtigen Gesteinsschichten vorwiegend des Erdmittelalters sedimentierte; durch die junge Gebirgsbildung (Orogenese) sind diese Sedimentgesteine (Sand- und Kalkgestein) im wesentlichen am Aufbau des Reliefs beteiligt. Allerdings sind auch Teile der älteren Massive des Paläozoikums dabei einbezogen worden. Die Leitlinien dieser erdgeschichtlichen Entwicklung bestimmen die landschaftlichen Großräume des Reliefs im Orient und bilden ein Gliederungsprinzip, das sich in den Gebirgslandschaften, den Vorlandsenken, den Stufenländern und im Gefolge der Meereseinbrüche auch in den großen Gräben des Roten Meeres und der Golfzonen widerspiegelt. Besonders aus dem unterschiedlichen oder sogar fehlenden Anteil der verschiedenen orientalischen Länder an der großen Gebirgszone ergeben sich beträchtliche Unterschiede für die verschiedenen Lebens- und Eignungsräume mit ihrem natürlichen Potential. Aus einer Reihe von geographischen Gründen besitzen jene Länder, die einen ausgewogenen Anteil von Gebirgen und ebenen Vorländern haben (z. B. Marokko oder die Türkei), Gunstfaktoren, die sich vielfältig auswirken. Aber erst ihr unmittelbarer Zusammenhang mit den klimatischen Grundlagen kann dies noch deutlicher machen.

23 Die klimatischen Grundlagen des Lebensraumes

Fast alle Kartendarstellungen von Klimazonen rechnen Nordafrika und Vorderasien zur *Subtropenzone*, also zu jenen *außertropischen* Klimaten, die sich nördlich an die Tropenzone anschließen und den Übergang zum Klima der Gemäßigten Breiten bilden. Den keinesfalls einheitlichen Klimaregionen dieser ›warmgemäßigten Subtropenzone‹ (TROLL und PAFFEN, 1964) ist im gesamten Orient gemeinsam, daß ihre Niederschläge in den Wintermonaten, einschließlich Herbst und Frühjahr, fallen. Ihre weitere Differenzierung erfolgt nach der Menge und Konzentration dieser Niederschläge und damit nach dem Grad der Humidität oder besser nach der Aridität, weil diese im Jahresgang bei weitem überwiegt. Allerdings gehören einige Randgebiete des Orients wie etwa der Südteil der Arabischen Halbinsel schon zu den tropischen Sommerregengebieten. Die südlichen Randgebirge des Schwarzen Meeres und des Kaspi-Sees haben dagegen schon Niederschläge zu allen Jahreszeiten und winterlichen Schneefall. Auch die Binnensteppen der Türkei und die Wüsten Irans sind sehr winterkalt.

Unterteilt man die gesamte subtropische Winterregenzone nach dem für den menschlichen Lebensraum so bedeutenden Grad der Aridität, so ergeben sich für den Orient die folgenden übergeordneten klimatischen Merkmale: Das feuchtere mediterrane Winterregenklima beschränkt sich auf die gebirgigen Randzonen des Mittelmeeres und dringt mit ihnen in Vorderasien binnenwärts nach Osten vor; in einem ebenfalls noch schmalen anschließenden Steppengürtel, mit 100–200 Trokkentagen im Jahr (nach EMBERGER, GAUSSEN u. a.) schon semiarid, vollzieht sich sodann der unmittelbare Übergang vom mediterranen zum ariden Klima der Halb- und Vollwüsten. Betrachtet man Nordafrika und Vorderasien insgesamt, so bildet der hohe Grad der Aridität ein übergeordnetes Klimamerkmal, das als Ungunstfaktor von Marokko bis Afghanistan und Pakistan beherrschend ist. Hierdurch wird die ungünstige Position für die Wassernutzung im ganzen Orient deutlich. Es ist kein Wunder, daß sich im Zusammenhang damit überall gleiche oder ähnliche Wassernutzungsformen, verwandte Brunnentypen oder Bewässerungssysteme entwickelt haben, die in fast allen orientalischen Kulturlandschaften anzutreffen sind.

Nachdem der gesamte Orient einen so entscheidenden Anteil am Trockengürtel der Alten Welt hat, muß kurz auch die Frage nach den Gründen dieser hohen Aridität gestellt werden. In den Sommermonaten liegen Nordafrika und Vorderasien im Bereich des Einflusses der subtropischen Antizyklone, die keine feuchten Luftmassen eindringen lassen. Dies kann nur in den Randbereichen — im Norden im Zusammenhang mit der Polarfront, im Süden mit der Tropenfront — gelegentlich geschehen. Im östlichen Grenzbereich wird diese sommerliche Trockenzone durch große Höhentröge unterbrochen, die die subtropischen Hochdruckzellen trennen (H. FLOHN, 1957), und monsunale Sommerregen können dort auftreten. Die niederschlagbringenden Tiefdruckgebiete im Bereich der Polarfronten wirken sich in den Wintermonaten besonders in der mediterranen Klimazone aus, wobei — wie erwähnt — die höheren Gebirgsketten als Regenfänger dienen. Regenbringende Zyklonen erreichen die inneren Gebiete in den Wüstensteppen nur selten und die Wüsten selbst nur episodisch, die dadurch ständig arid bleiben. Es wird also deutlich, daß die nordafrikanisch-vorderasiatischen Gebirgsländer (Atlasländer, Türkei, Libanon und die Gebirgsränder des westlichen Iran), die noch die mediterrane Klimagunst besitzen, in ihrem Wasserhaushalt bevorzugt sind. Auch in der natürlichen Vegetation spiegelt sich dies wider. Die Binnenländer dagegen sind auf die Zufuhr von Fremdwasser in den großen Strömen angewiesen, die die bekannten Oasenbänder des Nil, Euphrat und Tigris sowie im Industal hydrologisch versorgen.

Die Häufigkeit und die Zugbahnen der regenbringenden Zyklonaltätigkeit während der winterlichen Monate von September/Oktober bis März/April sind jedoch sehr variabel. Das bedeutet, daß die langjährigen Mittelwerte nur Annäherungswerte sind, die von Jahr zu Jahr großen Schwankungen unterliegen. Die Abweichung vom Mittelwert ist um so größer, je arider die Region ist. Dürrejahre treten schon in den mediterranen Gebieten auf, ihre größte Auswirkung haben sie jedoch in jenen Teilen des Steppengebietes, in denen der winterliche Regenfeldbau gerade noch betrieben werden kann und die agronomische Trockengrenze (ca. bei 4 humiden Monaten) in ihrer Mittellage noch nicht erreicht ist. Die hohe Variabilität in diesem Bereich bedeutet gleichzeitig, daß die Anbaugrenze von Wintergetreide sich oft um 100—200 km verschieben kann.

Für die Landnutzung im Orient ist auch der Temperaturgang

bedeutungsvoll. Er unterliegt einmal dem Höhenwandel, zum anderen werden durch Zunahme der Kontinentalität vom Atlantik bis zum Hochland von Iran die Temperaturgegensätze vom Sommer zum Winter akzentuierter, so daß im nördlichen Vorderasien (Türkei, Iran) winterlicher Frost von −20° C nicht selten auftritt. Den ausgeglichensten Jahresgang zeigt die atlantische Küste Marokkos unter der Einwirkung des ausgleichenden Kanarenstromes. Die Höhenstufen der Gebirge des Orients innerhalb und oberhalb der Waldstufe haben Frost selbst in den frühen und späten Sommermonaten aufzuweisen. In den Wintermonaten fällt hier regelmäßig Schnee, der zuweilen eine länger dauernde Schneedecke bilden kann. Die Hochlagen des Atlas und des Libanongebirges sind als Skigebiete bekannt. Die heutige klimatische Schneegrenze verläuft in den Atlasländern oberhalb der Gipfel, während sie in den vorderasiatischen Gebirgsketten, etwa am iranischen Demavend, in einer Höhe von 4500 m (H. BOBEK, 1937) liegt, und somit auch bereits Gletscher auftreten. Die winterliche Schneedecke in allen Hochgebirgen des Orients ist auch deshalb von großer Bedeutung, weil sie den Wasserhaushalt durch eine erhöhte sommerliche Abflußspende bis in die trockenen Vorländer hinein begünstigt und dadurch die Voraussetzungen für die Bewässerungswirtschaft verbessert. Da im meerfernen Binnenland nur die großen Fremdlingsflüsse das ganze Jahr hindurch Wasser führen und nur wenige Flüsse der Gebirgsländer ganzjährig durchflossene Täler haben, wird wiederum deutlich, daß die Gebirgsvorländer mit periodischer Wasserversorgung in besonderer Weise zu den Gunstgebieten der Landnutzung mit Bewässerungsmöglichkeit gehören.
Diese wenigen, hier aufgezeigten physisch-geographischen Zusammenhänge zwischen Klima, Relief und Wasserhaushalt, die vor allem für das agrare Nutzungspotential entscheidend sind, müssen durch eine kurze Betrachtung der Pflanzenwelt und der Bodentypen ergänzt werden.

24 Pflanzenwelt und Böden

Die natürliche *Vegetation* in Nordafrika und in Vorderasien ist in ihrer pflanzengeographischen Prägung ein unmittelbares Abbild der klimatischen Gegebenheiten, modifiziert durch die Höhenverhältnisse und die verschiedenen Gesteinsarten. Damit wird auch hier die Verbreitung der Trockenheit zum Leitsystem. Das Nutzungspotential erfährt hier eine weitere Differenzierung. H. WALTER (1970) hat in seiner Abhandlung ›Vegetationszonen und Klima‹ eine komprimierte Darstellung gegeben, die wichtige Zusammenhänge aufzeigt. Die schon genannte Bioklimatische Karte der UNESCO gibt darüber hinaus einen guten Gesamtüberblick über die klimatischen Voraussetzungen für die Pflanzenwelt.

Die feuchteren, überwiegend gebirgigen Regionen der nordafrikanischen und vorderasiatischen Mittelmeerküste sind durch die *Hartlaubvegetation* des Winterregengebietes gekennzeichnet. Die natürliche Vegetation dieser Zone war sicher vom immergrünen Wald mit vorherrschenden *Steineichen* (Quercus ilex) bestimmt, der heute durch Abholzung und Überweidung außerordentlich dezimiert ist. Aus dem unteren Strauchbestand sind noch *Buxus* (Buchsbaum), *Pistacia* u. a. vorhanden. Im westlichen Mittelmeergebiet wächst auf kalkfreien Böden noch die wirtschaftlich wichtige *Korkeiche* (Quercus suber), während im östlichen Bereich die *Kermeseiche* (Quercus coccifera) verbreitet ist. In Nordafrika wird auch oft die *wilde Olive* (Olea oleaster) angetroffen.

Fast überall ist jedoch dieser mediterrane Wald, wo er nicht vollständig gerodet ist, zu einem Buschwald (Macchia) geworden. Unter mehr kontinentalen Bedingungen, so in der südlichen Türkei und in Westsyrien, tritt zu den im ganzen Mittelmeer verbreiteten *Aleppo-Kiefern* (Pinus halepensis) noch die verwandte *Pinus brutia* hinzu.

Über die natürlichen Wälder und Gehölzfluren Irans hat H. BOBEK (1951) eine Studie veröffentlicht, die beispielhaft für die Pflanzengeographie dieses Raumes ist. Neben den Trockenwäldern (Eichen, Kiefern, Wacholder) in den Gebirgsketten des Taurus, Zagros und Elbrus treten Feuchtwälder am Kaspi auf, die als Bergwald vor allem aus Buchen, Eichen, Weißbuchen, Eschen und Eiben bestehen, während der Niederwald Ahorn, Ulmen und das wertvolle Gehölz *Parrotia persica* enthält. Neben diesem kaspischen Feuchtwald unterscheidet sich am Schwarzen Meer der Wald des Pontischen Gebirges (vgl. hierzu H. LOUIS, 1939) von den sonst verbreiteten Trockenwäldern des Orients. Die Niederschläge erreichen im Bereich der Feuchtwälder bis 2000 mm im Jahres-

mittel, während sie in den Trockenwäldern nur bis maximal 900 mm ansteigen und bis 300 mm absinken können.
Der mediterran-vorderasiatische *Steppengürtel*, der sich an die Hartlaubvegetationszone anschließt, ist im wesentlichen baumfrei und wird von Halbsträuchern (Artemisia u. a.) und von Steppengräsern (Stipa, Poa, Halfa- und Espartogras) eingenommen. Die Winterregenmenge liegt hier im Mittel des Jahres zwischen 400 und 200 mm, wodurch sich noch eine gleichmäßig verteilte Strauch- und Gräserbedeckung bilden kann. Dieser natürliche Steppenbereich wird heute überwiegend im Regenfeldbau genutzt. Vereinzelt treten auch Euphorbiengebiete und Arganiabestände auf, z. B. in Südwest-Marokko, und überall sind in den Steppen des Maghreb der *Christusdorn* (Zyzyphus) und im Übergangsbereich zur Wüste auch Akazien anzutreffen.
Große Teile der orientalischen Länder haben Wüstencharakter. In der Halbwüste rechnet man noch mit 25 % Bodenbedeckung durch die Pflanzenwelt. Die ›diffuse‹ Vegetation geht allmählich zur Wüste in eine ›kontrahierte‹ über (WALTER, 1970); sie konzentriert sich in Vorzugsgebieten wie Senken, Abflußmulden und Trockentälern. Dies trifft natürlich auch auf die Verbreitung von Kulturpflanzen zu, die in den Steppen z. T. noch flächenhaft, aber in den Wüsten, konzentriert auf wenige Gunstlinien, nur noch inselhaft angebaut werden. Die Oasen sind dafür ein bekanntes Beispiel. Wegen der starken Anreicherung von Bodensalzen in allen Abflußrinnen und besonders in den Endpfannen der Verdunstung (Sebcha, Schott, Kewir), die in allen ariden Gebieten auftreten, wachsen sehr viele *Halophyten* (Salzpflanzen) in den Wüsten. Neben den schon genannten Akazien ist auch die Tamariske ein wichtiger Baum in den extremen Trockengebieten, während als wichtigste Kulturpflanze die Dattelpalme in den Fluß- und Grundwasseroasen des sommerheißen und wintermilden Klimagebietes verbreitet ist.
Betrachtet man die pflanzengeographischen Zonen des nordafrikanischen und vorderasiatischen Orients in der Zusammenschau, so wird noch einmal die Dreigliederung deutlich: Gebirgswälder, Steppen und Wüsten differenzieren das Pflanzenkleid in seiner natürlichen Verbreitung. Überall hat der Mensch in entscheidender Weise eingegriffen, am stärksten jedoch im Bereich der Wälder, die fast nirgends mehr ursprünglich sind. Ihre weitgehende Vernichtung hat den Ober-

flächenwasserhaushalt stark verändert. Darunter haben vor allem die natürlichen Böden gelitten. Ganz besonders betrifft dies die einst weiter verbreitete rote Erde der Kalksteingebiete, die *Terra rossa*, die zum größten Teil von den Hängen gespült wurde und heute im Sediment der Täler und im Vorland angetroffen wird. Es herrschen daher in höheren Lagen vor allem steinige Skelettböden vor. Besonders die Gebirgsketten des Rif und Tell der Atlasländer, also die humid-mediterranen Küstengebirge, lassen solche Terra-rossa-Relikte an den unteren Talhängen und in den Senken als Verlagerungsprodukte erkennen (MENSCHING, 1955). Die Gebirgsrandgebiete und deren Vorländer sind häufig Bereiche starker Verbreitung von *Karbonatkrustenböden*. Sie behindern durch ihren Kalkpanzer erheblich den Anbau, so daß selbst die Anlage von Baumkulturen mit dem Herausschlagen von Pflanzlöchern beginnen muß. Für ihre Entstehung sind vor allem der flächenhaft ausgebreitete kalkreiche Oberflächenabfluß des Niederschlagwassers, die Anreicherung des Kalks in den oberen Sedimentschichten und die hohen Verdunstungswerte bei zumeist kapillarem Aufstieg des Bodenwassers verantwortlich. In den Übergangsbereichen von der Steppe zur Wüste sind auch Gipskrustenböden weit verbreitet.

Die *Steppenböden* sind je nach ihrem Ausgangsgestein sehr vielfältig, wenn auch immer humusarm. Sie reichen je nach dem Durchfeuchtungsgrad von kastanienfarbenen bis zu den grauen Bodentypen. Daneben sind zimtfarbene bis gelbe Böden weit verbreitet, die ebenfalls kalkhaltig sind und nach O. STREBEL (1965) in Syrien den Anbau von Getreide ermöglichen. Von großer Bedeutung für die landwirtschaftliche Nutzung der Steppen sind auch die schwarzen als ›*Tirs*‹ bezeichneten Böden, die in Gebieten mit erhöhtem Bodenwasserhaushalt, so z. B. in flachen Senken, entstanden sind. Sie sind sowohl aus den Atlasländern als auch aus Vorderasien (hier ›Grumusol‹ genannt) bekannt, wo sie allerdings zur dunkelroten Färbung neigen. Sie sind allgemein für Regenfeldbau geeignet. Weit verbreitet sind auch Sandböden, die etwa in Küstenbereichen wie im tunesischen Sahel geeignet sind, die höhere Luftfeuchtigkeit zur Anreicherung der Bodenfeuchte auszunutzen und selbst bei geringeren Niederschlägen einen Anbau von Baumkulturen begünstigen.

Die Wüsten sind ganz allgemein durch außerordentlich geringe Bodenbildung gekennzeichnet. Da die Anbaugebiete in Tälern

und Senken und in den Randbereichen der großen Salztondepressionen (Schott, Kewir) fast immer mit hohen Salzgehalten im Boden zu rechnen haben, ist hier eine umfangreiche Melioration unerläßlich. Ansonsten eignen sich die Wüstenböden des Orients nur zur extensiven Weidenutzung.
Eine umfassende Zusammenstellung der Bedeutung der Böden in den Trockengebieten für ihre Nutzung und Gefährdung durch die Kultivierung hat R. GANSSEN (1968) gegeben.

25 Heutiges Nutzungspotential und Vorzeitklima

Es konnte bisher gezeigt werden, in welcher Weise die Landnutzung im gesamten Orient durch die Zunahme der Aridität von den randmediterranen Bereichen um das Mittelmeer und durch die Hochgebirge nach Vorderasien hineingetragen, differenziert und schließlich erschwert bzw. begrenzt wird. Diese natürlichen Voraussetzungen für das Landnutzungspotential entsprechen zwar im allgemeinen den heutigen Klimavoraussetzungen, doch spielt für die Entstehung der Böden die Auswirkung von Vorzeitklimaten eine wichtige Rolle. Dies gilt auch für die Genese der Sedimentdecken im Gebirgsvorland und in den Ebenen, die Grundlage der Landnutzung sind.
Der alte Kulturraum des Mittelmeeres und Vorderasiens hat seit einigen Jahrtausenden eine fühlbare Verschlechterung des natürlichen Landnutzungspotentials für die ständig wachsende Bewohnerzahl erfahren. Besonders gilt dies heute im Vergleich zur Römerzeit. In vielen Abhandlungen ist diese Verschlechterung zu Unrecht auf einen Klimawandel zurückgeführt worden. Durch zahlreiche Untersuchungen konnte nachgewiesen werden, daß vor allem der Mensch durch Raubbaumaßnahmen, zu denen vornehmlich die Vernichtung des Waldbestandes, aber auch der Steppenpflanzen gehört, den natürlichen Landschaftshaushalt zu seinen eigenen Ungunsten verändert hat. Auch die Auswirkungen der Nomadeneinfälle arabischer Stämme des 10./11. Jahrhunderts in den Maghreb gehören in diese Betrachtung.
Andererseits hat vor allem K. W. BUTZER (1958, 1959) festgestellt, daß das Klima nach dem letzten Pluvial (Feuchtzeit) bis etwa 5000 v. Chr. trockener geworden ist. Es folgte eine feuchtere Phase bis etwa 2400 v. Chr. (›neolithische Feuchtphase‹),

und seither sind in den Randgebieten der großen Passatwüste nur wenige Hinweise auf einen beachtenswerten Klimawandel erkennbar. Als sicher kann heute gelten, daß die mediterranen Randgebiete Nordafrikas und Vorderasiens im Gefolge unserer Eiszeiten des Quartärs Feuchtzeiten erlebt haben, in denen die höhere Vegetation vorrücken und sich der Wald weiter ausbreiten konnte. Dabei dürften die Wüstengebiete im wesentlichen trocken geblieben sein, wenn auch Schwankungen in ihren Randgebieten wahrscheinlich sind. Für das iranische Wüstengebiet hat z. B. H. BOBEK (1955) solche pluvialzeitliche Niederschlagsvermehrung entschieden abgelehnt. Zwar wurde dem widersprochen (K. SCHARLAU, 1958) oder diese Ansicht modifiziert (E. EHLERS, 1971), doch scheint sich zu bestätigen, daß die extremen Trockenräume Vorderasiens und Nordafrikas ›stabile Zonen der Aridität‹ geblieben sind, wenn auch nicht ohne klimatische und graduelle Schwankungen (vgl. hierzu W. MECKELEIN, 1958, und H. MENSCHING, 1970).
Für den Wasserhaushalt der nordafrikanischen Wüste ist jedoch mit Sicherheit eine stärkere Speisung des Grundwasservorrats während der pleistozänen Feuchtzeiten anzunehmen, auch wenn sie sich nur in den Randgebieten der Wüste stärker ausgewirkt hat, wie es z. B. von G. KNETSCH (1962) dargestellt wurde. Diese ›vorzeitlichen‹ Grundwasservorräte entsprechen also teilweise nicht dem heutigen Wasserkreislauf, so daß bei ihrer technisch fortgeschrittenen Nutzung durch Tiefbohrungen durchaus Vorsicht geboten ist. Für die Nutzungsplanung der Wüsten des Orients sind diese Zusammenhänge mit dem Klima der Vorzeit von großer Bedeutung. Das Absinken der Grundwasservorräte seit dem Altertum ist sicher als eine Folge der vermehrten menschlichen Nutzung in der genannten Weise zu interpretieren. Die ausreichend beregneten Bereiche um das Mittelmeer sind hiervon allerdings nicht betroffen. Hier wirkte sich der unkontrollierte Eingriff des Menschen in den Naturhaushalt vor allem an der Oberfläche aus. Aber gerade dort sind Pläne für einen ›Umweltschutz‹ des Naturpotentials notwendiger denn je, besonders wenn die explosionsartige Bevölkerungsentwicklung berücksichtigt wird.

3 Die gegenwärtige wirtschaftliche und soziale Situation

31 Die Staaten des Orients als Entwicklungsländer

Bereits im Abschnitt 21 (Natur und Lebensraum im Orient) wurde dargelegt, daß das *Trockenklima* des Orients eine jede Nutzung durch den Menschen erheblich erschwert. Für Europa und für ausgedehnte Gebiete Nordamerikas oder Ostasiens sind eine lückenlose, flächenhafte Landnutzung und eine dichte Besiedlung weiter zusammenhängender Landstriche charakteristisch. Im Orient hingegen sind die wenigen Inseln, Bänder und Säume mit dichterer Besiedlung und seßhafter Landnutzung durch weite, kaum nutzbare und fast unbewohnte Räume voneinander getrennt. Nur ungefähr 10 % der vorhandenen Areale werden als Acker- bzw. Gartenland oder durch Baumkulturen genutzt, und nur etwa 1 % der Gesamtfläche wird bewässert. Das räumliche Muster der Kulturlandschaft ist damit nicht flächendeckend, sondern sehr lückenhaft. Wüsten und Wüstensteppen, die höchstens für jeweils kurze Zeit des Jahres in nomadischer Weidewirtschaft genutzt werden können, nehmen fast ¾ aller Flächen des Orients ein.
Desungeachtet gibt es im Orient viele Landstriche, die von Natur durchaus *begünstigt* erscheinen: Die Stromlandschaften von Nil, Euphrat und Tigris mit ihren Möglichkeiten intensiver Bewässerungskultur, die gut beregneten, fruchtbaren Küstenebenen und Gebirgsvorländer am Mittelmeer sowie viele recht niederschlagsreiche Beckenlandschaften und Talzüge in den Gebirgen und Hochländern. Antike Quellen berichten von dichter Besiedlung, intensiver Landnutzung und blühenden Städten. Einige dieser Landschaften bildeten bereits vor Jahrtausenden die Kernräume mächtiger Reiche. Zu Beginn unseres Jahrhunderts hingegen waren sie relativ dünn besiedelt und wirtschaftlich ausgesprochen unterentwickelt.
Vieles hat sich seitdem grundlegend gebessert. Vor allem ist fast überall im Orient die agrarische Produktion um ein Vielfaches erhöht worden: Weite, noch um 1900 von Nomaden genutzte Steppenareale kamen wieder unter den Pflug, das Bewässerungsland wurde erheblich ausgedehnt und der Anbau darauf intensiviert. Trotzdem besteht immer noch ein erheblicher

Entwicklungsrückstand; auch die einschlägigen Statistiken des Jahres 1970 weisen noch die meisten Staaten des Orients als Entwicklungsländer aus.
Die Ungunst der Landesnatur kann einen solchen Verfall seit den Blütezeiten der Antike offensichtlich nicht hinreichend erklären. Auch *Zivilisationsstand* und *Kulturhöhe* des Orients aber lassen auf den ersten Blick den gegenwärtign Entwicklungsrückstand nur schwer verständlich erscheinen: Der Orient ist ein Raum altehrwürdiger, hoher Zivilisation. Moderne westliche Wirtschaft und Technik haben zumindest in Teilen dieses Großraums schon relativ früh Fuß gefaßt. Die sozial und wirtschaftlich tonangebenden Schichten erkennen die westlichen Industriestaaten hohen Lebensstandards als unbedingte Vorbilder an und bemühen sich in ihrer persönlichen Lebensgestaltung, es diesen gleichzutun. Seit dem Zweiten Weltkrieg sind schließlich auch die Erdöleinkünfte vieler Staaten des Orients so stark angestiegen, daß für moderne Entwicklungsprojekte genügend Kapital vorhanden wäre.
Die Voraussetzungen für eine rasche wirtschaftliche und technische Erschließung scheinen damit in Nordafrika und Vorderasien wesentlich günstiger zu sein als in manchen anderen Entwicklungsregionen der Erde. Überraschenderweise stößt aber eine solche moderne Entwicklung auch im Orient, ja gerade im Orient auf große Schwierigkeiten und Hindernisse. Sie liegen in festverwurzelten traditionellen Wertsystemen und Verhaltensmustern begründet, durch welche die Gesellschafts- und Sozialstruktur des Orients in vieler Hinsicht noch heute geprägt wird. Zum Verständnis der gegenwärtigen wirtschaftlichen und sozialen Situation muß deshalb zunächst etwas näher auf diese alten Prägungen eingegangen werden.

32 Die historische Hypothek des Rentenkapitalismus

Insbesondere das traditionelle System des *orientalischen Rentenkapitalismus* reicht als schwere Hypothek einer vieltausendjährigen Geschichte bis in die unmittelbare Gegenwart des Orients hinein. HANS BOBEK, von dem der Begriff Rentenkapitalismus stammt, definiert ihn folgendermaßen: »In diesen alten Hochkulturen mit ihrem mehrtausendjährigen Städtewesen kam ein Wirtschaftssystem zur Ausbildung, das man als echten Kapitalismus ansprechen muß, insofern es mit allen typischen Kennzeichen des rationalen Erwerbsstrebens als Ziel an sich behaftet ist. Von dem uns geläufigen Kapitalismus unterscheidet es sich vor allem dadurch, daß seine Träger der Gütererzeugung selbst nur geringes Interesse entgegenbringen. Diese überlassen sie vielmehr sich selbst, d. h. dem bäuerlichen, handwerklichen, grubenmäßigen usw. Kleinbetrieb, um ihr Interesse auf das Abschöpfen von Ertragsanteilen (›Renten‹) zu konzentrieren« (1962, S. 8).

Im klassischen Rentenkapitalismus werden von dem stadtsässigen ›Kapitalisten‹ aus den abhängigen Betrieben alle Ertragsanteile abgezogen, die über das nackte Existenzminimum der meist auch noch hoch verschuldeten Fellachen, Handwerker usw. hinausgehen. Investitionen irgendwelcher Art zur Erhaltung oder gar zur Steigerung der Produktivität eines Betriebs sind dem Rentenkapitalismus wesensfremd. Damit ist ihm vielfach ein ausgesprochen parasitärer Charakter eigentümlich; das Abschöpfen fast aller Erträge führt zu einem fortschrittshemmenden Raubbau. Die ausgebeuteten Bauern, Handwerker usw. zeigen aber nicht das geringste Interesse an einer Steigerung ihrer Produktion, an innerbetrieblichen Verbesserungen, an Modernisierung und Intensivierung; denn der Mehrertrag ihrer erhöhten Aufwendungen würde ja nicht ihnen selbst, sondern nur dem ›Kapitalisten‹ zugute kommen.

Am klarsten und eindeutigsten prägt sich das System des orientalischen Rentenkapitalismus im Bereich der *Landwirtschaft* aus. Bis zu dem sozialen Umbruch, der mit der ägyptischen Revolution im Jahre 1952 begann, konnte die Masse der bäuerlichen Bevölkerung im Orient nur einen kleinen Teil des Ertrags ihrer Bemühungen für sich behalten. Die Hälfte, oftmals drei Viertel und gelegentlich sogar neun Zehntel der Ernte mußten an die in der Stadt ansässigen Großgrundbesitzer, Notabeln, Geldleiher oder Kaufleute abgeführt werden. Sie, die Besitzer der Rententitel, stellten dem Fellachen den Boden, das Wasser, das Saatgut, nicht selten auch Gerät und Zugtiere oder die Wohnung zur Verfügung. Als Gegenleistung für jeden dieser ›Produktionsfaktoren‹ beanspruchten sie dann je ein Fünftel der Ernte (im Maghreb ›Khammessat‹ genannt, von Khamsa = 5). Oft verblieb dem Fellachen nur noch ein einziges Fünftel, als Entgelt für seine Arbeitsleistung. Zusätzlich zur Abgabe solcher Ernteanteile wurde vielfach noch die Zahlung außerordentlich hoher Zinsen für Darlehen, Vorschüsse usw. gefordert.

Aufgrund solcher rentenkapitalistischer Verstrickungen war der Fellache im Orient noch vor 20 Jahren vielerorts eine eigenartige Mischung zwischen Pächter, Landarbeiter und bodengebundenem Leibeigenen. Er erschien in jeder Hinsicht von außenstehenden Mächten abhängig und hatte stets allein das Risiko von Dürrejahren, Überschwemmungen, Heuschreckenschwärmen usw. zu tragen. Elend, Krankheit, sklavenähnliche Abhängigkeit und damit verbunden größte Wirtschaftsunsicherheit waren die entscheidenden Faktoren im Leben des orientalischen Fellachen. Ein tiefer Fatalismus beherrschte das Leben der Menschen; irgendein Planen für die Zukunft, ein Sparen oder Vorsorgen erschien gänzlich zwecklos. Da die Arbeit aber nicht lohnte und nur für den Grundherrn, kaum für den Arbeitenden selbst Ertrag abwarf, wurde sie als Fluch empfunden und möglichst umgangen.
Nicht so offenkundig, aber nicht minder effektiv ist der Zugriff des traditionellen Rentenkapitalismus im Bereich der *gewerblichen Produktion.* Das städtische Handwerk wie das ländliche Heimgewerbe bekommen vielfach sowohl das Arbeitsgerät (Webstuhl, Schmelzöfen usw.) als auch das Rohmaterial (Garn, Kupferplatten usw.) vom städtischen Geldgeber zur Verfügung gestellt. Selbst die Räume, in denen gearbeitet wird, sind nicht selten im Besitz des städtischen Kapitalisten. Von allen ›Produktionsfaktoren‹ bleibt damit vielen Gewerbetreibenden wieder nur ihre Arbeitskraft, die mit einem unglaublich niedrigen Hungerlohn vergütet wird. Auch der kleine Einzelhandelskaufmann im Bazar ist häufig ganz und gar vom Großhändler und städtischen Geldleiher abhängig; diesen gehören die Ladenräume oft ebenso wie die darin zum Verkauf angebotenen Waren (E. WIRTH 1974/75).
Trotz mancher Reformen in den vergangenen Jahrzehnten trifft man noch heute allenthalben im Orient auf solche *traditionellen rentenkapitalistischen Bindungen:* Der mit Hilfe der jüngsten Bodenreformen und Landenteignungen eben erst von der Feudalherrschaft befreite Kleinbauer hat sich durch Kauf auf Pump vielfach bereits wieder beim städtischen Geldgeber hoch verschuldet. An Tilgung der Schuld ist schon nicht mehr zu denken; geht doch allein als Zinszahlung wieder ein erheblicher Ernteanteil an den städtischen Kapitalisten. Der Schuhputzer, der vor der Türschwelle eines großen Hotels hockt, muß, um hier geduldet zu werden, dem Hotelportier einen Teil seines ohnehin äußerst geringen Verdienstes ab-

führen. Die ambulanten Händler in den belebten Geschäftsstraßen der großen Städte verkaufen Ware, die sie leihweise vom Großhändler überlassen bekommen; die Verkaufs- und Verrechnungspreise sind dabei so kalkuliert, daß der Löwenanteil des Erlöses an letzteren fällt. Der Agha oder Scheich, der Männer seines Dorfes als Arbeitskräfte für die Baustelle einer europäischen Firma anwirbt, kassiert deren gesamte Löhnung und gibt davon nur ein Taschengeld weiter. Die Reihe solcher Beispiele ließe sich fast beliebig verlängern. Immer wird eine durch Anordnungsbefugnis oder Verschuldungspraktiken überlegene Machtposition dazu ausgenutzt, um hohe Anteile des Bruttoertrags an sich zu ziehen, ohne daß dafür entsprechend hohe Aufwendungen eingebracht würden.

Es versteht sich von selbst, daß dieses System des orientalischen Rentenkapitalismus und der daraus resultierende *Wirtschaftsgeist* (vgl. E. WIRTH 1956) ein großes Hindernis für jede moderne wirtschaftliche und technische Erschließung darstellen. Selbst die westlich erzogene, einflußreiche und vermögende Oberschicht bevorzugt in alter rentenkapitalistischer Tradition noch heute eine langfristige Geldanlage im Grundbesitz oder eine kurzfristige Anlage im Darlehens- oder Bazargeschäft, in der Boden- und Bauspekulation. Die Abneigung gegen langfristige produktive Investitionen in der Industrie ist ebenso groß wie das Mißtrauen gegen eine Betätigung als Unternehmer. Von westlichen Firmen errichtete Industriebetriebe, technische Anlagen und Einrichtungen der Infrastruktur werden manchmal in kürzester Zeit heruntergewirtschaftet oder sie verkommen; denn niemand denkt daran, irgendwelche Investitionen für Reparaturen vorzunehmen. Die Abschreibungsbeträge werden nicht re-investiert, sondern als vermeintlich zusätzlicher Ertrag kassiert.

Solche Hemmnisse treten heute allenthalben im Orient auf; sie scheinen unabhängig von der sehr unterschiedlichen Wirtschaftspolitik der jeweiligen Staaten zu sein. Sowohl die Staaten mit kapitalistisch-privatwirtschaftlicher als auch die mit sozialistisch-planwirtschaftlicher Struktur bemühen sich neuerdings in ihren Entwicklungplänen und ihrer Entwicklungspolitik sehr darum, den Prinzipien eines modernen produktiven Kapitalismus Geltung zu verschaffen. Es wird aber sicher noch längere Zeit, vermutlich sogar Jahrzehnte dauern, bis die traditionellen Wertsysteme und Verhaltensmuster des orientalischen Rentenkapitalismus abgebaut sein werden.

33 Der Prozeß der Verwestlichung und seine Konsequenzen

›Verwestlichung‹ im Sinne einer Übernahme technischer, wirtschaftlicher, sozialer und zivilisatorischer Ideen und Einrichtungen von den hochentwickelten modernen Industriestaaten (Europa, USA, UdSSR) ist ein für alle Entwicklungsländer charakteristischer Prozeß. Für viele Entwicklungsländer in allen Teilen der Welt trifft es auch zu, daß Verwestlichung nicht schon automatisch eine Hebung des Lebensstandards oder eine Steigerung der Produktivität beinhaltet; man spricht oft zu Recht von *›Modernization without Development‹*. Speziell im Orient zeigt das Phänomen der Verwestlichung nun aber einige Besonderheiten, die bei allem Bemühen um wirtschaftliche und soziale Entwicklung zusätzlich berücksichtigt werden müssen.

Die räumliche Nachbarschaft von Abendland und Morgenland sowie vielfältige Beziehungen über das Mittelmeer hinweg brachten den Orient – im Unterschied zu manchen anderen Großräumen der Dritten Welt – schon sehr früh und dann immer wieder mit dem Westen in Verbindung. Damit ist Verwestlichung im Orient ein jahrtausendealtes Phänomen:

a) Die fast eintausend Jahre hellenistisch-römisch-byzantinischer Antike haben, wie bereits in der Einleitung erwähnt, in vielen Ländern des Orients bis in die Gegenwart reichende westliche Strukturen geschaffen.

b) Auch nach der Eroberung des Orients durch den Islam rissen im Mittelalter und in der frühen Neuzeit die Verbindungen mit dem Westen nicht ab. Die Kreuzzüge, sehr aktive Handelsniederlassungen der europäischen Seefahrerstädte bzw. Handelsnationen sowie frühe Bemühungen christlicher Mission im ›Heiligen Land‹ sind Beispiele für eine solche wechselseitige kulturelle und wirtschaftliche Beeinflussung.

c) Schon lange vor dem 19. oder gar 20. Jahrhundert wurden von Herrschern orientalischer Staaten ganz bewußt europäische Errungenschaften übernommen oder westliche Vorbilder nachgeahmt. Der nach der Konzeption Vaubans errichtete Befestigungsgürtel der Stadt Tunis mit seinen dreieckigen Bastionen oder die Stadtgrundrisse, Gebäude und Kunstwerke in Iran aus der Zeit der Safawiden und der Kadjaren seien hier als Beispiele genannt.

d) Seit der ersten Hälfte des 19. Jahrhunderts hat europäischer Wirtschaftsimperialismus auch gegen den Willen der Betroffenen zu einer zunehmenden Verwestlichung geführt: Die Märkte des Orients wurden für europäische Waren geöffnet; der Bau von Überseehäfen und von Straßen und Eisenbahnlinien ins Binnenland förderte das Einströmen europäischer Waren, Ideen und Institutionen. Die direkte politische, militärische und wirtschaftliche Kontrolle durch Kolonialherrschaft in Nordafrika oder Mandatsregime in Vorderasien hat dann den westlichen Einfluß nochmals verstärkt.
e) Im 20. Jahrhundert führte interessanterweise gerade auch die Abwehr direkter westlicher Einflußnahme zu einer Beschleunigung des Verwestlichungsprozesses. In ganz bewußter Anlehnung an westliche Vorbilder haben sich z. B. Kemal Atatürk in der Türkei oder Rezah Schah in Iran darum bemüht, moderne Staatswesen zu schaffen, um deren politische Unabhängigkeit zu sichern.
f) Seit dem Zweiten Weltkrieg schließlich erfaßt der Prozeß der Verwestlichung im Orient auch die einfacheren Sozialschichten und die entlegeneren Gebiete. Westliche Vorbilder werden jetzt wegen des mit ihnen verbundenen höheren Sozialprestiges freiwillig, teilweise sogar betont nachgeahmt. Die in ihre Heimat zurückgekehrten Auswanderer dienen vielfach als Vorbild. Westliche Konsumgewohnheiten und westlich orientierte Lebensführung sind im Orient zu einem Statussymbol geworden (vgl. hierzu H. MEJCHER 1976).

Angesichts dieser alten und vielfältigen Beziehungen und Beeinflussungen erscheint es zunächst schwer verständlich, daß der Orient auch auf kräftige Impulse moderner Entwicklungshilfe oft nur sehr träge reagiert. Im äußeren Anstrich erscheinen zwar schon viele Länder des Orients stark an Europa angenähert; eine auch tiefere Strukturen erfassende wirtschaftliche und soziale Entwicklung hat aber gerade im Orient immer wieder mit großen Schwierigkeiten zu kämpfen. Es wurde bereits dargelegt, daß die jahrtausendealte Kulturtradition hier als Hemmschuh wirkt: Die Verwestlichung stößt im Orient nicht auf eine Bevölkerung relativ primitiver, niedriger Kulturstufe, sondern auf eine *alte und hochentwickelte Zivilisation.* Diese erscheint festgefügt und erweist sich damit als ein vielfach hartnäckig resistenter Faktor. Das System des Rentenkapitalismus, von dem bereits die Rede war, ist Teilelement und wichtiger Baustein innerhalb eines übergeordneten Sozialsystems, welches alle Lebensäußerungen im Orient seit vielen Jahrhunderten regelt.

Diese traditionellen, im Rahmen einer stabilen Gesellschaftsordnung normierten *Lebensformen* des Orients mit ihren sehr spezifischen Wertsystemen und Verhaltensmustern beinhalten nun in wirtschaftlicher Hinsicht ebenso traditionelle *Bedarfsstrukturen*, Verbraucherwünsche und Konsumgewohnheiten. Deshalb bilden auch der Bestand an von der Gesellschaft vorgeschriebenen Konsumgütern, tägliches Brauchtum, Produktion und Austausch ein weitgehend geschlossenes System. Die herkömmlichen handwerklichen und gewerblichen Erzeugnisse des Orients (z. B. Textilien und Hausrat, Schmuck und Produkte des Nahrungsmittelgewerbes) sind keineswegs in ihrer Form beliebig austauschbare Ware; sie sind vielmehr Bestandteil einer bei den einfacheren Bevölkerungsschichten im Grunde noch ungebrochenen *materiellen Zivilisation*. Jahrhundertealte Traditionen der Gesellschaft schreiben vor, wie die einzelnen Konsumgüter zu fertigen sind, wie sie auszusehen haben, und was zu welcher Gelegenheit zu verwenden, d. h. aber zu konsumieren ist.

Ein Gang durch orientalische Bazare zeigt jedem aufmerksamen Beobachter in eindrucksvoller Weise, daß die traditionelle Gesellschaft im Orient – wie übrigens jede Gesellschaft – ganz spezielle Typen von Gebrauchsgegenständen hat. Man nehme z. B. das überaus mannigfaltige Textilangebot des Bazars: Für jeden Zweck sind jeweils andere Stoffsorten und -muster durch altes Herkommen vorgeschrieben. Dies erklärt uns auch die erstaunliche, trotz der Konkurrenz industrieller Massenfertigung immer noch weitgehend ungebrochene Lebenskraft des städtischen *Handwerks* in Bazar und Altstadtquartieren. Seit mehr als 100 Jahren haben ihm europäische Beobachter einen raschen Untergang prophezeit; immer noch aber ist in vielen Ländern des Orients die Zahl der im traditionellen Handwerk und Gewerbe Beschäftigten größer als die Zahl der Beschäftigten in modernen Industrien. Solange es noch einen aufgrund jahrhundertealter Überlieferung in Geschmack und Konsumgewohnheiten traditionell eingestellten Kundenkreis gibt, wird auch das alte orientalische Handwerk und Gewerbe zumindest in Restbeständen am Leben bleiben (vgl. D. CHEVALLIER 1962, 1966).

Das vorstehend skizzierte altüberlieferte Wirtschafts- und Sozialsystem des Orients hat sich als sehr stabil erwiesen. Auf Anstöße von außerhalb reagiert es zunächst einmal systemimmanent; es versucht also, vom Westen kommende *Neuerungen in das alte System mit einzubauen* (vgl. P. PENNEC 1964). Die Sattler des Bazars z. B. verarbeiten heute unter Beibehaltung ihrer alten Handwerkstechniken statt Leder alte Autoreifen; das Metall für einen primitiven Bronzeguß wird heute nicht mehr über dem Holzkohlenfeuer, sondern über der Propangasflamme erhitzt. Paradox wird ein solcher Einbau des Neuen ins Alte dann z. B. dort, wo auf einem Dreschplatz der altüberlieferte orientalische Dreschschlitten von einem Traktor im Kreis herumgezogen wird.

Fatalerweise hat nun aber gerade die Tendenz, den Westen system-immanent in die traditionellen Gesellschafts- und Lebensordnungen des Orients mit einzubeziehen, während der vergangenen einhundert Jahre zu *krassen Fehlentwicklungen* geführt. Viele der sozialen gravamina des gegenwärtigen Orients sind letztlich nur hieraus zu erklären: das relative Absinken der Löhne im traditionellen Handwerk und Gewerbe fast unter die Grenze des Existenzminimums; der Niedergang des ländlichen Heimgewerbes und damit der Verlust von Möglichkeiten des Nebenerwerbs; die Usurpation von Grundbesitz durch Feudalherren und städtische Geldleiher und damit verbunden die Entstehung großer Latifundien; die rücksichtslose wirtschaftliche Ausbeutung der Stammesgenossen durch einflußreiche Nomadenscheichs. Vieles spricht sogar für die Vermutung, daß auch das traditionelle System des orientalischen Rentenkapitalismus erst durch Übernahme westlicher Komponenten einen betont parasitären Charakter angenommen hat (E. WIRTH 1972).

Solche im Zusammenhang mit der Verwestlichung des Orients aufgetretenen schweren Fehlentwicklungen sind ein überzeugendes Argument gegen alle Bestrebungen, moderne westliche Einflüsse als Systemelemente in die alten Wirtschafts- und Sozialordnungen des Orients einzubauen. Nach einer möglicherweise noch längeren Übergangszeit muß der eingeschlagene Weg der Verwestlichung wohl auch im Orient konsequent zu Ende gegangen werden, falls es nicht gelingen sollte, in einer schöpferischen Synthese völlig neue Wege zu finden. In beiden Fällen wird es sich nicht vermeiden lassen, daß die traditionellen *Wertsysteme* grundlegend umorientiert werden; auch die seit frühester Kindheit eingeprägten intersubjektiven *Verhaltensmuster* — und damit die Lebensformen und Konsumgewohnheiten — werden sich wohl erheblich wandeln müssen. Erst wenn die Verwestlichung oder die Neuorientierung auch im Orient von der Oberfläche in die Tiefe dringt, erst wenn sie neue Lebensformen und damit auch neue Bedarfsstrukturen, Konsumgewohnheiten und Produktionsweisen schafft, werden sich viele systembedingte Mißstände der gegenwärtigen Übergangsperiode beheben lassen.

Wenn vorstehend die entwicklungshemmende Rolle der traditionellen Wirtschafts- und Sozialstrukturen besonders betont wurde, so darf demgegenüber doch nicht vergessen werden, daß die Verwestlichung auch im Orient *viele Lebensbereiche* bereits *stark umgestaltet* hat. Der ausgeprägte Nationalismus orientalischer Staaten kommt ebenso vom Westen wie die modernen sozialistischen Strömungen. Rechtsordnung und Schulwesen, Verwaltung und Armee sind nach europäisch-westlichen Vorbildern organisiert. Im Zusammenhang mit den überwiegend westlich orientierten Konsumgewohnheiten der Mittel- und Oberschicht entstanden zur Deckung des neuen Bedarfs auch neue Branchen von Produktion, Handel und Verkehr, die sich neue Standorte außerhalb der bisherigen Altstadtgeschäftsbezirke (Bazare) suchten.
In allen größeren Städten des Orients findet man deshalb heute neben dem Bazar als dem Einkaufszentrum der traditionell eingestellten ärmeren Bevölkerungsschichten moderne Geschäftsstraßen und Geschäftsviertel mit einem betont westlichen Waren- und Dienstleistungsangebot. Ein Teil dieser Güter wird bereits in heimischen Fabriken hergestellt. Hochhäuser, Parkplatznot, Verkehrsstauungen während der Rushhours, Elendsquartiere am Stadtrand und moderne Villenviertel in den bevorzugten Wohngegenden sind ein augenfälliges Indiz dafür, daß die *Urbanisierung* als ein wesentliches Moment der Verwestlichung auch im Orient unaufhaltsam voranschreiten (E. WIRTH 1968).
Es versteht sich dabei von selbst, daß der Grad der Verwestlichung im Orient erhebliche *regionale Unterschiede* aufweist. Die großen Küstenstädte und die naturbegünstigten Agrarregionen Algeriens z. B. wurden durch mehr als einhundert Jahre französischer Siedlung und Kolonialherrschaft ebenso stark verwestlicht wie der Libanon, dessen wirtschaftlich und sozial tonangebende christliche Oberschicht seit ebenfalls mehr

als einhundert Jahren intensive Beziehungen mit dem Westen pflegt. Dem stehen auf der anderen Seite Staaten wie der Jemen oder einige Scheichtümer am Persischen Golf gegenüber, welche noch bis in die Zeit nach dem Zweiten Weltkrieg in weitgehender Abgeschlossenheit fast mittelalterliche Zustände konservierten. Auch diese letzten Bastionen der Tradition öffnen sich aber seit einigen Jahren – insbesondere im Zusammenhang mit der modernen Erdölerschließung – dem Westen und sind um rasche Modernisierung bemüht.
Die traditionellen *Lebensformen* des Orients wurden von der modernen Verwestlichung ebenfalls ganz unterschiedlich betroffen. Für die *Fellachen* hat sich die moderne Entwicklung überwiegend positiv ausgewirkt; brachten doch die Bodenreformen und Sozialisierungstendenzen der jüngsten Jahrzehnte eine merkliche Milderung, da und dort sogar eine Aufhebung rentenkapitalistischer Abhängigkeit und Verschuldung mit sich. Die Lebensform der *Nomaden* hingegen dürfte gerade im Zusammenhang mit dem Prozeß der Verwestlichung zum Untergang verurteilt sein. Als Hauptursachen für den Niedergang des Nomadismus könnte man nennen: Verlust der ergiebigsten Weidegründe durch das kraftvolle Vordringen des Regenfeldbaus in die Trockensteppe hinein, Verlust wesentlicher Transportfunktionen und Niedergang der Kamelzucht infolge der Verlagerung des Wüstenverkehrs von der Karawane auf das Kraftfahrzeug, Brechung der politischen und militärischen Überlegenheit der Nomaden durch mit modernen Waffen ausgerüstete Polizei- und Truppenverbände. Diese Wandlungen haben den Nomaden die wichtigsten ihrer bisherigen Lebensgrundlagen entzogen; als Alternative zur Vernichtung der wirtschaftlichen wie der physischen Existenz scheint für die nomadisierenden Stämme Nordafrikas und Vorderasiens nur das Seßhaftwerden übrigzubleiben (vgl. A. LEIDLMAIR 1965, E. WIRTH 1969, F. SCHOLZ 1975, 1976).

34 Die Chancen der jungen Erdöl-Erschließung

Bereits in der Einleitung wurde darauf verwiesen, daß der Orient die mit erheblichem Abstand erdölreichste Großregion der Erde dargestellt (Tab. 1). Die Erschließung der dortigen Erdölvorräte ist allerdings erst seit einem Menschenalter energisch vorangetrieben worden (Tab. 2). Noch am Vorabend des Zweiten Weltkrieges war die Förderung auf die beiden Länder Iran und Irak beschränkt. In den jüngstvergangenen Jahrzehnten sind dann auch in anderen Ländern Vorderasiens und in Nordafrika ergiebige Vorkommen gefunden worden. Heute ist bereits die Mehrzahl aller Staaten des Orients an der Erdöllieferung beteiligt, und einige der übrigen Staaten profitieren immerhin indirekt vom Erdöl, z. B. vom Transit mit Hilfe von Pipelines. In den entsprechenden regionalen Kapiteln von Teil 4 (Nordafrika) und 5 (Vorderasien) wird die Erdölwirtschaft jeweils noch eingehend berücksichtigt. Deshalb seien hier nur einige übergreifende Gesichtspunkte kurz erörtert.

Die Bedeutung des Erdöls aus Vorderasien und Nordafrika für die jungen Staaten des Orients selbst wie auch für die Weltwirtschaft läßt sich am besten anhand einiger *Schlüsselzahlen* verdeutlichen:

a) Aus Tab. 1 in der Einleitung wurde bereits ersichtlich, daß nach dem gegenwärtigen Stand unseres Wissens zwei Drittel der Welt-Erdölreserven im Orient liegen. Tab. 2 zeigt in Ergänzung dazu, wie steil in den vergangenen 35 Jahren sowohl die absolute Förderung aus den Lagerstätten Nordafrikas und Vorderasiens als auch der Anteil des Orients an der Welt-Erdölförderung angestiegen sind.

Tabelle 2: Die Dynamik der Erdölerschließung im Orient

	1938	1950	1960	1970	1973
Erdölförderung Orient in Mill. t	16	87	274	913	1220
Anteil an der Weltförderung in %	6	17	25	39	43

Quelle: ESSO

b) Aus Tab. 3 ist zu ersehen, daß von den 11 größten Erdölfeldern der Welt – d. h. von allen mit jeweils mehr als einer Milliarde t sicherer Reserven – nicht weniger als 10 im Orient liegen. Jedes der beiden größten Erdölfelder des Orients verfügte 1968 über mehr sichere Erdölreserven als die gesamten Vereinigten Staaten.

Tabelle 3: Die ergiebigsten Erdölfelder der Welt
(Stand 1968. Sichere Reserven in Mill. t, incl. bisheriger Förderung).

Name des Feldes	Entdeckungsjahr	Staat	Reserven
Groß-Burgan	1938	Kuwait	8 900
Ghawar	1948	Saudi-Arabien	6 500
Bolivar Küstenfeld	1922	Venezuela	4 300
Safaniya-Khafji	1951	Saudi-Arabien (Neutrale Zone)	3 600
Kirkuk	1927	Irak	2 100
Rumaila	1953	Irak	1 950
Agha Jari	1938	Iran	1 350
Abqaiq	1941	Saudi-Arabien	1 300
Gach Saran	1928	Iran	1 150
Serir	1961	Libyen	1 150
Raudhatein	1951	Kuwait	1 100

Quelle: ESSO

Zum Vergleich (Stand 1968):

USA, alle Felder	4 400
Sowjetunion, alle Felder	5 500
Westeuropa, alle Felder	230

c) Burgan in Kuwait, das größte Erdölfeld der Welt, könnte beim derzeitigen Verbrauch (1977) den Erdölbedarf der Bundesrepublik für ca. 65 Jahre decken. Dieses Feld hat eine etwa ovale Ausdehnung von nur 25 × 15 km. Mit etwa 300 km² entspricht sein Areal ungefähr der Fläche der Stadtkreise Köln oder München.

d) Von allen Großräumen der Erde weist der Orient heute bereits die höchste Erdölförderung auf. Sein Gewicht auf dem Weltmarkt ist aber noch wesentlich stärker, als es die 43 % Anteil an der Weltförderung erkennen lassen; denn der Eigenverbrauch Vorderasiens und Nordafrikas an Erdöl schlägt gegenwärtig noch kaum zu Buche. Damit ist der Orient der bei weitem bedeutendste Erdölexporteur; sein Anteil am Weltexport beläuft sich auf etwa 80 %. Das Diagramm Fig. 4a zeigt, daß bis 1971 der Erdölüberschuß Lateinamerikas etwa das Erdöldefizit Nordamerikas decken konnte. Der Erdöl-

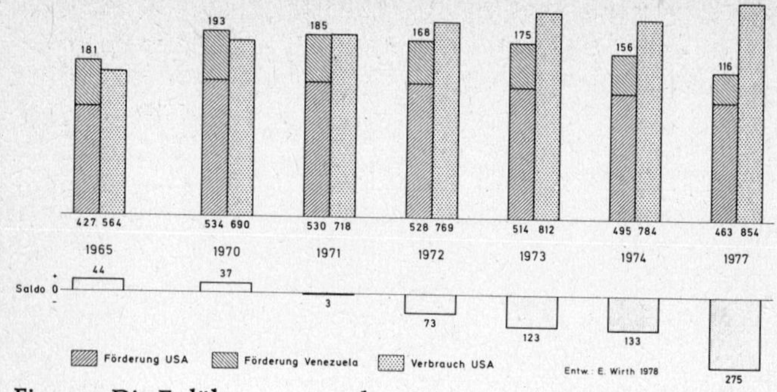

Fig. 4a: Die Erdölversorgung der USA (in Mill. t Rohöl)

überschuß des Orients wurde folglich im wesentlichen dafür verwandt, die sehr hohen Defizite Europas und Japans auszugleichen. Auf einen solchen transportkostenorientierten interkontinentalen Ausgleich hatten sich die Welthandelsströme des Erdöls eingespielt (Fig. 5). Seit 1972 werden die Lagerstätten des Orients nun aber auch in einem von Jahr zu Jahr noch steigenden Umfang zur Deckung des rasch wachsenden Erdöl-Importbedarfs der USA herangezogen.

e) Nochmals bevorzugt erscheint der Orient schließlich dadurch, daß die Produktionskosten für Erdöl hier sehr viel niedriger liegen als in anderen Erdölregionen. Aufgrund einer

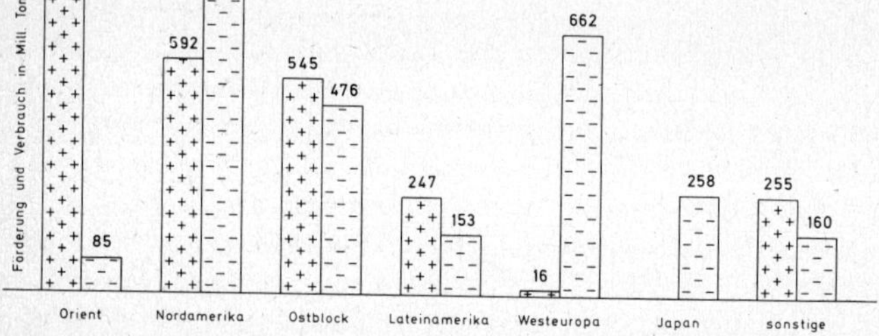

Fig. 4b: Förderung und Verbrauch von Erdöl in den Großregionen der Erde 1974

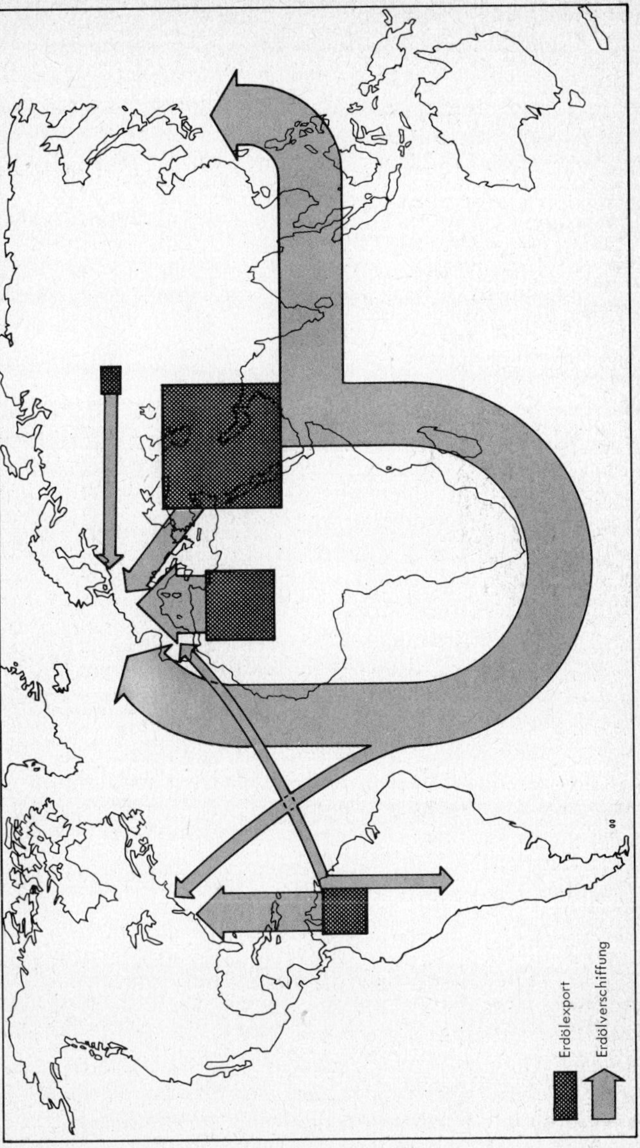

Fig. 5: Erdöl-Export und Erdöl-Verschiffung 1970

einige Jahre zurückliegenden Schätzung kommt die Förderung pro Tonne Erdöl in Venezuela dreimal, in der Sowjetunion achtmal, in den USA fünfzehnmal und in Kanada zwanzigmal teurer als im Bereich des Persischen Golfs. Wie sehr die Felder des Orients hinsichtlich ihrer Förderung begünstigt sind, zeigt auch Tab. 4.

Tabelle 4: Mittlere Ölförderung pro Sonde 1968 (in t/Jahr)

Vereinigte Staaten	850	Libyen	149 250
Sowjetunion	4 950	Kuwait	233 250
Venezuela	15 050	Iran	591 900 (?)

Quelle: Commerce du Levant, Edit. Mensuelle, Nr. 129 (Beirut, Mai 1971), S. 46.

Vielfach herrschen in der breiteren Öffentlichkeit noch recht *unangemessene Vorstellungen* über die Situation der orientalischen Erdölländer. Gerade im Zusammenhang mit den hartnäckigen Forderungen der OPEC nach höheren Erdölabgaben und im Anschluß an die Anhebungen des Rohölpreises vom Herbst 1973 hörte man viele Klagen über die angeblich so überzogenen finanziellen Forderungen der Förderländer. Auch werden immer noch die alten Geschichten von übermäßigem Luxus und von ausschweifender, üppiger Lebensführung der ›Erdölscheichs‹ kolportiert, oder man schmunzelt etwas herablassend über den arabischen Souverän, der sich alle Gewinnanteile zunächst in Goldmünzen ausbezahlen ließ und in großen Kisten unter seinem Bett verwahrte.
Die heutige Wirklichkeit sieht demgegenüber doch sehr anders aus; zwei Beispiele mögen dies belegen:

a) Die Darstellung von Tab. 5 basiert auf den Angaben eines führenden internationalen Erdölkonzerns, der im Orient große Beteiligungen besitzt. Damit ist die Berechnung wohl über allen Verdacht erhaben, die Situation zugunsten der orientalischen Staaten beschönigen zu wollen. Aus Tab. 5 ergibt sich eindeutig, daß die Erdölländer des Orients trotz der Preiserhöhung 1973/74 nur einen *bescheidenen Anteil am Endpreis des Produkts erhalten.* Niemand sollte es ihnen deshalb verargen, wenn sie bemüht sind, die Relationen ein wenig zu ihren Gunsten zu verschieben.

b) Kuwait und einige andere Scheichtümer am Persischen Golf

Tabelle 5: Zusammensetzung des Verbraucherpreises für Benzin in der Bundesrepublik 1974

Förderkosten	0,5 Pf.
Einnahmen der Förderländer	17,0 Pf.
Kosten für Rohöltransport	3,8 Pf.
Kosten für Raffinierung, Lagerung, Vertrieb	5,0 Pf.
Gewinne der Ölkonzerne	1,4 Pf.
Umsatzprovision für Tankstellen	5,7 Pf.
Mineralölsteuer	44,0 Pf.
Mehrwertsteuer	8,5 Pf.

leisten sich zwar den ›Luxus‹, ihre öffentlichen Parks und Gartenanlagen inmitten der Stadt mit entsalztem Meerwasser zu bewässern. Der größte Teil der Erdölabgaben wird heute aber auch dort für einen großzügigen Wirtsschaftsaufbau und für auf längere Sicht produktive Investitionen verwandt. Viel zu wenig ist auch bekannt, daß Staaten wie z. B. Kuwait eine sehr aktive und großzügige *Entwicklungshilfe* zugunsten ärmerer Staaten des Orients betreiben. Der 1961 gegründete ›Fund for Arab Economic Development‹ z. B. erhielt im Jahre 1966 vom Staat Kuwait Mittel in Höhe von 2 Mrd. DM. Unabhängig davon überweist Kuwait seit 1967 jährlich ca. 500 Mill. DM an andere arabische Staaten als Subventionen, die nicht zurückgezahlt werden müssen. Insgesamt stellte das kleine Ölscheichtum auf diese Weise im Jahre 1967 etwa 280 Dollar pro Einwohner für Entwicklungshilfe zur Verfügung. Die entsprechenden Zahlen für die USA belaufen sich auf 19 Dollar pro Einwohner, für die Bundesrepublik Deutschland auf 9 Dollar und für Japan auf 4 Dollar pro Einwohner. Die Erhöhung des Rohölpreises 1973/74 führte zu einer entsprechenden Steigerung der Entwicklungshilfe; 1975–1977 brachten die arabischen Ölstaaten hierfür jährlich mehr als 10 Mrd. DM auf.

Fast alle Staaten des Orients mit einer ins Gewicht fallenden Erdölförderung verwenden heute den größeren Teil ihrer *Erdöleinnahmen für langfristige Entwicklungsprojekte.* Zwar versickert noch ein Teil des Geldes in den Kanälen des traditionellen Rentenkapitalismus. Dennoch gehören sie damit grundsätzlich zu denjenigen Entwicklungsländern, deren Erschließung nicht schon — vor allen anderen

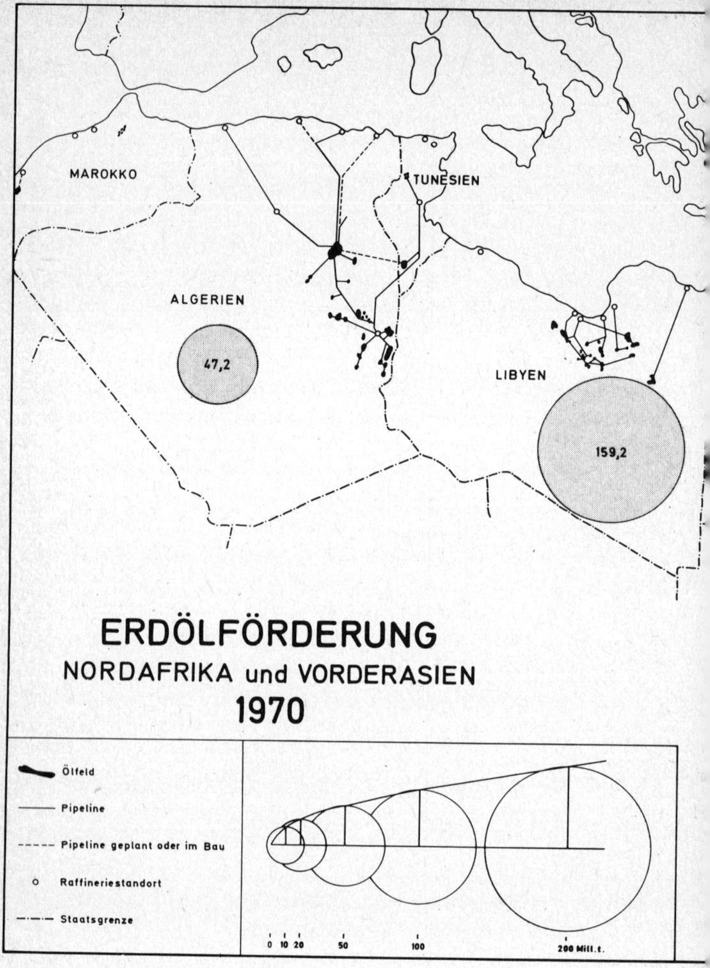

Fig. 6: Erdölförderung Nordafrika und Vorderasien 1970

Schwierigkeiten – durch einen fast hoffnungslosen Kapitalmangel gehemmt wird. Immerhin bestehen gerade in dieser Beziehung von Land zu Land große Unterschiede. Tab. 6 veranschaulicht, daß die insgesamt gezahlten Erdölabgaben im Verhältnis zur Bevölkerungszahl und zum Entwicklungspotential bei den einzelnen Staaten des Orients sehr unterschiedlich wiegen:

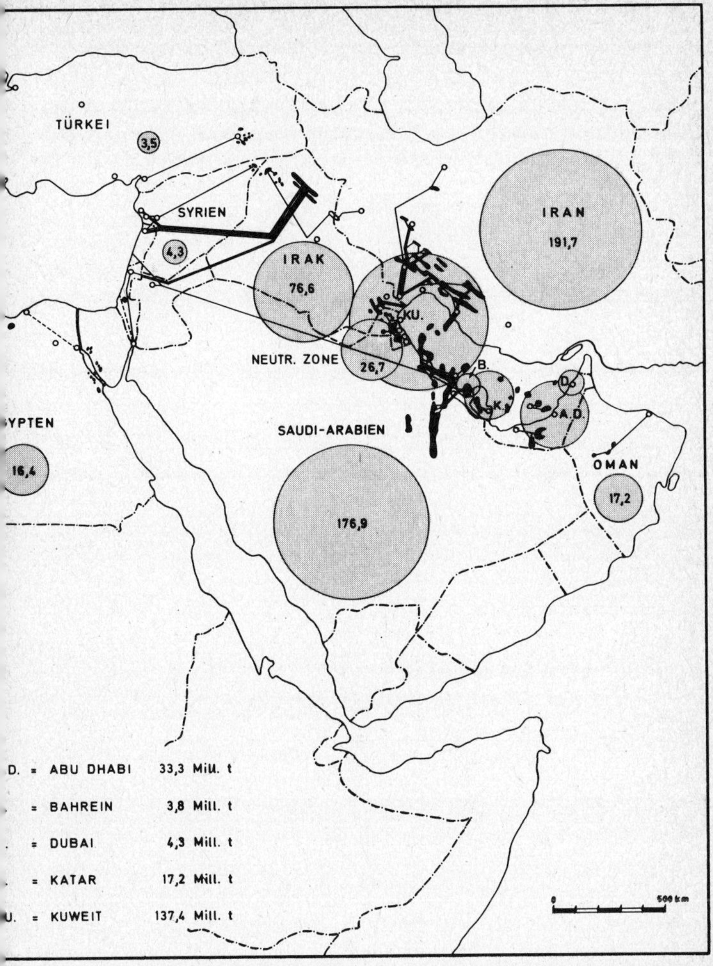

Nur kleine Scheichtümer, wie Kuwait und Abu Dhabi, bekommen pro Einwohner so hohe Zahlungen, daß eine sinnvolle Investition aller Gewinnanteile im Lande selbst kaum möglich erscheint. Die großen, ganz dünn besiedelten Flächenstaaten Libyen und Saudi-Arabien erhalten pro Einwohner schon erheblich niedrigere Abgaben. Bei den Staaten Iran und

Irak schließlich, die eine relativ hohe Bevölkerungsdichte und ein großes Entwicklungspotential aufweisen, reichen die derzeitigen Erdölabgaben pro Kopf der Bevölkerung in keiner Weise für eine zügige Landesentwicklung aus. Auch vor diesem Hintergrund erscheint die Forderung der großen Förderländer des Orients nach höheren Abgaben durchaus verständlich.

Tabelle 6: Staatliche Erdöleinkünfte 1974

	insgesamt	pro Einwohner (ohne Gastarbeiter)
Libyen	7,6 Mrd. $	3 170 $
Saudi-Arabien	20,0 Mrd. $	2 220 $
Iran	17,4 Mrd. $	580 $
Kuwait	7,0 Mrd. $	14 900 $
Irak	6,8 Mrd. $	620 $
Abu Dhabi	4,1 Mrd. $	17 450 $

Zum Vergleich:

Türkei

Überweisungen der Gastarbeiter 1969:	450 Mill. DM
Einnahmen aus dem Touristenverkehr:	150 Mill. DM
(= pro Einwohner ca. 20 DM)	600 Mill. DM

Israel

Hilfsleistungen aus den USA 1978: ca. 3,1 Mrd. $
(= pro Einwohner ohne Araber ca. 1000 $)

Bundesrepublik Deutschland

Gesamtsteuereinnahmen pro Einwohner im Jahre 1976: ca. 4 300 DM

Es versteht sich von selbst, daß der Prozeß der *Verwestlichung* durch die moderne Erdölerschließung und durch das Hereinströmen von Kapital und ausländischen Arbeitskräften in allen Erdölländern des Orients sehr gefördert wird. Selbst Staaten wie Saudi-Arabien, die sich lange Zeit gegen unerwünschte westliche Einflüsse hermetisch abzuriegeln versuchten, beginnen heute, das Scheitern solcher Bemühungen einzusehen. Die *mit den modernen Entwicklungen verbundenen Probleme* liegen gegenwärtig wohl auf anderem Gebiet:

a) Immer wieder flackern *Konflikte* zwischen den Ölgesellschaften und den von nationalistischem Selbstbewußtsein geprägten Staaten des Orients auf. Nicht selten werden diese

Konflikte durch Lappalien ausgelöst. Beide Seiten sind dann sehr auf ihr Prestige bedacht, und es ist immer schwierig, eine Lösung zu finden, bei der alle Beteiligten das Gesicht wahren können. Mehrmals waren im Zusammenhang mit solchen Streitigkeiten Pipelines von der Golfregion zum Mittelmeer monatelang außer Betrieb, obwohl ein einziger Nachmittag zur Reparatur genügt hätte. Selbst Israel hat sich inzwischen bereits erfolgreich in dieses Katz-und-Maus-Spiel mit den Erdölgesellschaften eingeschaltet.
b) In vielen Erdölländern des Orients fehlen *qualifizierte Arbeitskräfte.* In Kuwait und einigen Scheichtümern am Persischen Golf übertrifft die Zahl der dort tätigen Gastarbeiter bereits die Zahl der einheimischen Bevölkerung. Damit ist nicht nur die Gefahr einer bevölkerungsmäßigen Überfremdung akut geworden; viele der Gastarbeiter fühlen sich auch — trotz viel höherer Entlohnung als in ihrem Heimatland — unterprivilegiert. Sie erscheinen deshalb für sozialrevolutionäre Ideen besonders anfällig.
c) Bei den kleinen Ölscheichtümern und bei denjenigen Flächenstaaten, die ganz überwiegend aus nicht entwicklungsfähigen Wüsten und Wüstensteppen bestehen, taucht schließlich die Frage nach einer *langfristig sinnvollen Investition der Erdöleinkünfte* auf. Inflation infolge zu hohen Geldumlaufs, übermäßige Anhebung von Lohnniveau und Mieten, steiles Ansteigen der Bodenpreise und im Zusammenhang damit eine kaum zu bremsende Grundstücksspekulation sind einige der Gefahren, die sich hierbei fast zwangsläufig einstellen.

Es bestehen begründete Aussichten, daß die Erdölländer des Orients diese und manche anderen mit der raschen Erdölerschließung zusammenhängenden Probleme werden meistern können. Schon heute werden die Entwicklungsplanungen für die weitere Zukunft von dem übergeordneten Gesichtspunkt geleitet, die Erdöleinkünfte nach Möglichkeit langfristig und produktiv in anderen Wirtschaftsbereichen zu investieren. Dadurch soll für spätere Jahrzehnte, wenn der Erdölsegen einmal versiegt ist, eine leistungsfähige und von fremder Hilfe unabhängige Wirtschaftsstruktur aufgebaut werden. In diesem Sinne kann man der schweren Hypothek des Rentenkapitalismus auf der Guthabenseite des Orients die Zukunftschancen der jungen Erdölerschließung entgegensetzen.

4 Nordafrika

Der Begriff Nordafrika und die Umgrenzung dieses Raumes sind nicht klar festgelegt. Man findet ihn sehr verschieden verwendet. So wurden in der französischen Literatur vor allem der Kolonialzeit meist nur die Atlasländer als ›L'Afrique du Nord‹ (J. DESPOIS 1949) bezeichnet. Man sprach auch von ›Nordafrika *und* Ägypten‹. Hier wird unter Nordafrika jener Raum verstanden, der das gesamte nördliche Afrika einschließlich der Sahara umfaßt, jedoch die Länder am Südrand der Sahara, wie Senegal, Mali, Niger, Tschad und Sudan außerhalb läßt. Dies entspricht auch der Konzeption dieser länderkundlichen Reihe, die in Band 5 ›Afrika — südlich der Sahara‹ (von W. MANSHARD) den südlichen Grenzsaum der Sahara mit einschließt. Diese Abgrenzung ist schon deshalb sinnvoll, weil im tropischen Übergangssaum vom ariden Wüstenklima zum humiden Tropenklima, also in der Sahel- und Sudanzone, die schwarzafrikanische Bevölkerung zu Hause ist, somit *Nordafrika etwa gleich Weißafrika* zu setzen ist. An der atlantischen Küste reicht die Kontaktzone zwischen Schwarz und Weiß im Lande Mauretanien weit in die Sahara hinein nach Norden, so daß dieser westsaharische Raum schon zum Übergangsbereich von Weiß- und Schwarzafrika zählt. Damit bilden die afrikanischen Kontaktländer schwarz-weißer Bevölkerungsintegration mit den ethnischen Gruppen der Mauren, großer Teile der Tuareg, der Tubbu und der Nubier im Sudan gleichzeitig auch den Grenzsaum des orientalischen Kulturerdteils. Islamisierung und zum Teil auch die Arabisierung sind hier noch typische Merkmale.

41 Der Maghreb — kulturhistorische und geographische Gemeinsamkeiten

411 Die historische Entwicklung des Maghreb

Was ist eigentlich der Maghreb? Die Sinngebung des arabischen Wortes Maghreb oder Moghrib (= der Westen) leitet sich vom Land im Westen ab, dem Bereich, in dem die Sonne untergeht, im Gegensatz zum ›maschrig‹, dem Osten, in dem die Sonne aufgeht. Den äußersten Westen des nordafrikanischen Festlandes, ›maghreb el-aqsa‹, bildet an der Atlantikküste das Land Marokko, das diese arabische Bezeichnung noch heute trägt und offiziell verwendet.

Vor den islamisch-arabischen Eroberungszügen, die in Nordwestafrika am Ende des 7. Jahrhunderts ihren ersten Höhepunkt erreichten und sich in vielen Wellen noch mehrere Jahrhunderte auswirkten, bezeichnete man Nordwestafrika noch nicht als den Maghreb. Vielmehr hatten die dort in vielen Gruppen wohnenden *Berber* ihren Namen schon in der griechischen und römischen Antike erhalten, als man von dem Land der ›Barbari‹ oder der ›Barbaria‹, der Berberei also, sprach. Dem Fremden in diesem Land, dem Barbaren, wurden später nicht selten die Eigenschaften ›roh‹, ›grausam‹ oder ›wild‹ unterstellt. Der von Berbern besiedelte Raum Nordafrikas reichte ursprünglich von der Atlantikküste bis zur Syrte und südwärts bis in die nördliche Sahara hinein. Von hier aus drangen Gruppen immer wieder in die Wüste vor, so daß heute berberische Tuareg weit verbreitet bis zum Sahel Westafrikas angetroffen werden.

Über die Geschichte der Berber, ihre ethnische Zusammensetzung und Verbreitung sowie ihre ersten Reiche berichtet ausführlich CH.-A. JULIEN (1968, überarbeitet von R. LE TOURNEAU) in seinem ersten Band der Geschichte Nordafrikas. Wenn man auch den Bereich Nordafrikas westlich von Ägypten als überwiegend berberisch ansah, so lagen die ›Königreiche‹ der Berber im 2. und 3. Jahrhundert doch vor allem im Westen bis etwa zum Aurèsgebirge, das noch heute vorwiegend berberisch besiedelt ist. Im nördlichen Marokko lebte eine wichtige Stammesföderation, die bereits als *Maurenreich* bezeichnet wurde. Nach der Beherrschung der frühen berberischen Mächte durch die Karthager und später durch die Römer blieb der Name ›Mauren‹ in den römischen Provinzen Mauretania, Tingitana und Caesariensis erhalten und wurde auf die Dynastien des 11. bis 13. Jahrhunderts, insbesondere die Almoraviden und Almohaden, übertragen. Diese islamisch arabo-berberischen Reiche, die neben dem Maghreb auch große Teile der Iberischen Halbinsel umfaßten, stellten machtpolitisch, religiös und kulturhistorisch die Blütezeit des Maurenreiches dar.

Es ist bemerkenswert, daß in griechisch-römischer Zeit in

Nordwestafrika neben dem maurischen Herrschaftsbereich noch das Gebiet der *Numidier* genannt wurde, das etwa im heutigen Ostalgerien und in Tunesien lag. Daneben erhielt die östliche Berberei die Bezeichnung ›*Africa*‹, als es zur römischen Provinz wurde (im 3. Jahrhundert als Africa proconsularis bekannt), und Numidia nur noch ein Rest zwischen Mauretania und Africa geworden war. Über das römische Nordafrika hat neben JULIEN auch CHARLES-PICARD (deutsche Übersetzung 1962) eine gute Zusammenfassung gegeben. Hier kann nur in groben Zügen die historische Entwicklung angedeutet werden.

Im Mittelalter wurde der Maghreb in drei große Bereiche eingeteilt. IBN KHALDOUN (CHALDŪN), der bedeutende Geograph und Historiker in Nordafrika (1332–1406), bezeichnete den atlantisch-marokkanischen Raum als den äußeren Westen (Maghreb el-aqsa), den heute vorwiegend algerischen Teil des zentralen Maghreb und den östlichen Bereich der römischen Provinzen Numidia und Africa weiterhin als Ifrikiya (= Africa), so genannt nach den im Küstenbereich der Syrte wohnenden Afarig (Afra). Man sieht also, wie sich der Begriff Maghreb mehr auf den nordwestafrikanischen Bereich und nicht auf Nordafrika allgemein konzentrierte. Durch die islamisch-arabische Machtausbreitung war jedoch wiederum ein einigendes Band über den gesamten Maghreb ausgebreitet, das schließlich durch die Islamisierung und durch die teilweise Arabisierung – beides läßt sich zumeist nicht klar voneinander trennen – das traditionelle Wohngebiet der Berber entscheidend beeinflußt hat. Der bisher vom ursprünglichen arabischen Kulturkreis des Orients fern im Westen gelegene Maghreb wurde durch die sich ständig erneuernden Eroberungszüge aus Nordostafrika und Arabien über Jahrhunderte hinweg nun selbst zum arabischen Lebensraum. Zweifellos war dies nur regional differenziert der Fall, wie die größeren berberischen Refugien, vor allem in den Gebirgsräumen des Atlassystems, erkennen lassen. Die Verbreitung des Islam ›mit Feuer und Schwert‹, wie es der Prophet MOHAMMED verkündet hatte, erfaßte zwar alle Berbergruppen, doch konnten sich gerade bei ihnen mancher sektenartige Zusammenschluß und viele ursprüngliche, auch vom Christentum beeinflußte religiöse Gewohnheiten halten. Der maghrebinische ›Marabutismus‹ ist hierfür ein deutliches Kennzeichen.

Für die Entwicklung des Maghreb ist festzuhalten, daß diese

Zeitepoche, die Mitte des 7. Jahrhunderts begonnen hatte und mit dem Einfall der arabischen Beni Hilal, denen die Beni Solayim im 11. Jahrhundert folgten, fortgesetzt wurde, entscheidend geworden war. Zweifellos hatten sowohl die oft zerstörerischen Eroberungszüge als auch die allmählichen Infiltrationen arabischer Stämme und Gruppen die ›*Orientalisierung*‹ *des Maghreb* zur Folge, die uns heute berechtigt, auch den Maghreb zum Orient zu rechnen.

Die arabischen Stämme dieser Zeit waren zumeist Nomaden, die mit ihren Familien und mit ihren Herden nach Westen vordrangen. Manche blieben schon in Tripolitanien, andere erreichten Ifriquiya, und wiederum einige drangen etappenweise bis zum äußersten Westen nach Marokko vor. IBN KHALDOUN beschrieb diesen Vorgang so: »Wie ein Schwarm Heuschrekken zerstörten sie alles, was sie auf ihrem Wege antrafen.« Dennoch darf man nicht vergessen, daß mit den ersten arabischen Eroberern auch berberische Bevölkerung die Straße von Gibraltar überquert (711) und durch Unterwerfung, Verbreitung arabischer Kultur und Islamisierung große Teile der Iberischen Halbinsel in das Maurische Reich einbezogen hatte.

Mit der Orientalisierung des Maghreb waren auch *neue Kulturpflanzen* verbreitet worden, wie Zuckerrohr, Reis und verschiedene Zitrusarten; auch Indigo, Henna und Safran wurden mitgebracht. Viele dieser Kulturpflanzen fanden auch auf der Iberischen Halbinsel Verbreitung und wurden Bestandteil der großen bewässerten Vega in Andalusien oder an der levantinischen Küste Spaniens. Mit dem Abschluß der Reconquista und der Wiedereroberung von Granada (1492) war das Maurenreich zusammengebrochen. H. LAUTENSACH hat in mehreren Arbeiten über den maurischen Einfluß in der Kulturlandschaft Iberiens berichtet, doch soll hier vor allem auf die Auswirkungen des Rückwandererstroms und der vertriebenen Mauren (span. moros und moriscos) im Maghreb selbst hingewiesen werden. Im Maghreb wurden sie ›Andalusier‹ genannt, die vor allem im nördlichen Marokko und in der Küstenzone bis zur Syrte nachhaltig die Kulturlandschaft beeinflußten. Bis heute lassen sich diese Einflüsse im Siedlungsbild und in der Landnutzung nachweisen, wie J. DESPOIS dargestellt und H. ACHENBACH (1964) für die tunesische Halbinsel Cap Bon untersucht hat. Noch heute heißt ein Stadtviertel von Fès ›El-Andalūs‹. So muß in der historischen Entwicklung des

Maghreb das nach Europa übergreifende Maurenreich als ein wesentliches Element auch von kulturgeographischer Prägekraft angesehen werden. Man denke hierbei auch an die maurische Baukunst der Städte, Moscheen und Paläste, die dem Maghreb innerhalb des Orients seine eigenen Attribute verliehen haben und auch in Iberien als wertvolle Kulturdenkmäler angesehen werden (Cordoba, Sevilla, Granada u. a.).

Seine Eigenständigkeit behielt der Maghreb auch in türkisch-osmanischer Zeit. Die vordringenden Türken mußten im Maghreb vielfach spanische und portugiesische Eroberer der Küstenstädte von Marokko bis zur Syrte verdrängen. Diese *iberischen Stützpunkte* in Nordafrika waren im Gefolge des Zusammenbruchs des Maurenreiches Hafenfestungen geworden, die noch heute in vielen Städten historische Bauwerke von großer Bedeutung sind; man findet sie von Mogador (heute Essaouira), Mazagan (El Jadida), Casablanca über Tanger, Oran, Bizerte und die Insel Djerba bis nach Tripolis, das 1510 erobert worden war.

Der *Osmaneneinfluß* im Maghreb konzentrierte sich auf den zentralen und östlichen Bereich; besonders Libyen war davon betroffen (1551—1911). Unter türkischem Einfluß entstand auch die Einheit des heutigen Algerien, zu dem das einstige Numidien hinzukam und dessen Grenze zwischen den Regenten von Algier und von Tunis 1614 festgelegt wurde. Algier wurde auch zur Hauptstadt des türkisch regierten Algerien; in Tunis regierte ein türkischer Bey (Dey), doch konnte sich das Land frei entwickeln, besonders mit Hilfe der erwähnten andalusischen Flüchtlinge. So hinterließ die Türkenherrschaft des 17. und frühen 18. Jahrhunderts keine allzu tiefgreifenden Spuren im Maghreb. Dennoch war die Korsarenherrschaft türkischer Seeräuber in den Küsten- und Hafenstädten ein machtpolitisches Merkmal jener Zeit, das schließlich von den europäischen Mächten, nicht zuletzt von Frankreich, zum Anlaß genommen wurde, militärische Expeditionen an die nordafrikanische Küste zu senden, um die Stützpunkte der Seeräuber zu beseitigen. Für die Stadt Algier bedeutete dies 1830 den Beginn der kolonialen Unterwerfung.

Die beginnende *Kolonialherrschaft* in Nordafrika leitete für die Maghrebländer den wohl schwerwiegendsten Eingriff in ihre Entwicklung ein. Diese Zeit soll daher in einem eigenen Kapitel behandelt werden. Für den Raum der französischen

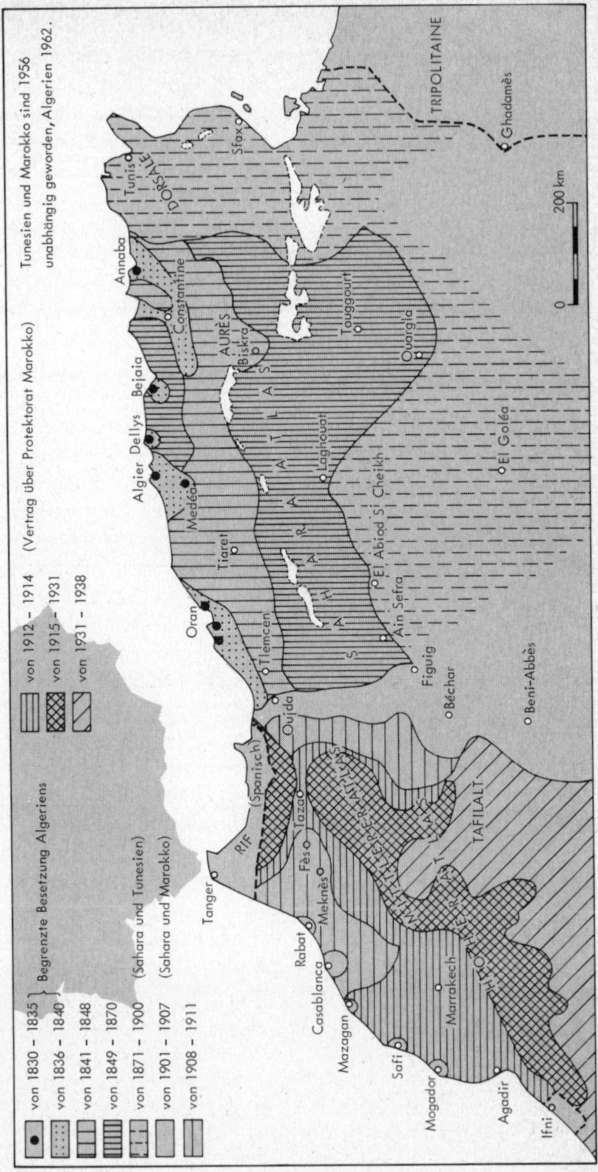

Fig. 7: Die Stadien der französischen Besetzung des Maghreb

Kolonialländer Marokko, Algerien und Tunesien benutzte man nun mehr und mehr die Bezeichnung ›L'Afrique du Nord (française)‹. Zwar bedeutete diese Zeit keine Einigung des Maghreb zu einem politischen Verband; dazu war die koloniale Vorgeschichte in den einzelnen Ländern zu verschieden, ebenso ihr kolonialpolitischer Status, zumal Frankreich glaubte, Algerien zu einem nordafrikanischen Teil des Mutterlandes machen zu können. Das Ende der Abhängigkeit von Frankreich (1962) nach einem siebenjährigen verlustreichen Krieg hat die Unmöglichkeit eines solchen Vorhabens bewiesen. Die Beendigung der Protektorate in Tunesien und Marokko (1956) war weniger blutig verlaufen. Dennoch: Trotz aller kolonialfranzösischer Einflußnahme, wirtschaftlicher Entwicklung und Ausbeutung, trotz aller stark uniformen Überprägung der Maghrebländer und des Strebens der städtischen Bevölkerungsschichten nach französischer Zivilisationsanpassung gab es nach dem Ende der Kolonialzeit kein geeintes Nordafrika, das man jetzt wieder vorzugsweise den Maghreb nannte. Die vielen Ansätze zur Einigung und Vereinigung scheiterten bisher an der Eigenständigkeit der politischen und wirtschaftlichen Staatsgebilde. Ganz besonders zeigt sich dies in den vergeblichen Versuchen, auch das im weiteren Sinne zum Maghreb gehörende, italienisch kolonisierte Libyen, das zu einer bedeutenden Erdölmacht geworden ist, zur Maghrebeinheit zu bewegen. Die jüngste Anlehnung an Ägypten (1971) läßt dies deutlich werden. Es ist die Tragik kolonialzeitlicher Grenzen in Afrika, daß diese nach der Befreiung z. T. politisch wirksamer wurden, als sie es während der Kolonialherrschaft gewesen sind. So bleibt für den Maghreb das Fazit, daß dieser Raum sowohl ethnisch und in seinem Naturpotential als auch in seiner historischen Entwicklung eine gewisse Einheit darstellt, zu der man mit Einschränkung auch Libyen, besonders Tripolitanien, rechnen kann. Aber die postkoloniale politische Entwicklung und die jüngst durch das Sahara-Erdöl wirtschaftlich unterschiedliche Machtposition haben eher zu Schwierigkeiten bei den Einheitsbestrebungen geführt. Dennoch dürfte die Zukunft der Atlasländer wirtschaftlich und politisch am ehesten durch eine Maghrebeinheit gesichert werden können, der im Mittelmeerraum und in Afrika und nicht zuletzt im Orient eine große Bedeutung zukommen würde.

Das ethnologische Grundelement des Maghreb sind die *Berber* als die mediterrane Altbevölkerung Nordwestafrikas. Durch die islamisch-arabische Eroberung ganz Nordafrikas wurden auch sie überprägt und arabisiert, so daß es heute oft schwerfällt, Berber, arabisierte Berber und Araber im Maghreb voneinander zu unterscheiden. Dennoch kann man feststellen, daß die Gebirgsregionen des Atlas in Marokko, der Großen Kabylei in Algerien sowie im Aurès und der Djebel Nefusa in Tripolitanien bis heute die bedeutendsten Berberrefugien geblieben sind.

Ursprünglich bewohnten drei große Berbergruppen den Maghreb: die Masmûda, die Sanhâdja und die Zenata. Bis heute lassen sich die meisten Stammesverbände hierauf zurückführen. Im zentralsaharischen Bereich bilden die bekannten *Tuareg* eine nicht sehr zahlreiche, aber recht bekannte Gruppe, die sich heute bis in die Sudanzone bzw. den Sahel Westafrikas ausgebreitet hat (so in Mali und Niger). Diese Tuareg sind allgemein wesentlich dunkelhäutiger, besonders im nigrischen Air-Gebirge, als die mediterranen Nordberber. Einzelne kleinere Berbergruppen werden noch in den algerischen Oasen der Nordsahara angetroffen, so die schon genannten Mozabiten und die Gourara.

Da die Berber keine einheitliche Schriftsprache entwickelt haben und keine anthropologisch klar abgrenzbare Berberrasse existiert hat, tritt uns eine breite Skala berberischer Bevölkerungselemente entgegen. Ihre *Sprachgruppen* werden ›Taschelhît‹, ›Tamazight‹, Zenâtîya‹ und ›Tamaschegg‹ (Tamahagg) genannt. Fragt man heute nach dem Berberanteil in der Bevölkerung des Maghreb, so läßt sich dieser nur nach dem Anteil der Berberdialekte sprechenden Gruppen ermitteln. In Marokko werden rund 40 % der Bevölkerung als berberophon bezeichnet, in Algerien sind es 25 %, in Tripolitanien 20 bis 25 %, während Tunesien mit 1–2 % den geringsten Anteil aufzuweisen hat. Die meisten Berber des Maghreb sind heute jedoch bilinguistisch, beherrschen also auch das Arabische, zumal es die offizielle Staatssprache ist. Auch in den Schulen wird nirgends berberisch gelehrt.

Dennoch hat das Berbertum in der Familie, Sippe und im Stammesverband viele Eigenheiten bewahrt. Brauchtum, Handwerk (Berberteppiche!) und Landnutzung in den Gebir-

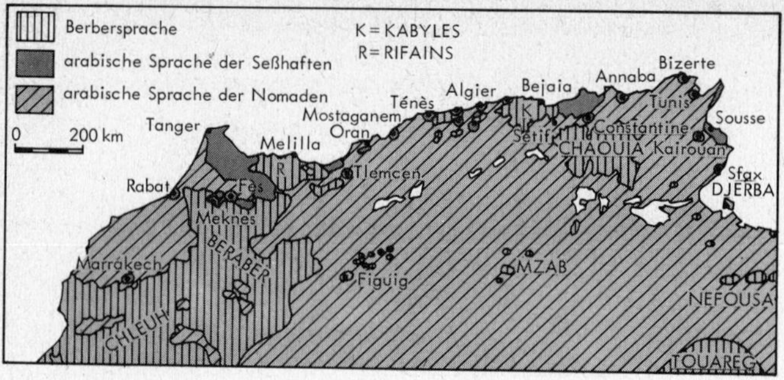

Fig. 8: Die Verbreitung der Sprachgruppen in Nordafrika

gen haben berberische Charakterzüge, auch wenn sie sich schwer konkretisieren lassen. Auch die muselmanische Religion des Islam hat bei den Berbern mancherlei Wandel erfahren. Islamisches Sektierertum und Heiligenverehrung (›Marabut‹) spielen bei ihnen eine große Rolle. Ganz allgemein hat das Berberelement vor allem die ländliche Gesellschaftsordnung geprägt, während es in den Städten wenig zutage tritt. Eine Ausnahme bildet nur die Stadt Marrakesch, die sich dadurch — als große Landstadt — auch von den übrigen ›arabischen‹ Städten des Bürgertums (z. B. Fès) deutlich unterscheidet. Infolge dieser Landverbundenheit der Berberbevölkerung spielt bei ihnen die traditionale Gesellschaftsordnung mit Großfamilie und Stammesverband noch heute eine ganz wesentliche Rolle. Eine hohe Kinderzahl, die sowohl die Arbeitskraft einer Familie bestimmt als auch die sonst fehlende Altersversorgung ersetzt, ist für die maghrebinische Bevölkerung kennzeichnend.

Die Kolonialzeit hat allgemein eine Lockerung bzw. sogar eine Auflösung der Stammesgebundenheit mit sich gebracht. Dabei gibt es große regionale Unterschiede. In Marokko sind solche Erscheinungen am geringsten, in Algerien am häufigsten, wenn man die saharische Bevölkerung einmal außer acht läßt. Die Integration in ein modernes Wirtschaftleben, vor allem im Einzugsbereich der Städte, fördert natürlich eine Auflockerung. Der unmittelbare Kontakt mit den europäischen Kolonialvölkern hatte die gleiche Wirkung. Die seit langer Zeit zwischen Algerien und Frankreich bestehende Arbeitskräftewanderung, die in manchen Jahren eine halbe Million Gastarbeiter umfaßte, wirkte sich entsprechend aus.

Ein weiteres Volkselement im Maghreb stellt seit früher Zeit das *Judentum* dar. Sehen wir von jenen Berbern ab, die sich dem jüdischen Glauben angeschlossen hatten — man trifft sie heute als ›Berberjuden‹ z. B. im Atlasgebirge —, so konzentrierten sich die Juden in den Städten, nicht selten im eigenen Stadtviertel, in Marokko ›Mellah‹ oder in Tunesien ›Hara‹ genannt. Es ist nicht einfach, ihren zahlenmäßigen Anteil zu erfassen, da viele algerische Juden bei Volkszählungen als Franzosen gezählt werden. Im Verlauf des arabisch-israelischen Konfliktes hat die Zahl der Juden auch im Maghreb erheblich abgenommen, so in Marokko von ca. 200 000 (1956) auf 95 000 (1966), mit der Tendenz weiterer Abnahme durch Auswanderung nach Israel in den letzten Jahren.
Die Nachkommen der *Türken* im östlichen Maghreb sind zwar zahlenmäßig unbedeutend, doch werden sie immer noch als ›Kouloughli (Kuluchli)‹ besonders bezeichnet. Zu erwähnen bleibt noch der Anteil der *schwarzen Bevölkerung*, besonders im Übergangsbereich und in den Sahara-Oasen selbst. In Südmarokko sind negride Bevölkerungselemente besonders zahlreich. Sie sind zumeist die Nachfahren der im Gefolge von Eroberungen im Sudan (Timbuktu, Gao) im 17. Jahrhundert in den Maghreb gebrachten Schwarzen.

413 Mediterrane, atlantische und saharische Einflüsse

Der Lebensraum der Nordafrikaner im Maghreb erstreckt sich zwischen der Mittelmeerküste und der Sahara sowie zwischen dem Atlantischen Ozean und der Cyrenaika. In diesem Großraum, der von West nach Ost über eine Entfernung von über 3000 km reicht, aber in Nord-Süd-Richtung nur eine relativ schmale Verdichtungszone der Bewohner aufweist, bewirken drei übergeordnete Einflußsphären eine ganz entscheidende Differenzierung des Lebensraumes. Man kann die grundlegenden Wirkungsfaktoren als die mediterranen, die atlantischen und die saharischen bezeichnen (MENSCHING 1971). Dabei stellen im Sinne LAUTENSACHS die mediterranen und die saharischen Faktoren ein planetarisches Ordnungsprinzip dar, während die atlantischen Einflüsse sich zwar generell mit den mediterranen — insbesondere klimatisch — überlagern, in ihrer unmittelbaren Auswirkung jedoch auf den westlichen, d. h. marokkanischen Maghreb beschränken. Aus diesen Gründen par-

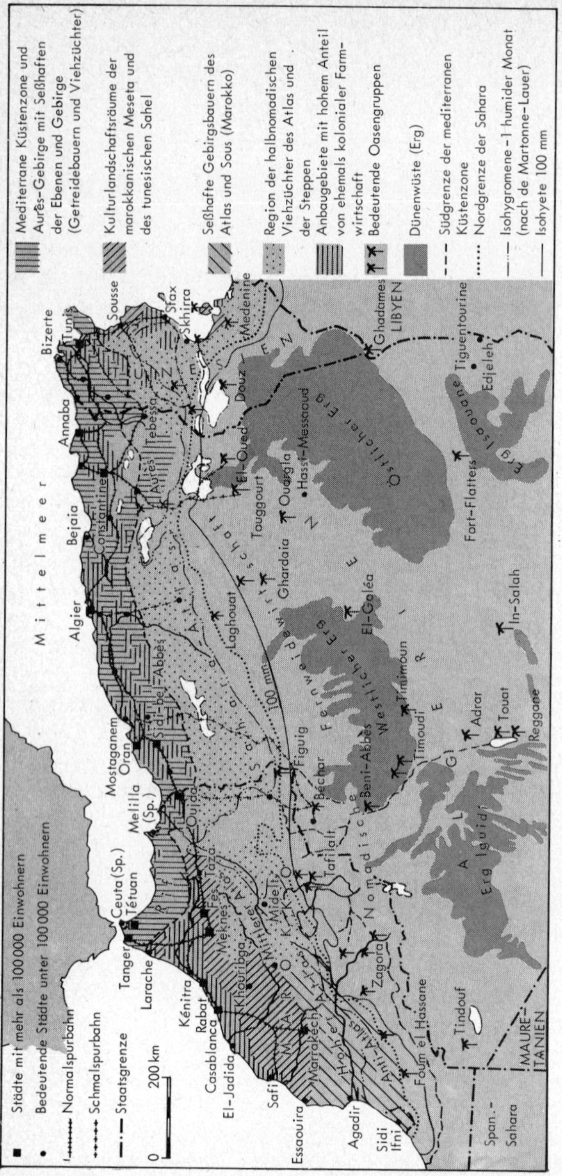

Fig. 9: Geographischer Eignungsraum und seine Nutzung

tizipiert Marokko in besonderem Maße von diesen Gunstfaktoren. Daß sie bisher nicht in vollem Ausmaß wirksam wurden, zeigt klar, daß man aus den vorhandenen natürlichen Grundlagen allein nicht den erreichten oder erreichbaren Entwicklungsstand eines Landes determinieren darf. Dennoch machen sie Möglichkeiten und Grenzen verschiedener wirtschaftlicher Entwicklungszweige deutlich.

Die hier als Grundlagenfaktoren bezeichneten mediterranen, atlantischen und saharischen Einflüsse beschränken sich nicht auf den Naturbereich. Immer wieder haben Bevölkerungsgruppen aus dem mediterranen Raum mit den ihnen eigenen Mitteln der Landnahme und Landnutzung versucht, möglichst weit südwärts in den nordafrikanischen Kontinentteil vorzustoßen. Andererseits haben auch saharische Gruppen mit ihren dort entwickelten besonderen Methoden der Anpassung an die extreme Trockenheit Nordvorstöße, besonders in Marokko, unternommen. Sie haben sich dort teilweise assimilieren können, verschiedentlich haben sie aber auch eine volle Nutzung der von ihnen in Besitz genommenen Landstriche verhindert.

Wie schon früher betont (21), reicht der ursprüngliche Konfrontationsbereich zwischen weißen Nordafrikanern und Schwarzafrikanern des Sudan bis in den Saharagürtel hinein, vor allem in dessen Oasen. Im weiteren Sinne betrifft diese Konfrontation den mediterranen Orient mit dem tropischen Afrika, wenn es auch in Nordafrika ›vororientalische‹ Vorstöße aus dem Mittelmeerraum gegeben hat, wie man es schon für die Zeit der Garamanten, über die HERODOT berichtet hat, annehmen muß. Aus dem libyschen Fessan sollen sie schließlich durch den Vorstoß der Araber bis in die südlich-zentrale Sahara vertrieben worden sein.

Die *mediterranen* Grundfaktoren und ihre Auswirkung in der Gliederung der Landschaften des Maghreb sind zonal bestimmt und ergeben sich aus dem planetarischen Klimawandel, wie er in seinen Leitlinien für den gesamten Orient im Abschnitt 23 dargelegt wurde. Sowohl die Luftmassendynamik als auch die Niederschlagsvariabilität im jahreszeitlich so konträren Wettergeschehen und selbst die singulären Katastrophen wie die Hochwasserkatastrophe im östlichen Maghreb 1969 (MENSCHING, GIESSNER, STUCKMANN 1970) haben unmittelbare Folgen für die Landwirtschaft und die Viehhaltung. Wenn man bedenkt, daß im Agrarsektor in Marokko 70 %, in Algerien 60 % und in Tunesien 57 % der Erwerbstätigen voll- oder teilbeschäftigt sind (in Industrieländern meist unter 10 %!) und bei weit verbreiteter Subsistenzwirtschaft ein noch höherer Prozentsatz der Bevölkerung von der Landwirtschaft lebt, so kann man ermessen, welche Bedeutung die natürlichen Grundlagen hier haben. Dabei begrenzt die ›agronomische Trockengrenze‹ den flächenhaft möglichen Regenfeldbau auf etwa 4 humide Monate. W. MANSHARD hat für Gesamtafrika seinem Band 5 dieser Reihe (1970, S. 22) eine Karte der Trockenräume Afrikas beigegeben. Die allgemeine Bedeutung naturgeographischer Grenzen für den Maghreb hat MENSCHING (1967) dargestellt.

Das mediterrane Klima hat in Nordafrika einen deutlichen Übergangscharakter. Dieser bezieht sich insbesondere auf den Übergang von humiden zu ariden Klimaverhältnissen bei gegebener Jahreszeitenverteilung (Winterregen). GAUSSEN und BAGNOULS (1957) unterschieden eine eumediterrane (humide) Zone und eine mediterran-semiaride Zone, die schließlich in die aride Zone übergeht. Im humiden Bereich treten durchschnittlich höchstens 100 Trockentage im Jahr auf. Dieser klimatische Gunstbereich ist in den nördlichen Küstengebirgsketten und im Mittleren Atlas am deutlichsten ausgeprägt. Je günstiger dabei die Reliefvoraussetzungen mit Becken, weiten Tallandschaften und Randebenen sind, um so höher ist der Grad der *Nutzungsmöglichkeit*. Optimale Gunstgebiete solcher Art weist Algerien im Chéliff-Tal und in der Mitidja auf (vgl. 4322), Tunesien im Medjerda-Tal und Marokko zwischen dem Atlantik und dem Gebirgskranz in einer größeren Anzahl als die anderen Atlasländer. Libyen besitzt solche Gunstgebiete nicht, weil hier durch die fehlenden Küstengebirgsketten saharisches Klima bis an das Mittelmeer vordringen kann. In der Cyrenaika, in der mit 400—600 mm im Djebel Akhdar die höchsten Niederschlagsmengen fallen, verhindert vor allem das verkarstete Kalkplateau eine vollständige Ausnutzung der höheren Regenmengen.

In solchen klimatisch und morphologisch günstigen Voraussetzungen schafft die Bewässerungswirtschaft den höchsten Grad der Nutzung mediterraner Landschaften. Es folgt die unbewässerte Landnutzung mit Getreidebau, Weinanbau und Gemüsefeldbau. Die weit verbreiteten und im ganzen Mittelmeergebiet ähnlichen Baumkulturen (vor allem Oliven, Aprikosen) greifen auch weit in den semiariden bis ariden Bereich hinein, wie etwa die ausgedehnten Ölbaumpflanzungen im südlichen tunesischen Sahel zeigen.

Es ist selbstverständlich, daß eine optimale Landnutzung in dem eumediterranen Bereich des Maghreb entsprechende Agrartechniken, Betriebsorganisationen und auch eine diesen Verhältnissen angepaßte Besitzstruktur voraussetzt, die zwar eine möglichst hohe Produktion, aber auch eine sozial gerechte Beteiligung der Agrarbevölkerung an dieser Produktion erreichen sollte. Diese sozialgeographischen Voraussetzungen sollen an späterer Stelle erläutert werden.

Im Vergleich der Maghrebländer untereinander treten wesentliche Unterschiede im Anteil an dieser mediterranen Gunstzone, die zumeist gebirgig ist, auf. Im Küstenstreifen des marokkanischen Rif, des algerischen Tell und des tunesischen Küstentell hat Algerien die besten reliefbedingten Grundlagen. Allerdings bleibt dieser Küstenstreifen insgesamt mit 50 bis 100 km Breite recht schmal. Da sich jedoch der Gebirgskranz in Marokko mit dem feuchten Mittleren Atlas weit nach Süden ausdehnt und auch der Hohe Atlas zum Wasserspender für das Vorland wird, hat Marokko durch seine zahlreichen Möglichkeiten für die Bewässerungswirtschaft in den Gebirgsvorländern insgesamt die günstigsten Voraussetzungen für eine ertragreiche mediterrane Landnutzung mit Spezialkulturen (Orangen, Frühgemüse, Reis u. a.). In den Gebirgsländern selbst ist das mediterrane Kulturlandschaftselement mit Baumkulturen an den Hängen, mit Getreideanbau und Terrassensystemen besonders bei den alteingesessenen Berbern zu finden. Ein gewisser Nachteil bleibt hierbei, daß in diesen agraren Traditionalräumen zumeist die Subsistenzwirtschaft vorrangig geblieben ist. Man produziert hier zumeist nur für die Familie und den lokalen Markt.

Daß die hier beschriebenen eumediterranen Grundlagen für die Kulturlandschaft keinesfalls zwingend auch für eine optimale Landnutzung sind, zeigt das Beispiel des Mittleren Atlas, in dem durch Fernweidewirtschaft halbnomadischer Bevölkerung (Beraber) nur eine extensive Landnutzung verbreitet ist. Andererseits haben im östlichen Teil des gleichen Gebirges vor einem Jahrhundert dort seßhaft gewordene Bevölkerungsteile der Beni Hassan eine intensiv genutzte Tallandschaft mit allen mediterranen Landnutzungformen entwickelt.

Das *semiaride Mediterranklima* herrscht im Maghreb in weiten Teilen der großen Ebenen und Plateaus vor, dringt allerdings auch in die Gebirge ein, wie z. B. in das östliche Rif vom Trockenklima der Moulouyaebene aus. Es erstreckt sich allgemein auf die marokkanische Meseta, die ostmarokkanischen Hochebenen, das algerische Hochland der Schotts und das steppenhafte zentraltunesische Hoch- und Tiefland. Auch viele Gebirgssenken sind bereits semiarid. Mit dem ›xerothermischen Index‹, wie er für die bioklimatische Karte der UNESCO verwendet wurde, erfaßt man in diesem Gebiet 100–150 Trockentage im Jahr. Wie erwähnt, wird hierbei die höhere Variabilität mit Abweichungen im Mittel von 20–30 % schon sehr bemerkenswert. Für den algerischen Küstentell gaben BIROT u. DRESCH (1953) eine mittlere Abweichung von 15–20 % vom Mittelwert an, die sich bis zum Sahararand auf 45 % erhöht. Aus diesen Zahlen wird deutlich, mit welcher Unsicherheit die Landnutzung in den Trockengebieten und schon in den semiariden Bereichen des Maghreb zu rechnen hat. Dies betrifft insbesondere den Getreideanbau.

Ganz allgemein unterscheidet sich neben dem Bild der Naturlandschaft auch das der agrarbestimmten Kulturlandschaft mediterraner Prägung nur wenig von dem südeuropäischen Bereich. Dies gilt besonders im südlichen Iberien. Natürlich ist dabei auch die jahrhundertelang miteinander verbundene historische Entwicklung einmal im Maurenreich, zum anderen während der Kolonialherrschaft von Bedeutung. Hier soll nur auf gemeinsame Elemente hingewiesen werden: einerseits Großbesitz, andererseits Kleinstbesitz des überwiegenden Teiles der Landbevölkerung, unüberschaubare Pacht- und Unterpachtabhängigkeiten, aber auch hochentwickelte Bewässerungsländereien mit den gleichen Anbauprodukten in Südeuropa und Nordafrika.

Die südliche Begrenzung der mediterranen Einflüsse im Maghreb wird durch die Atlaskette am Rande der Sahara markiert. Diese Grenzgebirge zeigen selbst jedoch nur noch wenige mediterrane Merkmale, die sich vor allem auf die Vegetation beschränken. Der mancherorts fließende, in manchen Gebirgsteilen, z. B. im Aurès, aber auch unmittelbare Übergang zum saharischen Einflußbereich wird deutlich in der Landschaft erkennbar.

Die *atlantischen Einflüsse* wirken sich in starkem Maße unmittelbar nur in Marokko aus. Die Überlagerung der mediterranen durch die atlantischen Einflüsse bewirken sowohl thermisch als auch hygrisch eine Sonderstellung des gebirgs-

umkränzten inneren Landesteiles, den man das ›atlantische Marokko‹ nennt. So erhält die nördliche Meseta, die schon auf dem Breitenkreis der ariden Schottsenke im östlichen Maghreb liegt, immerhin noch 400–600 mm Jahresniederschlag bei ›nur‹ 150 Trockentagen. Hier liegen ausgedehnte Getreidegebiete. Durch den kühlen Kanarenstrom werden im Küstengebiet die Temperaturschwankungen auffallend gemildert (z. B. in Essaouira 19,9° bzw. 13,6° C gegenüber dem im Inneren gelegenen Marrakesch mit 29,1° bzw. 11,0°). Der atlantische Einfluß trägt ein ausgeglicheneres Klima mit nur 6–10° Jahresamplitude somit weit nach Süden; in gleicher Richtung wirken sich die noch ausreichenden Niederschläge im Hohen Atlas aus. Die agrare Landnutzung kann hierdurch in Marokko ebenfalls weit nach Süden ausgreifen, allerdings nur in einem schmalen Küstenstreifen und im unmittelbaren Vorland der Gebirge. Das atlantisch bestimmte Mediterranklima der Gebirge sorgt damit im gesamten atlantischen Marokko für die besten Bewässerungsmöglichkeiten großer Kulturflächen im ganzen Maghreb. Erst sehr spät hat man in Marokko begonnen, diese Gunstvorteile besser auszunutzen und die großen Bewässerungsperimeter entsprechend auszubauen.
Ein nicht zu übersehender Faktor ist dieser atlantische Einfluß auch für den Ausbau der *Touristik* an der marokkanischen Küste. Man denke hier besonders an die touristische Bedeutung von Agadir.
Weder Algerien noch Tunesien und schon gar nicht Libyen können mit unmittelbaren atlantischen Einflüssen rechnen, mittelbar sind sie dagegen im Ablauf des mediterranen Jahresganges der Niederschläge von den atlantischen Zyklonen der winterlichen Regenzeit abhängig. Über die Bedeutung des atlantischen Klimas in Marokko findet sich eine ausführliche Darstellung bei MENSCHING (1957).
Der atlantische Einfluß ist für die marokkanische Wirtschaft neben dem Agrarsektor auch für die *Fischerei* wichtig, die den Fischreichtum in den kühlen Auftriebswässern des Kanarenstromes jedoch in noch nicht ausreichendem Maße nutzt. Zwar waren die Fischanlandungen zwischen 1970 und 1975 in Marokko zehnmal so hoch wie in Algerien und in Tunesien, doch ist ein weiterer Ausbau möglich und notwendig.
Die *saharischen* Einflüsse interferieren in vielerlei Hinsicht mit den mediterranen Geofaktoren des Klimas, der Pflanzenwelt, der Böden und des daraus resultierenden Wasser-

haushaltes. Aber auch die Bevölkerungen beider an sich konträrer Lebensräume haben sich – wie bereits erwähnt – in einer breiten Übergangszone gegenseitig durchdrungen. Hier soll nochmals auf das nordwärts gerichtete Wandern saharischer kulturgeographischer Elemente hingewiesen werden. Randsaharische Stämme kamen schon in der Almoravidenzeit des 11. Jahrhunderts über den Hohen Atlas in die atlantischen Ebenen. Sie gründeten Marrakesch, das in vieler Hinsicht saharische Merkmale erkennen läßt: Es ist die einzige Oase saharischer Prägung nördlich des Atlas mit einem großen Palmenhain und mit saharischen Bewässerungsmethoden durch Foggara-Kanäle, die hier ›Rhettara‹ heißen. Solche unterirdischen Kanalsysteme sind im Maghreb in der präsaharischen Zone noch im oberen Moulouyatal und in Tunesien bis Gafsa bei El Guettar verbreitet. Sie sind ein besonderes Kennzeichen des gesamten Orients (vgl. hierzu C. TROLL 1963).
Fast alle saharischen Einflüsse wirken sich auf den Wasserhaushalt aus. Dies gilt besonders dann, wenn anhaltende saharisch-kontinentale Wetterlagen in den Herbst- und Frühjahrsmonaten das Vordringen atlantisch-mediterraner Zyklonen als Regenbringer verhindern und sich lange winterliche Trockenzeiten außerordentlich schädlich auf die Vegetationszeit der Kulturpflanzen, vor allem auf den Getreideanbau, auswirken. Dies kann erhebliche Ernteausfälle zur Folge haben. Hiervon sind alle Maghrebländer in Trockenjahren betroffen, die zwar unregelmäßig, aber doch in Abständen immer wieder auftreten. Selbst die großen Ölbaumhaine des Maghreb, die in Südtunesien bis in den präsaharischen Raum hineinreichen, reagieren nach solchen Trockenjahren mit oft mehrjährigem Rückgang der Ernteerträge. Die saharischen Oasenkulturen, fast gänzlich vom Grundwasser und nicht vom Oberflächenwasser abhängig, sind dem starken Wechsel des Niederschlags vollständig angepaßt.
Das Übergangsgebiet zwischen Wüste und Steppe ist altes Kampfgebiet zwischen seßhafter und nomadisierender Bevölkerung. Im Maghreb manifestiert sich hierin auch der Verfall oder das Aufblühen mediterraner Kulturlandschaften. In Zeiten des Vordringens saharischer Nomaden schrumpften häufig die Kulturen der Seßhaften stark zusammen. Ein Beispiel ist der tunesische Sahel. Mehrfach wurde hier das Kulturland bis auf einen schmalen Küstenstreifen zurückgedrängt. Deutliche Hinweise auf den Einfluß saharischer Bevölkerungsgruppen

liefert der marokkanische Süden. Er zeigt zugleich, daß solche Einflußsphären nicht allein durch die ethnische Gruppierung, etwa Araber oder Berber, begründet werden können. Es gibt ebenso die arabische wie auch eine berberische Beeinflussung des mediterranen Raumes.

In Südmarokko zeigen die vornehmlich berberischen Siedlungen den Typus der Kasbah-Siedlung, die festungsartige Formen (Tirhemt, auch Agadir genannt) aufweist. Mit solchen Kasbah-Siedlungen sind ursprünglich saharische Berbergruppen auch in den Hohen Atlas vorgedrungen, z. B. die bekannten ›Ait Hadidou‹. Ihre Wohnfestungen, die als ›Ksar‹ (pl. ›Ksour‹) bezeichnet werden, sind ein saharisches Element, das man nur in diesem Grenzsaum findet, der sich vom Hohen Atlas über den Sahara-Atlas bis zu seinen Ausläufern in Südtunesien erstreckt.

Als saharische Kulturpflanze hat die *Dattelpalme* (Phoinix dactilifera) in wirtschaftlich ertragreichen Anpflanzungen — sieht man von Marrakesch ab — mit der nördlichen Saharagrenze auch ihre Verbreitungsgrenze. Maurische Vorstöße brachten zwar bis in das südöstliche Spanien kleine Dattelpalmenoasen, doch ist ihr Nutzwert beschränkt. So ist die nördliche Verbreitungsgrenze der Dattelpalme auch als Indiz für die Saharagrenze zu betrachten (CAPOT-REY 1952).

Als Element der saharischen Viehwirtschaft können nur die vollnomadischen Wanderungen angesehen werden, jedoch nicht die Wanderung von Siedlungen aus, die überall im mediterranen Raum verbreitet ist. Die vollnomadische Fernweidewirtschaft hat die mediterranen Regionen nur im semiariden Steppenbereich des zentralen Maghreb als Wandergebiete einbezogen. Deutlich heben sich hierbei die saharischen Einflußgebiete im ostmarokkanischen Steppenhochland und das algerische Hochland der Schotts ab. Ein ausgesprochenes Übergangselement stellt die halbnomadische Viehwirtschaft in den Steppen des Maghreb dar, ebenso im Mittleren Atlas Marokkos. Die Beni M'Guild, über die H. NACHTIGALL (1966) berichtet hat, sind dabei weit in das atlantisch-mediterrane Marokko vorgestoßen und haben sich nur teilweise an die ›neuen Bedingungen‹ assimiliert. Das Seßhaftwerden dieser Gruppen ist z. B. im Mittleren Atlas ein außerordentlich langsamer Vorgang. Auch der östliche Hohe Atlas (Ayachi) wird überwiegend durch nomadische Fernweidewirtschaft genutzt.

Zusammenfassend kann man feststellen, daß der gesamte

Maghreb als westliche Variante des Orients in Nordafrika eine Kontaktzone mediterraner und saharischer Einflüsse darstellt, die sowohl physisch-geographisch als auch kulturgeographisch beide Einflußsphären widerspiegelt. Das Relief des Atlassystems hat bewirkt, daß diese mediterran-saharische Übergangszone des Maghreb unter dem atlantischen Einfluß in Marokko am weitesten südwärts ausgreifen kann. In Algerien und Tunesien erstreckt sie sich küstenparallel in einer bereits wesentlich schmaleren Zone, die in Nordtunesien zur Syrte hin ausgreift. Tripolitanien steht daher schon ganz unter saharischem Einfluß, der im Barka-Hochland der Cyrenaika noch einmal durch mediterrane Einflüsse, vorwiegend physisch-geographischer Art, unterbrochen wird. Das anschließende Ägypten dagegen wird vollends vom Einfluß der nordafrikanischen Wüste beherrscht.

414 Die Kolonialzeit im Maghreb

Die Zeit der Kolonialherrschaft hat auch im Maghreb tiefgreifende Spuren hinterlassen. Das allgemeine Urteil über diese Zeitepoche ist zumeist negativ, und das nicht nur in den ehemaligen Kolonien. Diese führen ihre vor allem wirtschaftliche Unterentwicklung auf die koloniale Ausbeutung zurück, die eine Eigenentwicklung der beherrschten Länder verhinderte. Diese kolonialen Abhängigkeiten hatten in den Atlasländern Auswirkungen auf die Entwicklung in fast allen Lebensbereichen der Bevölkerung der seinerzeit als ›Eingeborene‹ bezeichneten Nordafrikaner. Man unterschied zwischen der europäischen Kolonialbevölkerung und den ›Autochthonen‹, deren Belange man in verschiedenen Gebieten durch die ›Bureaux des affaires indigènes‹ regelte. In der ersten Zeit nach den jeweiligen Eroberungen wurden auch die Verwaltungsfunktionen durch Militärstationen wahrgenommen, bis diese selbst in den unteren Bereichen durch Europäer, Franzosen, Spanier und Italiener, übernommen wurden. Nordafrikaner waren nur wenig vertreten, es sei denn in dem stark aufgeblähten Bereich der einfachen Dienstleistungen.
Mit dem Ende der Kolonialzeit wurde die politische Selbständigkeit zwar erreicht, doch ist im Maghreb der *Einfluß Frankreichs* in vielen Lebens- und Wirtschaftsbereichen bis heute erhalten geblieben. Nicht selten spricht man hierbei von

›Neokolonialismus‹. Um sich ein möglichst gerechtes Urteil über die Kolonialzeit im Maghreb machen zu können, müssen die verschiedenen Bereiche analysiert und bewertet werden. Subjektive Momente sollten hierbei weitgehend zurücktreten. Der Verfasser kann sich bei dieser Darstellung auf die Kenntnis des Maghreb seit zwanzig Jahren und somit auch auf die Kenntnis der Atlasländer während der kolonialen Epoche berufen. Beginnen wir mit dem ehemaligen Französisch-Nordafrika. Die Kolonialgeschichte Frankreichs im Maghreb begann mit der Besetzung von Algier im Jahre 1830. Tunesien wurde 1881/83 zum französischen Protektorat, Marokko durch den Vertrag von Fès im Jahre 1912. Eine schmale Nordzone, im wesentlichen das Rifgebirge, wurde Spanien zugesprochen. Zahlreiche Eroberungszüge waren notwendig gewesen, bis in den dreißiger Jahren unseres Jahrhunderts ganz Marokko als letztes Atlasland unterworfen war. Auch die Sahara konnte erst spät voll beherrscht werden, nachdem man durch die Besetzung aller Oasen auch die hiervon abhängige nomadische Bevölkerung einbezogen hatte. Aus kolonialherrschaftlicher Sicht wurde die Zeit der Eroberung als ›Pacification‹ bezeichnet.

Das Vordringen des französischen Militärs bis weit in die südliche Sahara hatte den Zweck, die Verbindung zu Französisch Westafrika herzustellen. Seitdem gehört ein großer Teil der Sahara zu Algerien. Man bedenke den Vorteil, den Algerien aus dem Sahara-Öl heute ziehen kann.

Der Versuch, Algerien als eine nordafrikanische Provinz mit den drei alten Départements Algier, Oran und Constantine als Teil des Mutterlandes Frankreich zu behandeln, hatte schließlich zur Folge, daß dort die tiefgreifendsten kolonialen Integrationsmaßnahmen ergriffen wurden. Sie haben einen langjährigen Befreiungskampf der Algerier ausgelöst, der erst 1962 beendet werden konnte (Vertrag von Evian). Die Aufhebung des Protektoratsstatus in Marokko und Tunesien war dagegen schon 1956 nach weniger blutigen Unruhen erfolgt. Bis zum Ende der Kolonialzeit hatte in den Ländern Nordafrikas der Anteil von Europäern an der Gesamtbevölkerung — ohne Militär — ständig zugenommen: In Marokko betrug dieser Anteil 1952 etwas über 5 %, wobei die Franzosen überwogen; in Tunesien waren es 1956 9 %, darunter ein Viertel Italiener, und in Algerien hatten Franzosen und ›Naturalisierte‹ mit über einer Million rund 10 % Anteil an der Gesamtbevölkerung. Ebenfalls etwa 10 % Bevölkerungsanteil hatten bis zum letzten Weltkrieg 120 000 Italiener im Bereich des heutigen Libyen, das 1947 aus Tripolitanien, der Cyrenaika und dem Fessan konstituiert wurde. Mit dem Ende der Kolonialherrschaft schrumpfte der Anteil von Europäern allgemein auf weniger als 1 %, in Marokko auf 1,4 % zusammen.

4141 Die Agrarkolonisation der Franzosen und Italiener

Der Maghreb erlebte während der Kolonialzeit außerordentlich wirksame Eingriffe auf dem landwirtschaftlichen Sektor, der bis dahin ausschließlich von der Subsistenzwirtschaft der Bewohner bestimmt war. In den Atlasländern waren fast 20 % des kultivierbaren Landes in der Hand von weniger als 40 000 Kolonisten. Mit 2,7 Mill. ha Agrarland war der Anteil der kolonialen Landnutzung in Algerien am weitesten verbreitet, gefolgt von Marokko mit 1,03 Mill. ha und Tunesien mit 0,75 Mill. ha. In der Küstenzone Tripolitaniens war der Anteil der italienischen Kolonisten am Siedlerland mit 206 000 ha ebenfalls beachtlich, in der Cyrenaika dagegen geringer.
Die regionale Verteilung des Koloniallandes läßt erkennen, daß diese für den einheimischen Landbesitz schwerwiegende Folgen haben mußte. Vorwiegend lag das Kolonialland nämlich in jenen Bereichen des Küstensaumes und in den begünstigten Vorlandebenen der Gebirge sowie in den großen Talsenken des algerischen Tell, dort also, wo auch die Anlage von Bewässerungsfeldern möglich war. Hierzu wurde von seiten der Kolonisten immer wieder versichert, daß durch offizielle und private Agrarkolonisation fast nur Land erworben worden sei, das von den Fellachen bis dahin gar nicht oder nur extensiv genutzt worden war. Dabei wird nicht erwähnt, daß diese Gebiete von der Gebirgsbevölkerung als notwendiger Ergänzungsraum für die Herdenwanderungen als Winterweide genutzt wurden. Eine moderne Nutzung dieser Gunstgebiete war allerdings bis dahin nicht erfolgt.
Mit der Ausdehnung des Koloniallandes in den natürlichen Gunstgebieten wurden immer mehr Fellachen in die Gebirgsregionen zurückgedrängt und ihre Vorlandwanderungen unterbunden. Dadurch entstanden als Folge starker Überweidung große Erosionsschäden (J. PONCET 1962). Die Gebirge vom marokkanischen Rif bis zum ostalgerischen Tell sind ein Bereich hoher Bevölkerungsdichte. In weiten Teilen werden sie

dennoch bis heute von traditional bestimmter Subsistenzwirtschaft der Bergbauern genutzt. So stehen die Gebirge den Agrargebieten mit moderner Entwicklung in ihren Vorländern und Talsenken schroff gegenüber.

Die älteste Agrarkolonisation im Algerien des 19. Jahrhunderts hatte wenig Erfolg. Erst in den letzten dreißig Jahren der Kolonialherrschaft hatte sie sich in allen Atlasländern hervorragend entwickelt. Hinwendung zu Exportprodukten bei häufiger Abnahmegarantie durch Frankreich, günstige Landerwerbsbedingungen und schließlich die geringen Arbeitslöhne brachten den ›Colons‹ hohe Profite. Weitgehende Mechanisierung der Betriebe war ein weiteres Kennzeichen, das die kolonialen Farmen von der einheimischen Landnutzung erheblich unterschied.

Die Erweiterung des Bewässerungsfeldbaus im Zeichen der kolonialen Agrarwirtschaft erforderte den Bau von Wasserstauwerken an den Gebirgsrändern. Das war nur unter hohem Kapitaleinsatz möglich, der nur von der Kolonialverwaltung der einzelnen Länder geleistet werden konnte. Nach den ersten älteren Stauwerken im algerischen Tell wurden größere moderne Dammbauten jedoch erst kurz vor oder nach der Aufhebung des Protektorates in Marokko oder Tunesien fertiggestellt, so in Bin el-Ouidane im marokkanischen Atlas und am Mellègue im Medjerdasystem Nordtunesiens, den größten Stauseen des Maghreb.

Die Agrarproduktion mit Zitruspflanzungen, Frühgemüse, Wein und anderen Spezialkulturen ist heute ebenso wie zur Kolonialzeit vorwiegend exportorientiert. Vielfach war der Bewässerungsfeldbau bereits kooperativ organisiert oder wurde vor allem für den Getreide- und Weinanbau von großen Domänen betrieben. Ein Teil der Großgrundbesitzer hatte seine Ländereien verpachtet und lebte selbst in den größeren Städten des Landes oder in Frankreich.

Ein auffallendes Landschaftsmerkmal im kolonialen Kulturland bilden die Hofanlagen der Farmer. Große Baumalleen führen zu den oft gutsähnlichen Gebäuden, die einzeln und inmitten der Großfelder liegen. Nicht selten haben sich um sie herum ärmliche Tagelöhnersiedlungen in Lehmbauweise (›Gourbis‹) gruppiert.

Im Verlauf der Kolonialzeit hatten sich die Gegensätze zwischen der Landnutzung der ›Colons‹ und der der Fellachen immer mehr verstärkt. Nicht nur die Art der Bewirtschaftung, sondern auch die völlig unterschiedlichen Besitzverhältnisse unterstrichen den Gegensatz. So besaßen beispielsweise die ›Colons‹ in Algerien als mittlere Betriebsgröße 120 ha Land in begünstigten Lagen, während der Durchschnitt der einheimischen Kleinbetriebe bei 10–11 ha lag. Daneben hatten etwa 600 000 Kleinpächter fast gar keinen Landbesitz, mußten aber dennoch von der Landwirtschaft leben. In Tunesien bewirtschafteten etwa die Hälfte der Farmbetriebe mehr als 250 ha Land, während 480 000 tunesische Fellachen weniger als 6 ha zur Verfügung hatten. In Marokko herrscht der feudale Großbesitz noch heute vor, dort haben 20 % der Landbesitzer 60 % des Agrarlandes in ihrer Hand.

Die kolonialwirtschaftliche Agrarproduktion war in Algerien mit ca. 50 %, in Tunesien mit 35 % an der gesamten Landesproduktion beteiligt. So wurde die Landwirtschaft im Maghreb eindeutig von den europäischen Farmern beherrscht, was ebenso auf die Verwertung der Produkte zutrifft. Für die Entwicklung der nichtkolonialen Landwirtschaft wurde insgesamt sehr wenig getan.

Die überwiegende Zahl der ›Colons‹ waren Franzosen. Nach ihnen stellten die Italiener die größte Gruppe, die sich in Tripolitanien als einzige, in Tunesien innerhalb einer größeren Zahl von Kolonisten an der agraren Nutzung des Landes beteiligte. In Tunesien hatten die Italiener Anteil vor allem am Klein- und Mittelbesitz. Die französischen ›Colons‹ kamen zu einem großen Teil auch aus Korsika, sonst zumeist aus Südfrankreich.

Bei der Behandlung der einzelnen Maghrebländer sollen die jeweils besonderen Merkmale der Agrarkolonisation näher betrachtet werden. Hier bleibt abschließend festzustellen, daß die Kolonialwirtschaft im Maghreb in erheblichem Maße durch die koloniale Landwirtschaft geprägt worden ist, und zwar um so mehr, je größere natürliche Gunstgebiete (s. o. 413) mit mediterranen und atlantischen Klimaeinflüssen vorhanden sind. Im saharischen Einflußbereich blieb der Eingriff von Kolonisten unbedeutend.

4142 *Der koloniale Bergbau und die Industrialisierung*

In der Kolonialzeit begann im Maghreb eine umfangreiche Prospektion auf die Bodenschätze der Atlasländer. Zwar gab es z. B. in Marokko auch schon vorher Bergbau in den Mangangruben im Süden des Landes, an dem auch deutsche Firmen beteiligt waren. Im Zusammenhang damit wurde 1911 durch den bekannten ›Panthersprung‹ eines deutschen Kanonenbootes vor Agadir die zweite Marokkokrise heraufbeschworen. Eine systematische Erforschung der Lagerstätten begann jedoch erst später. Die ersten bedeutenden Phosphatlagerstätten des Maghreb wurden 1873 in Algerien bei Boghari und 1885 in Südtunesien entdeckt. Ihnen folgten ab 1912 die marokkanischen Prospektionen im Raum Khouribga und Youssefia auf dem Phosphatplateau der südlichen Meseta, die Marokko an die erste Stelle der Weltexporteure brachten. 1929 erreichte der Phosphatabbau des Maghreb 55 % der Weltförderung.

Der Abbau von Eisenerzen blieb wesentlich bescheidener. Mit 2,5 % der Weltförderung blieb der Maghreb 1938 weit hinter den Erwartungen der französischen Kolonialmacht zurück. Führend war hierbei Algerien, das 1961 eine Förderleistung von fast 3 Millionen Jahrestonnen erreichte. Andere Erze (Blei, Zink u.a.) sind zwar in den Maghrebländern vorhanden, sie konnten aber keine nennenswerten Abbauziffern erreichen. Lediglich Marokko soll als Produzent der seltenen Metalle Kobalt und Molybdän hier noch genannt werden. Die dort schon früh bekannten Manganvorkommen erhielten durch verstärkten Abbau im Süden und Osten des Landes ebenfalls eine größere Bedeutung.

Mit der Bergbauentwicklung ging eine notwendige Verkehrserschließung zu den Förderzentren einher. Da vorher das gesamte Transportwesen allein durch Menschen- und Tiereinsatz bewältigt wurde, mußten Straßen und Eisenbahnen gebaut werden. Es ist klar, daß die Linienführung nur den genannten kolonialen Belangen folgte, darunter natürlich auch der militärischen Sicherung. Bis zum letzten Weltkrieg waren in Französisch Nordafrika etwa 52 000 Kilometer ausgebaute Straßen fertiggestellt, davon 34 000 km in Algerien, 9 200 in Marokko und 9000 in Tunesien. Dabei fällt das Mißverhältnis zwischen Marokko und Algerien auf; dies ist auf die späte Erschließung zurückzuführen: Bis 1960 wurde das ausgebaute Straßennetz in Marokko auf über 20 000 km erweitert. Das Eisenbahnnetz, zu einem großen Teil schmalspurig, erreichte bis 1950 eine Länge von knapp 8700 km, davon rund die Hälfte in Algerien. Neben der Hauptverbindungslinie, die von Marrakesch über Rabat — Fès — Algier — Tunis bis Gabès reichte, waren die meisten Bahnen Bergbaubahnen zu den Phosphat- und Kohlengruben.

Kohle als Energieträger ist im gesamten Maghreb außerordentlich selten. Als 1907/08 die Kohlenlager Kenadsa am Sahararand bei Colomb-Béchar und bei Djerada in Ostmarokko entdeckt wurden, hatte man hieran große Hoffnungen geknüpft, die jedoch trügerisch waren. Die höchste Jahrestonnage wurde in Algerien (1954) mit 303 000 t erreicht, in Marokko (1953) mit 565 000 t. Die Kohle ist dabei industriell nicht voll verwertbar. Hinzu kommen die hohen Transportkosten besonders für die Kohle von Kenadsa. Der Abbau ging sogar bis zum Ende des Befreiungskrieges auf unter 100 000 t (1961) zurück. Die Hoffnungen auf ein nach europäischen Maßstäben zu messendes Industriekombinat bei Béchar haben sich also in keiner Weise erfüllt.

Mit dem Ende der Kolonialzeit waren auch die Pläne, die Eisenbahn über Béchar (Abadla) hinaus durch die Sahara zum Niger zu verlängern, utopisch geworden. Hatte noch die Kolonialmacht Frankreich ein Interesse, Nordafrika mit Westafrika durch eine solche Linie zu verbinden, so besteht hierfür heute weder ein ökonomischer noch ein politischer Anreiz.

Die Entwicklung der Erdölwirtschaft in Nordafrika vollzog sich im wesentlichen in der postkolonialen Wirtschaftsphase. Dies gilt insbesondere für Libyen und Algerien. Sie soll erst später (421) behandelt werden.

Die *Industrialisierung* des kolonialzeitlichen Nordafrika kann nur unter dem Aspekt betrachtet werden, daß Frankreich kein großes Interesse daran hatte, die Atlasländer im Hinblick auf eine Anhebung des Sozialproduktes der Nordafrikaner zu entwickeln. So stand — wie überall — die Ausfuhr der Rohprodukte des Bergbaus, allenfalls durch Anreicherung verbessert, im Vordergrund. Dadurch mußten fast alle Fertigwaren, wiederum überwiegend aus Frankreich, importiert werden. Auch in der Landwirtschaft wurden kaum Produkte angebaut, die im Lande selbst für eine industrielle Verarbeitung, z. B. von Baumwolle für Textilien, in Frage gekommen wären. Allgemein vertrat Frankreich die koloniale Wirtschaftspolitik, daß die Maghrebländer Agrarländer bleiben müßten, zumal ja auch die Energieträger fehlten. Auch die einheimischen besitzenden Schichten waren nicht gewillt, Kapital für eine mögliche Industrialisierung zur Verfügung zu stellen. Die ersten Jahre nach dem Zweiten Weltkrieg ließen dazu auch den

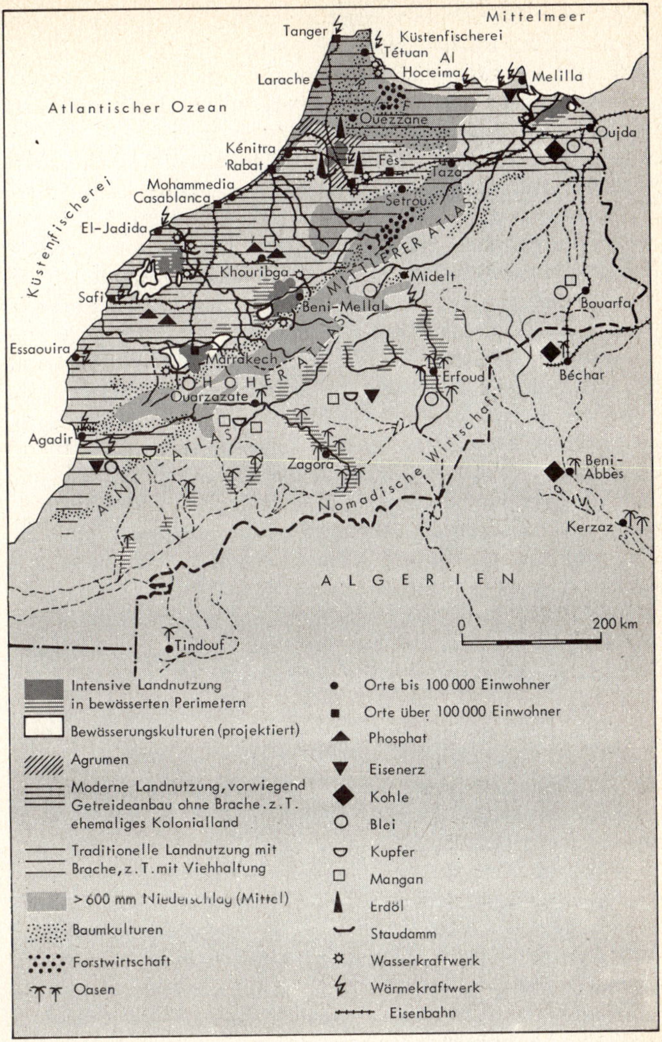

Fig. 10: Wirtschafts-geographische Karte von Marokko

Franzosen wenig Möglichkeiten, neben der Überwindung ihrer eigenen wirtschaftlichen Schwierigkeiten noch im Maghreb

industrielle Investitionen vorzunehmen. Eine gewisse Ausnahme hiervon machte lediglich Algerien.
Ansätze einer Industrialisierung waren bei der Verarbeitung von Agrarprodukten zu verzeichnen, so für Früchte, Wein, Olivenöl, darüber hinaus in verschiedenen Bereichen der Lebensmittelherstellung. Aber selbst Konservenfabriken waren nur beschränkt errichtet worden. Aus der handwerklichen Verarbeitung von tierischen Produkten (Wolle, Häute, Felle), besonders in Familienbetrieben, konnten sich vereinzelt größere Fabriken entwickeln, vor allem in der Lederverarbeitung. Die Textilherstellung in Fabriken fehlte dagegen fast gänzlich. Konfektionsbetriebe bestanden nur in Tunis, Algier und Casablanca. Kleinere Betriebe verarbeiteten Korkrinde und Pflanzenfasern (Zwergpalme und Halfagras).
Trotz des großen Städtewachstums blieb die Baustoffindustrie im Maghreb bescheiden. Die wenigen Zementwerke konnten den Bedarf nicht decken. Auch die chemische Industrie war nur in Ansätzen vorhanden, so bei der Düngephosphatherstellung. Metallverarbeitende Betriebe stellten vorwiegend Ersatzteile her, und die Ausrüstung aller Fabriken war zumeist ungenügend.
So kann man feststellen, daß die kolonialzeitliche Industrie im Maghreb recht gering war und nur wenig zur wirtschaftlichen Entwicklung der Atlasländer beitrug.

4143 *Die Entwicklung der Städte in der Kolonialzeit*

Die Zuwanderung von Europäern während der Kolonialzeit im gesamten Maghreb hatte zur Folge, daß sich auch das Bild und die Funktion der Städte entscheidend veränderten. Bedenkt man, daß in dieser Zeit ganz allgemein rund 80 % der Europäer in den Städten lebten, so wird klar, daß dies eine Innovation besonderer Art für die alten und neuen Städte Nordafrikas bedeutete, denn die traditional geprägte, zumeist ummauerte arabische *Medina* konnte diese europäischen Zuwanderer nicht aufnehmen. Betrachten wir diese Entwicklung einmal in ihren verschiedenen historischen Phasen.
Die erste Phase des Eingriffes von Europäern in die Maghrebstädte ist vorkolonialzeitlich. Die portugiesischen und spanischen Gegenstöße nach Nordafrika, die sich nach der Beendigung der Reconquista (Fall von Granada 1492) im wesentlichen auf die Gründung von Hafenstützpunkten beschränkten,

haben in mehreren Städten des Maghreb vor allem einzelne Befestigungsanlagen hinterlassen und zuweilen eine Absicherung der Medina gegen diese europäischen Eingriffe bewirkt. Mehrere solcher Küstenstützpunkte behielten ihre spanische oder portugiesische Benennung bis zum Ende der Kolonialzeit bei. Genannt seien hier Mogador, Mazagan, Casablanca, Ceuta und Melilla, von denen die beiden letzten als ehemalige ›Presidios‹ bis heute zu Spanien gehören.

Die wichtigste Phase städtischer Entwicklung wurde von der französischen Kolonialmacht eingeleitet. Infolge der älteren Unterwerfung Algeriens verlief diese Entwicklung dort etwas anders als in Marokko und Tunesien. In Marokko hat der bedeutende erste Generalresident, Marschall Lyautey, die Stadtentwicklung durch seinen Grundsatz beeinflußt, die Medina nicht zu verändern, sondern den Europäern eine eigene Neustadt, die ›Ville Nouvelle‹ zu errichten. Diese kann sich unmittelbar an die Medina anschließen, aber auch einige Kilometer entfernt errichtet sein, wie es die Beispiele Meknes, Fès oder auch Marrakesch zeigen. Der Vergleich der Stadtskizzen von Meknes und Tlemcen in Algerien zeigt, daß dort die Idee einer politischen Integration der Bevölkerung auch städtebaulich wirksam wurde. In Spanisch Marokko und in Tunesien zeigen die Stadtbilder zumeist eine Anlehnung der Europäerstadt an die Mauern der Medina (Tetuan, Tunis, Sousse, Sfax).

Der Zweite Weltkrieg hatte die Zuwanderung von Franzosen nach Nordafrika noch verstärkt. Sie alle zogen vorwiegend in die Städte. JEAN DESPOIS (1949, 1964) gibt in seinem Buch über Nordafrika eine eingehende Darstellung der europäischen Einwanderungsgeschichte im Maghreb. Die Auswirkungen auf die moderne Stadterweiterung und der damit verbundene Funktionswandel werden deutlich, wenn man berücksichtigt, daß nach dem Krieg allein ein Viertel der Europäer Algeriens in der Hauptstadt Algier, zwei Drittel des europäischen Bevölkerungsanteils Tunesiens in Groß-Tunis und 42 % der Europäer in Marokko (1947) in Casablanca, der wirtschaftlich bedeutendsten Stadt des Landes, gewohnt haben. Die Anteile haben sich bis heute natürlich vermindert.

Das Bild der Neustädte glich dem von südeuropäischen Städten. Der jeweilige Anteil von Spaniern in Nordmarokko und Westalgerien und von Italienern in Tunesien ließ entsprechende nationale Anklänge auch im Stadtbild erkennen. Tripolis und Benghasi beherbergten jeweils 25—30 % der Italiener in

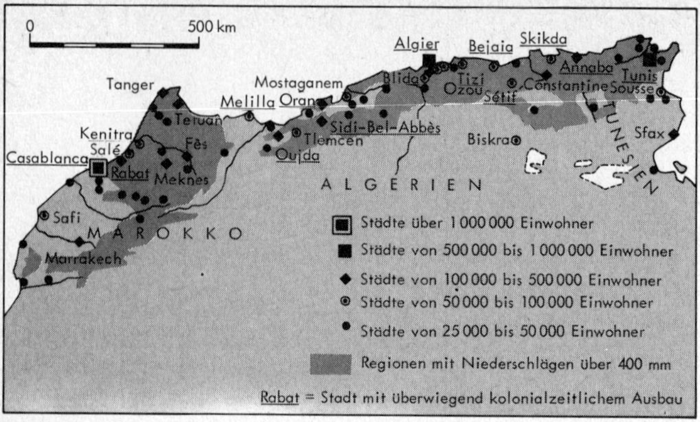

Fig. 11: Städte in Nordafrika

den beiden Landesteilen. Vergleichend kann man feststellen, daß Libyen und Tunesien den höchsten städtischen Europäeranteil und Algerien den niedrigsten (ca. 15 %) aufzuweisen hatten. Für Algerien spiegelt sich in dieser Zahl der hohe Anteil von ländlichen Kolonisten wider.

Die koloniale Neustadt vereinigte zumeist alle administrativen, kommerziellen und kulturellen Funktionen. Zugleich war sie Wohnstadt. Infolge des Fehlens eines neuen Stadtkerns — mit Ausnahme von Algier, das schon im vorigen Jahrhundert ein beachtliches Wachstum zu verzeichnen hatte — vermißt man in den meisten ›Villes Nouvelles‹ des Maghreb eine wirkliche Citybildung, die häufig durch eine längere Zentralstraße ersetzt wird, so in Tunis, Rabat oder auch Fès.

Die größeren Geschäfte der Neustädte waren überwiegend europäisch, nur die kleinen Versorgungsläden wurden von Einheimischen unterhalten. Monumentalbauten von Banken, Kathedralen und Theatern fehlten dort nicht. Die anfänglichen architektonischen Anpassungsversuche an die maurisch-orientalischen Stilelemente, die auch in Profanbauten wie der Post in Algier, der Banque du Maroc in Rabat und fast immer bei den größeren Hotels ihren Niederschlag gefunden haben, wurden später durch die Glas-Betonbauten internationaler Prägung abgelöst. Da sich diese Bauweise ganz überwiegend bis heute fortgesetzt hat, haben die Neustadtbereiche der Städte des Maghreb kaum noch orientalisches Gepräge.

Außer der Erweiterung von Städten in der Art der ›Villes

Nouvelles‹ gab es auch koloniale Neugründungen. Sie hatten verschiedene Ursachen. Mit dem Errichten von zunächst kleineren Kolonialverwaltungen oder auch militärischen Stützpunkten entwickelten sich oft kleinere Marktzentren, die auch Handwerker anzogen. Kleine Restaurationsbetriebe mit Übernachtungsmöglichkeiten kamen hinzu, da diese neuen Kleinzentren immer an Verkehrswege (Straßen, Pisten oder Bahnen) angeschlossen waren. Heute haben solche Siedlungen nicht selten 10 000 Einwohner. Besonders in Algerien ist auch häufig ein kleines Agrarzentrum Ausgangspunkt für eine städtische Entwicklung geworden. Vielfach haben solche Orte europäisches Gepräge erhalten. Für Algerien ist dabei noch typisch, daß auch die Namengebung häufig rein französisch war: Orleansville, Philippeville, Affréville, Lafayette sind Beispiele für einige hundert Namen, die nach der Befreiung geändert worden sind (vgl. hierzu die von W. PLUM, 1967, seinem Buch beigegebene Liste der veränderten Namen).
Koloniale Stadtgründungen sind auch im Zuge des Ausbaus der größeren Bergbaugebiete erfolgt. Das bedeutendste Beispiel hierfür ist die marokkanische Bergbaustadt Khouribga auf dem Phosphatplateau. Die Siedlung erreichte schon in der Protektoratszeit rund 30 000 Einwohner und ist inzwischen auf 372 000 Einwohner (1975) angestiegen. Auch das algerische Kenadsa als Bergbaustadt ist hier zu nennen. Zahlreiche andere Bergwerkssiedlungen konnten sich jedoch nicht zu wirklichen Städten entwickeln, wie die tunesischen Phosphatsiedlungen Metlaoui, Redeyef und Mdilla. Interessant ist auch die Wanderbewegung der Arbeiter in diesen Bergbauzentren, die in Südtunesien zeitweise Tripolitanier, dann saharische Soufi aus den Soufoasen und auch Marokkaner beschäftigten. Immer kamen die Bergarbeiter als große Gruppen aus bestimmten Regionen, wie in Khouribga die berberischen Schlöh aus dem Atlasgebirge. Oft errichteten sie hier die heimatlichen Haustypen.
Einen bedeutenden Ausbau erfuhren die Hafenstädte infolge des stark ansteigenden Import- und Exportgeschäftes in der Kolonialzeit. Er richtete sich dabei in erster Linie nach den kolonialwirtschaftlichen Gesichtspunkten der entwickelten Regionen. So blieben ältere Häfen oft unausgebaut, andere wurden zu großen Überseehäfen, wie Casablanca, Tanger, Oran, Algier und Bône (heute Annaba), Tunis sowie viele weitere mit mehr lokaler Bedeutung. Mehrere Häfen fielen in ihrer Be-

deutung zurück, z. B. Sousse, nachdem die Phosphate vorwiegend über Sfax exportiert wurden. Viele blieben auch nur für den örtlichen Fischfang bedeutungsvoll, wie Agadir, Mogador (Essaouira), Mahdia und Gabès in Tunesien. Schließlich bleiben noch die Militärhäfen zu erwähnen, die besonders stark ausgebaut wurden, so z. B. Bizerte und Mers el-Kebir bei Oran. Ihr Funktionswandel nach Abzug der europäischen Streitkräfte hat oft große Schwierigkeiten gemacht, wie in Bizerte, das von einem wichtigen mittelmeerischen Militärhafen auf einen Fischereihafen lokaler Bedeutung zurückgefallen ist. Dies wirkte sich natürlich auf die Wirtschaftsstruktur der Stadt aus.
Die auch nach dem Ende der Kolonialzeit anhaltende starke Tendenz zur Urbanisierung hat zur Folge, daß viele Zuwanderer keine oder nur schwer Arbeitsplätze finden. Das durchschnittliche Wachstum der Städte im Maghreb liegt bei 5,2 % jährlich. Da der Wohnungsbau mit dieser Entwicklung nicht Schritt halten konnte, entstand das typische Stadtrandbild der Slumsiedlungen ohne Wasserversorgung und hygienische Maßnahmen. Nach dem am meisten verwendeten ›Baumaterial‹ der Hütten, nämlich Kanisterblech, bekamen diese Viertel die Bezeichnung ›Bidonville‹. Sie wurden in vielen Großstädten des Maghreb zum Symbol eines unkontrollierten Urbanisierungsprozesses mit schwerwiegenden sozialen und politischen Folgen.

4144 Die Bildungspolitik der Kolonialmächte

Am Ende der Kolonialzeit des Maghreb betrug der Anteil der Analphabeten an der Gesamtbevölkerung rund 90 %. Diese Situation wirft ein klares Licht auf die Bildungspolitik der Kolonialmächte in Nordafrika. Über das Unterrichtswesen in Marokko gibt A. AYACHE (1959) eine ausführliche Darstellung. Sie entspricht auch in etwa der Situation in Tunesien, während durch die anfänglichen Integrationsbestrebungen Algerien nicht ganz damit zu vergleichen ist. Man kann folgendes feststellen:
In den traditionellen Koranschulen, in die von der Kolonialverwaltung nicht eingegriffen wurde, bekamen die meisten muselmanischen Kinder, wenn auch nur temporär und oft sehr unregelmäßig, eine Einführung in die Anfangsgründe des Lesens, zuweilen auch des Schreibens und damit in das Arabische. Selten reichte jedoch die Teilnahme am Unterricht der

Koranschulen aus, um auch nur annähernd die Ausbildung zu erhalten, wie sie eine Elementarschule normalerweise bietet. Die Koranschulen waren also kein Ersatz für Volksschulbildung.
Vielfach wurde diese Situation damit begründet, daß man die nordafrikanischen Kinder nicht aus ihrem sozialen Milieu, ihrer Umgebung und dem Bereich ihrer späteren Tätigkeit, vor allem also in der traditionalen Landwirtschaft, herausnehmen wolle. Zwar fehlt es bis zum letzten Weltkrieg in den einzelnen Ländern nicht an Bestrebungen, das Bildungswesen zu verbessern und auch den muselmanischen Kindern eine Schulausbildung zu ermöglichen, doch blieben die wirklich durchgeführten Maßnahmen bescheiden. Nach dem Weltkrieg wurde auf die unhaltbare Bildungssituation auch von seiten der Kolonialverwaltungen hingewiesen, und es wurden neue Bildungspläne erarbeitet. Es ist klar, daß die Zeit bis zum Ende der Kolonialherrschaft und die vorhergehenden Unruhen eine erfolgreiche Verbesserung unmöglich gemacht haben. A. AYACHE (S. 408) gibt eine Aufstellung für das Jahr 1952, in dem rund 163 000 Mohammedaner in Marokko Schulen besuchten:

Schulwesen in Marokko
(Angaben für 1952)

Schularten	Knaben	Mädchen	Insgesamt
Elementar- u. Berufsschulen			158 000
davon mohammedanische	120 000	37 000	157 000
europäische	1 400	200	1 600
Gymnasien u. höhere techn. Lehranstalten			4 406
davon mohammedanische	3 000		3 000
europäische	840	200	1 040
techn. Lehranstalten	245	121	366
Hochschulen			663
in Frankreich	438		438
in Marokko	223	2	225

Daraus geht hervor, daß 1952 etwa 10 % der im schulischen Alter stehenden Kinder Marokkos wirklich eine Schule besuchen konnten. Besonders gravierend ist der sehr bescheidene

Anteil der Besucher von höheren Schulen und Hochschulen. In allen Maghrebländern hat sich nach der Befreiung von der Kolonialherrschaft gezeigt, daß ausgebildete Kräfte für die Aufgaben der Selbstverwaltung in sämtlichen Lebensbereichen nicht vorhanden waren. Es ist somit keinesfalls verwunderlich, daß die ersten Jahre nach der Befreiung in dieser Hinsicht größte Schwierigkeiten mit sich gebracht haben. Dies gilt in besonderem Maße für Algerien, da hier nach dem Unabhängigkeitskrieg kaum noch europäische Kräfte im Land geblieben waren. In Marokko war dies anders. Im Bereich der spanisch regierten Nordzone Marokkos, abgesehen von den mit Sonderstatus versehenen Städten Tanger (internationale Zone), Ceuta und Melilla (Soberania, d. h. zu Spanien gehörig), war die Bildungssituation eher schlechter. Schulen gab es nur in Tetuan.

Die kolonialzeitliche Bildungssituation in Libyen zeigte zwar die gleichen Merkmale wie in den Atlasländern, wurde aber noch dadurch erschwert, daß ein in den Landesteilen verschieden hoher Prozentsatz (20–45 %) der Bevölkerung nomadisch bzw. halbnomadisch ist und deren Kinder schwer eingeschult werden können. Andererseits war der halbnomadische Anteil der Bevölkerung in der italienischen Kolonialzeit stark zurückgegangen. Jedenfalls ist bezeichnend, daß am Ende der italienischen Herrschaft in Libyen nur neun libysche Abiturienten vorhanden waren.

Aufgrund dieser Situation wurden nach der Befreiung überall heftige Kampagnen gegen das Analphabetentum und die Beseitigung des ›Bildungskolonialismus‹ eingeleitet, die in verschiedenen Ländern, so besonders in Tunesien, einen gewissen Erfolg hatten.

Als Erbe der kolonialen Kulturpolitik ist im Maghreb außer Libyen auch die Bedeutung der ›*Francophonie*‹ anzusehen. Alle Nordafrikaner, die während der Kolonialherrschaft selbst bescheidene Ämter erlangen wollten, mußten sich der französischen Sprache bedienen. Auch der Dienst im französischen Militär hat zur Verbreitung der Sprache beigetragen, die besonders auf dem Gebiet technischer Beschreibungen allein verwendbar war. Auf den Sektoren der Wirtschaft und Verwaltung mit internationalen Verbindungen war nicht ohne die französische Sprache auszukommen, sie war daher Amtssprache der Kolonialzeit. Es ist verständlich, daß aus diesen Gründen ein großer Teil der Nordafrikaner, selbst Analpha-

beten, sich Sprachkenntnisse im Französischen, in der Nordzone Marokkos und in Tanger auch im Spanischen sowie in Libyen im Italienischen aneigneten. Die an französischen Schulen und den Universitäten Frankreichs ausgebildeten Nordafrikaner sprachen fast nur noch französisch, wobei die seltsame Situation auftrat, daß einzelne Politiker des Maghreb in der Unabhängigkeitszeit ihrer Länder besser das Französische als ihre Muttersprache Arabisch beherrschten.
Die postkolonialzeitlichen Folgen waren, daß die ›Francophonie‹ weiterhin im Maghreb herrscht und Französisch überall als Verkehrssprache neben der Amtssprache Arabisch verbreitet ist. In den heutigen Elementarschulen ist Französisch als Zweitsprache obligatorisch. Selbst das maghrebinische Arabisch ist stark mit französischen Worten durchsetzt, was den Maghreb von den übrigen orientalischen Ländern unterscheidet.
Neben der Sprache sind auch andere Verhaltensweisen der ›Civilisation française‹, wie Kleidung, Freizeitgestaltung, Straßenleben, Heimgestaltung u. a. verbreitet. Die zu Beginn der Unabhängigkeit stark propagierte ›Re-Arabisierung‹ hatte demgegenüber nur bedingt Erfolg. Das gesamte Bildungswesen ist auch heute nach französischem Vorbild organisiert.

415 Die Bevölkerungsdynamik als Entwicklungsproblem der Maghrebländer

Die Bevölkerungsschätzung für 1975, die auf statistischen Erhebungen in einzelnen Ländern beruhte, ergab für den Maghreb die Zahl von rund 40 Millionen Bewohnern, die sich bis 1985 auf etwa 50 Millionen erhöhen dürfte. Seit 1936 hat sich die Einwohnerzahl fast verdreifacht, und die Zunahmegeschwindigkeit wird immer größer. Die Gründe hierfür liegen einerseits in der hohen Geburtenziffer, die bei 3 bis 4,8 % liegt, und andererseits in der Verminderung der Kindersterblichkeit durch Verbesserung der medizinischen Versorgung seit der Kolonialzeit. Am höchsten ist die Kindersterblichkeit noch in Libyen. So ergibt sich eine jährlich etwas schwankende Zuwachsrate der Bevölkerung von 2,6 bis 3,5 %, die in manchen Jahren noch höher liegt. Deshalb zeigt in manchen Maghrebländern die Bevölkerungspyramide einen außerordentlich hohen Anteil der jungen Jahrgänge. In Marokko sind z. Z.

rund 46 % der Bewohner unter 15 Jahren. Werden die etwa 4 % aus Altersgründen nicht mehr Arbeitsfähigen berücksichtigt, so ergibt sich, daß die Hälfte der Einwohner des Landes nicht im erwerbsfähigen Alter ist, wenn man einmal von der Kinderarbeit in der Landwirtschaft absieht. Altersaufbau und schnelles Wachstum der Bevölkerung erfordern z. B. durch Errichtung von Schulen und auf dem Gesundheitssektor etwa ebenso viele Mittel, wie sie insgesamt für Investitionen zur Verfügung stehen (Marokko: 11,6 %).

Die Geburtenrate liegt in den Maghrebländern noch höher als in Europa vor der Industrialisierung. Sie hat vor allem soziale Gründe, denn Ansehen, Kreditwürdigkeit und Landrechte innerhalb des Besitzes der Sippen werden häufig nach der Kinderzahl bemessen. Zudem bilden viele Kinder eine gewisse Garantie für die Altersversorgung, die nur selten anders geregelt ist. Diese Aussagen gelten überwiegend für Marokko, während in Tunesien und Algerien Ansätze zu einer Sozialsicherung für das Alter bereits vorhanden sind. Grundsätzlich gilt, daß die Wachstumsrate des Sozialprodukts die der Bevölkerung übertreffen muß, wenn das Pro-Kopf-Einkommen gesteigert werden soll.

In diesem Zusammenhang ist auch die Bevölkerungsverteilung im Maghreb von Interesse. Entsprechend den natürlichen Voraussetzungen gibt es eine relativ schmale Zone größerer Bevölkerungsdichte, die sich vom atlantischen Marokko über die Rif-Tellzone bis zum tunesischen Sahel erstreckt und den überwiegenden Teil der maghrebinischen Gesamtbevölkerung ernähren muß. Die Zahl der Einwohner pro km² liegt im allgemeinen bei 60–80, erreicht im südlichen Vorrif und im Sahel Tunesiens auch 100 und hat im unteren Bereich der algerischen Großkabylei mit 175 ihr Maximum. Fast alle größeren Städte befinden sich in dieser Küstenzone. Ausnahmen sind in Marokko z. B. Marrakesch, Meknes und Fès, die am Rand des Mesetabereichs liegen, in Algerien die Stadt Constantine im inneren Tell, und in Tunesien Orte wie Kairuan und Gafsa, die aber ohne größere Bedeutung sind.

Die weitere Küstenzone erweist sich somit als Verdichtungszone und für den Maghreb regional bereits als Ballungsraum. Eine starke Bevölkerungsvermehrung bedeutet hier die Notwendigkeit, in diesem Bereich mehr Arbeitsplätze zur Verfügung zu stellen. Ohne Industrialisierung ist dies ein kaum lösbares Problem.

Die Steppen Marokkos und Tunesiens besitzen eine Dichte von 20–40 Einw./km², das algerische Hochland sogar nur von kaum 10. Diese Gebiete sind eher Abwanderungsbereich für die Bewohner der Küstenzone. Nur durch Förderung der Viehwirtschaft besteht in diesem Bereich wenig Aussicht, den Bevölkerungszuwachs aufzufangen.
Die nördliche Randzone der Sahara weist eine Dichte von 5 Einwohnern pro km² auf, wobei die Bevölkerung in den Oasen konzentriert ist. Die Wüstenrandgebiete sind hingegen bereits übervölkert und haben daher auch eine hohe Auswanderungsquote. Beispiele für die sozio-ökonomische Dynamik der Oasen finden sich in H. MENSCHING (1971): ›Nomadismus und Oasenwirtschaft im Maghreb‹.
Wie es schon bei der Darstellung der Entwicklung der Städte in der Kolonialzeit anklang, liegen deren Probleme ebenfalls in besonderer Weise in der Bevölkerungsdynamik begründet. Da mehr als 30 % der Bewohner des Maghreb in Städten leben und die jährliche Zuwachsrate über 5 % liegt, wird deutlich, daß bei dem hohen Anteil an Jugendlichen hier Gefahrenherde von großer Explosionskraft liegen. Arbeitsloses Jugendproletariat hat in den letzten Jahren bereits mehrfach Unruhen ausgelöst. 1975 lebten in Marokko 38 % der Städter in Großstädten. In Tunesien leben sogar 49 % der Bevölkerung in Siedlungen mit mehr als 2000 Einwohnern, wobei dies eine andere Bedeutung hat als in einem europäischen Land. In der Küstenzone sind mehr als 50 % der Bewohner urbanisiert, im Landesinnern weniger als 20 %. Über weitere bevölkerungsgeographische Aspekte der jüngeren demographischen Entwicklung in Algerien und Tunesien hat H.-G. WAGNER (1971) berichtet.
Algerien ist infolge seiner stärkeren kolonialen Durchdringung nicht ganz vergleichbar mit den Nachbarländern. Zwar ist das Wachstum der Bevölkerung ähnlich groß, doch fand durch die Auswanderung der Europäer vorwiegend aus den Städten eine Umschichtung statt, da nach der Unabhängigkeit viele Landbewohner plötzlich in die Städte drängten, dort aber keine entsprechenden Arbeitsplätze vorfanden. Oran ist ein auffälliges Beispiel: 1954 waren von 299 000 Einwohnern 178 000 Europäer; 1973 wurde es von 1 200 000 Algeriern und nur wenigen tausend Ausländern bewohnt.
In der Bevölkerungsmobilität des Maghreb spielen die Wanderarbeiter eine bedeutende Rolle. Dies kann eine gewisse Erleichterung für die hohe Arbeitslosigkeit in allen Atlas-

ländern sein. Ebenso wie in der Kolonialzeit arbeiten heute viele Algerier in Frankreich; sie haben zum Teil ihre Familien nachkommen lassen. Genaue Zahlen sind nicht erhältlich, und selbst offizielle Angaben schwanken sehr. Sie liegen zwischen 250 000 und 600 000 algerischen Gastarbeitern. In der Bundesrepublik Deutschland waren im Januar 1970 3100 Algerier, 3800 Tunesier und 7700 Marokkaner registriert.

416 Tendenzen der nachkolonialen Entwicklung

4161 Die Politik der unabhängigen Maghrebstaaten

Die Beendigung der Kolonialherrschaft in Nordafrika schuf für die einzelnen Maghrebländer sehr unterschiedliche Voraussetzungen für die nachkoloniale Entwicklung in den verschiedenen Lebens- und Wirtschaftsbereichen. Weder das heutige Libyen in seinem Verhältnis zum kolonialfranzösischen Maghreb noch diese Länder untereinander ließen in ihrer politischen Entwicklung echte Ansätze erkennen, einen vereinigten Maghreb zu schaffen. Statt dessen stand die nationalstaatliche Entwicklung unter sehr verschiedenartigen politischen Konzeptionen im Vordergrund. Es ist daher notwendig, diese kurz zu umreißen.

Italien als Kolonialmacht in Libyen hatte bereits 1947 die Kolonie ›Libia‹ freigegeben. Aufgrund der Verfassung vom 7. 10. 1951 war Libyen ein Vereinigtes Königreich, bestehend aus den drei Landesteilen Tripolitanien, Cyrenaika und Fessan, geworden, das dem Senussi-Herrscher Idris unterstand. Nach dem Sturz des Königs (1969) durch eine Revolutionsregierung wurde Libyen Republik. Seitdem waren die politischen Beziehungen erst auf das östliche Nachbarland Ägypten (1972/1973) ausgerichtet, 1974 jedoch mehr auf Tunesien. Zunehmende Spannungen zwischen Libyen und diesen beiden Staaten verhinderten den angestrebten politisch-wirtschaftlichen Zusammenschluß.

Nach Aufhebung der französischen Protektorate in Tunesien und Marokko im März 1956 konstituierten sich die heutigen Staaten, das Königreich Marokko als konstitutionelle Monarchie sowie die Republik Tunesien. Hier wurde der Bey von Tunis 1957 abgesetzt, und Präsident Bourguiba übernahm die Macht.

Während Tunesien durch etappenweise Enteignung des europäischen Kolonialbesitzes und durch die Auflösung des französischen Militärstützpunktes in Bizerte (1961) einen Weg der formalen Lösung aller kolonialen Bindungen mit Frankreich beschritt, sind in Marokko diese kolonialen Bindungen in vielen wirtschaftlichen Bereichen des Landes noch vorhanden, wenn auch unter äußerlich abgeänderten Formen. Bis heute halten sich in Marokko noch über 100 000 Europäer auf, die am Wirtschaftsprozeß des Landes beteiligt sind. Den radikalsten Wandel von der Kolonie zum unabhängigen Staat erlebte 1962 Algerien. Im September des Befreiungsjahres wurde die ›République algérienne démocratique et populaire‹ proklamiert, die sämtlichen europäischen Kolonialbesitz enteignete. Die Zahl der Europäer im Land reduzierte sich von über 1 Million auf weniger als 100 000. Diese Zäsur, die durch einen mehrjährigen Krieg unausbleiblich wurde, mußte in einem Land, das am stärksten kolonisiert und französisiert worden war, auch die stärksten negativen Auswirkungen in der anfänglichen Unabhängigkeit zur Folge haben. Doch der proklamierte Weg des ›algerischen Sozialismus‹ führte zu einer Entwicklung, die sich heute in vielem von den Nachbarländern stark unterscheidet.
Erwähnenswert ist die Tatsache, daß sich die drei Maghrebländer Marokko, Algerien und Tunesien in ihren Unabhängigkeitserklärungen zu folgenden gemeinsamen Prinzipien bekannten: zur Maghrebzugehörigkeit und zur afrikanischen Völkergemeinschaft, zum Islam als Staatsreligion und zum Arabischen als offizieller Sprache. Alle Maghrebländer werden durch ein autoritäres Regime regiert, sei es durch den König oder durch einen Präsidenten. Sie entwickelten in ihrer Außenpolitik weder eine einseitige politische Ausrichtung zu den westlichen noch zu den östlichen Mächten, doch bleibt unverkennbar, daß die Beziehungen zur ehemaligen Kolonialmacht Frankreich einen Sonderstatus behalten haben. Unter diesen skizzierten politischen Tendenzen sind auch die übrigen hier zu behandelnden postkolonialen Entwicklungsvorgänge zu sehen. Sie sollen hier vorwiegend auf dem wirtschaftlichen Sektor umrissen werden.

Über die Agrarreformbestrebungen, deren Voraussetzungen und Durchführung, sowie über die verschiedenen genossenschaftlichen Organisationsversuche in den drei ehemals französischen Maghrebländern berichtet ausführlich W. PLUM (1967). Die wichtigsten Ergebnisse und Tendenzen sollen hier aufgezeigt werden:
Tunesien mußte durch die Politik der Enteignung des ehemaligen Kolonialbesitzes der europäischen Farmer (757 000 ha Land) neue Wege der Landnutzung beschreiten, wenn das vorhandene Produktionspotential erhalten bleiben sollte. Daneben war durch die Auflösung des Habous-Landes, das sich in der Hand von religiösen Stiftungen befand und selten intensiv genutzt wurde, ein weiterer Landbereich für die Nutzung neu zu organisieren. Durch Förderung des Kleineigentums in der Landwirtschaft mit entsprechender Aufteilung des zur Verfügung stehenden Landes wurde allerdings ein Weg beschritten, der oftmals keine rentable Bodenbearbeitung ermöglichte. Daneben wurde die Gründung von landwirtschaftlichen Genossenschaften eingeleitet. Dies brachte jedoch ebenfalls viele Schwierigkeiten mit sich, weil es vor allem am Willen der Landbevölkerung zur Zusammenarbeit fehlte. Die Leitung des Genossenschaftswesens wurde schließlich vom Planungsministerium übernommen. Die genossenschaftlichen Schwerpunkte waren sehr ungleich verteilt, doch lagen alle in den landwirtschaftlichen Gunstgebieten in Nordtunesien, besonders auf der Halbinsel Cap Bon und südlich Tunis, im alten Sahel von Sousse bis zum Becken von Kairuan und nur wenige im tunesischen Süden.
Durch die Enteignung des europäischen Farmbesitzes und der kolonialen Domänenbetriebe wurde dieser Landanteil ab 1962 zu Produktionseinheiten zusammengeschlossen, denen sich die tunesischen Bauern anschließen konnten. Der tunesische Latifundienbesitz wurde dagegen nicht in eine Agrarreform einbezogen. Die Durchführung der Agrarreform in den verschiedenen Gebieten wurde jeweils einem ›Office de mise en valeur‹ übertragen, das für die Bewässerungsanlagen, Neusiedlungen und die Zuweisung des Landes an die Fellachen verantwortlich war. Eines der bekanntesten Reformunternehmen wurde im Medjerdatal durchgeführt, das sich zum größten tunesischen Bewässerungsgebiet entwickelte und mehrere Pro-

duktionseinheiten umfaßte (vgl. hierzu H. MENSCHING 1962). Im mittleren Tunesien bewirtschaftete das ›Office de l'Enfida‹ 35 000 ha Land, das ›Office de Sidi bou Sid‹ ca. 200 000 ha und das ›Office des Souassi‹ 150 000 ha Land. Die unterschiedlichen Größen zwischen Nord- und Südtunesien in den Produktionseinheiten (150 bis 4000 ha) ergeben sich aus den klimatisch wesentlich schlechteren Möglichkeiten mit höherem Weideanteil und extensiverer Wirtschaftsweise im Süden des Landes. In Mitteltunesien traten daher auch die Polykulturen des Nordens stark zurück, und riesige Ölbaumpflanzungen breiteten sich bis weit in das Steppentiefland nach Westen aus.

Die vom tunesischen Planungsministerium stark forcierten Bestrebungen, auch die kleinen privaten Handwerksbetriebe und selbst den Kleinhandel in staatlich kontrollierte ›Cooperatives‹ zu überführen, scheiteren 1969 am Widerstand der Bevölkerung. Seitdem stagniert die genossenschaftlich ausgerichtete Entwicklungspolitik. Ständige Arbeitslosigkeit, oft defizitäre Wirtschaftsweise und chronischer Kapitalmangel lassen die zunächst von Anfangserfolgen begleitete Neugestaltung der tunesischen Landwirtschaft nur langsam Fortschritte machen. Der ›orientalische Wirtschaftsgeist‹ der Fellachen bleibt ein großes Hindernis bei der Weiterentwicklung des Landes.

Der im Sippen- und Stammesverband befindliche Kollektivbesitz im gesamten Süden des Landes, der nach islamischem Recht nicht teilbar ist, hindert ebenfalls eine moderne Erschließung, obgleich hier die natürlichen Grenzen ohnehin sehr eng gezogen sind.

In *Marokko* nahm die postkoloniale Entwicklung in der Agrarwirtschaft im Vergleich zu der Tunesiens einen anderen Weg. Da beide Länder französische Protektorate waren, läßt diese unterschiedliche Entwicklung erkennen, in welcher Weise sich das traditional-feudal bestimmte Gesellschaftssystem des alten scherifischen Sultanats Marokko auswirkte. Zudem gab es in Marokko keine generelle Enteignung des europäischen Farmbesitzes. Erst seit 1963 wurde gegen entsprechende Entschädigung landwirtschaftlicher Kolonialbesitz in genossenschaftlich konzipierte, staatlich kontrollierte Besitz- und Bewirtschaftungssysteme überführt.

Daher besteht die marokkanische Landwirtschaft heute ebenso wie in der Kolonialzeit aus dem traditionellen Großgrundbesitz der Marokkaner mit den abhängigen Kleinpächtern, dem

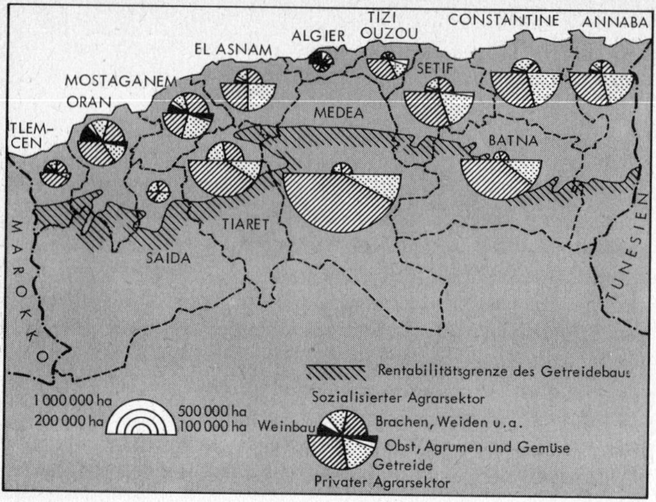

Fig. 12: Algerische Landwirtschaft nach Hauptproduktionszweigen 1968/69

traditionellen Kleinbesitz mit reiner Subsistenzwirtschaft und dem modernisierten Sektor des marokkanischen und europäischen Großbesitzes. Auch der Kollektivbesitz der Sippen und Stammesverbände ist im ganzen Maghreb weit verbreitet.

Die Agrarreform in Marokko steckt also in ihren Anfängen. Dafür zuständig ist das ›Office de Mise en Valeur Agricole‹ (OMVA), das inzwischen in einzelne Regionalämter aufgelöst wurde. Mit der ›Opération Labour‹ versuchte die Regierung zwar, durch maschinellen Einsatz auch den Fellachenbesitz zu modernisieren und die Eigentumsgrenzen zeitweise aufzuheben, doch kam es dabei zu keiner wirklichen Agrarreform. Die Integration der Fellachen in Agrargenossenschaften blieb in den Anfängen stecken, so daß auch diese mit großem Elan begonnene Modernisierung des traditionellen Agrarsektors scheitern mußte. Zudem hatten sowohl die Monarchie als auch der marokkanische Großbesitz Furcht vor der Möglichkeit einer sich daraus entwickelnden Agrarrevolution, wie sie etwa im Nachbarland Algerien stattfand. Daß dennoch eine umfassende Agrarreform notwendig ist, geht aus der Tatsache hervor, daß außer den 40 % des nutzbaren Bodens, die in traditioneller Weise bearbeitet werden, die übrigen 60 % in der

Hand von 5—10 % der Bevölkerung sind, die ihr Land häufig in Pacht und Unterpacht, zumeist im archaischen ›Khammessat-System‹, gegeben haben, wobei die Landbesitzer bis zu vier Fünftel der Ernteerträge für sich selbst beanspruchen.
Zwar ist das ›Khammessat‹, bei einer Fünftelgliederung (arab. Khamsa = fünf) in die Einheiten Landbesitz, Saatgut, Arbeitsgerät, Bewirtschaftung und Ernteertrag, im islamischen Recht verankert und noch im ganzen Maghreb im traditionellen Sektor der Agrarwirtschaft in verschiedenen Varianten anzutreffen, doch ist dieses System in Marokko am verbreitetsten.
Trotzdem sind auch in Marokko Fortschritte in der Agrarwirtschaft zu verzeichnen. Dies gilt besonders für die Bewässerungswirtschaft, mit deren Hilfe der Anbau von Zitrusfrüchten, Reis und Baumwolle sowie von Frühgemüse (›Primeurs‹) stark gefördert worden ist. Steigende Exportziffern trotz hohen Konkurrenzdruckes, etwa im Orangenexport, können diese Entwicklung belegen. Europäische Agrarexperten und ehemalige französische ›Colons‹ sind daran beteiligt. Weitere Einzelheiten der marokkanischen Agrarwirtschaft enthält das Länderkapitel Marokko (4311).
Den extremsten Weg zur Beseitigung des kolonialen Agrarsystems ging nach Beendigung des Befreiungskrieges (1962) die Republik *Algerien*. Fast 2,7 Millionen Hektar kolonialbewirtschaftetes Land wurden enteignet. Es wurde schon mehrfach betont, daß dieses Land ganz überwiegend in den geographischen Gunstgebieten liegt. Die algerische Landreform begann damit, daß dieses ehemalige Farmland einem staatlich kontrollierten ›sozialistischen Sektor‹ mit dem Status von Selbstverwaltung eingegliedert wurde. Der landwirtschaftliche Privatbesitz (›privater Sektor‹) durfte eine bestimmte Größe, die sich nach den Kulturen und Erträgen richtet, nicht überschreiten. Daneben wurden Produktionsgenossenschaften gegründet und der Verkauf oder die Verpachtung von Ländereien untersagt. Heute gehört rund ein Drittel der Landnutzungsfläche zum sozialistischen, der Rest zum privaten Sektor. Insgesamt sind 50 % des Reblandes und 90 % des Zitrusbestandes verstaatlicht. Außerdem wurde ein großer Teil des kolonialen Weinlandes umgebrochen und mit Getreide bestellt; denn einerseits traten nach klimatischen Ungunstjahren immer wieder große Ernteausfälle in der Getreideversorgung des Landes auf, andererseits bewirkte die Beschränkung der Weinimporte durch Frankreich große Absatzschwierigkeiten.

Wenn auch die algerische Landbevölkerung weitgehend die Agrarreform unterstützte und die Landarbeiterschaft des Kolonialbesitzes in die sozialisierten Farmbetriebe, die zumeist zu Großbetrieben zusammengelegt worden waren, übernommen werden konnte, fehlten die Führungskräfte. Viele Selbstverwaltungsbetriebe arbeiten daher bis heute noch nicht voll rentabel, doch sind insgesamt Fortschritte unverkennbar. Auf dem privaten Sektor, zu dem auch die zahllosen Kleinbetriebe mit weniger als 10 ha Land gehören, ist ein Fortschritt in der Agrarproduktion indessen kaum zu spüren. Insgesamt kann auch die algerische Agrarreform nur einen Teilbetrag zur nachkolonialen Landesentwicklung erbringen. Sie darf nicht zum ›Mythos einer Revolution‹ werden, wie es W. PLUM (1967, S. 135) mit Recht betont. Gerade in Algerien besteht nämlich die Möglichkeit, durch Nutzung des Erdöl-Kapitals auch die Verarbeitung von Agrarprodukten (Baumwolle, Zuckerrüben, Konservenfrüchte) zu fördern und die Landwirtschaft in einen Gesamtwirtschaftsplan sinnvoll einzubeziehen. In Südalgerien hat sich seit der Kolonialzeit in der landwirtschaftlichen Nutzung bisher wenig geändert. Der Anteil des sozialisierten Agrarsektors war völlig unbedeutend, doch beginnt man in jüngster Zeit in den Saharaoasen Bodenreformen und Verbesserungen der Anbaustruktur durchzuführen. Für den Dattelexport spielen die algerischen Oasen eine beachtliche Rolle, wobei die Verpackung und der Verkauf durchaus von den jetzt in Marseille liegenden Fabriken nach Algerien selbst verlegt werden könnten.

Insgesamt kann man also feststellen, daß in der Landwirtschaft der ehemals französischen Maghrebländer seit ihrer Unabhängigkeit sehr verschiedene Wege der Agrarreformen zur Beseitigung der kolonialen Struktur durchgeführt worden sind und daß bisher kein Abschluß solcher Maßnahmen erreicht wurde. Algeriens Weg unterscheidet sich dabei am meisten von dem Marokkos, während Tunesien einen Mittelweg beschritt. Gleichzeitig wird deutlich, daß der Traditionalismus der Fellachenbevölkerung einerseits und der feudalen Großbesitzer andererseits ein stark retardierendes Moment bei der Modernisierung des Agrarsektors bedeuten. Ohne einschneidende Maßnahmen, wie sie Algerien beschritten hat, ist keinesfalls auszukommen. Ausreichendes Investitionskapital ist nötig, das die Landwirtschaft selbst kaum aufbringen kann.

Bei der Weiterentwicklung der Agrarwirtschaft des Maghreb

wird auch zu beachten sein, wieweit Absatzschwierigkeiten auftreten, zumal die nordafrikanisch-mediterrane Agrarproduktion auf die Konkurrenz der europäischen Mittelmeerländer stößt. Dies gilt z. B. für Orangenexport oder Olivenölverkauf. Während der Kolonialzeit hatte Frankreich 52–55 % vom Export Marokkos und Tunesiens abgenommen und 76 % vom Export Algeriens (1956). Dies hat sich geändert, wenn auch der Handel der Maghrebländer mit Frankreich bzw. mit der EWG noch immer an erster Stelle steht. Die Fragen der Assoziierung des Maghreb an die EWG und die Exportmöglichkeiten in die afrikanischen Länder sind daher für die marktorientierte Agrarproduktion des Maghreb von großer Bedeutung.

Die postkoloniale Agrarentwicklung *Libyens* unterscheidet sich schon aufgrund der andersartigen geographischen Voraussetzungen von den Atlasländern. Über die Tendenzen der ersten zehn Jahre der Unabhängigkeit hat W. MECKELEIN (1956/1957) berichtet, während J. OBST (1970) die Agrarentwicklung der Cyrenaika und NAJI ABBAS AHMAD (1969) die von Tripolitanien untersucht haben.

Die Landnutzung in Libyen wird von dem Gegensatz zwischen der halbnomadischen Wirtschaftsweise und dem Anbau durch seßhafte Bauern gekennzeichnet. Offensichtlich hatte die Aufgabe der italienischen Farmbetriebe, die sich überwiegend im nördlichen Tripolitanien und in der Cyrenaika befanden, eine erneute Ausbreitung der traditionellen halbnomadischen Weidewirtschaft zur Folge, die gleichzeitig einen starken Verfall des kolonialerschlossenen Kulturlandes (Getreideland und Baumkulturen) mit sich brachte. Die von Italienern kolonisierten Gebiete werden daher nur teilweise von Libyern weiter bearbeitet. Jedoch auch die italienischen Kolonisten hatten zu einem großen Teil nur mit Hilfe von staatlichen Zuschüssen wirkliche Produktionserfolge erzielen können. Darüber haben J. DESPOIS (1935) und O. SCHMIEDER u. H. WILHELMY (1939) berichtet. Sicher ist, daß die natürlichen Voraussetzungen für eine intensive Agrarwirtschaft in Libyen denkbar schlecht sind.

4163 Postkoloniale Entwicklungen in Bergbau und Industrie des Maghreb

Der Bergbau wurde in allen Maghrebländern nach der Unabhängigkeit verstaatlicht. Organisatorische Schwierigkeiten traten dabei nicht auf, da dieser Bereich in der Kolonialzeit von großen Gesellschaften zentral verwaltet worden war. Dennoch kam es in mehreren Branchen des Bergbaus zum Rückgang der Produktion, zum Teil erst mehrere Jahre nach der Unabhängigkeit. Besonders betroffen waren die Kohleförderung, der Erzbergbau und in Tunesien auch die Phosphatgewinnung. Dabei muß jedoch berücksichtigt werden, daß der Bergbau exportabhängig ist und die Ausfuhr in das Hauptabnehmerland Frankreich nach Aufhebung des Protektorats eingeschränkt war.

Abgesehen vom Erdöl (vergl. dazu Abschnitt 421) ist in der Struktur des maghrebinischen Bergbaus in der postkolonialen Periode kein größerer Wandel zu erkennen.

In Marokko hatte der Bergbau in den Jahren 1973—1975 einen Anteil von rund 4 % am Bruttosozialprodukt, in Tunesien von 9 %. In Algerien liegt dieser Anteil aufgrund der Erdölförderung wesentlich höher. Addiert man dazu die Industrieproduktion, so erreichen Marokko und Tunesien einen Anteil von jeweils 30 % am Bruttosozialprodukt, Algerien jedoch von 43 % (1975) und Libyen von über 80 %.

Für die Industrialisierung wenden die einzelnen Maghrebländer im Rahmen ihrer Wirtschaftpläne beachtliche Mittel auf; der Mangel an ausländischem Kapital für Investitionen hemmt jedoch den Aufbau neuer Industrien. Fortschritte sind vor allem in der Nahrungsmittelindustrie und der chemischen Industrie zu verzeichnen, wobei sich letztere auf die vorhandenen Bodenschätze (Phosphat, Mangan) stützen kann. Ausländische Firmen errichteten meist nur Montagewerke im Maghreb. Für die Industrialisierung Algeriens sind die Erlöse aus der Erdölförderung, die als Kapital zu Verfügung stehen, von besonderer Bedeutung. Eine Darstellung der industriellen Entwicklung in Algerien und Tunesien hat A. ARNOLD (1971) vorgelegt.

Die Fischerei der Maghrebländer trägt nur in bescheidenem Maße zu einer partiellen Industrialisierung bei. Dies betrifft insbesondere Marokko, das mit rund 300 000 t Fischanlandungen 1974 fast die neunfache Menge wie Algerien oder Tunesien aufzuweisen hat. Die wichtigsten Fischereihäfen sind Agadir, Essaouira und Safi, das infolge seines Hafenausbaus — auch für Phosphate — eine nennenswerte Sardinenverarbeitung (Ölsardinen und Fischmehl) entwickeln konnte.

Für eine Intensivierung der Industrieentwicklung benötigen die Maghrebländer nicht nur den weiteren Ausbau ihrer Energieversorgung, sondern vor allem eine erhebliche Förderung der Ausbildung von einheimischen Arbeitskräften, da es besonders an qualifizierten Facharbeitern mangelt. Die Energieversorgung, die in Marokko überwiegend hydroelektrisch infolge günstiger natürlicher Voraussetzungen für die Wasserkraftwerke ist und in Algerien in Zukunft stärker auf der Erdöl- und Gasbasis beruhen wird, kann überall noch gesteigert werden, denn die vorhandenen Kapazitäten werden teilweise noch nicht voll ausgenutzt. Noch heute sind in den Betrieben des Maghreb überwiegend ausländische Ingenieure und Techniker beschäftigt, die zu einem großen Teil aus Mitteln der Entwicklungshilfe bezahlt werden.

42 Die Sahara – wirtschafts- und kulturgeographische Entwicklung in jüngerer Zeit

Die nordafrikanischen Länder haben verschieden großen und unterschiedlich bedeutenden Anteil an der Sahara, der größten Wüste der Erde. Geographisch faßt man heute zumeist den gesamten wüstenhaften Raum Nordafrikas unter dem Begriff Sahara zusammen, also auch etwa die Libysche Wüste. Zuweilen wird auch noch die Arabische und Nubische Wüste zwischen dem Nil und dem Roten Meer hinzugerechnet. Die physisch-geographischen Bedingungen der Sahara sind dabei durchaus nicht einheitlich. So sind neben den verschiedenen Relieftypen (Hammada, Serir, Erg, Bergland und Wüstengebirge, Wadi-Systeme) auch regional-klimatische Unterschiede vorhanden; über diese Differenzierung der saharischen Landschaften kann hier nicht ausführlich berichtet werden. Es wird deshalb auf die Darstellungen von R. CAPOT-REY (1953), J. DESPOIS und R. RAYNAL (1967), W. MECKELEIN (1959) und H. SCHIFFERS (1950) sowie von H. MENSCHING in dem Sammelwerk ›Die Sahara‹ (Hrsg. H. SCHIFFERS, 1971) verwiesen. G. GERSTER (1959) hat eine gute Darstellung der jüngeren Entwicklung der ehemals französischen Sahara für einen breiteren Leserkreis gegeben. Hier wird der saharische Raum als Teilbereich der Maghrebländer einschließlich Libyens behandelt. Dabei soll die jüngere Entwicklung im Lebens- und Wirtschaftsraum der Sahara im Vordergrund der Betrachtungen stehen. Eine Zusammenfassung dieses Wüstenraumes und die

Gegenüberstellung zum engeren mediterranen Maghreb ist den Bewohnern durchaus geläufig; dabei werden die beiden Regionen ›Tell‹ als nutzbares Küstenbergland und ›Es-Sāhrā‹ als weithin nicht kultivierbares Wüstenland unterschieden. Dies rechtfertigt auch unsere gesonderte Darstellung des Sahararaumes. Im wesentlichen sollen hier zwei Fragenkreise im Vordergrund stehen: Das Erdöl der Sahara und kulturgeographische Entwicklungstendenzen des Nomadismus und der Oasenwirtschaft in neuerer Zeit.

421 Die wirtschaftliche Erschliessung durch das Erdöl

Den größten Anteil an der Sahara haben das Maghrebland Algerien und das Syrtenland Libyen. Marokkos saharischer Gebietsanteil im Süden der Gebirgsketten des Anti-Atlas und des östlichen Hohen Atlas sowie südlich der Schottdepression in Tunesiens Südzipfel sind sehr beschränkt. Beide Länder versuchten nach ihrer Unabhängigkeit, diesen Anteil durch Gebietsansprüche gegenüber Mauretanien bzw. Algerien zu vergrößern, was nicht gelang. Algerien kam durch die Einbeziehung der Südterritorien mit den Départements Saoura und Oasis in das koloniale Algerien nach der Unabhängigkeit in deren Besitz. Libyens Saharaanteil beherrscht das Land bis auf die schmale tripolitanische Küstensteppe und das cyrenische Hochland von Barka. Die Provinzeinteilung Tripolitanien-Fessan-Cyrenaika wurde 1964 zugunsten eines einheitlichen Libyen aufgehoben.
Die Verkehrserschließung dieses Saharagebietes beschränkte sich überwiegend auf die in Anlehnung an die alten Karawanenpisten in die zentrale Sahara unterhaltenen Südrouten: in Westalgerien durch das Saoura-Tal über Beni Abbès – Adrar – Reggane – Bidon V zum Niger bei Gao. Diese Piste hatte in der Kolonialzeit größere Bedeutung als heute, zumal sich in ihrem Bereich (Hammaguir und Reggane) französische Raketenversuchsstationen befanden; im zentralsaharischen Algerien führte die ausgebaute Straße bis El Golea als Piste weiter über In-Salah zum Ahaggar nach Tamanrasset und von dort zum alten Karawanenort Agadès am Air-Gebirge im heutigen Staat Niger. Parallel zur nördlichen Hälfte dieser Piste verlief die Route über Touggourt nach Fort Flatters und In-Amenas mit Verbindung zum Ahaggar-Massiv. Diese Route – heute größ-

tenteils asphaltiert — verbindet das algerische Erdölgebiet mit dem Norden.

In Libyen führten Pisten südwärts von Tripolis zu den Oasen im Fessan und zu den Kufra-Oasen von Bengasi aus. Mit der Prospektion der Erdölfelder in beiden Staaten erlebte die Wüste ein bis dahin ungekanntes Maß an Erschließung und Durchforschung ihrer geologischen Strukturen mit zumeist flächendeckenden Luftaufnahmen. Die wirtschaftliche Erschließung konnte damit beginnen.

In der *algerischen Sahara,* in der man schon früher in den großen nördlichen Randdepressionen der saharischen Tafeln ölführende Schichten vermutet hatte, begann die intensivere Prospektion nach dem Zweiten Weltkrieg. Mehrere französische Gesellschaften arbeiteten mit der in der Kolonialzeit gegründeten S. N. REPAL (Société National de Recherche et d'Exploitation des Pétroles en Algérie) zusammen. Bis 1954 ging die Prospektion sehr zögernd vor sich. Im gleichen Jahr wurde in Hassi R'Mel ein großes Gasfeld entdeckt, das täglich 2 Mio. cbm schwefelfreies Erdgas lieferte. Es hat mit 2000 Mrd. cbm geschätzten Reserven den Grundstein gelegt, um in Arzew an der oranischen Mittelmeerküste ein bedeutendes Werk zur Gasverflüssigung zu errichten, das den Export auf Schiffen ermöglicht. Weitere, allerdings kleinere Felder wurden erschlossen, so daß die Erdgasförderung von 1962 bis 1966 von 353 Mio. cbm auf 1960 Mio. cbm ansteigen konnte. Zur Entwicklung im einzelnen siehe K. GIESSNER (1970). 1956 fand man die großen Erdölfelder an der libyschen Grenze Edjeleh-Tiguentourine-Zarzaitine in 400 bis 1500 m Tiefe im Karbon. 1960 waren in diesem Raum um Amenas bereits 118 Tiefbohrungen fündig.

Zur gleichen Zeit fand man im Raum Hassi Messaoud östlich der Oase Ouargla im 3200—3500 m tief liegenden Kambrium schwefelfreies Leichtöl. Diese Feld erwies sich als eines der ergiebigsten in Nordafrika. 1968 förderte es bereits mit 17 Mio. t ein Drittel der Gesamtförderung Algeriens. Seine Vorräte werden auf 2,5 Mrd. t geschätzt. Damit besitzt Algerien in seiner Sahara zwei überaus bedeutende Erdölfelder. Die Produktionsentwicklung zeigt die nachfolgende Zusammenstellung (in Mio. Tonnen):

1955	1960	1966	1969	1972	1973	1974	1975	1976	1977
0,1	8,5	33,8	47,5	50,1	50,8	47,2	45,8	50,0	47,3

Das algerische Erdgas und das Erdöl werden durch mehrere Pipelines zu den Küstenorten Oran (Arzew), Algier, Bejaia und den geplanten Zentren Skikda und Annaba geleitet. Daraus ergeben sich für diese Orte bedeutende Entwicklungsmöglichkeiten für die Industrie. Die Möglichkeiten, diese Sahara-Bodenschätze als Energieträger zu verwenden, sind deshalb besonders wichtig, weil die im Land vorhandene Kohle keine ausreichende Basis hierfür bildet (s. o.).

Die Erdölpolitik Algeriens führte zur Bildung einer staatlichen Gesellschaft (SONATRACH), an der der algerische Staat zunächst mit 30 % beteiligt war. Präsident Boumedienne hat jedoch nunmehr 51 % der Anteile der in der Sahara arbeitenden Gesellschaften nationalisiert. Frankreich ist der Hauptabnehmer des algerischen Rohöls (etwa zwei Drittel), gefolgt von der BRD und der Schweiz. Die relativ geringen Transportkosten wirken sich günstig auf die Importbereitschaft europäischer Staaten aus. Die Exporterlöse werden Algeriens wirtschaftliche Entwicklung in Zukunft entscheidend beeinflussen.

In der *Libyschen Wüste* begann die Erdölsuche mit der Konzessionsvergabe Ende 1955. Über die ersten zehn Jahre Erdölexploration hat J. OBST (1968) berichtet: Ein großer Teil der internationalen Erdölfirmen war an der Prospektion beteiligt. Die Ölförderung konnte nach den überraschend guten Bohrergebnissen schon 1959 aufgenommen werden und erreichte in 29 Förderfeldern 1968 bereits eine Förderziffer von 125 Mio. t (1961 hatte sie noch unter 1 Mio. t gelegen). Bis 1970 stieg die Gesamtförderung auf 159 Mio. t, fiel dann ab auf 71 Mio. t (1975). Auch Erdgas wurde gefunden, so daß Libyen ebenso wie Algerien nach dem Bau der großen Erdgasverflüssigungsanlage im Ölhafen Marsa el-Brega an der Großen Syrte zu einem bedeutenden Exporteur von Erdgas geworden ist. Die wichtigsten Abnehmerländer des libyschen Erdöls sind die Bundesrepublik, Italien und Großbritannien.

Die Erdölfelder befinden sich in einer Entfernung von 200 bis 300 km südlich der Küste der Großen Syrte auf dem kontinentalen Rand des Syrtebeckens. Dort liefern die mesozoischen bis alttertiären Sandsteinschichten aus 200–3000 m Tiefe das Erdöl, das in mehreren Pipelines an die Küstenstationen Es-Sider, Ras Lanuf, der ersten Hafenanlage in Marsa el-Brega und Zwetina gepumpt wird. Hier mußten neue Hafenanlagen und Tanklager gebaut werden. Die Erdöllagerstätten bilden insgesamt einen breiten Streifen von Mabruk und Dahra-Hofra bis

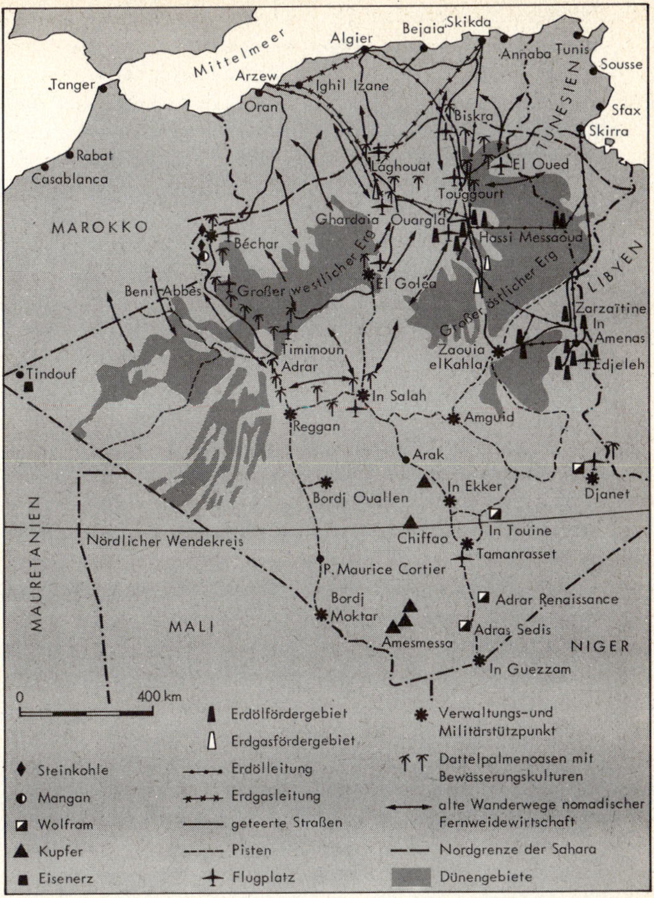

Fig. 13: Wirtschafts-geographische Karte der algerischen Sahara

zum nördlichen vulkanischen Deckenplateau Haruj (H. el-Aswad = schwarze Haruj) und zur Fußregion des Djebel Zelten sowie im weiteren Bereich der Oasen Aujila (Audschila). Ein Einzelfeld liegt am Erg Jaghbub (südöstlich der Djalo-Oasen), das durch eine Pipeline mit Tobruk (Marsa el-Hariga) verbunden ist. Die Erdölprospektion ist über diese Fundorte hinaus südwärts bis in die Serir Calanscho ausgedehnt worden, aber auch auf der libyschen Seite der großen algerischen Felder von Edjeleh wurde gebohrt. Diese Ölfunde haben jedoch weitaus geringere Bedeutung. Libyen zählt heute zu den wichtigsten Erdöllagern der Welt (1975: 8. Platz in der Rangfolge). Auf die Dauer wird das libysche Erdöl hinsichtlich der Entwicklung des Landes sicherlich breitere Auswirkungen zeigen, da mit den Erdöleinnahmen auch Schulen, Krankenhäuser und Straßen gebaut werden. Abgesehen von den Investitionen in den größeren Städten Tripolis und Bengasi und der Errichtung der neuen Ölhäfen und Verarbeitungsanlagen haben sich allerdings bisher im weiten Küstenhinterland und in den Oasen des Fessan nur wenige Ansätze für eine notwendige Landesentwicklung gezeigt. Auch die Maßnahmen für eine weitere Industrialisierung sind bisher gering. Dagegen hat die libysche Regierung viel Geld zur Finanzierung militärischer Projekte ausgegeben.

Durch die Erdölgewinnung ist die Syrte, wie J. OBST feststellt, aus ihrer wirtschaftlichen Passivität zwischen dem tripolitanischen Kulturraum und der Cyrenaika, die stets vom östlichen Syrtenraum voneinander getrennt wurden, heute eher zu einem Bindeglied geworden, das die früher so sehr auseinanderstrebenden Landesteile stärker verbindet und zu einem Zentrum der Wirtschaftsdynamik Libyens geworden ist.

422 Wandelerscheinungen im traditionalen Lebensraum der nordafrikanischen Wüste

Die nordafrikanische Wüste schränkt, wie alle Wüsten auf der Erde und insbesondere im gesamten Orient, den menschlichen Lebensraum infolge der extremen Aridität gegenüber der atlantisch-mediterranen Zone des Maghreb ganz erheblich ein. Die äußeren Kennzeichen der Lebens- und Wirtschaftsmöglichkeiten in der Sahara sind die Konzentration der Siedlungen mit sehr intensiver Landnutzung in wenigen hydrologisch begünstigten Gebieten (Oasen) und die extensive Weidenutzung ausgedehnter Areale mit periodischem oder episodischem spärlichem Pflanzenwuchs durch wandernde Viehhirtengruppen (Nomaden). Ihre traditionale Gesellschaftsordnung ist der Stammes- und Sippenverband in vielen, zumeist durch die Art der Viehwirtschaft bestimmten Varianten. Eine gute Übersicht über das Nomadentum im nordwestlichen Afrika vor den jüngsten Wandelerscheinungen hat P.-G. MERNER (1937) gegeben. In diesem Rahmen sollen nur die Veränderungen im Nomadentum und in der Oasenwirtschaft dargestellt werden, die sich im Verlauf der Kolonial- und Nachkolonialzeit durch das Eindringen europäischer Einflüsse mit ihrer Technik und Erschließung der Sahara ergeben haben. Dabei muß auch auf manche, teilweise wenig bekannte Zusammenhänge zwischen beiden Wirtschafts- und Lebensformen kurz eingegangen werden.

Die regionale Verbreitung der Oasenwirtschaft und des Nomadismus beschränkt sich in Nordafrika – ohne Ägypten – nicht auf die Sahara. Im gesamten Maghreb sind gerade die Grenzgebiete zum ›Tell‹, dem Gebiet mit Regenfeldbau, also die Trockensteppen und Halbwüsten, die nomadischen Weidegebiete, in denen allerdings auch die stärksten Wandelerscheinungen in jüngster Zeit festzustellen sind. Auch Oasen befinden sich vereinzelt bereits in dieser Zone nördlich der Saharagrenze, die in Marokko entlang des Südabfalls der Atlasgebirge, in Algerien am Rande des Sahara-Atlas, in Tunesien durch die Depressionszone der Schotts und in Libyen am Nordrand der tripolitanischen Landstufe und südlich des Barka-Hochlandes verläuft.

Nördlich von dieser Saharagrenze, die zugleich ein Konzentrationssaum von Oasen ist, befinden sich Oasensiedlungen im marokkanischen Moulouyatal und im südtunesischen Steppengebiet (Gafsa, Gabès), doch lassen diese schon deutlich den Übergangscharakter erkennen. Diese Zone stellt für die nomadische Weidewirtschaft eine äußerst wichtige sommerliche Weideregion dar. Das Verhältnis von nomadischen und seßhaften Bewohnern ist in Steppe und Wüste unterschiedlich. Beispielsweise sind im algerischen Steppenhochland rund drei Viertel der Bevölkerung Nomaden bzw. Halbnomaden und nur ein Viertel seßhaft, während es in der Sahara fast umgekehrt ist: dort leben 45 % Nomaden und Halbnomaden und 55 % Seßhafte in den Oasen. Dabei erfolgte im Verlauf der Geschichte häufig eine Verschiebung des Kontaktsaumes zwischen nomadischer und seßhafter Wirtschaftsweise. In politisch unruhigen Zeiten drangen die Nomaden regelmäßig über die Regenfeldbaugrenze hinaus und engten damit den Lebensraum der Fellachen ein. Den umgekehrten Vorgang mit der erneuten Nutzung der Steppe durch seßhafte Bewohner zeigt gegenwärtig das zentraltunesische Steppenhochland (4333). Im algerischen Steppenbereich sind bis heute nur wenige Ansätze in dieser Richtung erkennbar. Im traditionalen Lebensraum der Sahara sind Nomaden und Oasenbauern bisweilen als unversöhnliche Kontrahenten angesehen worden, wie sie es im Grenzsaum zum Tell oft gewesen sind. Im nördlichen Wüstenbereich der algerischen Sahara, die besonders große und volkreiche Oasengebiete besitzt (Souf, Rhir, Mzab und Gourara als Berbergebiete, Saoura und Touat), aber auch in einigen weiteren Oasengebieten des Maghreb hat sich dagegen ein soziales Abhängigkeitsverhältnis entwickelt, das in der Oasenwirtschaft mancherlei Verflechtungen aufweist. Allerdings waren die Nomaden dabei zumeist die sozial Stärkeren, und viele Oasenbauern gerieten in ihre wirtschaftliche Abhängigkeit. Besonders betraf dies eine Gruppe von schwarzen Oasenbewohnern, die als Haratin (sing. Hartani) bezeichnet werden, praktisch Sklaven waren und Frondienste zu leisten hatten. Besonders schwere Arbeit mußten sie beim Ausheben von kilometerlangen unterirdischen Kanalsystemen, den ›Foggara‹, vollbringen. Der freie und dank des Kamelbesitzes beweglichere Nomade hatte als Transportunternehmer fast den gesamten Handel mit dem Verkauf der Dattelernte und der Getreideanlieferung in seiner Hand. Immer häufiger waren die Nomaden am Landbesitz der Oasen beteiligt, wodurch der Oasenbauer oft sein Pächter wurde. Das mehrfach genannte Pacht- und Verteilungssystem des ›Khammessat‹ beließ dem Bearbeiter des Bodens oft nur ein Fünftel der Produktion.

Aus den nordsaharischen Oasen sollen einige Beispiele den Anteil und die Art des Nomadenbesitzes veranschaulichen: Besonders hoch ist der Anteil, den Nomaden am Dattelpalmenbestand in den Oasen haben. Oft ist dieser nach Stammes- und Fraktionszugehörigkeit auf bestimmte Oasenviertel konzentriert. In Ouargla betrug dieser Anteil (1945) 26 % und in El Golea (1956) sogar 39 % am produktiven Palmenbestand (CAPOT-REY 1962). Mehr als 100 000 Dattelpalmen haben damit in Ouargla nomadische Besitzer, wie BRIGOL (1957) feststellte. In einzelnen Oasenvierteln sind aus bestimmten Nomadenstämmen jeweils Teile seßhaft geworden, oder sie erscheinen dort zur Erntezeit und schlagen ihre Zeltlager auf.

Allgemein läßt sich feststellen, daß während der Kolonialzeit zwar diese Machtstellung der Nomaden eingeengt worden ist, jedoch durch vielfache Teilung des Oasenbesitzes mit undurchsichtigen Unterpachtverhältnissen eine Zersplitterung des Oasenlandes eingetreten ist, die eine ständig unrentabler werdende Bewirtschaftung zur Folge hatte. Solche Besitzverhältnisse und das Khammessat-System haben eine moderne wirtschaftliche Entwicklung innerhalb der Oasen meist stark behindert. Erst in jüngster Zeit sind Ansätze einer Bodenreform auch in den Oasen Algeriens zu erkennen.

Der kolonialzeitliche Wandel im Lebensraum der Wüste begann mit der Besetzung der Oasen im Rahmen der militärischen Eroberung durch Frankreich, wodurch die Nomaden ihre Basen verloren und schließlich kapitulieren mußten. Der Ausbau des Verkehrsnetzes und das Vordringen des Kraftwagens trugen ebenso dazu bei, diesen Wandel zu beschleunigen, wie die Verbesserung der Wasserversorgung in den Oasen durch Tiefbohrungen. Die Tatsache, daß die Nomaden ihren Haupterwerbszweig als Transportunternehmer verloren, führte zum Teilnomadismus bzw. zum Seßhaftwerden von Teilen der Stammesverbände. Nicht selten ging damit ein Niedergang der gesamten nomadischen Viehhaltung einher. Zunächst wurde jeweils der Aufenthalt der Nomaden in den Oasen verlängert, und neben den schwarzen Zelten (›Khaima‹) entstanden immer mehr Hütten aus Zweigen und Palmwedeln (›Zeriba‹), zumeist am Oasenrand, der in vielen Oasen diesen Übergangsstatus erkennen läßt. So wandern beispielsweise von den Marazig-Nomaden in der südtunesischen Landschaft Nefzaoua im Süden des Schott Djerid von 600 Familien im Raum Douz nur noch wenige Gruppen mit etwa 50 Zelten in die alten Weidegebiete. Andererseits hatte gerade hier, einem UNESCO-Bericht zufolge (1963), der Niedergang des Nomadentums das Anwachsen des Dattelpalmenbestandes von 160 000 Palmen auf 800 000 mit sich gebracht.

Diese Entwicklung hat allerdings im vorhandenen Wasserreservoir ihre Grenzen. Auch durch Tiefbohrungen darf nur so viel Wasser entnommen werden, wie im natürlichen Kreislauf ergänzt werden kann.

Ein weiteres Beispiel für die Verflechtung nomadischer und seßhafter Wirtschaftsweise bieten die Rebaia, die heute mit rund 14 000 Menschen einen der größten halbnomadischen Stämme bilden. Die Rebaia sind eng mit den Oasen des Soufgebietes im Grenzbereich der algerischen und tunesischen Sahara verbunden. C. BATAILLON (1955, 1963) hat sie zum Gegenstand einer Studie gemacht.

In den Souf-Oasen mit ihren eigenartigen, im Dünensand angelegten zahllosen schüsselartigen Hohlformen, in denen jeweils kleine Palmengruppen unbewässert gezogen werden, gibt es keine großflächigen Bewässerungsanlagen. Seit langer Zeit haben die Rebaia neben der nomadischen Weidewirtschaft diesen Oasenanbau betrieben. Die Verbindung ist recht stabil, was zur Folge hat, daß die Rebaia ihre Lebensweise auch durch stärkere Seßhaftigkeit nicht änderten. Ihr traditioneller Halbnomadismus ist somit reine Anpassungsform und keine neuere Wandelerscheinung. Andere Stämme des Souf sind schon vor vielen Generationen seßhafte Oasenbauern und Händler geworden. Der wirtschaftliche Wandel der letzten Jahrzehnte machte sich im Souf deshalb nur durch eine Arbeiterwanderung bemerkbar, die zunächst zu den benachbarten tunesischen Phosphatgruben führte, dann zu den Militärbasen und schließlich zu den Gebieten der jüngsten Erdölunternehmen in der Sahara. Hierfür scheinen die halbnomadischen Bewohner geeigneter zu sein als die seßhaften Oasenbauern. Bei der Verbindung von Halbnomaden und Oasenbauern hat sich keine Vorherrschaft der einen oder anderen Gruppe entwikkelt, und somit besteht auch kein ›Khammessat‹-System. Soweit sich das Land im Besitz von Nomaden befindet, wird es von diesen selbst bearbeitet.

Ein ursprüngliches Nomadentum existiert in einigen Gebieten der Westsahara, z. B. bei den Reguibat L'Gouacem im saharischen Grenzgebiet zwischen Marokko, Algerien und Mauretanien. Diese Nomaden führen noch heute große Herdenwanderungen durch. Der Ausbau der Eisenminen des Gara Djebilet, die Beteiligung am Straßenbau nach Tindouf oder der Militärdienst haben keine größeren Transformationserscheinungen bewirkt. Die ferne Lage zu den nördlichen Entwicklungsgebieten des Atlas und Tell hatte somit keine Dekadenz des Vollnomadentums zur Folge.

Die küstenfernste Wüstenregion des Maghreb bewohnen im algerischen Südterritorium die Tuareg-Gruppe der Kel Ahaggar (Hoggar) im gleichnamigen Gebirge. Sie leben unter den wohl extremsten Bedingungen. Innerhalb der Tuareg, zu denen 46 000 Menschen im Niger und westafrikanischen Sudanbereich zählen, bilden sie eine Gruppe von nur etwa 5000 Personen.

Die gegenwärtigen Probleme der Kel Ahaggar hat P. ROGNON (UNESCO, 1963) dargestellt. Wenn auch die militärische Eroberung dieses Wüstengebietes durch Frankreich mit der Gründung der Station Tamanrasset manchen ›Zivilisationswandel‹ bewirkt hat, so besteht doch auch heute noch ein Kastensystem,

das die Freien, die Abhängigen und die Sklaven unterscheidet. Die abhängigen Stammesteile liefern ihren Tribut in Naturalien ab: Getreide, Butter, Felle und Mutterschafe. Wovon aber leben heute die Kel Ahaggar?
Sie besitzen noch immer einige Kamelherden (etwa 10 000 bis 12 000 Kamele), die allerdings die überwiegende Zeit in der Sahelzone zwischen Air und Iforas weiden müssen, da das Hoggargebirge zu trocken ist. In den Bergen werden vorwiegend Ziegen gehalten, die als wichtige Ernährungsbasis für die verbleibenden Zeltbewohner dienen. Aus den Kamelherden werden dagegen immer noch die Karawanen für den Salztransport in die Sahel-Sudanzone zusammengestellt. Im Tausch bringen sie Hirse zurück. Mit Karawanen zum nördlichen Tidikelt wird ein Getreide-Dattel-Tauschverkehr aufrechterhalten. Der heutige motorisierte Pistenverkehr hat diesen Karawanentransport bisher zwar nicht völlig verdrängen können, ihn jedoch insgesamt eingeengt. In Zukunft werden die Karawanen auch im Bereich der zentralen Sahara voraussichtlich noch seltener.
Schließlich bleibt zu erwähnen, daß die Kel Ahaggar in eigenen kleinen Anbauzentren in jüngerer Zeit versuchen, ihre Ernährungslage durch Hirseanbau zu verbessern. Infolge der hohen Aridität und des geringen Grundwasservorkommens bleibt diese Möglichkeit jedoch begrenzt. Für die Bestellung des Gartenlandes sind Haratin aus den nördlichen Oasen in das Hoggargebirge gekommen.
Insgesamt ist das Ahaggar-Gebiet trotz der Verkehrserschließung und der Errichtung der Siedlung Tamanrasset als Handelszentrum, in dem jedoch vor allem Mozabiten aus Ghardaia leben, sehr isoliert geblieben. Als Folge der beschränkten Möglichkeiten der Anbauerweiterung und des Rückgangs der Bedeutung der Kamelhaltung ist der Lebensraum der Tuareg stark eingeengt. Die Auflösungserscheinungen sind trotz administrativer Protektion unverkennbar.
Die allgemeine Tendenz zur Wandlung des Vollnomadismus zum Halbnomadismus mit stärkerer Integration in die Oasenwirtschaft ist überall vorhanden, regional freilich unterschiedlich weit fortgeschritten. Dies bewirkte einen Ausbau der Oasenwirtschaft, der trotz aller Hoffnungen auf unbeschränkte Nutzungsmöglichkeit noch nicht ausgebeuteter Grundwasservorkommen begrenzt bleiben muß. Andernfalls ist eher mit Schäden der bestehenden Oasenwirtschaft als mit einem Fort-

schritt zu rechnen. Daher erscheint es nicht sinnvoll, die nomadische Weidewirtschaft insgesamt als eine archaische Wirtschaftsform zu behandeln und zu beseitigen, sondern sie durch Anpassungsformen zwischen seßhafter und nomadischer Wirtschaftsweise unter heutigen Gegebenheiten zu spezialisieren (vgl. auch E. WIRTH, 1969).

Die Frage, welchen Einfluß die wirtschaftliche Erschließung der Sahara durch Minenbetriebe und die Erdölförderung auf die Wüstenbewohner ausübt, soll abschließend gestreift werden. 1954 (UNESCO-Bericht) waren von 270 800 als erwerbstätig registrierten Wüstenbewohnern nur wenig mehr als 10 000 in Bau- und Textilbetrieben und 32 000 in industriellen und bergbaulichen Betrieben (also wenig mehr als 1 %) beschäftigt; der Rest waren Viehzüchter oder Oasenbauern bzw. Tagelöhner. 1966 waren 21 100 Bewohner Algeriens im Bergbau tätig, darunter auch Nomaden, die aus der Viehwirtschaft nur temporär ausgeschieden waren. Bis 1972 erhöhte sich die Zahl auf 39 000. Im Bergbau Libyens sind über 20 000 Personen beschäftigt. Allgemein ist der Anteil der nomadischen Bevölkerung in den modernen Wirtschaftszweigen sehr gering. Entwicklungsimpulse erhalten durch das Erdöl nur solche Oasen, die in unmittelbarer Nachbarschaft der Fördergebiete oder größerer Minen liegen. Als Beispiel kann hier die Oase Ouargla dienen. Dort lassen sich dann zuweilen auch Verfallserscheinungen im Oasenkulturland (z. B. Versalzungsschäden durch Vernachlässigung der Bewässerung) erkennen. In ferner gelegenen Oasen ist dies nicht der Fall.

Einen Sonderfall der Entwicklung bilden die Mzab-Oasen, deren geschäftstüchtige Bewohner sich schon früh auf die Entwicklung eingestellt und durch Übernahme des Kraftfahrzeugtransportes und Ausbau des Großhandels eine herausragende Stellung im Rahmen der algerischen Sahara-Oasen erlangt haben. Dies zeigt sich in der Verkehrserschließung der sieben Oasenstädte des Mzab und besonders auffallend in der Aktivität des Hauptortes Ghardaia, dessen Warenangebot, Kapitalumsatz, Handwerk sowie Gastronomie und Dienstleistungsbetriebe weit stärker das Stadtbild prägen, als dies in den meisten anderen Oasen Algeriens der Fall ist. Dadurch entwickelte sich Ghardaia zum wichtigsten zentralen Oasenort dieser Wüstenregion. Der administrative Mittelpunkt dieses Sahara-Départements ist Ouargla, das sich durch das nahe Erdölgebiet neue Funktionen sichern konnte.

43 Die Maghrebländer — Beispiele ihrer Individualräume

Haben wir bisher die Grundzüge und Gemeinsamkeiten des gesamten Maghreb sowie seine allgemeinen Entwicklungstendenzen aufzuzeigen versucht, so scheint es nunmehr notwendig, die einzelnen Maghrebländer und ihre räumliche Vielfalt darzustellen. Dies kann zweifellos nicht dadurch geschehen, ihren jeweiligen Gesamtraum geographisch zu behandeln und seine Einzelräume, seien sie naturgeographisch, kultur- oder wirtschaftsgeographisch strukturiert, nacheinander darzustellen; wenn auch die geographisch-landschaftliche Gliederung und Differenziertheit dieser Länder ganz wesentliche Grundlagen für die Verschiedenartigkeit der Lebensräume bilden, so sind diese großen Leitlinien doch auch aus der Gesamtdarstellung des Maghreb weitgehend ablesbar.
Vielmehr sollen aus den Atlasländern bestimmte, für sie jeweils typische Lebens- und Wirtschaftsräume untersucht werden, die besondere Bedeutung haben; sei es, daß sie vorrangige wirtschaftliche oder entwicklungspolitische Zustände oder Entwicklungstendenzen aufzeigen, sei es, daß sie im Gegensatz dazu besonders traditional oder ›unterentwickelt‹ geblieben sind. Man wird sie als aktive und passive Räume gegenüberstellen und vergleichen können. Hierbei müssen auch die wichtigsten Großstädte berücksichtigt werden. Als Gradmesser für die wirtschaftliche, aber auch für die soziale Entwicklung sind sie in vielfacher Hinsicht besonders aussagekräftig.
Es geht in diesem Abschnitt also nicht um eine allgemeinländerkundliche Darstellung der Maghrebländer.

431 Marokko

Wie schon erwähnt, spielt Marokko im Rahmen der Atlasländer in vieler Hinsicht eine besondere Rolle. Dies gilt sowohl für seinen geographischen Eignungsraum wirtschaftlicher Erschließung als auch für seine bisherige sozio-ökonomische Entwicklung. Seine atlantische Küstenzone und der Innenkranz seiner Gebirgsfußregionen des Atlassystems, zu denen man allenfalls noch die Sousregion zwischen Hohem- und Anti-Atlas mit der Stadt Agadir rechnen kann, stellen die

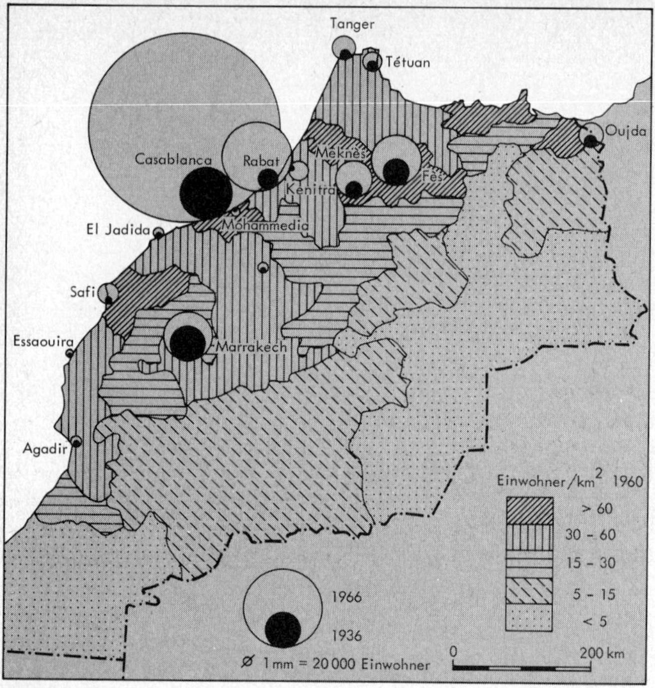

Fig. 14: Bevölkerungsdichte und Städtewachstum in Marokko

ertragreichen Entwicklungsräume dar. Ihnen stehen die traditional gebliebenen Gebirgsregionen des Rif, des Mittleren-, Hohen- und Anti-Atlas gegenüber, die zudem noch weitgehend Lebensräume berberischer Volksgruppen sind. Auch der aride Außensaum der Gebirge mit dem Moulouyabecken und den Tallandschaften der Ziz-, Dadès- und Draa-Flußsysteme gehört hierzu. Ihre bekannten Kasbah-Siedlungen haben vor allem touristische Bedeutung erlangt.

Aus diesem Gegensatz resultiert eine saisonale Wanderbewegung von Landarbeitern, die jedes Frühjahr erheblich steigt, wenn aus den armen Regionen der traditionalen Südräume des Atlas und der Oasen die großen Wanderströme zur Erntearbeit in die nördlichen Agrargebiete ziehen. Die gleichzeitig erfolgende permanente Zuwanderung zu den Städten aus den ärmeren Landregionen führt hier zu einem beträchtlichen Bevölkerungsdruck von den Ungunst- zu den Gunstgebieten. Außerhalb dieser atlantischen Agrarzone der Nordregion und der Zone im Inneren des Gebirgskranzes sind nur die gebirgsnahen Bewässerungsgebiete mit ihren Neuanlagen geeignet, Zentren einer wichtigen Agrarentwicklung zu werden. Beginnen wir mit dem landwirtschaftlichen Gunstgebiet der Nordzone.

4311 *Die Agrarzone des atlantischen Nordens*

Sie erstreckt sich von der Atlantikküste bis zum Anstieg zu den Hochflächen der inneren Meseta mit den Landschaften der Chaouia, des Rharb im Mündungsgebiet des Sebouflusses, der Region Sais (um Meknes-Fès) und dem Gebiet zwischen dem mittleren Sebou und der Vorrifzone. Im Rharb liegt der Schwerpunkt landwirtschaftlicher Nutzung und Erschließung und damit der agrarwirtschaftlich wichtigste Raum Marokkos. J. LE COZ (1964) hat ihm eine umfangreiche geographische Untersuchung gewidmet. Die Gründe für die große Bedeutung dieser Agrarregion im Rahmen der Landwirtschaft des Landes sind sowohl natur- als auch kulturgeographischer Art: Ausreichende Niederschläge (400—600 mm im Jahresmittel, teils darüber), Mündungsbereich mehrerer Flüsse, vom Hügelland umgebene Ebenen und kultivierbare Böden sind wichtige Grundlagen, die nur durch die Hochwassergefährdung weiter Teile des Rharb beeinträchtigt sind. Die flächenhafte Nutzung wurde während der Kolonialzeit begonnen. Ein Kennzeichen für die marokkanische Entwicklung in der Nachkolonialzeit ist das Ausbleiben eines grundsätzlichen Strukturwandels des Koloniallandes, das hier etwa ein Viertel der Landnutzungsfläche umfaßte. Der marokkanische Landbesitz besteht zur einen Hälfte aus Privatland, zur anderen aus Kollektivland. Die Bewässerungsmöglichkeiten weiter Teile sind bereits weitgehend ausgenutzt, ehemalige Sumpfgebiete sind trockengelegt. So bietet sich ein Bild moderner Erschließung mit zahlreichen Ent- und Bewässerungskanälen, doch konnte gerade hier die Überschwemmungsgefahr bisher nicht völlig unterbunden werden. 1963 wurden durch die Flüsse Lebène und Ouerrha 200 000 ha Land vollständig überflutet. Nur im Gebiet des Oued Beht sind durch ein 1934 fertiggestelltes Stauwerk Überschwemmungen unterbunden.

Während in den Randgebieten neben Forstgebieten — bekannt

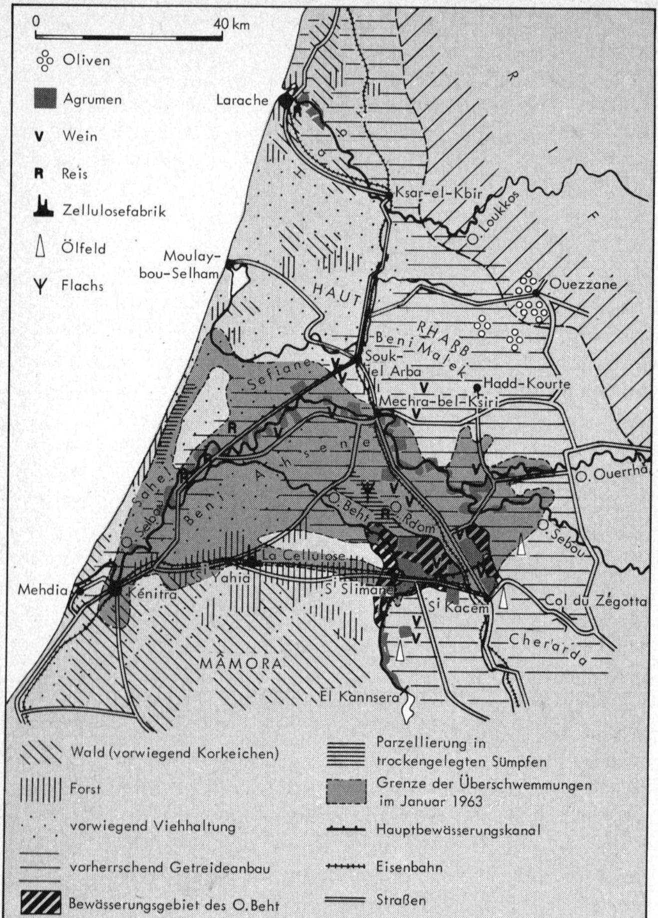

Fig. 15: Wirtschafts-geographische Karte des Rharb

ist der Wald von Mamora – der Getreideanbau vorherrscht, liegt in den bewässerten Bereichen mit Gemüse- und Reisanbau das bedeutendste Zitrusgebiet Marokkos. Neben Zuckerrüben- und Baumwollkulturen findet man auch Weinland. Allerdings sind für den Weinexport in den letzten Jahren – u. a. wegen der EWG-Einfuhrbestimmungen – häufig Schwierigkeiten aufgetreten. Dagegen bilden der Tomaten- und vor allem der

Agrumenexport (Orangen, Clementinen, Mandarinen) gerade dieser Region einen wichtigen Teil des marokkanischen Agraraußenhandels. Von den nicht exportierten Agrarprodukten werden Zuckerrüben, Baumwolle und Konservenfrüchte meist in Fabriken dieser Region verarbeitet.
Wegen der Vielfalt der Anbauprodukte, der bewässerten und nichtbewässerten Nutzungsfläche sowie der teilweisen Verarbeitung am Ort mit Beschäftigungsmöglichkeiten von Arbeitskräften vollzog sich im Rharb in letzter Zeit eine Urbanisierungswelle. Durch eine gute Verkehrserschließung mit Verbindungen zu den großen Städten Tanger, Rabat-Casablanca und Meknès-Fès haben sich auch die Klein- und Mittelstädte dieses Raumes stark entwickelt. Beispiele dafür sind Kenitra mit dem Vorhafen Mehdia, Souk el-Arba und Sidi-Kacem. Diese positive Entwicklung ist z. T. auch in den Nachbargebieten festzustellen: Im Norden hat sich nach der Aufhebung des Protektorates das ehemals spanische Gebiet Habt mit der Stadt Larache (El-Araich) im Bewässerungsland des Oued Loukkos in ähnlicher Weise entwickelt. Die bewässerten Flächen entlang der Flüsse wurden ausgedehnt und erstrecken sich innerhalb des Getreidelandes (ohne Brache) im gesamten Sebou-Becken bis über Fès hinaus ostwärts. Bis zum Südrand des Rifgebirges schaltet sich dann eine Zone von Getreideland mit Brache ein, das vielfach von Baumkulturen (Oliven) durchsetzt ist, die besonders die Hügel einnehmen. Zu erwähnen bleibt noch die große Ausdehnung der Weinfelder südlich Meknès, in denen bekannte Weine angebaut werden. Nach Süden verlängert sich die nördliche Agrarzone in der Chaouia über Casablanca hinaus. Die schwarzen Tirs- oder roten Hamri-Böden tragen dabei vorwiegend Weizen, aber auch Mais. Beide Getreidearten können noch ohne Brache angebaut werden. Sie werden von der atlantischen Lage begünstigt. In einem schmalen Küstenstreifen werden sodann die teilweise bewässerten Gemüsekulturen immer seltener, bis sie in der Doukkala ganz aufhören.
Betrachten wir diese gesamte Agrarzone mit ihrer für das Land so wichtigen Produktion, die noch weiter intensiviert werden kann, so darf nicht vergessen werden, daß sie infolge des hohen Wachstums der nahen Großstädte in der Küstenzone und im Sebou-Becken einen umfangreichen Binnenmarkt besitzt. Im Randgebiet dieser Agrarzone liegen von den sieben größten Städten Marokkos allein fünf mit zusammen etwa

3 Millionen Einwohnern (1971/1972), in ihrer Umgebung werden etwa 8 Millionen Bewohner gezählt. Daß sich die Industrie des Landes in diesen Großstädten konzentriert, erhöht die Bedeutung dieser Region innerhalb Marokkos.
Gegenüber diesem Aktivraum treten die übrigen Landesteile wirtschaftlich stark zurück. Doch die neuen in Entwicklung begriffenen Bewässerungsgebiete werden das Übergewicht der nördlichen Agrarzone etwas abschwächen und die landwirtschaftlichen Schwerpunkte voraussichtlich etwas mehr verteilen. Dies betrifft weniger das Bewässerungsgebiet in der Doukkala, das eher die atlantische Zone südwärts ausdehnt, als vielmehr die Entwicklungsgebiete am Fuße des Atlas im Haouz (Region Marrakesch) und in der Tadla nordöstlich davon. Diese beiden Gebiete umfassen etwa 15 % der gesamten Bewässerungsfläche Marokkos (1973: 850 000 ha) und bilden neue Schwerpunkte der Agrarwirtschaft. Dabei kann bei allem Wert, den sie für die Gesamtentwicklung zweifellos haben, nicht übersehen werden, daß ihnen die Vielfalt der Struktur der Nordzone fehlt. In besonderem Maße gilt dies auch für das Bewässerungsgebiet in der Moulouya-Mündung, das vor allem in der regionalen Ausbauplanung Nordostmarokkos eine wichtige Rolle spielt. Marokkos agrarwirtschaftliche Stellung im Maghreb könnte durch den zügigen Ausbau dieser günstig gelegenen Regionen noch an Gewicht zunehmen, zumal der traditionelle Gegensatz zwischen Feudalbesitzern und Fellachen hier keine Rolle spielt.

4312 *Casablanca – städtischer Mittelpunkt der Wirtschaft Marokkos*

Unter den Städten im Orient und speziell im Maghreb nimmt Casablanca in vieler Hinsicht eine Sonderstellung ein. Mit 2,1 Mio. Einwohnern (Schätzung 1976) ist sie die größte maghrebinische Stadt, zugleich als Millionenstadt die jüngste Nordafrikas. Wie kam es zu dieser Entwicklung und welche Probleme ergeben sich hieraus?
Anfang des 16. bis Ende des 18. Jahrhunderts errichteten die Portugiesen und später die Spanier eine Küstenbefestigung, die sie ›Casa branca‹ bzw. Casablanca nannten. Wahrscheinlich gab es schon in phönizisch-karthagischer Zeit hier bei Anfa einen Handelsstützpunkt. Schon um 1830 legten ausländische Schiffe dort an, doch blieb die Stadt klein und erreichte um

1900 gerade 20 000 Einwohner. 1907 besetzten die Franzosen Casablanca und bauten den Hafen aus, obgleich er keine günstigen natürlichen Voraussetzungen bot, denn er liegt an keiner Flußmündung. Nach dem Ersten Weltkrieg mußten die Hafenanlagen ständig erweitert und vertieft werden, weil die Gewinnung der Phosphate von Khouribga, die hier umgeschlagen wurden, dies notwendig machten. Die günstige Lage für die Errichtung und den Ausbau einer großen Stadt mit wichtigen Handelsbeziehungen zum Hinterland (Chaouia, Tadla) in zentraler Situation der atlantischen Küste wäre nicht ausschlaggebend gewesen, wenn nicht bereits im 19. Jahrhundert diesem Ort gegenüber Rabat oder Mazagan (El Jadida) der Vorzug gegeben worden wäre. So gaben den eigentlichen Entwicklungsimpuls für den wirtschaftlichen Aufschwung Casablancas die Europäer, die schon vor dem Ersten Weltkrieg neben der alten Medina ein neues Stadtviertel mit 20 000 Bewohnern errichtet hatten. Casa, wie es kurz genannt wird, wurde in kürzester Zeit zum Motor der wirtschaftlichen Entwicklung Marokkos und zog den größten Teil der Kapitalinvestitionen im ganzen Land an sich. Im Zweiten Weltkrieg landeten die alliierten Truppen in Casa. Danach begann sich der Zustrom zu dieser Stadt erneut zu verstärken, das Stadtbild zeigte alle Merkmale des Wachstums in ›amerikanischem‹ Tempo. Nicht alte Moscheen oder maurische Paläste und Stadtmauern bestimmen das äußere Erscheinungsbild, sondern Hochhäuser, moderne Straßen und Wirtschaftsgebäude, die sich ringförmig um den Hafen und den Kern der alten Medina legen und rasch angewachsen sind. Schon 1946 wurde die Einwohnerzahl von einer halben Million überschritten, und Casablanca hatte sich zu einer fast europäisch anmutenden Stadt entwickelt. Allein von 1936 bis 1946 verdoppelte sich die Bewohnerzahl. Bis zum Ende des Protektorates stieg die Zahl der Europäer in Casa auf etwa 160 000. Rund 40 % aller Europäer in Marokko wohnten in dieser Stadt. Nach der Kolonialzeit sank diese Zahl zwar ab, doch lebten 1960 noch immer 115 000 Ausländer dort, davon 77 000 Franzosen, 16 000 Spanier, 8000 Italiener und 5000 Algerier. Ferner wurden noch 73 000 marokkanische Juden gezählt. Der außerordentlich starke Zustrom von Marokkanern aus dem Süden und Osten des Landes (zwei Drittel aus den atlantischen Ebenen, ein Drittel aus dem Atlas) hat für die Stadt schwerwiegende Probleme mit sich gebracht. Abgesehen von der post-

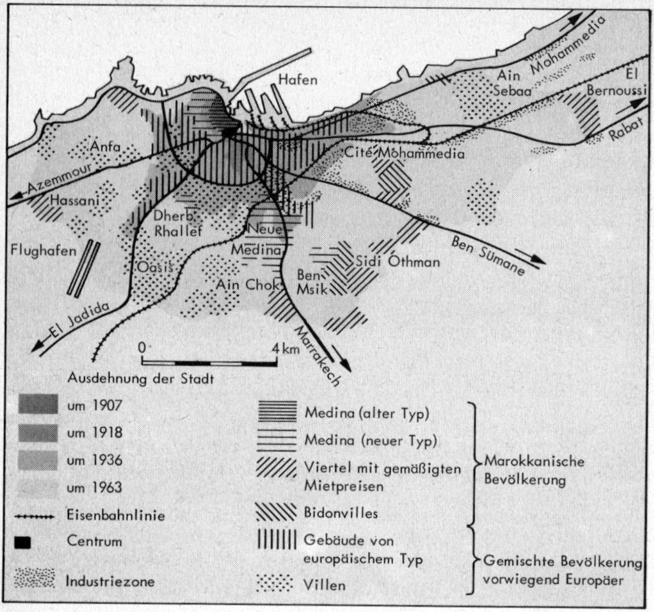

Fig. 16: Casablanca — städtische Struktur

kolonialen ›Orientalisierung‹ Casablancas ist das demographische Problem, das zugleich ein soziales ist, durch eine unglaubliche Bevölkerungsdichte in einzelnen Stadtteilen und durch das Wachstum von ›Bidonvilles‹ (Slums) gekennzeichnet.

Man kann in Casablanca folgende Wohnviertel unterscheiden (nach D. NOIN 1965):

Den ältesten Kern bildet die *alte Medina* mit einer Einwohnerdichte von 1250 Personen pro Hektar Fläche. Das ist trotz der geringen Häuserhöhe zweieinhalbmal mehr als in den am dichtesten bewohnten Innenbezirken von Paris mit seinen vielstöckigen Häusern. Zwischen 1910 und 1950 wurden neben der Erweiterung der alten Medina *neue Medina*-Viertel gebaut, die jedoch mit 800—1000 Einwohnern/ha ebenfalls übervölkert sind. Entsprechend sind die sanitären Einrichtungen völlig unzureichend. Diese Viertel liegen halbkreisförmig um den älteren Teil der Neustadt gruppiert. Darin wohnen ausschließlich marokkanische Arbeiter, kleine Händ-

ler, Handwerker und Angestellte. Daneben wurden vorwiegend nach dem Zweiten Weltkrieg die ›*Cités*‹ errichtet, die zwar einen Typ der Medina darstellen, aber stärker aufgelokkert sind. Ihre Versorgung mit Wasser und Strom ist besser und die Dichte der Wohnbevölkerung mit 400–500 Menschen pro Hektar geringer. Trotz der Baumaßnahmen für neue Medinas und Cités haben sich seit 1930 jene aus Blech, Holzabfällen, Pappe und Schilf errichteten Hüttenviertel ohne jede städtische Versorgung gebildet, die man ›*Bidonvilles*‹ nennt. In solchen im äußersten Stadtring verstreut liegenden Slums wohnten 1940 50000 Marokkaner, 1960 waren es ungefähr 160000, heute über 200000. Trotz gelegentlicher Umsiedlung in die städtischen Viertel bildeten sich spontan neue ›Bidonvilles‹ auf Kleinpächterland unter oft unvorstellbaren Verhältnissen. Ihre Bewohnerzahl beträgt zumeist wieder über 1000 Menschen pro Hektar. Sie beherbergen alle die Zuzügler, die in Casablanca versuchen, Fuß zu fassen, jedoch nur zu einem kleinen Teil wirklich Arbeit finden.
Zu diesen ›Problemvierteln‹ bildet die *europäische Stadt* mit ihrem weitgehend südeuropäischen Stadtbild und modernen Geschäftsstraßen und Hochhäusern einen erheblichen Kontrast. Hier konzentriert sich vorwiegend der überregional bedeutende Großhandel. Außerdem weist Casa sogenannte ›*Villa-Viertel*‹ auf, deren starke Auflockerung und geringe Bevölkerungsdichte zumeist auf europäische Bewohner hindeuten. Anfa, Oasis und Ain Sebaa heißen diese Viertel. Doch sind in der Nähe der Medinas solche ›Villas‹ heute zumeist von Marokkanern bewohnt. Daneben haben sich reiche marokkanische Geschäftsleute imposante Häuser gebaut.
Für die wirtschaftliche Bedeutung Casablancas sind seine Industrieviertel entscheidend. Sie liegen ausschließlich im Nordosten der Stadt zwischen den großen Ausfallstraßen nach Mohammedia, Rabat, Ben Slimane und Marrakesch. Man findet hier die Fabriken für Nahrungsmittel, Zuckerraffinerien, Brauereien, Textilfabriken, chemische und metallverarbeitende Industriebetriebe sowie Automontagefabriken französischer Fabrikate. Das zentrale und ältere Industrieviertel entstand in der Nähe des Hafens (›Roches Noires‹) entlang der Küstenstraße mit besonders unschönem Äußeren.
Das heutige Casablanca ist durch seinen modernen Großstadt- und den Industrieverkehr im Hafen (1973: 18,3 Mio. t Umschlag, davon 15 Mio. t Export) sowie als Schnittpunkt zahl-

reicher Flug-, Eisenbahn- (12 Mio. t Warentransport) und Straßenverkehrslinien des gesamten Landes zur Wirtschaftsmetropole Marokkos geworden. Dennoch ist die Stadt bisher mit dem starken Zuzug aus den anderen Landesteilen nicht fertiggeworden. Eine hohe Zahl von Arbeitslosen und Unterbeschäftigten, vor allem auch bei den Jugendlichen, schafft ständig neue soziale Spannungen, die sich zuweilen in Unruhen entladen. Über die großen Schwierigkeiten, die sich aus dieser Situation ergeben, hat A. ADAM (1968) in einer umfangreichen soziologischen Darstellung berichtet.

4313 *Die traditionale Kulturlandschaft der Berber im Atlasgebirge*

Es gibt wohl kaum einen größeren Gegensatz in Marokko als den zwischen der Millionenstadt Casablanca und der traditional gebliebenen Kulturlandschaft der Atlasberber. Dieser berberische Lebensraum im Hohen- und Anti-Atlas bildet bis in seine Gebirgsrandzonen des Tensiftflusses am Nordrand sowie des Sous-, Draa- und Dadès-Tales am Südrand einen wesentlichen Teil Marokkos. Die große Touristenwelle streift ihn an vielen Stellen, denn die berberischen Kasbahsiedlungen in Südmarokko sind Attraktionen für die Fremden.
Der Hohe Atlas und der Anti-Atlas sind frühe Lebensräume der Berber. Als Folge ausreichender Wasserversorgung der Täler sind sie von vielen Siedlungsketten durchzogen, von denen einige erst oberhalb 2000 m Höhe enden. Die vorwiegend auf Subsistenz und den lokalen Markt ausgerichtete Landwirtschaft gewinnt auf hangterrassierten Bewässerungsfeldern unter hohem Arbeitseinsatz eine beschränkte Produktion von Getreide und Gemüse. Hinzu kommen Fruchtbäume wie Oliven, Aprikosen und Nußbäume. Die Siedlungen in mehrstöckiger Stampflehmbauweise mit Plattdächern liegen oft festungsartig am Hang. Wo sich die Täler weiten, werden auch die Kulturen ausgedehnter. Zumeist verbinden nur Fußpfade die Siedlungen untereinander, doch kamen in der Kolonialzeit auch Fahrzeugpisten hinzu. Der Lokaltransport erfolgt auf Maultieren. Als Ergänzung der Lebens- und Wirtschaftsbasis der sippen- und stammesorientierten Bevölkerungsgruppen dient die Viehhaltung (Schafe, Ziegen) im Gebirge. Sie ist in der Art der Transhumanz organisiert, wobei Hirtenfamilien mit Zelten oder einfachen Sommersiedlungen die

Hochweide aufsuchen; dort, wo Weideflächen ständig von den gleichen Sippen genutzt werden, so z. B. im Atlas von Marrakesch, handelt es sich um eine Art von Almwirtschaft. Vorratswirtschaft und die Verteidigung dieser Vorräte führten zum Bau von oft großartigen Gebäuden mit Ecktürmen (Kasbah, Tirhemt). Die Siedlungen wurden häufig zu Festungen (Ksar), die oft gegen die vordringenden Nomaden aus dem saharischen Süden verteidigt werden mußten. Erst das Protektorat unterband gewaltsam diese Konfrontationen.

Zwar wurden mit dem Straßenbau, dem örtlichen Bergbau und der kolonialen Administration auch manche Wandlungsprozesse eingeleitet, und die saisonale oder permanente Auswanderung betraf diesen Raum erheblich, doch erfolgte kein wirklicher Wandel in diesem Lebensraum. Keine Fabrikationsbetriebe wanderten in diese Täler, und nirgends änderten sich die uralten Bearbeitungsmethoden des Bestellens der kleinen Terrassen mit Pflug und Hacke. Auch die soziale Struktur blieb weitgehend auf der Sippenbasis erhalten.

Nur an den Rändern der Gebirge wurde durch den Bau von Stauwerken neues Bewässerungsland erschlossen, an dem die Vorlandbauern in neuen Organisationsformen (Genossenschaften) Anteil hatten. Den Lebensraum im Gebirge betraf diese Entwicklung nicht.

Durch die gemeinsame Sache, die der Pascha von Marrakesch, der Berberfürst El Glaoui aus dem Stamm der Glaoua, mit der Protektoratsmacht Frankreich machte, geriet seine und die Macht der Atlasberber im befreiten Marokko ins Wanken. Die Kasbahs des Glaoui sind heute Touristenattraktionen. Völlig isoliert blieben von dieser Entwicklung bisher die Siedlungsräume abseits der beiden Paßstraßen über den Tizi n'Test oder Tichka, so etwa der Raum um das M'Goun-Massiv (MENSCHING, 1957).

So steht der teilweise recht dicht besiedelte Gebirgsraum des Atlas, bis heute in seinen alten Lebensweisen verankert, dem städtereichen atlantischen Marokko kontrastreich gegenüber. Er wird immer mehr zum Auswanderungsgebiet, ohne eigene Entwicklungsimpulse zu haben; es sei denn, stammesverbundene Rückkehrer aus den wirtschaftlichen Entwicklungsgebieten des Bergbaus oder der Städte legen ihr verdientes Geld im Heimatgebiet an. Hierfür bietet das mit vielen in traditionellem Stil errichteten Neubauten durchsetzte Tafraout im Anti-Atlas ein Beispiel. Es wird schwer sein, die Entwicklungs-

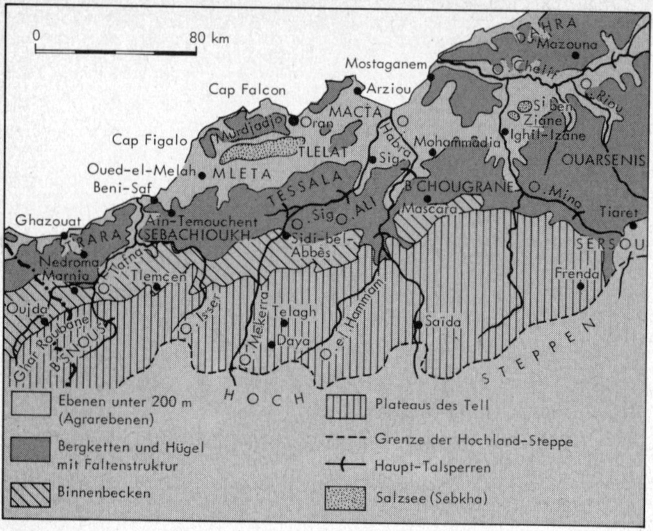

Fig. 18: Der westliche Tell (Teil West)

möglichkeiten des traditionellen Berberraumes entscheidend zu verbessern. Ein erster Schritt müßte der Ausbau der Verkehrswege sein, um so den Austausch der Produkte und das Eindringen technischer Verbesserungen, z. B. der Bewässerungswirtschaft, zu ermöglichen. Auch die saisonalen Arbeiterwanderungen würden dadurch erleichtert. Dies ist wichtig, denn ohne teilweises Ableiten des Bevölkerungsdruckes aus diesen Traditionalräumen ist eine bessere Entwicklung nicht möglich. Zwar wird der Fremdenverkehr kaum bedeutende Strukturverbesserungen bringen können, denn nur wenige Hochtäler des Atlasgebirges besitzen touristische Anziehungskraft (so im Atlas von Marrakesch oder Tafraout im Anti-Atlas); doch muß die Erschließung vieler isolierter Siedlungsgebiete der Atlasberber dennoch mit dem Verkehrsausbau beginnen.

432 Algerien

Im Maghreb nimmt Algerien in vieler Hinsicht eine zentrale Lage ein. Als ›grüne Insel‹ (Al-Djezair = die Insel; davon leitet sich der Name Algier ab) zwischen der Mittelmeerküste und der am Sahara-Atlas beginnenden Wüste nimmt sich das kultivierbare Land des Tell wie eine schmale, inselhafte Zone aus, die in weiten Teilen nicht viel mehr als 100 km breit ist, wenn man das Steppenland der Schotts nicht hinzurechnet. Politisch-historisch bedeutete diese zentrale Lage zwischen Marokko und Tunesien seit den arabischen Eroberungszügen in den berberischen Maghreb Durchgang und Einengung zugleich. Eine Verbindung nach außen bot nur das Meer, doch waren die Völker des Maghreb niemals Seefahrer. So blieb für manche Bevölkerungsgruppen, so z. B. für die Mozabiten, nur der Weg in die Wüste.

Auch in der Kolonialzeit wirkte sich diese zentrale Lage aus: Französische Truppen gingen in Algier schon 1830 an Land und versuchten, von hier aus den Maghreb zu unterwerfen. Algerien wurde bereits im letzten Jahrhundert zum Zentrum französischer Kolonialherrschaft in Nordafrika und blieb es länger als die Nachbarstaaten. Die kolonialagrare Entwicklung, der wirtschafts- und machtpolitische Status und als dessen sichtbarer Ausdruck das Wachstum der großen Städte konzentrierten sich auf den Küstensaum von Oran bis Bône, dem heutigen Annaba. Inmitten dieser Zone liegt Algier.

4321 *Algier als Zentrum der Landesentwicklung*

Wie Tunis für Tunesien, so wurde Algier als Hauptstadt Algeriens namengebend für das ganze Land. Zu Beginn des 19. Jahrhunderts hatte dieses Stadt etwa 30 000 Einwohner. Die Türken hatten die kleine Stadt Algier zur Hauptstadt des zentralen Maghreb gemacht, als sie 1614 mit der Grenzfestlegung zwischen den Regentschaften Tunis und Algier die politische Abgrenzung dieses Landes vornahmen. Die französische Eroberung von Algier (1830) wurde der Ausgangspunkt der Kolonisation und ›Französisierung‹ des Landes. Diese koloniale Herrschaft leitete die Entwicklung des heutigen Groß-Algier ein. Der schon in der Türkenzeit wichtige Hafen – man kannte die Stadt auch als Seeräubernest – wurde ständig erweitert und die Hafenanlagen gut ausgebaut. Für Algerien wurde die Stadt zum beherrschenden Tor von und nach Europa. Dies gilt auch für den Flughafen von Algier mit seinem internationalen, wenn auch immer noch überwiegend nach Frankreich ausgerichteten Luftverkehr.

In der Mitte des vorigen Jahrhunderts konzentrierten sich in

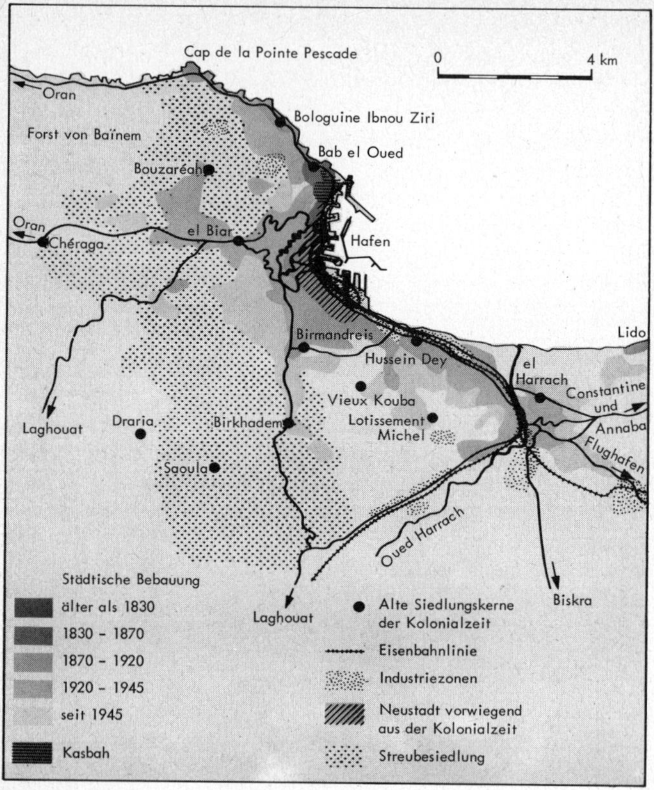

Fig. 17: Algier — städtische Entwicklung und Struktur

Algier zunächst die Funktionen einer kolonialen Militärverwaltung mit einigen nicht immer erfolgreichen Versuchen landwirtschaftlicher Erschließung der Umgebung. Die 1848 vorgenommene politische Einteilung des Landes in die drei Départements Algier, Oran und Constantine schuf neben Algier zwar weitere Wirtschafts- und Verwaltungszentren, doch büßte die Hauptstadt dadurch ihre überragende Bedeutung kaum ein. Entwicklungsimpulse für Algier brachten einmal die allgemeine Landesentwicklung durch die koloniale Agrarpolitik nach dem Krieg von 1871 und insbesondere die Nutzung der näheren Umgebung von Algier selbst. Dadurch wurde es auch notwendig, das Verkehrsnetz mit seinen vorherrschenden Ost-Westverbindungen immer mehr auszubauen. In den Jahren

1862 bis 1871 waren bereits die Eisenbahnlinien Westalgeriens fertiggestellt worden, denen bis 1886 auch die Strecke nach Constantine über Sétif folgte.
Eine gewisse Schwierigkeit für die Stadtentwicklung brachte die topographische Lage Algiers mit sich. Von der engeren Bucht aus steigt das Gelände rasch zu den Vorbergen der Tellketten und schließlich zum Blida-Atlas an, so daß sich die Stadt, halbkreisförmig landwärts ansteigend, um die Bucht herum ausbreiten und schließlich unmittelbar an der Küste durch zahlreiche Vororte weit nach Westen und nach Osten ausbreiten muß. Das heutige Stadtbild Algiers wird somit von treppenartig ansteigenden Straßenzügen mit oft schmalen Durchbrüchen gekennzeichnet, die den Autoverkehr sehr behindern. Selbst Tunnelbauten wurden notwendig. Durch die forcierte Kolonialentwicklung im letzten Drittel des vorigen Jahrhunderts verzeichneten alle größeren Städte des Landes, insbesondere jedoch Algier und Oran, einen starken Zuzug von Europäern, vor allem Franzosen. 1960, also zwei Jahre vor Ende der Kolonialherrschaft, wurde die Bevölkerung des Großraums Algier auf 558 000 Muselmanen und 312 000 Europäer, insgesamt also auf 870 000 Einwohner geschätzt. 1975 lebten 1,8 Mio. Einwohner im Ballungszentrum von Algier. Die gewaltige, meist unkontrollierte Zuwanderung einheimischer Landbevölkerung nach der Flucht der meisten Europäer am Ende des Algerienkrieges brachte für die Stadtentwicklung sehr schwierige Probleme mit sich. Es entstanden zahlreiche übervölkerte Elendsquartiere, und ein Verfall vieler anderer Stadtteile setzte ein, bis die Verwaltung allmählich eingriff.
Wird aus der umfangreichen europäischen Bevölkerung während der Kolonialzeit schon die Bedeutung Algiers für das ganze Land deutlich, so ist diese durch die starke Zentralisierung des heutigen Algerien eher noch verstärkt worden. Die Verwaltung beschäftigt einen hohen Anteil der Erwerbstätigen im Dienstleistungsbereich. Ähnliches gilt für den Bildungssektor, der neben zahlreichen höheren Bildungsstätten auch die Universität umfaßt.
Große Bedeutung hat Algier als Handelsmetropole. Durch die Konzentration der Banken und Kreditanstalten, Handelsorganisationen und Verkehrseinrichtungen für den Binnen- und Exportmarkt hat die Hauptstadt einen großen Vorsprung vor den anderen Großstädten des Landes. Zwar sank die Importtonnage des Hafens von Algier im postkolonialen Zeit-

raum etwas ab (1975: 2,3 Mio. t), dagegen stieg der Export beträchtlich (1975: 5,1 Mio. t). Diese Entwicklung ist vor allem auf die zunehmende Verschiffung der Erdölprodukte der Sahara über Algier zurückzuführen. Auch der Weinexport hat daran trotz Rückgang seit der Unabhängigkeit noch hohen Anteil.

In einer neueren Studie hat M. TAIEB (1971) die verschiedenen Handelsviertel der Stadt zu erfassen versucht. Neben dem alten, jeden Bedarf an Verbrauchsgütern deckenden City-Bezirk in der Europäerstadt bestehen weitere Handelsviertel in der Kasbah, in Belcourt-Hamma sowie in den Vororten Bab el-Oued, El-Biar, Hussein Dey und El-Harrach, dem ehemaligen Maison-Carrée. Die zentralen Funktionen der Hauptstadt haben sich schon während der Kolonialzeit vom alten traditionellen Kern des Kasbah-Viertels in die ehemalige Europäerstadt (›Centre Ville‹) verlagert: Hier befinden sich die kulturellen und administrativen Einrichtungen (Theater, Post, Universität, Regierung) sowie die Banken, Büros der großen Gesellschaften und Geschäfte für den höheren Bedarf. Das ›Centre Ville‹ grenzt unmittelbar an das Hafenviertel.

Anders steht es um Algiers Bedeutung in der Wirtschaftsentwicklung des Landes. Zwar erlebte besonders El-Harrach im Ostteil von Groß-Algier zwischen Zentrum und Flughafen eine industrielle Entwicklung mit der Ansiedlung zahlreicher Fabriken der Nahrungsmittelindustrie, Baustoff-, Metall- und Fahrzeugbetrieben sowie der chemischen Industrie mit neuen Raffinerieanlagen, doch stößt die Hauptstadt immer mehr auf die Konkurrenten Oran, Constantine und besonders Annaba. Letzteres ist zum Ausbau als neues Industriezentrum vorgesehen. Trotzdem beherbergt der Großraum Algier noch etwa 50 % der Industriebetriebe des Landes, Oran etwa 30 % (nach A. ARNOLD, 1971). Im Bereich der Hauptstadt hält sich die staatliche Investitionspolitik bewußt zurück; dagegen konzentrieren sich die privaten Investitionen nach wie vor auf diesen Raum. In den Jahren 1966 bis 1968 entfielen von 876 zur Genehmigung eingereichten Projekten allein 558 auf den Großraum Algier.

Die Bedingungen der geographischen Lage und der soziologischen Situation nach der Befreiung hatten eine Ausbreitung der Wohngebiete Algiers auf die landwärts an die schmale Küstenzone anschließenden Plateaus und Hügel zur Folge. Hier entstanden die Wohnviertel Birmandreis, El-Biar und Bouzaréa, doch an den Randgebieten dieser Viertel finden sich bereits ›Bidonvillequartiere‹ der hereinströmenden Landbevölkerung, die nur schwer in das städtische Wirtschaftsleben eingegliedert werden kann. Auch die Hauptstadt Algier ist also von diesem Entwicklungsmerkmal der Großstädte im Maghreb nicht frei geblieben.

4322 *Algeriens Agrarebenen*

Über die koloniale und nachkoloniale Landwirtschaft Algeriens wurde schon im Überblick berichtet. Das Land hatte sich zum wichtigsten Exporteur von Wein und Frühgemüse im Maghreb entwickelt und große Anstrengungen zur Nutzbarmachung der natürlichen Grundlagen unternommen. Dabei konzentrierten sich die wichtigsten Agrargebiete im Bereich des Tell auf einige wenige Küsten- und Talebenen sowie Beckenlandschaften innerhalb der Bergketten des Tell. Diese Agrarzonen, die heute noch die Grundlage der algerischen Landwirtschaft bilden, sollen hier als wirtschaftlich bedeutendes Beispiel für die Individualräume umrissen werden.

Die wichtigsten Agrarebenen im Hintergrund von Oran sind die Ebenen Mleta und Macta, die Talebenen des Chélif-Flusses, die Küstenebene um Algier und die Mitidja sowie die Ebenen im Hinterland von Annaba. Dazu kommen einige Binnenbecken im westlichen Tell, so um Tlemcen, Sidi bel-Abbès und Eghris. Ihre gemeinsamen naturgeographischen Merkmale sind klimatische und hydrologische Gunst bei guten Böden und Reliefbedingungen. Allerdings mußten bei ihrer Kultivierung durch die ›Colons‹ teilweise größere Entwässerungsmaßnahmen und auch eine Entsalzung der häufig überschwemmten Niederungen vorgenommen werden. Bevor dieses Land von den ›Colons‹ in Besitz genommen wurde, war es großenteils als Weideland Ergänzungsraum für die Viehwirtschaft treibenden Fellachen des Tell-Berglandes gewesen, die nunmehr vertrieben wurden. Die Niederschläge erreichen in diesen Tellgebieten 600 mm im Jahresmittel, überschreiten diese Summe jedoch häufig. Wichtig ist, daß die Flüsse mit ihren Einzugsgebieten in den feuchteren Tellketten ausreichende Bewässerungsmöglichkeiten bieten und daher die Anlage von Intensivkulturen ermöglichen. Um die vorhandenen Niederschläge des Winterregens auch in den trockenen Sommermonaten nutzen zu können, wurden an mehreren Stellen Stauwerke errichtet. Das notwendige Kapital konnte von den einheimischen Fellachen nicht aufgebracht werden, den ›Colons‹ aber stand die staatliche Hilfe zur Verfügung. Nach der Vertreibung der europäischen Farmer sind ihre Besitzungen fast vollständig vom ›sozialistischen Sektor‹ der Landwirtschaft übernommen worden.

Ein besonders typisches Beispiel solcher Agrarebenen ist die Alluvialebene der Mitidja und der Sahel von Algier. Die Region zwischen der Hauptstadt und dem Blida-Atlas gehört zu den am intensivsten bewirtschafteten und produktivsten Anbaugebieten des ganzen Landes. Hier wurden in der Kolonialzeit fast zwei Drittel des Nutzlandes von Farmen und großen Domänen bewirtschaftet, die 20 % des algerischen Weines erzeugten, 75 % des Frühgemüses, 45 % der Orangen und 15 % des Tabaks. Daraus geht die Nutzungsintensität klar hervor, die sich auch nach der Unabhängigkeit nicht änderte. Fast das ganze Jahr gleicht das Gebiet einem blühenden Garten. Neben der Hauptstadt und der Stadt Blida bestanden über 40 Kolonistenorte in dieser Region, in der weite Bewässerungsländereien verbreitet sind, die ihr Wasser aus einem Stauwerk (Hamiz) beziehen oder durch eine große Zahl von Bohrungen versorgt werden.

Ein anderes Beispiel der Möglichkeiten und Grenzen landwirtschaftlicher Nutzung zeigt das Tal des Chélif zwischen den Küstenketten des Tell und dem Djebel Ouarsenis im Westteil Tell-Algeriens. Die Niederschläge sind mit 400–450 mm im Jahresmittel bei einer großen Variabilität von Jahr zu Jahr bereits wesentlich geringer. Entsprechend variiert die Wasserführung des Chélif-Systems oft um mehr als 100 %. Bei hoher Verdunstung ist die Wasserabgabe relativ gering. Der Bau eines Stauwerkes im Oberlauf war daher unumgänglich, ebenso der Stau von Nebenflüssen.

Dennoch wurden die Teilbecken des sich mehrfach weitenden Talverlaufs zu agraren Nutzungsgebieten intensiver Kolonialwirtschaft: Die im letzten Drittel des vorigen Jahrhunderts gegründeten Orte und Städte Affréville (El-Khemis), Orléansville (El-Asnam) oder Relizane sind ein Beispiel hierfür. Allerdings traten hier die Spezialkulturen gegenüber dem Getreideanbau zunächst zurück, bis der durch Bewässerung möglich gewordene Anbau von Orangen und Gemüse stark zum extensiveren Getreideanbau kontrastierte. Während der Kolonialzeit stieg in diesen Chélif-Ebenen die Bevölkerungszahl ungefähr um das Zehnfache an. Um die Kolonistensiedlungen scharten sich vielfach die kleinen Häuser der algerischen Fellachen, die zum großen Teil bei den ›Colons‹ als Tagelöhner arbeiteten. Mittlere und größere Fellachenbetriebe blieben selten. Mit der Unabhängigkeit wurden auch hier alle Farmbetriebe sozialisiert. Die Arbeitskräfte waren zwar weitgehend vorhanden, doch fehlten anfänglich vor allem die Führungskräfte, so daß zunächst ein Rückschlag in der Entwicklung einsetzte. In Musterbetrieben gibt der Staat heute subventionierte Entwicklungsbeispiele für die gesamte Region.

Das Hügelland, die Ebenen und die Plateaus im Hinterland von Oran bis Mostaganem gehören ebenfalls zu jenen Agrargebieten, die während der Kolonialzeit aus vorwiegend Weideland zu einem wichtigen Anbaugebiet Algeriens geworden sind. Hierbei war der Weinanbau vorherrschend, der in manchen typischen agrarkolonialen Zentren, wie in Ain Temouchent, fast die Hälfte der Anbaufläche umfaßte. Hier fanden sich auch die größten Wein-Domänen. Daneben bestanden ausgedehnte Getreideanbaugebiete, besonders in den Ebenen der Mleta. Auffallend waren in dieser Region die mediterranen Doppelkulturen der mit Baumreihen (Oliven, Mandeln) durchsetzten Weinfelder, wie sie besonders aus Italien bekannt sind. Die Kolonisten waren zu einem hohen Anteil Spanier bzw. naturalisierte Franzosen. Durch den Bau von Stauwerken entstanden auch hier weite Bewässerungskulturflächen.

Während der Unabhängigkeit, besonders unter der Staatsführung von Ben Bella, galt der Weinbau als Merkmal kolonialen Anbaus und wurde vielfach durch Getreidefelder ersetzt. Allgemein hat diese Agrarregion nach dem Abzug der Kolonisten eine starke Zuwanderung von algerischen Fellachen aus dem gebirgigen Tell, selbst aus dem benachbarten Marokko, zu verzeichnen gehabt. Auch hier traten große Schwierigkeiten beim Versuch auf, die Kolonistenbetriebe mit Bewässerungskulturen in gleicher Weise durch Algerier bewirtschaften zu lassen. Aufgeteilte Ländereien erlitten einen starken Produktionsschwund.

Mit der Agrarentwicklung der Ebenen im Hinterland von Annaba hat sich H. ACHENBACH (1971) befaßt. Dieses Gebiet gehört im ostalgerischen Bereich zu den ebenfalls während der Kolonialzeit gut erschlossenen Landwirtschaftsräumen bei allgemein guten Standortbedingungen für den Wein- und Zitrusanbau sowie für eine Reihe von Spezialkulturen. Wie alle übrigen Agrarebenen des Landes war es landwirtschaftliches Exportgebiet. Vor allem entlang des Talbereiches des Oued Seybouse verdichteten sich die Anbauflächen zu einem geschlossenen Band von Intensivkulturen. Hydrotechnische Anlagen (Entwässerung, Berieselung) verbesserten den Anbau entscheidend. Wegen des hohen notwendigen Kapitalaufwandes besonders beim Zitrusanbau wird verständlich, daß auf diesem Sektor über die Hälfte des Landes von Gesellschaften bewirtschaftet wurde. Insgesamt nahm das Agrargebiet der ostalgerischen Ebenen gegenüber denen Zentral- und Westalgeriens einen geringeren Rang ein. Am Ende der Kolonialzeit betrug der Anteil an der algerischen Rebfläche z. B. nur noch 5 % (demgegenüber das Département Algier 22 %); der Zitrusanbau war mit ca. 6 % beteiligt (Algier 37 %). Hingegen lieferte die Ebene von Annaba über 60 % der Tabakernte Algeriens und nahm im Gemüseanbau den vierten Rang im Lande ein. Die kolonialen Großbetriebe wurden 1963 restlos enteignet. Eine neue Erscheinung ist die Ausbreitung des Zukkerrüben- und Sonnenblumenanbaus. Der Aufbau einer eigenen Zuckerproduktion ist für Algerien genauso wichtig wie für die anderen Maghrebstaaten, um angesichts des sehr hohen Verbrauchs Devisen einzusparen. Auch die Förderung der Viehwirtschaft ist ein Kennzeichen dieser Region.

Insgesamt gesehen nehmen die Agrarebenen des algerischen Küstentell infolge ihrer hohen Bevölkerungsdichte bei großer Zuwachsrate gegenüber den vergleichsweise bescheidenen agraren Nutzungsmöglichkeiten in den übrigen naturgeographischen Zonen des Landes (Hochsteppen, Gebirge, Wüste) eine Schlüsselstellung in der landwirtschaftlichen Entwicklung Algeriens ein. Die Selbstverwaltungsbetriebe im Rahmen des sozialistischen Sektors der Landwirtschaft Algeriens haben zwar das Kolonialland übernommen, sie sind aber zu wenig in die Gesamtlandwirtschaft des Landes integriert. Die große Zahl der Fellachen steht in dieser Entwicklung weiterhin abseits und verharrt in ihrer traditionalen Subsistenzwirtschaft. Rückgänge in der Gesamtproduktion und Schwierigkeiten beim Absatz verschiedener Produkte, z. B. beim Wein, haben den Übergang von der kolonialen zur nationalen Agrarwirtschaft nicht leicht gemacht. Der von Algerien eingeschlagene Weg der Agrarreform (vgl. Abschnitt 4162) hat sich bisher weitgehend auf den ehemals kolonialen Bereich beschränkt.

4323 *Die Große Kabylei*

Die algerischen Kabylen haben in der jüngeren Entwicklung des Landes mehrfach von sich reden gemacht. Es erscheint daher angebracht, ihren Lebensraum als ein Beispiel der Individualräume den Agrarebenen gegenüberzustellen. Die berberischen Bewohner der Großen Kabylei sind östlich Algier vor allem im weiteren Bereich des Djurdjura-Gebirges und dem anschließenden Babor sowie in den Tälern des Soummam und Bou Sellam anzutreffen. Gegenüber den weiter östlich lebenden Kabylen sind sie berberophon geblieben und wenig arabisiert. Ihre ländliche Kulturlandschaft wird bei hoher Bevölkerungsdichte durch zahlreiche eng gebaute Bergdörfer inmitten mediterraner Fruchtbäume und einiger Getreidefelder gekennzeichnet. Der Kleinbesitz dominiert. Infolge der natürlichen Ungunst finden sich nur spärlich kleine Gemüsegärten; so überwiegen der Anbau von Feigen und Oliven; Getreide muß von außerhalb der Kabylei beschafft werden. In den Randgebieten der stark degradierten Wälder ergänzt eine bescheidene Viehhaltung die Landnutzung. Hier und da wird ein wenig Wein angebaut. In diese karge Kulturlandschaft ist die Kolonisation der Franzosen naturgemäß kaum vorgedrungen, andere Entwicklungsimpulse blieben gering.

Bei einer immer noch festgefügten berberischen Sozialordnung der Sippen und Stämme und bei einem hohen Bevölkerungswachstum war die Tragfähigkeit dieses ärmlichen Kulturlandes bald erschöpft. Als Ausweg mit dem Bestreben eines höheren Erwerbs blieb die temporäre Auswanderung von Arbeitsfähigen nach Frankreich. Die Kabylei stellt deshalb einen besonders hohen Anteil der algerischen Arbeitskräftewanderung: allein ca. 200 000 Arbeitskräfte kommen aus den kabylischen Gebieten, weitere wandern zu den großen Städten des eigenen Landes ab.

Der Algerienkrieg hat durch Waldvernichtung, Dorfzerstörung und Zwangsaussiedlungen diese Kulturlandschaft stark geschädigt, denn zahlreiche Kabylen waren mit ihrem angeborenen Freiheitsdrang Mitglieder der Befreiungsorganisationen geworden.

So unterschiedlich der Lebensraum der Kabylei gegenüber den von Arabern oder arabisierten Berbern bewohnten Vorländern und Küstenebenen auch ist, so gibt es innerhalb des Landes und des ganzen Maghreb doch genügend einheitliche Bande, die die Unterschiede des Volkstums und der Sprache verwischen. An erster Stelle ist der Islam, die gemeinsame Religion, zu nennen, sodann das neue Nationalgefühl der unabhängigen Staaten. Schließlich bringt die städtische Lebensform bei ständig wachsender Urbanisierung eine Angleichung der kabylischen und arabischen Bevölkerung mit sich. Dennoch muß sich das neue Algerien bemühen, auch das soziale Gefälle zwischen den verschiedenen Landschaften abzubauen, um innere Unruhe nicht aufkommen zu lassen. Die Große Kabylei ist im Verlauf der Arabisierung des Maghreb ein wirtschaftlich schwaches Gebirgsrefugium berberischer Bevölkerung geworden, dessen natürliche Bedingungen nur schwer zu besseren Erwerbsmöglichkeiten führen können, wenn nicht infrastrukturelle Maßnahmen in diesen Gebieten selbst eingeleitet werden. Nur dann kann auch die Abwanderung der gegenwärtig noch größtenteils erwerbslosen Arbeitskräfte reduziert werden. Ein großer Teil der Bewohner der Hauptstadt Algier ist heute von kabylischer Herkunft.

433 Tunesien

Das kleinste Maghrebland ist Tunesien mit 164 000 qkm Fläche (offizielle Angabe bei umstrittenem Saharaanteil). Die Zählung 1975 ergab eine Einwohnerzahl von 5,574 Millionen Einwohnern, was einem statistischen Mittelwert von 34 Einwohnern pro qkm entspricht. Bezieht man die Einwohnerzahl jedoch auf die Landnutzungsfläche, so steigt dieser Wert bereits auf 75 E./qkm an. Damit gehört das kleine Land zu den am dichtesten besiedelten Maghrebländern. Auf die ungleiche Bevölkerungsverteilung wurde schon hingewiesen; sie resultiert aus der Tatsache, daß etwa die Hälfte der Tunesier im mediterran-feuchten Norden wohnt, der aber nur 20 % der Fläche des Landes umfaßt. Auffallend ist in diesem Agrarland auch die starke Bevölkerungskonzentration auf die Küstenlandschaften um den Golf von Tunis, die Halbinsel Cap Bon und auf den Sahel. Hier liegen die naturgeographischen Gunsträume, während die zentraltunesische Steppe und der aride Süden wesentlich geringer besiedelt sind und ihre eigenen Entwicklungsprobleme haben. Es erscheint daher zweckmäßig, als Beispiele typischer Individualräume dieses Landes Tunis und sein Hinterland als wirtschaftlichen Aktivraum und den traditional geprägten Sahel mit dem ›Entwicklungsraum‹ des Steppenhochlandes näher zu betrachten. Die Insel Djerba hat durch den großen Touristenstrom eine eigene Bedeutung erlangt und soll daher ebenfalls kurz charakterisiert werden.

4331 Der Großraum Tunis und sein Hinterland

Die große Bedeutung dieser Region geht schon aus der Tatsache hervor, daß sie 30 % der tunesischen Bevölkerung auf nur 5 % der Landesfläche beherbergt und in diesem Gebiet mehr als 50 % des Nationaleinkommens erwirtschaftet werden (H. ATTIA 1969). Wenn auch bereits in vorkolonialer Zeit die Küstenzone um den Golf von Tunis relativ bedeutungsvoll war, so wurde doch in der Protektoratszeit durch den Ausbau der Infrastruktur, die sich hier ausbreitende koloniale Agrarwirtschaft und die industrielle Entwicklung mit dem Aufblühen des Handels in und um Tunis der Anstoß für ein rapides Bevölkerungswachstum gegeben. Dies äußert sich auch im Wachstum der Siedlungen mit verstärkter Urbanisierung der Umgebung (Banlieue) der Hauptstadt Tunis, deren Einwohnerzahl zwischen 1936 und 1975 von 152 000 auf 970 000 anstieg. Die Stadtgrenzen wurden dabei stark aufgelockert, denn diese Entwicklung ging über den alten Stadtkern von Tunis weit hinaus. Der Großraum Tunis konnte sich zur zentralen, alle anderen städtischen Regionen (so Sfax und Sousse im Sahel) weit hinter sich lassenden Stadtregion und Wirtschaftsmetropole entwickeln.

Die moderne Entwicklung von Tunis begann mit der Errichtung der Neustadt als Europäerviertel am Rande der Medina. Dabei entstand im Protektorat neben der Altstadt ein im Schachbrettmuster erbautes Verwaltungs- und Geschäftsviertel, dessen Hauptachse (heute Avenue Bourguiba) zum ausgebauten Hafen gerichtet ist. Der Hafenausbau war nur durch die Ausbaggerung eines Kanals durch den Lac de Tunis möglich, der flach und versumpft war, damit die Stadt mit größeren Schiffen angelaufen werden konnte. Heute legen diese meist im größeren Vorhafen La Goulette an. Um die Neustadt gruppierten sich immer weitere Stadtviertel, die vorwiegend Wohnungen für Europäer beherbergten (Montfleury, Belvedère, El Menzah). Gegenwärtig sind auch diese Viertel zumeist von Tunesiern bewohnt. Auch die ältere Neustadt wurde nach Aufhebung des Protektorats 1956 mehr und mehr ein tunesisches

Geschäftsviertel, weil die 115 000 Europäer (Franzosen und Italiener) aus dem Großraum weitgehend abwanderten. Dennoch ist ein soziales Gefälle von der Neustadt zur Medina sehr deutlich geblieben. In Tunis sind die meisten Bildungsstätten bis zur Universität gelegen, und der Prozentsatz von Besuchern aller Schulgattungen ist hier höher als in anderen Landesteilen. Die Stadt beherbergt dazu hervorragende Museen (Bardo), Bibliotheken und andere kulturelle Einrichtungen.

Daß Tunis auch zum wirtschaftlichen Zentrum des Landes werden konnte, war vorwiegend an zwei Voraussetzungen geknüpft: an die günstigen Möglichkeiten der agraren Erschließung des Hinterlandes und die verkehrsgeographische Bedeutung der Stadt.

Der Großraum wurde bereits 1872 durch eine Vorortbahn nach La Goulette und La Marsa erschlossen, und 1884 wurde die Bahnverbindung nach Algerien durch das Medjerdatal fertiggestellt. 1916 wurde die Südbahn nach Sfax und Gabès in Betrieb genommen. Damit waren die wirtschaftlich ertragreiche Nordzone und der Sahel mit Tunis verbunden. Bereits am Ende des vorigen Jahrhunderts wurde der Hafen ausgebaut, der schon bald erweitert werden mußte. Tunis und sein Vorhafen La Goulette wickeln heute über 90 % des Schiffsverkehrs des Landes ab. Exportgüter sind vor allem Agrarprodukte und das Erz aus dem Tellgebiet; Manufakturwaren und Konsumgüter werden über Tunis importiert. Die Fischerei spielt dagegen in diesen Häfen nur eine geringe Rolle.

Neben dem Schiffsverkehr ist Tunis auch Zentrum des Luftverkehrs für das gesamte Land. Dies ist vor allem für den Tourismus wichtig, wenn auch der Golf von Tunis selbst weniger für den Ferienaufenthalt in Tunesien in Frage kommt. Der Großraum Tunis zeigt eine über die Hauptstadt hinausgehende Urbanisierungszone. In ihr sind ältere Siedlungen, z. T. historische Orte wie Karthago, eingeschlossen. Dieser Raum erstreckt sich von der Küste zwischen den beiden Sebkhas Riana und Sedjoumi bis nach Manouba (vgl. hierzu Fig. 19, S. 137). Halbkreisförmig wird dabei der See von Tunis umschlossen. Vor seiner Sanierung, die nicht abgeschlossen ist, war er ein Herd von Krankheitsträgern (Malaria). Die gute Verkehrserschließung um den See, in dem auch der internationale Flughafen El Aouina-Karthage liegt, hat eine Kette von Wohnstädten für die Hauptstadt entstehen lassen, die sich von Gamarth-La Marsa-Sidi bou Said im Norden bis Tunis

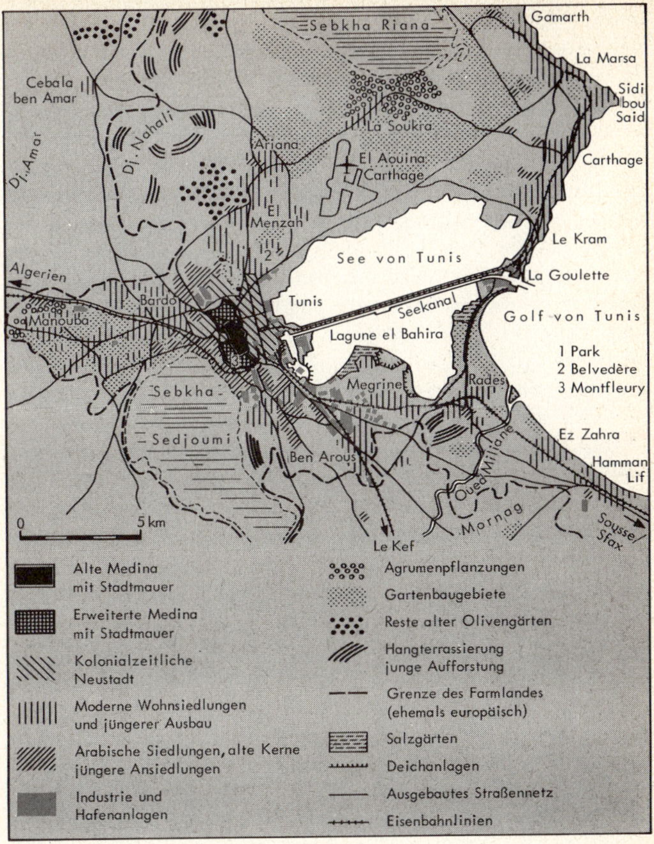

Fig. 19: Großraum Tunis

erstreckt, während südlich von Hammam Lif bis zum Hafen Tunis-Stadt eine Industriezone errichtet wurde, in der zahlreiche Fabriken und ein großes Zementwerk liegen. Allerdings finden sich im Süden der Stadt auch einige Hüttenviertel, in denen sich der oft unkontrollierte Zuzug manifestiert.

Um diesen äußeren urbanisierten Saum liegen mehrere agrare Versorgungszentren für Tunis mit Gartenkulturen für den täglichen Markt.

So vereinigt der Großraum Tunis heute die wichtigsten Funktionen der Verwaltung, des Handels und der Industrie des

Landes. Fast drei Viertel aller Betriebe ganz Tunesiens mit mehr als 50 Arbeitern liegen in diesem Raum, und über die Hälfte aller Industrieunternehmen sind hier stationiert. Auch die Tatsache, daß 60 % aller Transportunternehmen hier zu finden sind, unterstreicht die Bedeutung des Großraumes.

Dabei bleibt zur Erklärung dieser Wirtschaftsaktivität von erheblicher Wichtigkeit, daß sich um den Großraum die kolonialzeitlich geprägte Agrarregion des weiteren Hinterlandes von den Bergen der Dorsale mit dem Djebel Ressas und Zaghouan bis zu den Lagunen um Bizerte befindet, in der Tunesiens wichtigstes mediterranes Landbaugebiet liegt. An der unteren Medjerda erstreckt sich zudem das Entwicklungsgebiet jüngsten Ausbaues mit Neusiedlungen und 70 000 ha im Plan vorgesehenen und teilweise verwirklichten Bewässerungslandes. Südlich von Tunis ersteckt sich auch das Hauptanbaugebiet des Weines, in dem sich neben französischen Großfarmen und Domänen auch zahllose italienische Kleinfarmen befanden, die nach der letzten Enteignung (1964) ihre Besitzer wechselten.

Eine geographische Darstellung mit den Detailaufnahmen der Agrarlandschaft von H. ACHENBACH (1967, 1971) und eine Gesamtbetrachtung von H. MENSCHING (1968) behandeln diese Zusammenhänge ausführlicher.

Es bleibt zu erwähnen, daß auch die agrarisch wichtige Halbinsel Cap Bon im weiteren Einzugsgebiet des Großraumes Tunis liegt und zu seiner wirtschaftlichen Sonderstellung beiträgt. Diese Zusammenhänge haben sich in der Postkolonialzeit relativ wenig verändert, wenn auch die europäischen Farmer hieran nicht mehr beteiligt sind. Die kolonialwirtschaftliche Struktur und ihr Siedlungsbild sind jedoch noch überall erkennbar.

4332 *Die alte und die neue Kulturlandschaft des Sahel*

Die Kulturlandschaft des tunesischen Sahel im Küstenbereich der Kleinen Syrte gehört zu den schon in frühhistorischer Zeit bedeutendsten agraren Wirtschaftsräumen des ganzen Maghreb. Seit karthagischer und römischer Zeit haben viele Sahel-Siedlungen ohne Unterbrechung bis heute bestanden, darunter der Hauptort Sousse, der schon in punischer Zeit eine Stadt war, die dann von den Römern Hadrumetum genannt wurde und heute Hauptstadt des gleichnamigen Gouvernorats ist. Zwar erhielt auch Sousse im Protektorat eine europäisch

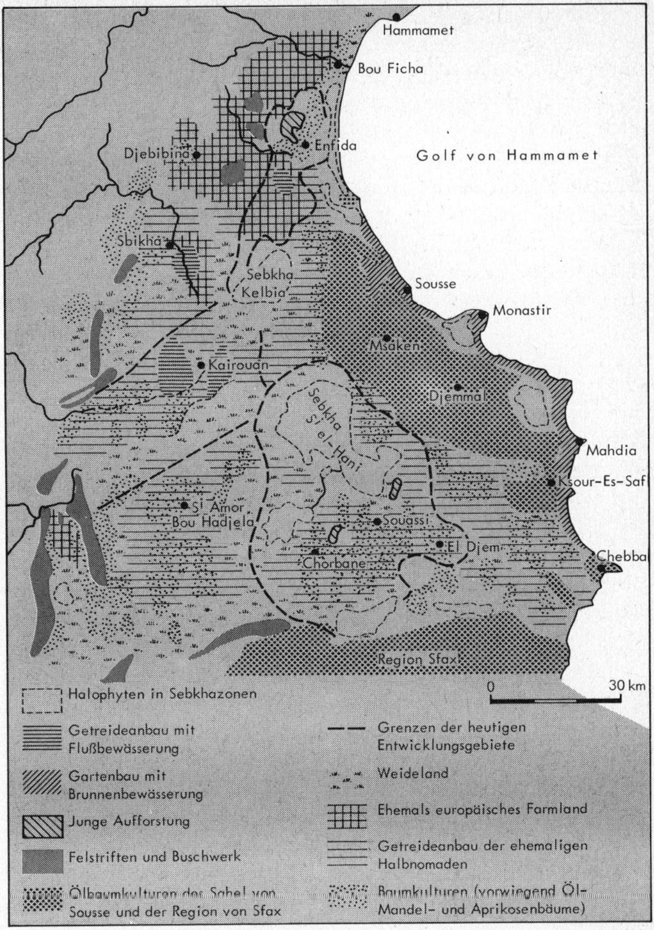

Fig. 20: Die heutige Landnutzung im Sahel von Sousse und in seinen Randlandschaften

geprägte Neustadt, doch wird das Gesamtbild der mit rund 90 000 (1966: 62 000) Einwohnern drittgrößten Stadt des Landes weiterhin von der ummauerten Altstadt geprägt. Die Bedeutung des Hafens ist durch die Aufgabe des Phosphatexports von hier aus jedoch stark herabgesetzt worden.

Sousse und die übrigen Städte des alten Sahel sind eng mit

ihrem Umland verbunden. Hier muß man vor allem Monastir, Mahdia, Msaken, Moknine, Kalaa Kibira, Ksar Hellal und Ksour Essaf nennen, die alle zwischen 10 000 und 20 000, teils etwas mehr Einwohner haben. Diese Aufzählung zeigt daß der Sahel als Agrargebiet dennoch einen hohen Urbanisierungsgrad aufweist, der auf eine sehr alte Tradition zurückgeht.

Der alte Sahel gehört zu den Schwerpunkten der mediterranen Baumkulturen mit ihren ausgedehnten Ölbaumhainen. Mit dem traditionellen Impluvium-Bewässerungssystem aus historischer Zeit werden die nicht besonders günstigen Niederschlagsbedingungen (250—350 mm im Jahresmittel) durch Sammelstreifen unbebauter Flächen, die das Regenwasser zu den Ölbäumen leiten, verbessert. Flache Erdwälle (›Tabia‹) hindern den zu schnellen Abfluß und fördern die Bodendurchfeuchtung. Das Pflügen der Oberfläche fördert in der Art einer ›Dry-Farming‹-Bewirtschaftung das Eindringen des Niederschlages ebenfalls. Schon aus der Zeit Karthagos liegen die ersten Anbauanleitungen für diese Kulturen vor. In der Nähe der Küste wird die landwirtschaftliche Nutzung des Sahel durch eine Gartenzone, die sich um die genannten Städte und agraren Großdörfer verdichtet, ergänzt. Diese historisch geprägte Kulturlandschaft, die J. DESPOIS (1955) detailliert untersucht hat, ist immer wieder, vor allem im Mittelalter, eine Kampfzone zwischen den seßhaften Fellachen und den nomadisierenden Viehzüchtern gewesen, so daß die Binnengrenze der Anbauzone des Sahel starken Schwankungen unterlag. Zeiten des Krieges ließen in historischer Zeit den Sahel stark zusammenschrumpfen, der sich in Perioden der Ruhe dann wieder ausdehnen konnte.

Am Ende der Kolonialzeit befand sich im alten Sahel mit 9 Millionen Ölbäumen etwa ein Drittel des tunesischen Gesamtbestandes, der hier allerdings sehr stark überaltert war und daher keine guten Ernten mehr erbrachte. Erst in jüngerer Zeit wurden die Bestände stärker verjüngt.

Die *koloniale* Landwirtschaft konnte in diese dicht besiedelte und seit der Antike flächenhaft genutzte Kulturlandschaft des alten Sahel fast gar nicht eindringen. Deshalb fehlten hier europäische Farmbetriebe. Nur die stärker von Getreideland durchsetzten, aber trockeneren Randlandschaften mit den ausgedehnten Flächen des Habouslandes (s. 4162) konnten von großen Domänen, z. B. in Enfida-Ville, in Besitz genommen werden. Dennoch erfuhr der Sahel in der Region

um Sfax einen ganz erheblichen Ausbau. Diese Entwicklung ging vom alten Stadtzentrum Sfax aus.
Nach den antiken Siedlungsvorgängern Taparura und Thyna erlangte Sfax in der früharabischen Zeit unter der Herrschaft der Aghlabiden (9. Jh.) den Ausbau seiner Medina. Der Hafen hatte Bedeutung für die Ausfuhr von Olivenöl aus dem Hinterland. Doch die heutigen ›Olivenwälder‹ um Sfax, die sich halbkreisförmig in das angrenzende Steppentiefland ausdehnen, sind vorwiegend dem agrarkolonialen Ausbau zuzuschreiben. Während zu Beginn der Protektoratszeit nach DESPOIS (1955) neben einem inneren Baumgürtel ohne Oliven ein beschränkter Ölbaumgürtel existierte, der einen Bestand von ungefähr 350 000 Olivenbäumen hatte, wurde dieser später durch ausgedehnte Neupflanzungen auf über 6 Millionen Bäume erweitert. Maßnahmen zum kolonialen Landerwerb brachten verschiedenen französischen Gesellschaften billigen Kolonialbesitz, der gewaltiges Ausmaß annahm. Die jungen Bäume benötigten zwar einige Zeit, bis die Sfaxer Region zum Hauptproduktionsgebiet tunesischen Olivenöls wurde, doch hatte sie den alten Sahel von Sousse dann sehr bald weit übertroffen. J. PONCET (1962) nannte diese koloniale Erschließung eine »association du capital français et du travail tunisien«.
Die Anbaumethoden waren hier von vornherein moderner, der Abstand der Ölbäume – auch infolge höherer Trockenheit – größer als im alten Sahel. Durch Arbeitsverdingung in den jungen Pflanzungen konnten die tunesischen Landarbeiter bis zur ersten Ernte auch Zwischenkulturen anlegen, um danach die Hälfte des mit Ölbäumen bepflanzten Areals zu erhalten (›Mogharsa-System‹). Mit der letzten nachkolonialen Enteignung (1964) übernahmen tunesische ›Cooperatives‹ (Genossenschaften) alle europäischen Besitzungen. Das Bild der Kulturlandschaft hat sich dadurch nicht verändert.
So unterscheidet sich der alte vom neuen Sahel, d. h. der Raum um Sousse von der Region Sfax, doch erheblich. Dabei stellt der engere Sfaxer Gartengürtel mit seinen zahllos darin verstreuten Sommervillen auch vom Urbanisierungsprozeß her eine einmalige Entwicklung dar, die neben der Neustadt mit dem Hafen, der alten ummauerten Medina eine dritte randstädtische Verdichtungszone bildet, die inmitten von Gärten sich ausbreitet und vom Sfaxer Bürgertum getragen wird. Auch die sich daran anschließende äußere Gürtelzone mit den klar abgegrenzten und jeweils mit einem Haus bestückten Gärten

sind für Tunesien einmalig. Besonders deutlich läßt sich dies auf einem Luftbild erkennen (vgl. hierzu MENSCHING, 1968). Es bleibt zu erwähnen, daß im städtischen Zentrum Sfax durch die Phosphatzulieferung aus dem südtunesischen Bergbaugebiet um Metlaoui westlich von Gafsa auch eine beschränkte Industrialisierung zu bemerken ist, die neben den fast 400 Ölmühlen diese Stadt zum zweitwichtigsten Zentrum des Landes hat werden lassen. Dies verdeutlicht die Zahl von 473 000 Bewohnern (1975) im Raum von Groß-Sfax, der zudem auch verkehrstechnisch durch Straßen, Eisenbahn, Flugplatz und Hafen gut erschlossen ist.

4333 Die Entwicklung im zentraltunesischen Steppenland

Der äußere Rand des Sahel hat in jüngerer Zeit einen bemerkenswerten Wandel erfahren. Schon in der Kolonialzeit begann ein Prozeß, der heute in entscheidender Weise Bild und Funktionen der tunesischen Steppe verändert. Mit dem Beginn des Seßhaftmachens einiger Stämme, z. B. der Souassi im vorigen Jahrhundert, wurde eine Entwicklung eingeleitet, die sich in der Nachkolonialzeit zu einem großen Projekt ausweitete: Die Durchdringung der Steppe bis in das Hochland durch den Pflugbau und die Ansiedlung der Nomaden in dieser Region. Dabei entstanden überall neue Siedlungszentren, Schulen und Versorgungsstationen. Als zunächst kleine Wachstumskerne reihen sie sich vor allem an den Durchgangsstraßen auf. Dabei spielte zuerst die Gewinnung des Halfagrases eine wichtige Rolle, die aus der früheren nomadischen Sammelwirtschaft zu einer geregelten Schnittfolge wurde und jüngst im Verarbeitungszentrum mit Zellulosefabrik in Kasserine ihren Mittelpunkt erhielt.
Die Ölbaumpflanzungen wuchsen in der niederen Steppe durch Neupflanzungen immer mehr in das Binnenland. Das Ziel war, die schon einmal, nämlich in römischer Kolonialzeit, weit binnenwärts vorgedrungenen Kulturflächen in ihrer ganzen Ausdehnung wieder zu erreichen. Dabei mußten die Herdenwanderungen der Halbnomaden vielfach unterbunden werden, doch in Dürrejahren sind ihre Wanderungen kaum zu verhindern, da die Futterbasis am Ort noch zu gering ist. Auch hierfür können junge Erschließungsmaßnahmen eine Besserung bringen. Dennoch bleibt die Frage offen: Kann Tunesien durch solche landwirtschaftlichen Maßnahmen mit starker, oft

einseitiger Förderung des Olivenanbaus in klimatischen Grenzgebieten wesentliche wirtschaftliche Erfolge erzielen? Die ›mediterrane‹ Konkurrenz in der Produktion gleicher Produkte ist dabei nicht zu übersehen. Was für Marokko die Orangenexporte bedeuten, sind für Tunesien die Olivenölexporte, die jedoch gegen Ausfälle in Dürrejahren keinesfalls gefeit sind. So bleibt diese Entwicklung nicht ohne große Probleme für das Land, wie die Wirtschaftssituation der letzten Jahre klar erkennen läßt.

Diese weit in das Binnenland der zentralen Steppe Tunesiens ausgreifende Landnutzung bringt auch durch die starke Ausweitung der Pflugkultur erhebliche Erosionsgefahren mit sich. Die ständige Lockerung des sandreichen Steppenbodens hat bei der vorherrschenden Trockenheit (bei 150 bis 250 mm Jahresniederschlag und in manchen Jahren nur episodisch unterbrochener Aridität) vor allem die Winderosion verstärkt und die oberen Bodenschichten mobil gemacht. Hierdurch werden die ohnehin spärlichen Ernteerträge im Getreideanbau (5—8 dz/ha) weiter verschlechtert. Die extreme Abhängigkeit der Landnutzung dieser Steppenregion von den physischgeographischen Naturbedingungen erfordert es, in stärkerem Maße als bisher die hier heimische traditionelle Viehwirtschaft zu verbessern statt die ohnehin nur sehr bedingt rentable Pflug-Landnutzung rücksichtslos auszuweiten. Gerade in der Intensivierung der Viehwirtschaft dieser Region können höhere Erfolgsaussichten liegen, weil die Folgen von immer wieder auftretenden extremen Dürrejahren hierbei leichter aufgefangen werden können. Die Errichtung von fleischverarbeitenden Fabriken in den Zentren dieser Region ist dafür jedoch unerläßlich. Die Viehwirtschaft in den australischen Trockengebieten könnte hierfür ein Vorbild sein!

Mit der Skizzierung der Entwicklung im zentraltunesischen Steppenland werden die großen Unterschiede wirtschaftlicher Inwertsetzung zum mediterranen Norden des Landes deutlich. Sie zeigen nochmals die regionale Problematik der Landesentwicklung Tunesiens auf.

4334 Touristeninsel Djerba

Nach Marokko ist im Maghreb Tunesien das zweitwichtigste Touristenland. Die Deviseneinnahmen durch den Tourismus stiegen von 9,2 Mio. tD (1965) bei 166 000 Auslandsgästen auf über 140 Mio. tD (1975) bei 1,1 Millionen Auslandsgästen. Die Touristenzentren sind auf mehrere Räume am Mittelmeer verteilt: An der Spitze stehen die Insel Djerba, die Bucht von Hammamet sowie der Sahel mit den Städten Sousse und Monastir.

Zweifellos verdankt Djerba seine touristische Anziehungskraft nicht seiner landschaftlichen Anziehungskraft, sondern zunächst allein seinen klimatischen Eigenheiten. Bei nur geringem Niederschlagsmittel (208 mm bei 40 Regentagen) schwanken die Monatsmitteltemperaturen zwischen 12° C im Januar und 27,7° im August und zeigen den maritimen Einfluß an, der sich aber von dem atlantischen Küstengebiet in Marokko noch deutlich unterscheidet (Agadir: 14° im Jan. und 22° im Juli). Die Wasserversorgung auf der Insel ist schlecht und konnte seit früher Zeit nur durch Zisternenwasser ergänzt werden. Djerba besitzt auch keine geschlossene Oase; seine Kulturlandschaft ist vielmehr von einem weitständigen Palmenbestand geprägt, der im Inneren von Trockenfeldern des Olivenbaus und einer Weinanbauregion durchsetzt wird. Neben den wenigen Siedlungen, unter denen die von jüdischen Bewohnern errichteten Siedlungen Hara Kebira und Hara Srira, die Töpfersiedlung Guellala und Houmt Souk als Hauptorte herausragen, fällt der ausgeprägte Streusiedlungstyp inmitten der Felder auf, zwischen die sich zahlreiche, achitektonisch eigenständige Moscheen mit ihren Zisternen einbetten. Sicher hat diese Landschaft auch ihren Reiz, doch war dieser nicht Anlaß für das Anschwellen des Touristenstromes gerade hierher.

Die Bewohner der Insel, Djerbi genannt, gehören wenigstens teilweise ethnisch der Berbergruppe an: in mancher Hinsicht stehen sie den Mozabiten in der algerischen Sahara nahe. W. FREUND hat ihnen 1970 eine soziologische Studie gewidmet und ihre Probleme als ›Minderheit‹ in Tunesien zu erfassen versucht. Auch in ihrem Geschäftsgeist haben beide Gruppen große Ähnlichkeit. Als besonders aktive Geschäftsleute findet man die Djerbi im ganzen Land tätig, nicht zuletzt in der Hauptstadt Tunis. Fast 15 % der Djerbi sind von der Insel für dauernd oder längere Zeit abwesend. Durch die Enteignung des Einzelhandels wurden zahlreiche Djerbi betroffen, die nicht alle neue Erwerbstätigkeiten fanden.

Die Aktivität der Djerbi war dem zunächst zaghaften Ausbau des Touristenbetriebes nach dem Bau der Hotels am nördlichen Sandstrand durchaus förderlich, wie etwa die Entwicklung von Houmt Souk selbst zeigt. Auch eine Belebung des örtlichen Kunsthandwerks war die Folge. Die Erschließung der Insel durch den mit deutscher Entwicklungshilfe ausgebauten Flugplatz förderte durch eine bequeme Anreise das sprunghafte Ansteigen der Besucherzahlen erheblich, so daß die Zahl der Hotels erhöht werden mußte. Viele weitere Hotels sind in Planung.

Die Auswirkungen dieses Touristenstromes auf die Insel ist sowohl verkehrsgeographisch als auch wirtschaftlich und sozialgeographisch beträchtlich, da eine beachtliche Zahl (leider statistisch nicht erfaßt) als Bedienstete dieses Wirtschaftszweiges beschäftigt ist und der Handel und das Handwerk eine Belebung erfuhren. Dennoch ist nicht zu verkennen, daß ein wesentlicher Teil der einheimischen Bediensteten aus dem Norden des Landes kommt. Ebenso sind die Djerbi im Hotelbetrieb an der angebotenen Bettenkapazität nur zu etwa einem Achtel beteiligt, während vor allem ausländisches Kapital den Hotelbau fördert und in die Wege leitet. Es muß daher eine Fiktion bleiben, die gesamten Inselbewohner am Tourismusgeschäft partizipieren zu lassen, wie es in manchen Plänen vorgesehen ist. Doch wäre es von Vorteil, wenn die Gewinne aus dem noch anhaltenden Touristenstrom aus Deutschland, Frankreich, Skandinavien und England auch der Weiterentwicklung der Insel selbst und dem Lebensstandard seiner Bewohner zufließen würden. Denn das Naturpotential bietet seinen Bewohner nicht wesentlich mehr, als sie schon durch Jahrhunderte erarbeitet haben. Diese Tatsache und die hohe Bewohnerdichte hatten daher schon lange die Auswirkung, daß zahlreiche Djerbi außerhalb der Insel ihr Geld verdienen mußten.

Es bleibt aber nicht zu verkennen, daß die Syrteninsel Djerba im ariden Süden Tunesiens ein Motor des Devisenmarktes dieses Entwicklungslandes ist, dessen geographische Sonderstellung manche Merkwürdigkeiten mit sich bringt. Es bleibt die Frage offen, wie lange dieser touristische Boom hier erhalten bleibt.

441 Die Natur des Landes

Die Lage an der Nordostecke des afrikanischen Kontinentes zeigt Ägypten inmitten des subtropischen Trockengürtels der Alten Welt. An der Mittelmeerküste noch von den mediterranen Winterregen spärlich gestreift und von schütterer Steppenvegetation bedeckt, ist das Land südlich von Kairo nahezu regenlos und daher sterile Wüste. Im Westen wird diese Wüste von einem flachen, von weitständigen Schichtstufen durchzogenen Tafelland aus sanft nach Norden einfallenden Schichten gebildet. In die vorwiegend von Geröll, zur libyschen Grenze hin auch von Dünenzügen bedeckten flachwelligen Plateaus dieser Libyschen oder Westlichen Wüste sind in etwa S-förmigem Bogen Senkenzonen eingebettet, die nordwärts bis unter den Meeresspiegel hinabreichen und in der Depression der Kattara-Senke mit 135 m unter NN ihren tiefsten Punkt erreichen.

Im Osten des Landes sind diese Schichten von der Randaufwölbung des Kontinents, in die der Graben des Roten Meeres meist staffelförmig eingebrochen ist, emporgeschleppt und besonders im höheren südlichen Teil, wo das Granit-Grundgebirge Höhen bis 2000 m erreicht, teilweise abgetragen. Von Trockentälern (Wadis) tief zertalt, bildet dieses Gebirgsland die Arabische oder Östliche Wüste.

Die Lebensader Ägyptens ist der Nil. Am Ostrand der Libyschen Wüstentafel durchströmt er das Land auf über 1200 km Länge und führt als Fremdlingsfluß Wasser aus dem regenreichen Inneren Zentral- und Ostafrikas durch die Wüste zum Mittelmeer. In seinem meist kastenförmig in die Wüstentafel eingesenkten, tektonisch angelegten Tal, das sich nördlich von Kairo zu einem breiten Delta weitet, wird der Strom von einer der üppigsten und größten Flußoasen der Erde begleitet. Während fast 97 % des rund 1 Mio. km² großen Landes Wüste sind, bieten Niltal und Nildelta die rund 35 000 km² große allein kultivierbare Fläche, auf der sich alles Leben in Ägypten zusammendrängt. Neben der westlich des mittleren Niltals gelegenen, 1800 km² großen, vom Nil bewässerten Fayumoase spielen nur noch die großen Senken der Westlichen Wüste mit Oasen wie Kharga, Dachla, Farafra, Baharija und Siwa

eine bescheidene Rolle, denen jedoch heute für die Gewinnung neuen Kulturlandes eine gewisse Bedeutung zukommt.
Fast alles Kulturland Ägyptens ist also ein Geschenk des Nils. In Abhängigkeit von der Niederschlagsverteilung in seinen Quellgebieten mit den Zenitalregen Mittelafrikas für den Weißen Nil und mit den monsunartigen Sommerregen Abessiniens für den Blauen Nil, zeigt der Strom in Ägypten eine ganz charakteristische *Wasserführung* mit einer Hochflut im Spätsommer und Herbst und mit Niedrigwasser im Frühjahr und Sommer. An diese jährliche Schwankung hat sich der Lebensrhythmus der Niltalbewohner seit Jahrtausenden angepaßt. Rund 84 Mrd. m^3 Wasser im Jahr bringt der Nil im langjährigen Durchschnitt nach Ägypten, von denen allein etwa $^2/_3$ in den Hochflutmonaten August, September und Oktober (55 Mrd. m^3) zufließen. Als Geschenk Abessiniens bringen die Fluten den kostbaren Nilschlamm mit, der den fruchtbaren Boden des Niltals alljährlich erneuert. Durch Kanäle und von Lehmwällen eingefaßte Bassins suchte man die Überflutung und Schlammablagerung zu unterstützen. In drei gleich lange Jahreszeiten teilte die Wasserführung des Flusses das landwirtschaftliche Jahr: die *Flutzeit*, in der das ganze Land, mit Ausnahme der Dörfer und der hochgelegenen Gemüsegärten auf den Flußdämmen, unter Wasser stand, die *Zeit des Anbaues und der Ernte*, wenn der Fellache seine Saat in die vom Nilschlamm gedüngten Felder nach Ablaufen des Wassers einbrachte und nach drei oder vier Monaten die Ernte einholen konnte, und die *Brachezeit*, in der das Land nach dem Abernten unbestellt in der Sonnenglut liegenblieb und auf die nächste Überflutung warten mußte.

442 Die agrarwirtschaftliche Entwicklung

4421 *Das Anbau- und Bewässerungssystem der letzten 100 Jahre*

Der von den Nilfluten vorgezeichnete Rhythmus blieb seit Moses Zeiten bis ins vorige Jahrhundert erhalten. Dann brachte die grundlegende Umgestaltung des Bewässerungssystems eine neue Entwicklung. Anlaß war die Einführung des Baumwollanbaus durch Mohammed Ali, den aus Mazedonien stammenden türkischen Vizekönig. Für die Zeit der Aussaat und

des ersten Wachstums im Frühjahr und Frühsommer bedarf der Baumwollanbau ausreichender Bodenfeuchtigkeit, die im natürlichen Jahresrhythmus zu dieser Zeit des niedrigsten Wasserstandes in Ägypten fehlt. Jedoch lag die Chance darin, ohne Inanspruchnahme der für die Ernährung notwendigen Winteranbaufläche eine zweite Ernte, und zwar geldbringender Industriefrüchte, während der seither kaum genutzten trockenen Sommerperiode zu erzielen. Um die Bewässerung der Felder auch in dieser Zeit zu ermöglichen, wurde die Zahl der Schöpfwerke, die bislang nur die Gärten in Dorfnähe das ganze Jahr über mit Wasser versorgt hatten, erheblich vergrößert und ihre Schöpfkraft durch Stauwehre erhöht, die den Wasserstand in den Flüssen und Kanälen anhoben.
Als erstes derartiges Stauwehr errichtete Mohammed Ali schon 1835 am Deltabeginn nördlich Kairos den ›Barrage du Nil‹, der zwar infolge eines Konstruktionsfehlers zunächst nicht voll belastbar war, aber ausreichte, die jährliche Baumwollernte nahezu zu verdoppeln. Dies wiederum erlaubte es Ägypten, in die während der amerikanischen Sezessionskriege 1861/65 auftretende Versorgungslücke der englischen Baumwollindustrie mit Erfolg einzuspringen. Später errichtete weitere Wehre mit ähnlichen Verteileraufgaben ermöglichten eine weitere Ausdehnung des Baumwollanbaus. Eine echte Speicherung des Flutwassers, um dieses zu einem späteren Zeitpunkt wieder abgeben zu können, wurde durch diese Stauwehre allerdings nicht erreicht. Diese Aufgabe erfüllte erst der von den Engländern 1902 erbaute Assuandamm. Er vollendete die grundsätzliche Umstellung von der einmaligen Überflutungsbewässerung auf eine ganzjährige Dauerbewässerung. 1912 und 1933 wurde dieser Damm nochmals erhöht, so daß seine Speicherkapazität von zunächst 1 Mrd. m^3 auf 5,3 Mrd. m^3 anstieg. Die damit erreichte Ausdehnung des Baumwollanbaus brachte die Wirtschaft Ägyptens jedoch in zunehmende Abhängigkeit von der sommerlichen Monokultur dieser Anbaufrucht und von ihren Preis- und Bedarfsschwankungen auf dem Weltmarkt.
Infolge dieser Wasserbauten sah das Anbau- und Bewässerungssystem Ägyptens um die Mitte unseres Jahrhunderts völlig anders aus als 100 Jahre zuvor. An die Stelle des uralten Anbaurhythmus war jetzt die Einteilung des Jahres in drei vollständige *Kulturperioden* getreten. Neben einer kurzen Herbstperiode (›en-Nili‹) stehen die beiden Hauptkultur-

zeiten, die Winterkultur (›esch-Schitwi‹) von Oktober bis Mitte April, die von den traditionellen Nährfrüchten in Anspruch genommen wird, und die Sommerkultur (›es-Sefi‹) von April bis Ende Juli, während der der Baumwollanbau vor allem in Unterägypten auch heute noch bis zu $^2/_3$ der Anbaufläche einnimmt, neuerdings aber von Reis und Mais zurückgedrängt wird. Eine weitere Ausdehnung des Reisanbaues mit seinem hohen Wasserbedarf, so willkommen dies für die Ernährung der Bevölkerung auch wäre, verhinderte seither die nicht mehr zu steigernde Leistungsfähigkeit des rund 100 Jahre alten Bewässerungssystems.
Das bisherige Stausystem am Assuandamm erlaubte keine Überjahresspeicherung des in feuchten Jahren überschüssigen Wassers für trockene Bedarfsjahre; denn selbst die Hochflutwelle mußte wegen ihrer starken Schlammführung durch die Tore des alten Assuandammes durchgelassen werden, um den Staudamm nicht in kurzer Zeit aufzufüllen; sie floß ungehindert ins Meer ab, ohne dabei wie früher den fruchtbaren Schlamm auf die Felder zu breiten. Auf diese Weise blieben in der ägyptischen und sudanesischen Landwirtschaft alljährlich 30 Mrd. m^3 Wasser ungenutzt, deren Nutzung jetzt durch den Assuan-Hochdamm möglich ist.

4422 *Agrarwirtschaft, Bevölkerungsentwicklung und Sozialstruktur*

Durch die Ausweitung des Bewässerungslandes hatte sich die landwirtschaftliche Nutzfläche in den letzten 90 Jahren etwa verdoppelt, die Erntefläche war mit der jetzt möglichen mehrfachen Ernte im Jahr sogar um etwa das Dreifache gestiegen. Die Bevölkerung hatte sich im gleichen Zeitraum jedoch verfünffacht und zählt heute fast 38 Mio. Menschen, was – auf das Kulturland bezogen – einer Bevölkerungsdichte von über 1050 Menschen pro km^2 entspricht. Ein jährlicher Zuwachs von rund 800 000 Menschen zeigt, daß diese Entwicklung noch nichts von ihrem explosiven Charakter eingebüßt hat.
Das bedeutet aber, daß trotz der Zunahme der Erntefläche die für die landwirtschaftliche Produktion zur Verfügung stehende Fläche – auf den Kopf der Bevölkerung gerechnet – zusehends zusammenschrumpft! Standen für die Ernährung von 100 Einwohnern 1882 noch 28 ha zur Verfügung, sind es heute weniger als 10 ha.

Zu diesem Problem der schrumpfenden Nährfläche trat die Problematik der sozialen Verteilung des produzierenden Bodens, die sich mit der Umstellung der Bewässerungswirtschaft bei gleichbleibenden feudalen *Bodenrechtsverhältnissen* zunehmend verschärft hatte. Bei einer ersten Katasteraufnahme des Kulturlandes im Jahre 1813 waren jedem Bauern etwa 2 ha zur Bearbeitung und Nutznießung, nicht jedoch als Eigentum zugewiesen. Eine solche Eigentumszuteilung war auch noch gar nicht möglich; denn durch die alljährliche Überschwemmung des gesamten Kulturlandes wurden die Parzellengrenzen immer wieder so verändert und zerstört, daß — wie wohl schon zur Pharaonenzeit — eine alljährliche Neuverteilung des Landes notwendig war. Mit dem Fortschreiten der Umstellung auf Dauerbewässerung blieben jedoch immer weitere Teile des Kulturlandes von der alljährlichen Überschwemmung verschont, so daß sich eine Neuverteilung erübrigte. Aus den seitherigen Nutzungsrechten wurden so allmählich Eigentumsrechte, die in einem Gesetz von 1880 sanktioniert wurden.
Nun hatten aber im Laufe des 19. Jahrhunderts bevorzugte Personen zur Belohnung für irgendwelche Dienste brach oder öde liegendes Land erhalten mit der Auflage, dieses Land zu kultivieren, was die Besitzer meistens durch Pächter und Landarbeiter ausführen ließen. Während die Bauern einerseits von dem Recht der Erbteilung regen Gebrauch machten und damit ihren Besitz immer weiter zersplitterten, verzichteten andere Gruppen auf dieses Recht; sie nahmen dagegen vielfach noch das Vorkaufsrecht in Anspruch, das das islamische Recht dem Grundstücksnachbarn einräumt, und vergrößerten damit ihren Grundbesitz. Dieser Rentenkapitalismus (vgl. Abschn. 32) und die damit verbundene Art des ›Bauernlegens‹ haben schließlich zu der völlig ungleichen Besitz- und Sozialstruktur geführt, die um die Mitte unseres Jahrhunderts eine kleine Gruppe von 6 % der Landeigentümer im Besitz von mehr als 2/3 des Bodens sah, während über 90 % der Landeigentümer sich in das restliche Drittel teilen mußten. Daneben existierte noch in drückender Abhängigkeit von den Großgrundbesitzern eine große Gruppe von Pächtern und Landarbeitern ohne eigenen Bodenbesitz.

Ein Mittelstand war mit Ausnahme von ländlichem und städtischem Kleingewerbe und Kleinhandel nicht vorhanden. Die besonders seit Beginn dieses Jahrhunderts einsetzende Abwanderung einer mit steigender Bevölkerungszahl immer größer werdenden ländlichen Überschußbevölkerung in die wachsenden Städte, vor allem nach Kairo und Alexandria, brachte diesen Menschen auch nicht die erhoffte Verbesserung ihrer Lebensumstände. Die Städte konnten nicht genügend Arbeitsplätze anbieten.

Als 1952 eine Gruppe junger Offiziere die Monarchie stürzte, stand sie einer Fülle von Problemen gegenüber: Eine explosionsartig wachsende, vorwiegend noch agrarische Bevölkerung auf begrenztem Kulturland sah bei schrumpfendem Pro-Kopf-Anteil an der Erntefläche ihre Ernährungsbasis bedroht; eine Ausweitung des Kulturlandes war kaum möglich, da das Bewässerungssystem an der Grenze seiner Leistungsfähigkeit angelangt war; der landwirtschaftliche Grundbesitz war äußerst ungleichmäßig verteilt; eine nennenswerte Industrie, die die überschüssige Agrarbevölkerung hätte aufnehmen können, fehlte; die wenigen industriellen Großbetriebe standen zum großen Teil unter ausländischem Kapitaleinfluß; der Kapitalmarkt selbst entzog sich dem Einfluß der nationalen Wirtschaftsbelange; schließlich mangelte es zwar keineswegs an Menschen, wohl aber infolge lange vernachlässigter Schulbildung (1950 waren noch über 70 % der Bevölkerung Analphabeten) an einer technisch ausreichend geschulten Arbeiterschaft, um rasch eine moderne Wirtschaftsgesellschaft aufbauen zu können.

An der beschriebenen Situation hat sich trotz mannigfacher Anstrengungen im Wirtschafts- und Sozialbereich des Landes kaum etwas geändert. Bedingt durch ein Bevölkerungswachstum von über 2,2 % im Jahr stieg die Anzahl der Analphabeten sogar auf 80 %.

4423 *Agrarwirtschaft im Umbruch*

Mit der Hoffnung auf einen unmittelbaren Erfolg konnten diese Aufgaben im Bereich der Landwirtschaft in Angriff genommen werden. Sie mußten sich auf eine Intensivierung der Produktion, auf eine Umverteilung des Grundbesitzes, ohne dabei die Produktion zu gefährden, auf die Gewinnung von neuem Kulturland und — als Voraussetzung dazu — auf eine Verbesserung der Bewässerungswirtschaft, d. h. bessere Ausnutzung des von der Natur her beschränkten Wasserdargebotes erstrecken.

Zwar war die Flächenproduktivität der ägyptischen Landwirtschaft seither schon erstaunlich hoch, und die Hektarerträge liegen bei fast allen Bodenfrüchten über dem Weltdurchschnitt. Die Technik der Bodenbearbeitung und Bodenbestellung hat sich jedoch seit Jahrtausenden kaum geändert, und die Betriebsweise ist äußerst arbeitsaufwendig. Noch immer werden für die Wasserförderung auf die Felder die alten von Mensch und Tier angetriebenen Schöpfwerke der Sakije (Göpelwerk), des Schaduf (Ziehbrunnen) und des Tambur (Archimedische Schraube) benutzt. Motor- und elektrische Pumpen spielten eine untergeordnete Rolle, wenn sie auch auf Großbetrieben schon im Einsatz waren.
Die Feldbestellung erfolgt noch vorwiegend mit dem einfachen Hakenpflug. Auch das Ziehen der Gräben und Furchen für die Bewässerung und zur Aufnahme der Saat und Pflanzen erfolgt zumeist noch von Hand mit der Hacke. Im Rahmen der Anbaurotation werden die Felder zur Sommerperiode mit Baumwolle, in zunehmendem Maße auch mit Reis und Mais, bisher eine Frucht der Herbstperiode, bestellt. In Oberägypten tritt das Zuckerrohr an die Stelle der Baumwolle. In der kurzen Herbstperiode stehen Mais und Hirse an erster Stelle. Die traditionellen Nährfrüchte Weizen, Gerste, dicke Bohnen, Tomaten, Zwiebeln und sonstiges Gemüse, das auch in den anderen Perioden beachtliche Feldanteile beansprucht, beherrschen die Wintermonate. Daneben wird Bersim (Klee) angebaut, der außer als Viehfutter auch als stickstoffsammelnde Vorfrucht vor dem Sommeranbau Bedeutung hat. Denn seit dem Ausbleiben der alljährlichen Schlammüberdeckung bedarf es jetzt einer die Bodenfruchtbarkeit erhaltenden ausgewogenen Fruchtfolge und zusätzlicher Düngung. Der Anfall an natürlichem Dung ist aber gering, da das Vieh meist keiner geregelten Stallhaltung unterliegt. Zudem wurde der Dung bei dem Mangel an Brennholz gesammelt, getrocknet und als Feuermaterial benutzt. Der Bedarf vor allem an Stickstoffdünger ist daher heute sehr groß.
Besonders in den Provinzen rund um Kairo und im Fayum verleiht ein großer Obstbaumbestand der Landschaft oft ein parkartiges Aussehen. Neben den bei allen Dörfern zu findenden Dattelpalmenhainen und Obstgärten mit den mediterranen Obstsorten wie Feigen, Granatäpfel, Johannisbrot, Wein, Aprikosen und im Fayum auch Oliven werden diese Früchte hier auch auf der Feldflur angepflanzt. An erster Stelle der

Obstproduktion stehen heute aber Agrumen, Mango und Bananen.

Die Anstöße zur Verbesserung der betriebswirtschaftlichen Verhältnisse gingen von der Bodenreform aus. Sie war eine der ersten Maßnahmen, die die neue Regierung 1952 durchführte und 1961 nochmals wiederholte. Sie beschränkte den Bodenbesitz auf zunächst 200, später auf 100 Feddan (= 42 ha). Wer mehr Land besaß, mußte dieses an Kleinbauern, frühere Pächter und Landarbeiter oder an den Staat verkaufen. Die Bodenreform hatte das Ziel, den Großgrundbesitz zu zerschlagen, mit dem frei werdenden Land Kleinbetriebe aufzustocken und neue Siedlerstellen zu schaffen sowie Kapital für die Investition in der aufzubauenden Industrie frei zu machen.

Die agrarwirtschaftlichen Ziele der Bodenreform wurden unter gewissen Anfangsschwierigkeiten im allgemeinen erreicht. Fast 400 000 ha Reformland standen zur Verfügung und wurden inzwischen zum größten Teil an fast 300 000 Neubauern in Landlosen zu 1—2 ha verteilt. In eigener Bewirtschaftung behielt die Agrarreformbehörde des erhöhten Kapitalbedarfes wegen die Obstplantagen (vorwiegend Agrumen und Mango), und neue Obstkulturen wurden angelegt. Neue Siedlerstellen konnten landlose Landarbeiter, aber auch zweite und dritte Bauernsöhne erhalten, die dazu geeignet waren.

Gemäß Landreformgesetz müssen alle Neubauern auf Reformland (und auch auf Neuland) sich zu Genossenschaften zusammenschließen. Teilverkäufe von Land oder Erbteilung sind dem Neusiedler zur Vermeidung neuer Parzellierung untersagt. Die Dorfgenossenschaften beschaffen das Saatgut und die Düngemittel und legen gemeinsam den Anbau- und Bewässerungsplan fest; soweit nötig und möglich, stellen sie Maschinen und Gerät zur Verfügung und übernehmen den Verkauf der Ernte und der Viehprodukte. Auch zweckgebundene und überwachte Produktionskredite waren ein entscheidendes Mittel zur Produktionssteigerung. Eine zweite, ebenso entscheidende Maßnahme, war die Einführung der vereinheitlichten Fruchtfolge. Ein großer Nachteil der starken Parzellierung ist die große Zahl und Ausdehnung der Feldergrenzen, die eine einheitliche Schädlingsbekämpfung z. B. bei der Baumwolle erschwert und den Einsatz von Maschinen behindert. Auch bei der Aufteilung des Großgrundbesitzes bestand die Gefahr einer weiteren Steigerung dieser nachteiligen Folgen der Parzellierung. Um den dabei befürchteten Produktionsrückgang

zu vermeiden, führte man in allen Bodenreformdörfern eine vereinheitlichte Fruchtfolge ein, bei der die Dorfflur je nach der ortsüblichen zwei- oder dreijährigen Fruchtfolge in zwei oder drei große Schläge (Blöcke) aufgeteilt wurde, an denen jeder Landempfänger mit je einer Parzelle seines Betriebes Anteil hat, die nach einem von der Genossenschaft ausgearbeiteten Plan in einer Art Dreifelderwirtschaft mit Flurzwang einheitlich mit der gleichen Anbaufrucht bestellt wird.
Nach dem Erfolg der genossenschaftlichen Betriebsweise in den Bodenreform- und Neulandgebieten betrieb man auch im Altkulturland den genossenschaftlichen Zusammenschluß, zunächst auf freiwilliger Basis. Während durch Gewährung des überwachten Produktionskredits die Bauern aus der früheren Abhängigkeit von Händlern und privaten Kreditgebern erlöst wurden, stieß die Einführung einer vereinheitlichten Fruchtfolge hier auf größere Schwierigkeiten. Da viele der Kleinsteigentümer oft nur weniger als drei Parzellen besaßen, konnten sie bei Einführung der gemeinsamen Fruchtfolge nicht mehr alle notwendigen Hauptfrüchte, nämlich Baumwolle als Bargeldbringer, Weizen und Mais für die Ernährung und Klee als Viehfutter anbauen. Man beschränkte sich im Altkulturland dieser Schwierigkeiten wegen zunächst auf den Versuch, wenigstens die Baumwollanbauflächen der besseren Bestellung und Schädlingsbekämpfung wegen zusammenzulegen. Heute wird daher die Baumwolle in den Dörfern Ägyptens nur noch in Flächeneinheiten von mindestens 8 ha angebaut. Durch die dabei erzielte Ertragssteigerung konnte die Baumwollanbaufläche in den letzten Jahren reduziert werden, was insbesondere dem sommerlichen Maisanbau, der dadurch von einer Herbstfrucht zu einer vorwiegenden Sommerfrucht wurde, zugute kam.
Mit Ausnahme der Schädlingsbekämpfung und teilweise auch des Maschineneinsatzes – insbesondere in den Neusiedlungs- und Bodenreformgebieten – werden alle Arbeiten zur Bewirtschaftung der einzelnen Parzelle individuell von dem Bauern selbst in eigener Verantwortung und auf eigene Rechnung ausgeführt. Durch das Eigentum des Bauern an seiner Parzelle und durch die individuelle Art der Bestellung unterscheiden sich die ägyptischen ›Produktionsförderungs‹-Genossenschaften von den LPGs und Kolchosen östlicher Prägung. Eine Sozialisierung des Bodens und eine Kollektivierung der Betriebe hat in Ägypten nie stattgefunden. Bei fast 5000 land-

wirtschaftlichen Genossenschaften in den rund 4000 Dorfgemeinden des Landes kann man annehmen, daß die ägyptische Landwirtschaft heute nahezu vollständig genossenschaftlich organisiert ist.

4424 *Neuland in der Wüste*

Um weitere Siedlerstellen für bisher landlose Landarbeiter oder frühere Kleinpächter zu gewinnen und zugleich dem weiteren relativen Schrumpfen der Ernährungsbasis Einhalt zu gebieten, hat man nach 1952 sehr bald auch der Neulandgewinnung besondere Aufmerksamkeit geschenkt. Nun sind in einem zu 97 % aus Wüste bestehenden Land die Möglichkeiten, neues Land zu kultivieren, sehr beschränkt. Voraussetzung ist die Erschließung neuer sowie die bessere Ausnutzung der vorhandenen Bewässerungsmöglichkeiten. Dabei werden folgende Wege beschritten: einmal die Kultivierung von Neuland mit Hilfe der schon vorhandenen Bewässerungseinrichtungen, d. h. also durch Zuteilung von Wasserkontingenten aus dem bestehenden Nilwassersystem; zweitens die Nutzbarmachung von bisher ungenutzt abfließendem Hochflutwasser durch den Bau eines neuen Wasser-Großspeichers und schließlich die Erschließung neuer, vom Nilwasserhaushalt unabhängiger Wasservorräte.
Der ersten Gruppe zuzuordnen sind die schon 1952 unter einem Soforthilfeprogramm einsetzenden Kultivierungsunternehmen unterschiedlicher Größe an vielen Stellen des Niltals, des Deltas und des Fayum. Eines der interessantesten Projekte war die Trockenlegung und Kultivierung eines Teils des Mariut-Sees bei Abis südlich von Alexandria, die in manchen Eigenheiten an niederländische Trockenlegungsprojekte erinnert. Eindeichung und Auspumpen des Salzwassers, Zufuhr von Nilwasser zum Ausspülen des versalzten Bodens und zur Bewässerung der Äcker, Anlage der Feldflur und der Bau von Dörfern mit allen zugehörigen Einrichtungen wie Schule, Hospital, Clubhaus, Moschee, Verwaltungsgebäude für die Genossenschaft folgten aufeinander und ließen schließlich hier rund 15 000 ha Kulturland entstehen, das im Einzugsgebiet der Großstadt Alexandria günstige Absatzmöglichkeiten seiner Produkte besitzt.
Von größerem Ausmaß war die 1953 mit großem Propagandaaufwand begonnene Kultivierung der sog. *Befreiungs-*

provinz (Mudiryat at-Tahrir) auf Wüstenland westlich des Nildeltas. Das Projekt, das einen hohen Kapitalaufwand erforderte, war als Initialzündung für künftige ähnliche Vorhaben sowie als agrartechnisches und agrarsoziales Experimentierfeld gedacht. Ziel ist hier die Schaffung einer neuen Provinz von etwa 500 000 ha Kulturland für rund 1 Mio. Menschen. Bis jetzt sind allerdings erst wenig mehr als 10 % dieses Planzieles erreicht; rund 100 000 Menschen, Siedler, Angestellte der Siedlungsgesellschaft und Arbeiter der ersten Industriebetriebe wohnen inzwischen in der neuen Provinz. Ein Kanal führt Wasser aus dem Niltal heran. Bohrungen nach Grundwasser sollen weitere Bewässerungsmöglichkeiten erschließen. Aber auch dieses Grundwasser wird letzten Endes vom Nil gespeist, so daß für die Bewässerung der neuen Provinz bislang der sowieso schon recht angespannte Nilwasserhaushalt zusätzlich belastet wird. 30 % des neu kultivierten Landes sind Obstplantagen, meist Citrusfrüchten, vorbehalten. Die zum Schutz gegen Sandverwehung und Austrocknung angepflanzten Kasuarinen- und Eukalyptus-Baumstreifen geben dem Neuland in der Wüste ein charakteristisches Aussehen.
Der weiteren Ausdehnung der Kultivierung in der Tahrirprovinz wie auch anderswo sind jedoch sehr enge Grenzen gesetzt. Um weiteres Wasser zu gewinnen und vor allem das kostbare Hochflutwasser, das immer noch ungehindert und ungenutzt abfloß, zu speichern, wurde in den 60er Jahren der *Sadd el-Ali (Hochdamm) bei Assuan* errichtet. Das Projekt hatte nach der Verweigerung von Weltbankkrediten zur Verstaatlichung des Suezkanals, aus dessen Gebühreneinnahmen man die Kosten zu bestreiten gedachte, und zur Suezkrise von 1956 geführt. In die bestehende Finanzierungslücke war 1958 schließlich die Sowjetunion eingesprungen, die auch die Ausführung des Dammbaues übernahm. Inzwischen ist der Damm vollendet, der Speicher konnte bis zur vollen Stauhöhe gefüllt werden. Der Damm, etwa 6,5 km oberhalb des alten Assuandammes gelegen, ist 5 km lang und bis zu 111 m hoch. Man kann 156 Mrd. m^3 Wasser speichern. In einem Abkommen von 1959 wurden die Ansprüche Ägyptens und des Sudan an das gespeicherte Wasser neu geregelt. Danach kann Ägypten anstatt wie bisher mit durchschnittlich 48 Mrd. m^3 künftig mit 55,5 Mrd. m^3 Wasser im Jahr rechnen, nach Füllung des Staubeckens beliebig während des ganzes Jahres entnehmbar. Die Vermehrung der Wassermenge scheint auf den ersten

Blick nicht sehr groß zu sein. Doch läßt sich daraus immerhin eine zusätzlich bewässerbare Fläche von 400 000 ha errechnen, wenn man einen Jahresbedarf von etwa 18 000 m^3 Wasser pro ha ansetzt. Darüber hinaus bietet der Sadd el-Ali noch weiteren Nutzen nicht nur für die Landwirtschaft. Dazu gehören die Umstellung der letzten Überflutungsgebiete in der Provinz Sohag auf Dauerbewässerung, der Hochwasserschutz, aber auch der Wegfall von Trockenschäden, die Ausdehnung des Reisanbaues, die gleichmäßigere Wasserführung, die einer geregelten Schiffahrt auf dem Nil zugute kommt, und schließlich die Energiegewinnung, die besonders für die Industrialisierung von größter Bedeutung ist.

Daß viele alte Kulturdenkmäler, wie z. B. die Felsentempel von Abu Simbel, von den Fluten bedeckt zu werden drohten und daher verlagert wurden, ist bekannt. Weniger bekannt ist, daß rund 50 000 nubische Bauern auf ägyptischer und nochmals rund 30 000 Nubier auf sudanesischer Seite sowie die Einwohner von Wadi Halfa ihre Heimat vor dem steigenden Wasser verlassen mußten.

Einen Weg, unabhängig von dem so strapazierten Nilwasserhaushalt Neuland zu gewinnen, boten die im Untergrund der Westlichen Wüste in großer Tiefe gefundenen Grundwasservorräte, die man in ähnlicher Form auch in anderen geologischen Becken der Sahara im Untergrund entdeckt hatte. Vorratsberechnungen haben ergeben, daß auch im Falle einer nicht mehr durch neuen Zufluß ersetzten Wasserförderung die in der Tiefe des Libyschen Beckens vorhandenen Wassermengen ausreichen werden, allein in den Oasen von Kharga rund 200 000 ha neukultivierten Landes auf 200—300 Jahre zu bewässern. So hat man hier 1958 ein Neulandgewinnungsprojekt unter dem geschickt gewählten Namen ›Neues Tal‹ (New Valley) — als Gegensatz zum ›alten‹ Niltal — begonnen, das inzwischen eine zukunftsträchtige Entwicklung genommen hat. Die hier anzutreffenden Böden — meist Salztonböden — erscheinen für eine Kultivierung geeigneter als reine sandige Wüstenböden wie etwa in der Tahrirprovinz. Das artesisch in den Bohrungen aufsteigende Wasser ist ohne weitere Aufbereitung sowohl für Bewässerungszwecke als auch für die Trinkwasserversorgung geeignet. Bis 1966 waren ca. 63 000 ha kultiviert, gegenüber 2400 ha der alten Oasengärten. Nach zwei- bis dreijähriger Ausspülung, Bewässerung und Gründüngung liefert dieses Neuland gute Erträge. Doch vor allem

in Dachla hat exzessive Bewässerung bei fehlender Drainage zur Versalzung und Versumpfung geführt. Des weiteren nimmt der artesische Druck und damit die geförderte Wassermenge als Folge zu starker Förderung ständig ab. Seit Ende der 60er Jahre ist das kultivierte Neuland bereits geschrumpft. 1977 konnten nur noch 7500 ha bebaut werden. (Vgl. MEYER 1978, S. 217.)
Die in Genossenschaften organisierten Neusiedler kommen durchweg aus den übervölkerten Agrargebieten des Niltals. Alte Oasenkultur und neue Siedlungswirtschaft bestehen so nebeneinander.

443 Ausweg Industrialisierung

Alle diese Maßnahmen auf dem agrarischen Sektor reichen aber nicht aus, die Lebensbedingungen in dem übervölkerten Land grundsätzlich zu ändern. Ein Weg zum Abbau der agrarischen Übervölkerung liegt in der Industrialisierung des Landes. Dieser standen bislang das rentenkapitalistische Feudalsystem wie auch die bis in die Mitte unseres Jahrhunderts reichende koloniale Bevormundung und ausländisches Wirtschaftsinteresse entgegen. Zwar hatten die beiden Weltkriege, in denen Ägypten vom Weltmarkt abgeschnitten war, aber durch die im Lande stationierten fremden Truppen eine erhebliche Bedarfs- und Kaufkraftsteigerung erlebte, erste Industrialisierungswellen gebracht, die vor allem einheimische landwirtschaftliche Rohstoffe verarbeitende Industriezweige bevorzugten und zum großen Teil von ausländischem Kapital finanziert wurden. 1914 war 90 % des insgesamt in der Industrie investierten Kapitals in Händen ausländischer Kapitalgeber. Bis zum 2. Weltkrieg war dieser Anteil zwar auf 40 % gesunken und hatte nach dem letzten Krieg bis fast auf 20 % abgenommen. An dieser Entwicklung hatte der von Talaat Harb in den 20er Jahren mit ägyptischem Kapital gegründete Misr-Konzern wesentlichen Anteil. Doch war es auch ihm nicht gelungen, die grundsätzliche Abneigung des einheimischen Kapitalbesitzes zu überwinden, Geld in der Industrie zu investieren, anstatt in weiterem Bodenbesitz anzulegen; vor allem waren Banken und Versicherungen, also die Kapitalgeber, fast ausschließlich in englischen oder französischen Händen. Auch der Versuch, durch die Bodenreform einheimisches Großkapital

frei zu machen und zur Investition in der Industrie zu veranlassen, war praktisch gescheitert, da es die Großgrundbesitzer vielfach verstanden hatten, die Ziele der Reformgesetzgebung zu umgehen; statt in der Industrie zu investieren, wurde das Geld entweder gehortet oder nunmehr in städtischem Grundbesitz, der bei dem wachsenden Bauboom in den ägyptischen Großstädten eine gute Kapitalrente versprach, angelegt, oder es fand gar den Weg als Fluchtkapital ins Ausland.
Um trotz dieses Mißerfolges das als richtig erkannte Ziel der Industrialisierung mit seinen wirtschafts- und sozialpolitischen Aspekten nicht zu gefährden, sah sich die ägyptische Regierung auf den Weg der Sozialisierung gedrängt. Die Sozialisierungsgesetze der ersten 60er Jahre, durch die auch der Misr-Konzern verstaatlicht wurde, brachten alle Großbetriebe der Industrie, des Bank- und Versicherungswesens sowie des Außen- und Binnenhandels unter die Kontrolle der Regierung. Heute sind in der gewerblichen Wirtschaft des Landes alle Betriebe mit mehr als 50 Arbeitern verstaatlicht. Der industrielle Kleinbesitz verblieb dagegen in privater Hand. Aus einem Vergleich der Produktionswerte und der Investitionen von 1952 und 1970 läßt sich übrigens schließen, daß – zumindestens vom Kapital her betrachtet – der sozialisierte frühere Privatanteil an der Industriewirtschaft nur einen Bruchteil der heutigen Industrie ausmacht. Man könnte also anstatt von einer Sozialisierung eher vom Neuaufbau einer Staatsindustrie sprechen.
An der Erwirtschaftung des Bruttoinlandsprodukts, das 1975 11,55 Milliarden $ betrug, ist die Industrie mit 21 % beteiligt. Der Anteil der Landwirtschaft beträgt 29 %. In den 60er Jahren wurden in allen Wirtschaftszweigen hohe Steigerungsraten erreicht, doch die rapide Bevölkerungsvermehrung kompensiert sowohl die Neulandgewinnung als auch die Schaffung neuer Arbeitsplätze in Bergbau, Industrie und Bauwesen. Der jährlichen Zuwachsrate der Bevölkerung von 2,8 % in den 60er Jahren entsprach eine Vermehrung der Arbeitsplätze um insgesamt 2,5 %, im produzierenden Bereich (Landwirtschaft und Industrie) nur um 1,9 %.
Seit Beginn der 70er Jahre stagniert die Zahl der Arbeitsplätze, die Bevölkerung wächst jedoch jährlich um 2,2 %, so daß der allgemeine Lebensstandard sinkt. Die derzeitige geschätzte jährliche Inflationsrate von über 20 % verteuert die Lebenshaltungskosten noch zusätzlich.

Erschwert wird diese Sachlage dadurch, daß seit dem Krieg von 1967 im Bereich des Suezkanals und der Sinai-Halbinsel zahlreiche Arbeitsplätze verlorengingen und die Flüchtlinge aus diesen Gebieten zusätzliche Arbeitsplätze in den anderen Provinzen in Anspruch nahmen. Auch verhindert die regional so ungleiche Verteilung der Industriebetriebe mit Ballungszonen in Unterägypten, industrieleeren Räumen in Mittel- und Oberägypten eine Abschöpfung der agrarischen Übervölkerung: In den beiden Großstädten Kairo und Alexandria finden sich mit 1173 Betrieben fast die Hälfte aller nennenswerten Industriebetriebe des Landes. Weitere 563 Betriebe mit 117 000 Arbeitern finden sich in den Kairo und Alexandria benachbarten Provinzen. Gegenüber dieser Konzentration von fast 1900 Industriebetrieben in den Städten Unterägyptens verteilen sich die übrigen rund 500 Betriebe auf alle anderen Provinzen des Landes, unter denen nur noch Assuan als junger Industrieort die Beschäftigtenzahlen von über 10 000 aufweist.

Nach wie vor steht nach Umfang und Produktionswert die *Textilindustrie* an erster Stelle. Die Spinnereien und Webereien des Misr-Konzerns, z. B. in Mehalla el-Kubra und Kafr el-Dawar, halten dabei jeden Vergleich mit westeuropäischen Großbetrieben aus. Dieser Konzern hatte übrigens als erstes Unternehmen in Ägypten schon vor 40 Jahren begonnen, Sozialeinrichtungen, Lehrlingsausbildung und Werkswohnungen im Interesse der Heranbildung eines festen Stammes gelernter Arbeiter zu schaffen. An zweiter Stelle steht die Nahrungs- und Genußmittelindustrie mit einer großen Zahl über das Land verstreuter Betriebe.

In dem neuen Industrierevier um Heluan haben sich um das 1955 von deutschen Firmen errichtete und jetzt von der Sowjetunion erweiterte Stahl- und Hüttenwerk weitere größere Betriebe der Grundstoff-, der Maschinen- und der Rüstungsindustrie gruppiert. Die chemische Industrie ist mit einigen Großbetrieben vorwiegend in Unterägypten anzutreffen.

Der *Bergbau*, schon im Altertum wurden in der Östlichen Wüste und im Sinai Edelsteine und Gold abgebaut, konzentriert sich heute auf die Gewinnung von Phosphaten, Erzen und Erdöl. Vorkommen seltener Erden und wichtiger Buntmetalle für die Metallurgie (z. B. Molybdän) in der Arabischen Gebirgswüste harren noch der Erschließung. Von den im Lande bekannten Phosphatlagern in der Westlichen Wüste, im Niltal und am Roten Meer werden nur letztere der guten Verschiffungsmöglichkeiten wegen ausgebeutet. Die Manganerzgruben auf der Sinai-Halbinsel sind durch die israelische Besetzung verlorengegangen. Eisenerzvorkommen werden bei Assuan abgebaut und die Erze mit Schiff oder Bahn nach Heluan gebracht. In der Oase Baharija entdeckte Eisenerze werden nach Fertigstellung einer Erzbahn nach Heluan dessen Erzversorgung ergänzen. In einem Land, in dem Kohlenvorkommen fehlen, spielen Erdölfunde eine besondere Rolle. Neben schon lange bekannten Feldern zu beiden Seiten des Suezgolfes sind in den letzten Jahren neue Funde im Suezgolf und im Norden der Westlichen Wüste getreten, die den Verlust der Sinai-Felder ausglichen. Seit September 1975 sind die Felder von Abu Rudeis wieder von Ägypten genutzt. 1977 wurden insgesamt rund 22 Millionen Tonnen Erdöl gefördert.

Einen Engpaß in der Industrialisierung bildete lange Jahre die geringe Ausbildung der Arbeiter und die dadurch bedingte niedrige Arbeitsproduktivität. Zwar bestand offiziell schon seit 1922 die allgemeine Schulpflicht, jedoch fehlten Lehrkräfte und Schulgebäude, so daß kaum 50 % der schulpflichtigen Kinder wirklich eine Schule besuchen konnten. Inzwischen ist durch ein Schulbauprogramm und durch verbesserte Lehrerausbildung ein fast alle Schulpflichtigen erfassender Schulbesuch erreicht.

Eine weitere Voraussetzung für die Industrialisierung ist allerdings eine Verbesserung der Infrastruktur, die in dem von einem dichten Verkehrsnetz von Straßen, Eisenbahnen und für die Schiffahrt geeigneten Kanälen durchzogenen Delta merklich besser ausgebildet ist als in Oberägypten. Die naturgegebene Gestalt des bei fast 1000 km Längserstreckung nur zwischen 5 und 20 km schmalen Kulturlandbandes zwischen Kairo und Assuan erschwert und verteuert natürlich sämtliche Infrastrukturmaßnahmen. Eine der Leitachsen des Ausbaues könnte der Nil sein, wofür der Bau des Sadd el-Ali mit seiner Ganzjahresspeicherung eine gleichmäßige Wasserführung des Stromes gewährleistet, die auch größeren Binnenschiffen den ganzjährigen Verkehr gestattet. Die schon in den 70er Jahren des vorigen Jahrhunderts erbaute, bis Assiut zweigleisige, dann eingleisige Eisenbahn zwischen Kairo und Assuan bildet eine zweite Leitlinie des Ausbaues. Zur Zeit stellt sie die wichtigste und leistungsfähigste Verbindung für Menschen und Güter

zwischen Ober- und Unterägypten dar. Denn der Straßenverkehr zwischen Kairo und Assuan ist auf weite Stecken noch auf eine einzige, noch nicht durchgehend asphaltierte Straße angewiesen.
Ein binnenländischer Luftverkehr, der im Jahre 1970 immerhin ein Aufkommen von über 200 000 Passagieren (außer Kairo) aufwies, verbindet schon viele Städte mit dem internationalen Luftkreuz Kairo. Die Fluglinien nach Assuan und Luxor werden dabei besonders vom Fremdenverkehr genutzt.

4431 Der Urbanisierungsprozeß

Die verstärkte Industrialisierung der letzten Jahre hat den weltweit zu beobachtenden Urbanisierungsprozeß auch in Ägypten wesentlich beschleunigt. Lebten 1937 noch 75 % der Bevölkerung auf dem Lande, so beträgt heute der Anteil der städtischen Bevölkerung schon über 40 % der Gesamtbevölkerung. Allein die Millionenstädte Kairo und Alexandria beherbergen 20 %, unter Einbeziehung ihrer mit ihnen zusammengewachsenen Nachbarstädte fast 25 % der Gesamtbevölkerung. Aber auch von den Provinzstädten haben einige in den letzten Jahrzehnten die Zahl von 100 000 Einwohnern überschritten. Zu diesen zählen die dank ihrer Lage am Suezkanal bei allen orientalischen Eigenheiten doch viele internationale Züge zeigenden Kanalstädte: *Port Said* ist erst mit dem Kanalbau vor 100 Jahren entstanden und inzwischen auf 325 000 Einwohner angewachsen; *Ismailia* (185 000 Einw.) war lange Jahre das Hauptquartier der englischen Armee und ist hinter einer im Kolonialstil erbauten Fassade eine orientalische Wohnstadt; *Suez* dagegen (340 000 Einw.), im 15. Jh. gegründet, hatte schon vor dem Bau des Suezkanals als Ausgangshafen für die Indienfahrt Bedeutung. Die Erdölfunde am Suezgolf machten es zum Standort mehrerer Raffinerien und sonstiger Industrieanlagen.
Durch den Krieg von 1967 wurden die Kanalstädte zu Frontstädten und schieden damit zunächst aus der wirtschaftlichen Entwicklung des Landes aus. Ihre Hoffnung gründete sich auf die Wiedereröffnung des Suezkanals am 5. Juni 1975. Doch blieb das Transportaufkommen von ehemals 275 Mio. t (1966) hinter den Erwartungen zurück. Ägypten hat inzwischen mit der Erweiterung des Kanals begonnen, um auch Schiffen mit einer größeren Tragfähigkeit und Supertankern die Durchfahrt

zu ermöglichen. Die Gebühreneinnahmen (1966: 95 Mio. £ E.) stellen einen wichtigen Devisenbringer dar.
Bedeutende Industriestandorte sind auch die Deltastädte *Tanta* (280 000 Einw.) und *Mehalla el-Kubra* (270 000 Einw.). Sie zeigen wie die Provinzhauptstädte Zagazig, Damanhur und Mansura stärkere orientalische Züge.
Von den Städten Mittel- und Oberägyptens haben, außer dem mit Kairo zusammengewachsenen Gize, nur Medinet el-Fayum, Minia und Assuan mehr als 100 000 Einwohner. *Assuan* ist die jüngste Großstadt, die erst nach 1960 diese Grenze überschritten und in dem kurzen Zeitraum bis 1966 ihre Einwohnerzahl mehr als verdoppelt hat. Zu diesem Wachstum verhalf ihr der Bau des Sadd el-Ali, der Assuan zu einem Industriestandort Oberägyptens werden ließ.

444 ALEXANDRIA UND KAIRO, HAFENSTADT UND METROPOLE

Noch lastet das wirtschaftliche, bevölkerungsmäßige und soziale Schwergewicht des Landes ganz auf den beiden Millionenstädten Alexandria und Kairo. Zentraler Ort höchster Stufe zwischen Mittelmeer und Assuan und sogar über die Staatsgrenzen hinaus für weite Teile des Orients und Nordafrikas ist heute mehr denn je *Kairo*. Selbst das ihm gegenüber rund 1200 Jahre ältere *Alexandria* (2,3 Mio. Einw.) hat Teile seiner früheren Zentralitätsfunktionen, auch auf wirtschaftlichem Sektor, mit der Konzentration der politischen Macht in Kairo an dieses abgegeben. Als einer der großen Häfen des östlichen Mittelmeeres und größter Hafen des Landes (Umschlag 1972: 11,9 Mio. t) ist Alexandria jedoch noch immer der wichtigste Handelsort Ägyptens, besonders für Baumwolle. Als Einfallstor des Personenverkehrs wird es seit dem Aufkommen des Luftverkehrs von Kairo mit seinem internationalen Großflughafen (Passagieraufkommen 1972: 1,85 Mio.) überflügelt. Noch immer aber haben zahlreiche ausländische Agenturen und ägyptische Außenhandelsorganisationen in Alexandria Sitz oder Niederlassung. Die ersten Industriegründungen zur Kolonialzeit waren hier erfolgt. Auch heute noch ist es nach Kairo der größte Industriestandort des Landes. Eine Universität und ein Zweiginstitut der El-Azhar Koranhochschule geben der Stadt auch das geistige Profil.
Eine *Weltstadt* internationalen Formats, wenn auch mit

zahlreichen unterschiedlich starken orientalischen Wesensmerkmalen, ist die Hauptstadt Kairo (arab. Masr el-Qâhira mit 6,12 Mio. Einw.), das mit seinen Vororten und Nachbarstädten wie Gize, Imbaba, Shoubra el-Kheima, Heliopolis und Heluan, mit denen es heute zusammengewachsen ist, eine Bevölkerungsagglomeration von rund 8 Mio. Menschen darstellt. Es ist nicht nur die größte Stadt des Orients, des Mittelmeergebiets und ganz Afrikas, sondern auch der Vorort der arabischen und darüber hinaus der ganzen islamischen Welt, wozu es allerdings nicht erst die moderne panarabische und panislamische Politik, sondern schon die ehrwürdige Koranhochschule El-Azhar, gleich alt wie die 969 von dem arabischen Feldherrn Gohar gegründete Stadt selbst, gemacht hat. Heute geben ihm zwei staatliche, eine private amerikanische Universität, zahlreiche andere Höhere Lehranstalten, Wissenschaftszentren und Kulturinstitutionen eine führende Stellung in der geistigen Auseinandersetzung im Orient unserer Zeit. Es war und ist aber auch ein bedeutendes Finanz- und Wirtschaftszentrum. Zur Kolonialzeit hatten die großen Weltbanken, voran natürlich die englischen Geldinstitute, hier ihre Filialen, nicht zuletzt um den Baumwollhandel zu finanzieren. Auch die großen Wirtschaftsverwaltungen und die Spitzen der Industrie- und Handelsgesellschaften haben ihren Hauptsitz in Kairo und lassen zusammen mit den öffentlichen Diensten den tertiären Sektor auf 24% der erwerbstätigen Bevölkerung anwachsen.

Ihm dient vor allem die im Stil der Jahrhundertwende erbaute, heute aber schon von vielen Hochhäusern durchsetzte City zwischen Nil und Altstadt. Mit ihren Geschäften, Hotels, Bankhäusern, Regierungs- und sonstigen Verwaltungsgebäuden, Kulturinstituten und Botschaften, mit einem äußerst lebhaften Autoverkehr, bietet sie das Bild einer westeuropäisch-mediterranen Großstadt. An sie schließt sich östlich bis zu den Höhen des von Zitadelle und Alabaster-Moschee gekrönten Vorsprunges des Mokattam-Gebirges die alte, winkelige orientalische Stadt mit Resten der mittelalterlichen Stadtummauerung an, in der Wohndichten bis über 2000 Menschen pro ha vorkommen. Großzügigere Wohnviertel finden sich im Nordosten zum alten Villenvorort Heliopolis hin, auf der Nilinsel, aber auch in der Gartenstadt Maadi auf halbem Weg nach dem alten Badeort Heluan.

Heute greifen Wohnungsbau wie Industrie nilabwärts bei

Shoubra el-Kheima ins agrarische Umland aus. 18 % der Erwerbsbevölkerung Kairos sind in der Industrie beschäftigt, die sich mit ihren modernen Großbetrieben im Raum Heluan angesiedelt hat. Sie macht Kairo zum größten Industriestandort des Landes. Noch 3 % sind in der Landwirtschaft tätig.
Ein steter, aber unwillkommener und unkontrollierter Zuzug aus der Provinz macht der jungen Stadtplanung viel zu schaffen. Werden doch oft Sanierungsmaßnahmen, die eine Umsiedlung großer Bevölkerungsteile in Neubauzonen vorsehen, illusorisch durch die nachdrängenden Zuzügler aus dem Umland.
Noch immer aber wächst Kairo unverhältnismäßig rasch gegenüber anderen Städten des Landes. Noch immer hat es seine geradezu magische Anziehungskraft auf die Menschen des Niltals nicht verloren. So kann in vielfacher Hinsicht Kairo für Ägypten stehen, da sich in seinem Stadtbild Tradition und Revolution mit all ihren wirtschaftlichen, sozialen und politischen Folgen auf engem Raum zusammengedrängt widerspiegeln.

5 Vorderasien

51 Der Naturraum

Unter dem Begriff ›Vorderasien‹ scheinen zwei sehr unterschiedliche Großlandschaften zusammengefaßt zu sein. Die gebirgigen *Hochländer der Türkei und des Iran* heben sich schon bei flüchtiger Betrachtung einer physikalischen Karte in ihren Konturen und Oberflächenformen klar von der *Halbinsel Arabien* ab, und die dazwischen liegende Senkungszone des Persischen Golfs und des Euphrat-Tigris-Tieflands unterstreicht diese Trennung noch. Mit Recht wird man deshalb zögern, Vorderasien als einen einheitlichen Subkontinent anzusehen. Seine grundlegende Gliederung in die Hochländer im Norden und die Halbinsel Arabien im Süden ist geologisch-tektonisch bedingt; deshalb darf hier nochmals kurz aufgegriffen werden, was in übergreifender Sicht bereits in Abschnitt 22 gesagt wurde.
Quer durch Vorderasien, vom Golf von Iskenderun als dem östlichsten Teil des Mittelmeers im Westen bis zum Indischen Ozean südlich des Golfes von Oman im Osten, verläuft eine der grundlegenden geologisch-tektonischen Grenzen unseres Erdballs. Südlich von ihr werden die Oberflächenformen im wesentlichen durch den alten *Festlandsblock des Arabischen Schildes* bestimmt. Die kristallinen Gesteine dieser uralten Kontinentalmasse sind seit Beginn des Erdaltertums so starr und verfestigt, daß sie auf seitlichen Druck nicht mehr durch Faltung reagieren können. Nur weitgespannte Hebungen und Senkungen waren noch möglich. Im Zusammenhang damit wurden die Flächen des Arabischen Schildes vor allem im Erdmittelalter und der Erdneuzeit zeitweise wieder von flachen Meeren überflutet. Oberhalb des Meeresspiegels waren sie der Verwitterung und Abtragung eines auch früher oft schon wüstenhaften Klimas ausgesetzt. In beiden Fällen haben sich jüngere Gesteinsserien über dem kristallinen Sockel gebildet. Die Starre des darunter liegenden Kontinentalblockes bewahrte aber auch die Deckschichten meist vor weitergehenden Verformungen; sie liegen waagrecht übereinander. Damit ist Vorderasien südlich der genannten Linie überwiegend Tafelland.

Völlig anders ist der geologische Aufbau Vorderasiens nördlich davon, d. h. in den *Gebirgssystemen der Türkei, Irans und Afghanistans.* Im Erdmittelalter und teilweise noch in der Erdneuzeit lassen sich hier Zonen kräftiger Absenkung und tiefe Meeresbecken (Geosynklinalen) nachweisen. Die Schichtpakete, die sich in diesen Meeren absetzten, sind viele Kilometer mächtig. Sie waren während der jungen (alpidischen) Gebirgsbildung, die im späten Erdmittelalter und in der Erdneuzeit diesen ganzen nördlichen Raum Vorderasiens erfaßte, weitgehend verformbar und reagierten auf seitlichen Druck durch Faltung oder Überschiebung. Schroffe Bergketten mit steil gestellten Schichten, wie wir sie von unseren europäischen Hochgebirgen her kennen, findet man deshalb nur im nördlichen Teil Vorderasiens. In die jungen Faltenbereiche wurden vereinzelt auch Blöcke früherer Gebirgsbildungen mit einbezogen, die etwa unseren deutschen Mittelgebirgen vergleichbar sind.

Der *Gegensatz dieser beiden Großräume* verstärkte sich in den jüngst vergangenen geologischen Perioden nun noch durch ein unterschiedliches Ausmaß vertikaler Bewegungen der Erdkruste: Der Norden wurde meist stark gehoben. Die alten Massen im Süden dagegen wurden allenfalls stellenweise mit weitgespannten Bewegungen aufgewölbt, z. B. zu beiden Seiten des Roten Meeres. In den jeweils größten wie in den durchschnittlichen Höhen über dem Meeresspiegel prägt sich die unterschiedliche Hebung noch heute aus.

Der *Grenzsaum* zwischen nördlichen Hochländern und Arabischem Schild ist nicht einheitlich: Im Osten überwiegen Senkungstendenzen (Persischer Golf und seine Verlängerung im Euphrat-Tigris-Tiefland). Im Westen hingegen zeigen das Libanon-Gebirge und die anderen Bergländer der Levante in Aufbau und Entstehung bereits Übergänge zu den benachbarten alpidischen Gebirgen. Gewiß, auch in der Levante ist der Einfluß des im Untergrund verborgenen starren Arabischen Schildes noch unverkennbar. Aber die darüber lagernden jüngeren Deckschichten sind doch schon so mächtig, daß die Ausstrahlungen der nördlichen jungen Gebirgsbildung nur teilweise zu einem Zerbrechen der Schichten, teilweise jedoch schon zu einer Faltung führten. So sind die Gebirge des Libanon, des Antilibanon und des Hermon eine Zwischenform zwischen Bruchschollengebirge und Faltengebirge. Auch viele Bergzüge im Nordirak und in Nordsyrien zeigen schon eine klare Faltenstruktur (Antiklinalen). Sie erheben sich aber weit voneinander entfernt als langgestreckte isolierte Rücken über die Steppentafel, so daß man auch hier den Einfluß des unterlagernden Arabischen Schildes noch klar erkennen kann.

Aufgrund der geschilderten unterschiedlichen geologisch-tektonischen Entwicklung ist das *nördliche Vorderasien* ein Teil der jungen europäisch-asiatischen Faltungszone und damit Bergland, Gebirge oder Hochfläche. Die Meereshöhen der höchsten Gipfel stehen denen unserer europäischen Gebirge nicht nach (Cilo Dagh in der südöstlichen Türkei 4168 m, Sardeh Kuh in Südpersien 4548 m). Trotz der geologischen Verwandtschaft mit unseren Alpen lassen sich jedoch einige auffällige Unterschiede erkennen. Den jungen Gebirgen Vorderasiens eigentümlich sind z. B. die zahlreichen Schichtvulkane, die die Gebirge und Hochländer der Türkei und Irans als mächtige majestätische Kegel überragen, und deren Spitzen bis weit in den Sommer hinein (einige von ihnen sogar das ganze Jahr hindurch) von einer Schneehaube gekrönt werden. Einige dieser Vulkane übertreffen sogar den Montblanc an Höhe (Ararat in der Türkei 5156 m; Demawend in Nordiran 5601 m).
Sehr charakteristisch für Vorderasien sind auch die weitgespannten zentralen Hochflächen und Becken, die in den Gebirgen zwischen die Bergketten eingeschaltet liegen. In den besser beregneten Gebieten der Türkei und des westlichen Persien werden diese Ebenheiten oft von fruchtbaren Anschwemmungsböden erfüllt und geben damit eine gute Grundlage für die Landwirtschaft. In Ostpersien und in Afghanistan dagegen überwiegen Schuttauffüllungen oder große Salztonsümpfe; von begrünten Bergketten umgeben, sind die dortigen Beckenlandschaften meist trostlose Wüsten.
Auch im *südlichen Vorderasien*, im Bereich des Arabischen Schilds, gibt es noch Gebirge. Meist sind es hier jedoch keine großen zusammenhängenden Gebirgskomplexe wie im Norden, sondern mehr isolierte Gebirgsinseln, die sich als schroffe Schichtstufen, als langgestreckte breite Rücken oder als Aufwölbungen mit tektonisch bedingtem Steilabfall aus den umgebenden Ebenen erheben. Auch sind die Meereshöhen im allgemeinen geringer: Nur im Jemen werden von einem auf das Hochland aufgesetzten Vulkan noch 3760 m erreicht; der höchste Gipfel des Libanon ist nur noch 3089 m, der des Sinai-Gebirges noch 2637 m hoch.

Im Gebiet der Hebungszone des südlichen Arabien wurden die Deckschichten des Tafellandes vielfach abgetragen, so daß die darunter liegenden kristallinen Gesteine zutage treten. Östlich des heutigen Nil waren die Zerrungen und Spannungen bei der Aufwölbung des Arabischen Schildes so stark, daß etwa in der Scheitellinie des Gewölbes ein geologischer Graben einbrach: das Rote Meer. Ausläufer dieses Grabenbruches setzen sich nach Norden im Golf von Suez, Golf von Akaba und dem Graben des Toten Meeres fort, nach Süden im Golf von Aden und der großen ostafrikanischen Bruchregion. Auf den geologisch ganz jungen Einbruch ist es auch zurückzuführen, daß die Ufer des Roten Meeres und des Golfs von Aden und damit die West- und Südküste Arabiens von fast geraden Linien begrenzt werden.
An vielen Stellen der Halbinsel Arabien ist entlang von Spalten und Schwächezonen der Erdkruste vulkanisches Material an die Oberfläche gedrungen. Es baute hier im Süden aber nicht wie im Norden Vulkankegel auf, sondern breitete sich überwiegend als flache Decke über die Schichtgesteine des Tafellandes oder die Flächen des zutage liegenden kristallinen Untergrunds aus. So wird der Vulkanismus Arabiens weniger im Formenschatz der Oberfläche als durch seine Gesteine von Bedeutung: Stellenweise ist das vulkanische Material so weit verwittert, daß es besonders fruchtbaren Ackerboden ergibt; häufiger jedoch sind fast sterile Basaltblock-Trümmerfelder, die sogenannten ›Harras‹, die für Landnutzung und Verkehr ein kaum zu überwindendes Hindernis darstellen.

Ungeachtet aller Unterschiede des geologisch-tektonischen Baus und der Oberflächenformen erscheinen die Hochländer des Nordens durch viele Gemeinsamkeiten des *Klimas* recht eng mit der Arabischen Halbinsel – und darüber hinaus mit ganz Nordafrika – verbunden. Da vom Klima aber auch der Wasserhaushalt, die Pflanzenwelt, die Landnutzung und die Besiedlungsdichte abhängen, wird unter diesem Gesichtspunkt Vorderasien doch zu einem weitgehend einheitlichen Großraum.
Wie in Nordafrika finden wir auch in Vorderasien in einem kontinuierlichen Formenwandel alle Abstufungen zwischen *vollmediterranen Klimaten* und *Wüstenklimaten:* Im Bereich der Mittelmeerküsten und in den dem Meere näheren Gebirgen fallen noch so viele Niederschläge, daß ohne

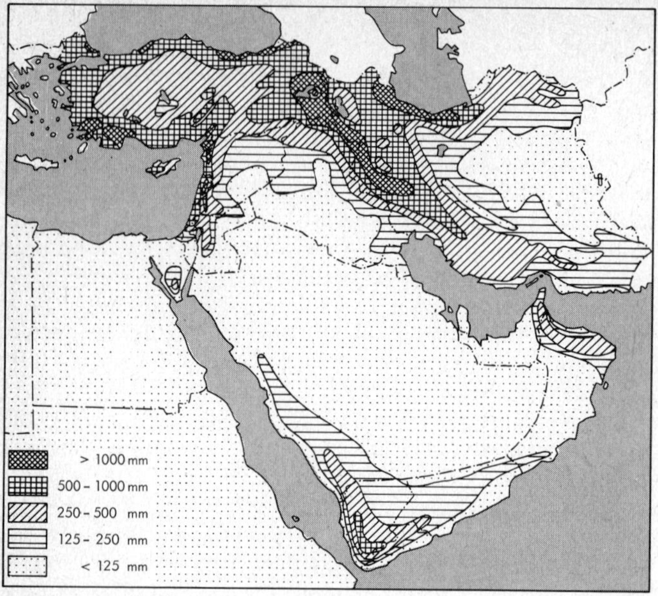

Fig. 21: Jahresniederschlag Vorderasiens

zusätzliche Bewässerung eine recht intensive Landnutzung möglich wird. Im Bereich der zentralen Wüsten Arabiens und Irans hingegen ist es schon so trocken, daß nicht einmal Kamele mehr ihre spärliche Nahrung finden. Diese beiden Klimate (mediterran-feucht und wüstenhaft-trocken) und die dazwischen liegenden halbtrockenen (semiariden) Varianten sind sowohl für die Hochländer im Norden als auch für die Halbinsel Arabien im Süden charakteristisch.

In allen Übergangsformen, die das Klima Vorderasiens zwischen ›recht feucht‹ und ›sehr trocken‹ aufweist, bleibt nun aber als charakteristisches Element die Zusammenballung der Niederschläge auf das *Winterhalbjahr* erhalten: Nicht nur im Randbereich des Mittelmeers, sondern auch in den meisten Gebirgen und den meisten Wüsten Vorderasiens fallen die Niederschläge zwischen September und April, mit einem Maximum im Dezember oder Januar oder mit zwei Maxima im Herbst und Frühjahr. Die Sommer hingegen sind durchweg heiß und regenarm bis regenlos. Der Himmel ist dann meist wolkenlos, die Sonneneinstrahlung entsprechend stark und die Luftfeuchtigkeit gering. Nur ganz im Norden und ganz im Süden Vorderasiens finden wir kleine Randgebiete mit Sommerniederschlägen: Der Küstensaum des Schwarzen Meeres (Türkei) und des Kaspischen Meeres (Iran) liegt im Sommer bereits im Einflußbereich feuchterer nördlicher Luftmassen; das Hochland von Jemen (Südarabien) hingegen erhält bereits randtropische Sommerregen.

Über weitere Einzelheiten des Klimas wurde im größeren Zusammenhang bereits in Abschnitt 23 gesprochen. Speziell für Vorderasien sei nur nochmals darauf hingewiesen, daß die *reichlicher beregneten Räume*, in denen auch ohne Bewässerung ein Anbau vieler verschiedener Nutzpflanzen möglich ist, auf verhältnismäßig *kleine Inseln oder recht schmale Streifen* beschränkt bleiben (Fig. 21). Im mediterran beeinflußten Westen der Arabischen Halbinsel, also in Syrien-Libanon-Palästina-Jordanien, nehmen schon 100 bis 200 km östlich der Mittelmeerküste die winterlichen Niederschläge so stark ab, daß ohne Bewässerung bereits keine Baumhaine und keine Sommerkulturen mehr gedeihen. In den Hochländern des Nordens hingegen, die zumindest im Westen über größere Bereiche hin reichlichere Niederschläge empfangen, setzt das Gebirgsrelief eine Grenze und verweist die Landnutzung auf die ebenen oder wenig geneigten Becken- und Tallandschaften. Demzufolge würde eine ganz grobe Überschlagsrechnung ergeben, daß höchstens ein Zehntel der Fläche Vorderasiens im Regenfeldbau genutzt werden kann. Wüsten, Wüstensteppen und winterkalte, unwirtliche Gebirge überwiegen bei weitem.

In der Auseinandersetzung mit dem Trockenklima und dem daraus resultierenden sehr beschränkten Wasserangebot haben die Hochkulturen Vorderasiens bereits in der Antike ausgeklügelte *Methoden zur optimalen Nutzung der Wasservorräte* bzw. der Niederschläge angewandt. Viele dieser Techniken und Geräte können noch heute Bewunderung erregen. Agrartechnisch bedeutet es eine große Leistung, wenn im Randbereich zur Wüstensteppe Gerste noch bei einem langjährigen Jahresmittel von 150 bis 200 mm Niederschlag sowie Ölbäume bei einem solchen von 250—300 mm Niederschlag angebaut werden. Auch die ebenso sinnreichen wie aufwendigen Vorrichtungen zur Erschließung und Nutzung des Grundwassers (z. B. Khanate als unterirdische Grundwasserstollen) oder zur Hebung des Wassers in Flüssen und Kanälen zeigen auf ihrem traditionellen handwerklichen Niveau einen hohen Stand technischer Reife. Wie steht es aber in der zweiten Hälfte unseres 20. Jahrhunderts, im Rahmen der modernen Weltwirtschaft, um deren Wirtschaftlichkeit?

Bis in die Jahrzehnte vor dem Ersten Weltkrieg waren die einzelnen Wirtschaftsräume Vorderasiens infolge der fast prohibitiv hohen Transportkosten für Getreide und alle anderen Nahrungsmittel zur Selbstversorgung gezwungen. Dadurch erschien der hohe Aufwand an Arbeitskraft oder Kapital, der zu einer hinreichenden Wasserversorgung der Feldflur erforderlich war, auch wirtschaftlich gerechtfertigt. Heute hingegen sind fast alle Regionen Vorderasiens für die modernen Massenverkehrsmittel erschlossen; im Rahmen der verflochtenen Weltwirtschaft beginnt die dortige Landwirtschaft nunmehr in Konkurrenz zu anderen Anbaugebieten zu geraten. Diese Konkurrenz ist hart; denn im Vergleich mit Klimazonen, die hinsichtlich ihrer Wasserversorgung stärker begünstigt sind, erfordert die agrarische Produktion in Vorderasien entweder einen wesentlich höheren Aufwand, um dieselben Erträge zu erzielen, oder aber bei etwa gleichem Aufwand sinken die Erträge vergleichsweise stark ab. In den Regenfeldbaugebieten wird die Bilanz für die Landwirtschaft dann noch besonders ungünstig durch empfindliche Ernteminderungen in Trockenjahren und durch das Dürrerisiko, welches bei abnehmendem durchschnittlichem Jahresniederschlag fatalerweise sogar überproportional stark ansteigt (vgl. Abschn. 23).

Als *Trockengrenze des Regenfeldbaus* in Vorderasien wird heute gemeinhin noch der Bereich zwischen 200 und 250 mm durchschnittlichen Jahresniederschlags angesehen (Fig. 21). Auf längere Sicht und bei steigendem Lebensstandard dürfte aber wohl erst bei etwa 400 mm durchschnittlichen Jahresniederschlags ein vertretbares Verhältnis zwischen Aufwand und Ertrag erreicht werden. Vermutlich wird deshalb in den kommenden Jahrzehnten die Grenze des Regenfeldbaus ein beträchtliches Stück zurückgenommen werden müssen. Mit merklich weniger als 400 mm langjährigen Niederschlags könnten auf die Dauer wohl nur kapitalstarke Groß- und Riesenbetriebe auskommen, wenn sie vollmechanisiert extensiven Anbau betreiben. Gerade solche Betriebe werden jedoch heute fast überall durch Agrarreformen und Landaufteilungen zerschlagen.

Angesichts dieser Schwierigkeiten des Regenfeldbaus verweist man häufig auf die noch nicht voll ausgeschöpften Möglichkeiten der *Bewässerungswirtschaft*. Auch sie wird jedoch in absehbarer Zeit an kaum überschreitbare Grenzen stoßen. Neben der *Kostenfrage* muß dabei insbesondere die zur Verfügung stehende *Wassermenge* berücksichtigt werden.

Schon heute ist vielerorts in Vorderasien der Aufwand für das Heben des Wassers zu Bewässerungszwecken unrentabel hoch; dies gilt gleichermaßen für die traditionelle Feldbewässerung (z. B. mit Hilfe von Khanaten in Iran oder großen Wasserschöpfrädern im Irak) wie für moderne Bewässerungstechniken (z. B. das Hochpumpen von Bewässerungswasser in Israel). Oft hat selbst ein ungewöhnlich hoher Aufwand nur einen recht begrenzten Nutzeffekt. Ein vielzitiertes, fast schon klassisches Beispiel hierfür ist der 1970 fertiggestellte Sadd el-Ali, der große Assuan-Hochdamm in Ägypten: Dieses gigantische Riesenprojekt wird es ermöglichen, gerade diejenigen 7 Millionen Ägypter zusätzlich zu ernähren, um die die Bevölkerung des Landes in den zehn Jahren Bauzeit des Hochdammes angewachsen ist. Trotz größter Anstrengungen ist damit Ägypten im Bemühen um die Sicherung der Ernährung seiner Bevölkerung heute keinen Schritt weiter als vor 10 Jahren (vgl. Abschn. 44).

Auf längere Sicht steht aber gerade in Vorderasien auch viel zu wenig Wasser für Bewässerungszwecke zur Verfügung. Wie wenig selbst die Wassermassen der großen Ströme hier helfen können, sei kurz am Beispiel des *Euphrat* gezeigt (H. PRESS ET AL. 1962). Im langjährigen Durchschnitt beträgt der Jahresabfluß des Euphrat 26 Mrd. cbm. In Trockenjahren (1930) werden nur 10 Mrd. cbm, in Feuchtjahren (1954) 42 Mrd. cbm erreicht. Was kann man theoretisch mit diesen Wassermengen anfangen? Bei einer relativ extensiven Dreijahresrotation Baumwolle – Brache – Weizen mit anschließender Gründüngung rechnet man in Syrien für 100 000 ha landwirtschaftlicher Nutzfläche mit einem Jahresbedarf von 0,8 bis 1,2 Mrd. cbm Wasser. Schließt man die Wasserverluste durch Verdunstung usw. mit ein, dann erhöht sich dieser Betrag auf 1,5 Mrd. cbm Wasser. Die 26 Mrd. cbm Wasser, die im langjährigen Jahresdurchschnitt den Euphrat herunterfließen, reichen also gerade aus, um 1,8 Mio. ha landwirtschaftlicher Nutzfläche zu bewässern – das ist etwas weniger als die

Fläche des Landes Rheinland-Pfalz oder Hessen!
Bereits die gegenwärtig in Durchführung oder in Planung befindlichen Projekte der drei Anliegerstaaten des Euphrat benötigen mehr Bewässerungswasser, als im langjährigen Jahresdurchschnitt dem Fluß entnommen werden kann. Tab. 7 geht dabei noch von sehr vorsichtigen Ansätzen aus. Realistischer sind jüngere Schätzungen, denen zufolge Syrien in absehbarer Zeit zur Bewässerung von etwa 800 000 ha pro Jahr 8—12 Mrd. cbm Euphratwasser benötige, und der Irak zur Bewässerung von etwa 1,6 Mill. ha pro Jahr 16—24 Mrd. cbm. Selbst wenn die Türkei überhaupt kein Wasser entnähme, würde der Euphrat schon für diesen Bedarf Syriens und des Irak nicht mehr ausreichen.

Tabelle 7: Wasserverbrauch der größeren Bewässerungsprojekte am Euphrat

Staat	Bewässerungsfläche in ha	Bewässerungswasser in Mrd. cbm	Verdunstung usw. in Mrd. cbm	gesamt in Mrd. cbm
Türkei	300 000 (?)	3,3	0,5	3,8
Syrien	600 000 (?)	6,6	1,4	8,0
Irak	ca. 1 900 000	17,8	1,1	18,9
gesamt	2 800 000	27,7	3,0	30,7

Quelle: H. Press et al. 1962, S. 157

Die obigen Schätzungen gehen von der Voraussetzung aus, daß zur Bewässerung von 100 000 ha landwirtschaftlicher Nutzfläche pro Jahr etwa 1,0—1,5 Mrd. cbm Wasser benötigt würden. Dies entspricht einer Wasserspende von 0,3—0,4 l pro Sekunde und Hektar. Intensive Bewässerungswirtschaft ohne Brache, vielleicht sogar mit mehreren Ernten pro Jahr, erfordert jedoch wesentlich höhere Wasserspenden. Entsprechend müßten dann bei gleichem Wasserangebot die zu bewässernden Flächen noch weiter reduziert werden.
Um einen ganz groben Überblick über die *theoretisch überhaupt bewässerbaren Areale* zu gewinnen, sind auf Fig. 22 maßstabgerecht für Euphrat und Tigris, die beiden großen Ströme Vorderasiens, und im Vergleich dazu für den Nil als mögliche Bewässerungsfläche je ein größeres Quadrat

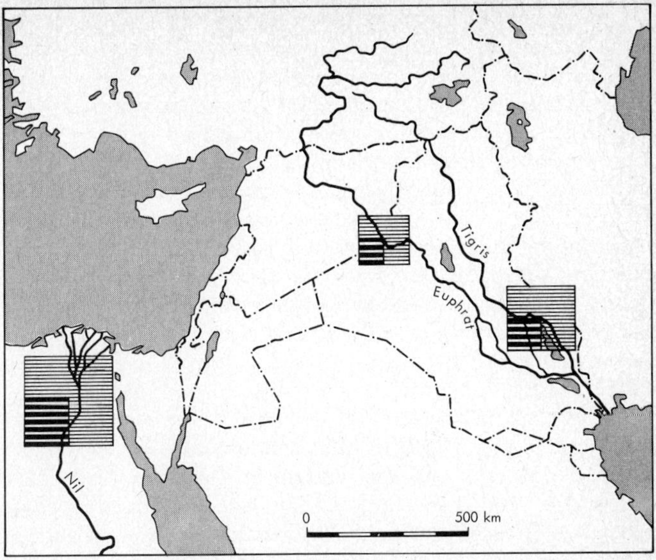

Fig. 22: Bewässerungspotential von Nil, Tigris und Euphrat

(extensivere Bewirtschaftung) und ein kleineres Quadrat (intensivere Bewirtschaftung) eingetragen. Die Darstellung geht davon aus, daß im langjährigen Durchschnitt der Jahresabfluß des Nils 84 Mrd. cbm beträgt, der des Tigris 45 Mrd. cbm und der des Euphrat 26 Mrd. cbm. Darüber hinaus wurde angenommen, daß alles Wasser der Flüsse verwandt wird, theoretisch also kein Tropfen unverwendeten Wassers mehr das Meer erreicht. Die Darstellung der Quadrate in Fig. 22 zeigt sehr eindrucksvoll, wie beschränkt selbst bei den drei mit Abstand wasserreichsten Flüssen des Orients die Bewässerungsmöglichkeiten sind.

Die Nutzung der Trockenräume Vorderasiens im Rahmen der modernen Weltwirtschaft ist nun aber noch in einer weiteren Hinsicht mit besonderen Problemen belastet: Unter den dortigen extremeren Bedingungen kann das *Gleichgewicht des Naturhaushalts* durch unsachgemäße Eingriffe des Menschen viel leichter gestört oder verschoben werden als bei uns. Im Vergleich mit Vorderasien erscheint die Natur in

Mittel- und Westeuropa sehr ›gutmütig‹; man muß bei uns schon recht massiv eingreifen, um eine Störung des Naturhaushaltes zu bewirken. In Vorderasien hingegen setzt jede Landnutzung Fingerspitzengefühl, Sachkenntnis und eine behutsame Ausbalancierung aller Maßnahmen voraus, wenn man schwere Schäden vermeiden will.

In vielen Teilen Vorderasiens, z. B. in Syrien und Saudi-Arabien, ist der *Grundwasserspiegel* durch eine zu starke Ausdehnung der Pumpbewässerung bedrohlich abgesenkt worden. Im Unterirak, im syrischen Euphrattal und in vielen Oasen fallen große Teile der landwirtschaftlichen Nutzfläche durch *Versalzung der Böden* infolge unsachgemäßer Bewässerung wüst. Fast überall hat die *Vegetationszerstörung* infolge unkontrollierter Eingriffe des Menschen zu schweren Schäden des Naturhaushalts geführt; dies gilt nicht nur für die Wälder und Gehölzfluren, sondern auch für die Weidetriften der Steppen und Wüstensteppen. Das Umbrechen stark gipshaltiger Böden in Nordostsyrien und im Nordirak durch moderne mechanisierte Landwirtschaft hat — wie z. B. auch in Zentraltunesien — die Häufigkeit und Stärke von *Staubstürmen* sehr gefördert. Schließlich sind mit dem Ausbau des Bewässerungssystems im Irak (und in Ägypten) *gefährliche menschliche Parasiten*, z. B. die Bilharziose, als endemische Krankheiten bis in die Kernregionen selbst der Großstädte vorgedrungen. Prozesse dieser Art zeigen, wie vorsichtig in Vorderasien alle Maßnahmen wirtschaftlicher Erschließung vorgenommen werden müssen, wenn sie mit Eingriffen in den Naturhaushalt verbunden sind.

52 Der Bauplan der Kulturlandschaft

Der Gebirgsbau und die Oberflächenformen Vorderasiens legen, wir wir sahen, eine erste grundlegende Gliederung in nördliche Hochländer einerseits und Halbinsel Arabien andererseits nahe. Erstaunlicherweise hat diese Zweiteilung in der vieltausendjährigen Geschichte der Staaten und Hochkulturen Vorderasiens kaum je eine Rolle gespielt. Zwar haben sowohl die Nomaden Arabiens (Beduinen) als auch die Bewässerungskulturen des Unterirak mit ihrer Expansion am Gebirgsrand im Norden eine nur schwer zu überschreitende Grenze gefunden; aber aus den nördlichen Hochländern sind zu fast allen Zeiten der Geschichte Vorderasiens Eroberer in den Süden vorgedrungen und haben weite Teile auch Arabiens ihren Reichen eingegliedert.

Im Gegensatz dazu setzte sich seit der frühen Antike immer wieder eine durch die Landesnatur nicht vorgezeichnete *Gliederung in westliches und östliches Vorderasien* durch: Sowohl die westlichen Hochländer (Anatolien) als auch die Levanteländer im Westen der Halbinsel Arabien erscheinen seit Beginn höherer Zivilisation im Orient dem Mittelmeer und den dortigen Kulturen zugewandt. Die östlichen Hochländer (Iran, Afghanistan) und das Euphrat-Tigris-Tiefland hingegen sind kulturell viel weniger vom Mittelmeer her beeinflußt; neben gewichtigen Momenten eigenständiger Kultur lassen sich dort viele Beziehungen nach Innerasien (Mongolen) und Indien feststellen. Großräumige Lagebeziehungen und die Nachbarschaft zu anderen Kulturen haben zu dieser unterschiedlichen Orientierung des Westens und des Ostens erheblich beigetragen.

Die ›Euphrat-Linie‹ bzw. der Bereich um den 40. Längengrad wird im Laufe der Geschichte Vorderasiens immer wieder zu einem wichtigen Grenzsaum. Er trennte in der Antike das Imperium Romanum und später das Byzantinische Reich im Westen von den Reichen der Parther und Sassaniden im Osten. In frühislamischer Zeit lagen im Westen die Kernräume des omaijadischen, im Osten die des nachfolgenden abbasidischen Reiches; der Westen bekennt sich seit jenen Auseinandersetzungen ganz überwiegend zur sunnitischen, der Osten hingegen vielfach zur schiitischen Richtung des Islam. Im 15./16. Jahrhundert schließlich bildete sich in Vorderasien der bis zum Ersten Weltkrieg dauernde Gegensatz zwischen dem nach Europa orientierten Osmanischen Reich (im Westen) und den nach Indien orientierten Staaten des Hochlandes von Iran-Afghanistan (im Osten) heraus.

So wichtig diese alte historische Grenzlinie zwischen westlichem und östlichem Vorderasien in der Vergangenheit auch gewesen sein mag, so hat die Zugehörigkeit zu je verschiedenen Staatswesen doch nur in eng begrenzten Teilbereichen, z. B. dem der Architektur, Auswirkungen auf die Kulturlandschaft Vorderasiens gehabt. Viel entscheidender für den Bauplan der Kulturlandschaft war schon immer die von der Landesnatur vorgegebene *räumliche Verteilung der*

Gunstgebiete mit guten Möglichkeiten für Anbau und seßhafte Siedlung gewesen. Wir sahen, daß diese auf verhältnismäßig kleine Inseln oder recht schmale Streifen beschränkt bleiben. Infolgedessen zeigt sich ein ganz wesentlicher Unterschied zu unserer westlichen Welt und zu Süd- und Ostasien: Für Europa und für große Gebiete Nordamerikas, Indiens oder Chinas ist eine lückenlose, flächenhafte Nutzung und Besiedlung weiter zusammenhängender Räume charakteristisch. In Vorderasien hingegen werden je isolierte Gebiete mit dichterer Besiedlung und seßhafter Landnutzung durch weite, nicht nutzbare Landstriche voneinander getrennt (G. SCHWEIZER 1978).

Inselhaftigkeit und *Lückenhaftigkeit* sind damit die beiden Grundcharakteristika der Kulturlandschaft Vorderasiens. Der intensiver genutzte Lebens- und Wirtschaftsraum des Menschen erscheint in einzelne Inseln und Streifen aufgelöst, die durch das Meer, durch Wüsten, durch extensive Weidetriften oder durch Hochgebirge voneinander getrennt sind. Lebensraum für eine seßhafte Bevölkerung ist nur dort zu finden, wo infolge ausreichender Niederschläge oder durch künstliche Bewässerung genügend Feuchtigkeit für die Wasserversorgung von Siedlungen und den Anbau von Nutzpflanzen zur Verfügung steht (Fig. 37, 38). Fast alle derart von der Natur begünstigten Gebiete Vorderasiens liegen nun aber peripher, d. h. in Randsäumen; nur in ganz kleinen isolierten Inseln (meist Oasen) sind sie auch mitten in die großen Wüsten- und Wüstensteppengebiete Arabiens und Irans eingestreut. Diese von der Natur vorgezeichnete Diskontinuität, Randständigkeit und Zersplitterung ist mit den daraus folgenden Erschwernissen von Nachbarschaft und direktem gegenseitigem Kontakt für die Kulturlandschaft Vorderasiens eine schwere Hypothek.

Grenzen und Ausdehnung der Siedlungsinseln und -säume Vorderasiens liegen nun allerdings keineswegs unabänderlich fest. In Zeiten allgemeinen Niedergangs und schwacher Zentralregierungen dehnen die Nomaden ihren Machtbereich und damit ihre Weideareale aus den Wüstensteppen und Gebirgsweiden heraus weit gegen das an sich ackerfähige Land hin aus. Der Seßhafte zieht sich zurück, Dörfer und Städte werden aufgegeben, Acker- und Gartenland fällt wüst. In Zeiten wirtschaftlicher Prosperität und einer starken Zentralregierung hingegen weitet sich das Siedelland wieder in Richtung auf die

Wüstensteppe zu aus. Dieses pulsierende *Vor- und Zurückweichen der Siedlungsgrenze* ist ganz offensichtlich ein Prozeß, der sich im Laufe der Geschichte Vorderasiens mehrfach wiederholt hat (W.-D. HÜTTEROTH 1969). Ganz Analoges gilt z. B. auch für den Sahel Tunesiens.

In der klassischen Antike, vor allem zur Zeit des Imperium Romanum, war z. B. die Grenze des Feldbaus schon einmal für Jahrhunderte etwa ebenso weit gegen die Wüstensteppe vorgetragen gewesen wie heute. Erst im Mittelalter verfielen die Bewässerungseinrichtungen, und ein breiter Saum ackerfähiger Steppe kam unter die Botmäßigkeit nomadischer Stämme; die seßhaften Siedler wurden vertrieben, das Land nur noch als Weide genutzt. In der zweiten Hälfte des 16. Jahrhunderts brachte dann die Blüte des Osmanischen Reiches im westlichen Vorderasien und die des Safawidenreiches im Hochland von Iran ganz offensichtlich wieder eine kräftige Ausdehnung des Siedlungslandes und die Erschließung neuer Bewässerungsgebiete. Dann folgten nochmals Zeiten des Verfalls; in der ersten Hälfte des 19. Jahrhunderts reichte der Einfluß beduinischer Nomaden am Nordsaum Arabiens sogar bis vor die Tore von Damaskus und Aleppo, Urfa und Mardin, Mosul und Kirkuk (Fig. 23).

Im Osmanischen Reich setzt gegen Mitte des 19. Jahrhunderts, im Hochland von Iran etwa fünfzig Jahre später, endlich wieder eine kräftige Gegenbewegung ein: In den seitdem verstrichenen Jahrzehnten wird fast das gesamte seit der späteren römischen Antike von den Nomaden in Besitz genommene Ackerland zurückgewonnen; dem *Altsiedelland* der Zeit bis etwa 1850 gesellt sich ein *Jungsiedelland* zu. Diese Ausdehnung des Siedlungsraumes bis an die nur schwer zu überschreitenden natürlichen Grenzen im Verlauf der vergangenen einhundert Jahre ist für Vorderasien von größter Bedeutung; ergeben doch ganz grobe, überschlägige Schätzungen z. B. für Syrien oder den Irak, daß heute fünf- bis zehnmal so viel Land genutzt wird wie um 1850. Zu äußerst bescheidenen Arealen von Altsiedelland in wenigen Kernräumen sind also weite Gebiete von Jungsiedelland hinzugekommen. Eine solche Ausweitung des Kulturlandes war allerdings auch unbedingt erforderlich; denn im gleichen Zeitraum hat sich auch die Bevölkerung Vorderasiens auf etwa das Fünf- bis Zehnfache vermehrt.

Grundlegende Voraussetzung für die Erschließung des Jungsiedellandes in Vorderasien war die Befriedung des Landes und

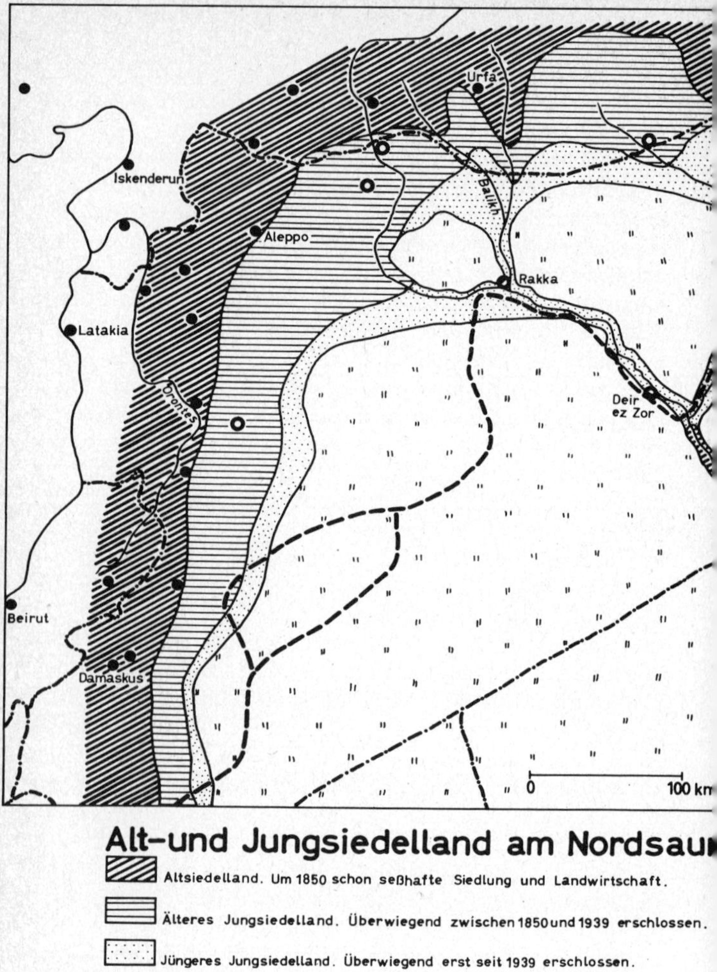

Fig. 23: Alt- und Jungsiedelland am Nordsaum der arabischen Halbinsel

die *Unterwerfung der Nomaden*. Das Osmanische Reich konnte hier bereits in den Jahrzehnten vor dem Ersten Weltkrieg beachtliche Erfolge erringen; im Hochland von Iran hin-

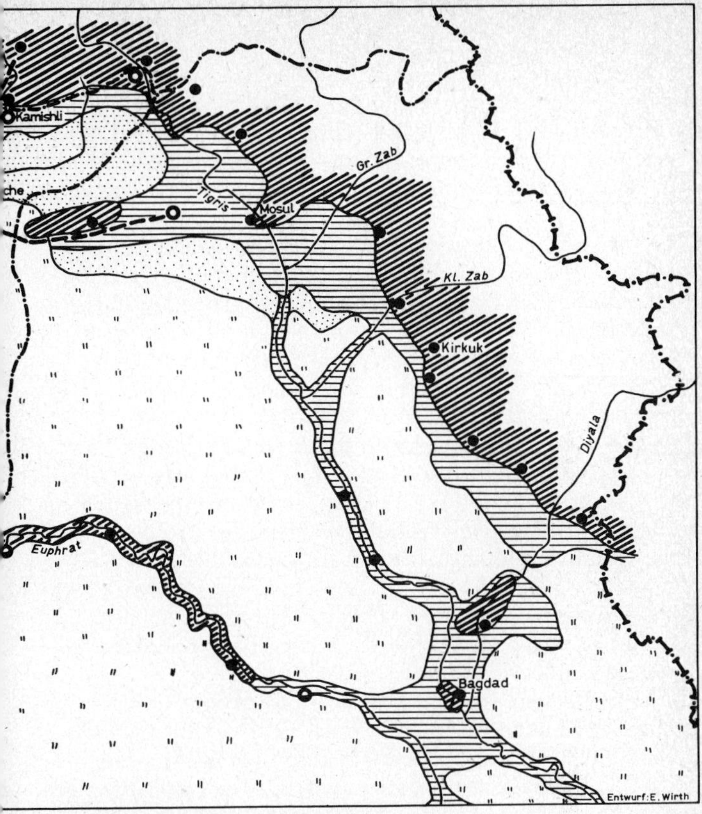

er arabischen Halbinsel

Vor 1850 nachweisbare Städte.

Nach 1850 entstandene zentrale Orte.

Verlauf des syrischen Limes.

Staatsgrenze aus der Zeit vor 1918.

Nach 1918 gezogene Staatgrenze.

gegen setzte sich die Staatsgewalt erst in der Zeit zwischen den beiden Weltkriegen mit größerem Erfolg durch. Heute haben die Nomaden gegenüber den modernen Waffen staatlicher Polizeitruppen und Militäreinheiten keinerlei Chance mehr. Ihre Macht ist gebrochen, und die Grenze des Pfluglandes gegen die Wüstensteppe wird nicht mehr durch nomadische Herrschaftsansprüche, sondern nur noch durch das technisch Mögliche und das wirtschaftlich Sinnvolle bestimmt (vgl. Abschn. 51).

Wenn wir von dem Sonderfall Israel einmal absehen, dann ist das Jungsiedelland Vorderasiens fast ausschließlich von *einheimischen Kolonisten*, nicht von Angehörigen anderer Kulturkreise, erschlossen und besiedelt worden. Die für den Maghreb so fatalen Probleme europäischer Siedlungskolonien (vgl. Abschn. 4141) gibt es deshalb (mit Ausnahme Israels) in Vorderasien nicht. Die Kolonisten des Jungsiedellandes rekrutierten sich teilweise aus den Bevölkerungsüberschüssen des Altsiedellandes; zum anderen Teil waren es ehemalige Nomaden, die sich im Jungsiedelland seßhaft niederließen. In den Regenfeldbaugebieten überwog dabei die Landnahme einzelner Familien oder kleinerer Gruppen aufgrund privater Initiative. Oft oblag allerdings die finanzielle Unterstützung und der militärische Schutz der Neusiedler in den ersten schweren Jahren einem einflußreichen städtischen Notabeln oder Geldgeber, der ähnlich wie bei unserer deutschen Ostkolonisation als locator tätig wurde. Wie bereits erwähnt (Abschn. 32), liegt hier eine der Wurzeln rentenkapitalistischer Abhängigkeitsverhältnisse der Landbevölkerung.

Bis zum Zweiten Weltkrieg ging die bäuerliche Kolonisation auf Regenfeldland noch weitgehend in den althergebrachten Geleisen orientalischer Landwirtschaft vor sich, d. h. also mit der traditionellen Anbautechnik, der altüberlieferten Fruchtfolge Wintergetreide – Brache und dem jahrtausendealten Inventar von Ritzpflug, Dreschschlitten, gezähnter Sichel und Lehmhüttensiedlung. Dieses ›*ältere Jungsiedelland*‹ gleicht in seiner Physiognomie in mancher Hinsicht noch dem Altsiedelland. Seit dem Zweiten Weltkrieg wird hingegen die Steppe in Inneranatolien, in Teilen Irans, in Nordsyrien und dem nördlichen Irak mit Hilfe moderner Maschinen und Geräte umgebrochen. Traktoren, Drillmaschinen und Mähdrescher sowie große Getreidesilos in den zentralen Orten sind für die Wirtschaftsweise in diesem ›*jüngeren Jungsiedelland*‹ charakteristisch. Die Stufe der traditionellen Landwirtschaft wurde hier gleichsam übersprungen; Kulturlandschaft und Wirtschaftsformen erinnern mehr an den amerikanischen Mittelwesten des 19. Jahrhunderts als an den Orient.

Auch die Erschließung vorher nicht oder nur extensiv genutzter Gebiete für die *Bewässerung* wurde zunächst einmal überwiegend durch jeweils individuelle Initiative vorangetrieben: Seitdem die Fellachen durch die erstarkende Staatsgewalt einen gewissen Schutz vor der Willkür plündernder Nomaden und erpresserischer Steuereintreiber erhielten, begann es sich für sie zu lohnen, den Anbau zu intensivieren; denn nun konnten sie damit rechnen, daß zusätzlicher Aufwand nicht anderen, sondern ihnen selbst zugute kommen würde. An Flüssen oder Bächen wurden einfache Schöpfwerke errichtet, um die angrenzenden Auen und niedrigeren Terrassenflächen zu bewässern. Überall dort, wo das Grundwasser nahe der Oberfläche zu erschließen war, wurden Brunnen niedergelassen; früher dienten Göpelschöpfwerke und Eimerketten, heute Motorpumpen zur Förderung des Wassers. Vor allem die starke Ausweitung des Baumwoll-Anbaus in vielen Teilen Vorderasiens (Südtürkei, Syrien) ist erst aufgrund dieser kräftigen Ausdehnung des Bewässerungslandes möglich geworden.
Heute allerdings erscheint der Spielraum individueller Erschließung von Bewässerungsland weitgehend ausgeschöpft. Nur noch aufwendige staatliche Maßnahmen, insbesondere der Bau großer Staudämme in der Türkei, in Iran, in Syrien und im Irak, können weitere Gebiete für den Bewässerungsfeldbau erschließen. Am Beispiel des Irak (Fig. 33, Abschnitt 543) wird noch gezeigt werden, welche verschiedenen Aufgaben solche Staudämme übernehmen. Vor einem zu großen Optimismus hinsichtlich künftiger Entwicklungsmöglichkeiten sollte man sich aber auf jeden Fall hüten. Bereits in Abschnitt 51 wurde ja dargelegt, daß auch bei den größeren Strömen Vorderasiens die insgesamt zur Verfügung stehenden Wassermengen gebieterische Grenzen setzen.
Zusammenfassend läßt sich mit einem Blick auf die künftige Entwicklung der Landwirtschaft in Vorderasien sagen, daß die Erschließung neuen Jungsiedellandes inzwischen wohl zu einem Ende gelangt ist. Nicht in einer weiteren Ausdehnung der landwirtschaftlichen Nutzfläche, sondern nur in einer *Intensivierung des Anbaus* auf bereits genutztem Lande und in einer Erhöhung der Produktivität liegen noch große Zukunftsreserven. Daß in weiten Teilen Vorderasiens pro Hektar nur 5—8 dz Getreide geerntet werden (das ist etwa ein Fünftel der Erträge in Deutschland), und auch das in der Regel wegen der Brache nur jedes zweite Jahr, hängt sicher zu

einem Teil mit der Ungunst des Trockenklimas zusammen. Viele Versuche haben aber gezeigt, daß eine Erhöhung dieser Erträge auf das Doppelte, ja auf das Dreifache mit Hilfe modernerer Betriebsformen und Produktionsmethoden durchaus zu erreichen wäre. Eine Steigerung der landwirtschaftlichen Erzeugung durch Verbesserung der Produktivität ist nun allerdings wesentlich schwieriger zu bewerkstelligen als eine Steigerung durch Ausdehnung der Nutzflächen. Nach Jahrzehnten rascher Erfolge wird deshalb die Landwirtschaft Vorderasiens künftig in eine Periode intensiverer Bemühungen und Strukturwandlungen eintreten müssen, wenn man auch weiterhin die rasch anwachsenden Bevölkerungszahlen aus eigener Scholle ernähren will.

Die Diskontinuität und der inselhafte Charaker der naturbegünstigten Gebiete Vorderasiens prägen sich nun aber nicht nur in Landnutzung und Siedlungsdichte aus; auch die Städte und der Überlandverkehr erhalten durch diesen eigengearteten Bauplan der Kulturlandschaft eine besondere, von unseren Verhältnissen in Europa abweichende Note. Jede Insel hoher Siedlungsdichte hat in der Regel eine größere *Stadt* als ihren Mittelpunkt. Eindeutiger und klarer umgrenzt als bei uns ist damit den Städten Vorderasiens je ein agrarisches Umland zugeordnet; denn hier ist die Stadt ganz selbstverständlich der beherrschende zentrale Ort einer Oase oder einer intensiv bewirtschafteten Bewässerungsflur oder eines fruchtbaren Gebirgsbeckens hoher Bevölkerungsdichte. Die jeweiligen städtischen Umlandbereiche werden dann vielfach durch Ödland oder magere Regenfeldbaugebiete voneinander getrennt.

Eine überregionale, über weitere Räume ausstrahlende Bedeutung erlangten aber auch die Städte in Vorderasien nur, wenn zu der Rolle als zentraler Ort eines agrarischen Umlandes und zu dem heimischen Handwerk und Einzelhandel noch eine oder mehrere andere Funktionen hinzutraten: Die alten städtischen Mittelpunkte sind vor allem schon immer wichtige Etappenorte und Stützpunkte des die Gebirge oder die Wüsten querenden Überlandverkehrs und Fernhandels gewesen. Diese *Fernverkehrs- und Handelsfunktion* der größeren Städte Vorderasiens war vielfach sogar noch stärker ausgeprägt als in den Städten unseres mittel- und westeuropäischen Binnenlandes: Fast alle bedeutenden städtischen Zentren sind Umschlagsplatz oder Rastort an wichtigen Karawanenrouten; sie sind Mittelmeerhafen oder Flußhafen oder ›Wüstenhafen‹.

Schließlich sei nicht vergessen, daß auch in Vorderasien einige Städte als Wallfahrtsorte oder durch eine blühende Exportindustrie überregionale Bedeutung erlangt haben. Die Gewerbestädte des Orients, z. B. Tunis, Aleppo oder Isfahan, waren wie die Städte in unserem Mittelalter oft auf nur wenige Erzeugnisse spezialisiert, die dann über weite Strecken hin exportiert wurden (vgl. E. WIRTH 1975).

Analog zu ländlicher Siedlung und Ackerbau war auch die *Blüte von Städtewesen und Fernverkehr* von der wirtschaftlichen und militärischen Stärke bzw. Schwäche der jeweiligen Staaten Vorderasiens abhängig. Zur Zeit der Pax Romana in der späteren Antike konnten sich Städte und Fernhandel ungestört entfalten; in Zeiten des Verfalls hingegen lagen beide darnieder. Die zunehmende Befriedung Vorderasiens und die Brechung nomadischer Willkür seit der Mitte des vergangenen Jahrhunderts hat demzufolge auch für die Städte und für Handel und Verkehr einen großen Aufschwung gebracht: Die Einwohnerzahlen der Städte stiegen auf ein Vielfaches an; durch den Bau von Eisenbahnen wurden die Transportkosten auf einen Bruchteil der früheren Werte abgesenkt; heute kann man auf modernen Asphaltstraßen nicht nur zu fast allen dichter besiedelten Gebieten Vorderasiens gelangen, sondern auch die dazwischen liegenden Wüsten, Wüstensteppen und Gebirge mühelos queren.

Trotzdem darf die Entwicklung von Städtewesen, heimischem Gewerbe und Fernhandel während der jüngst vergangenen einhundert Jahre nicht so uneingeschränkt positiv betrachtet werden wie die gleichzeitige Erschließung des Jungsiedellandes. Denn just vor einhundert Jahren, 1869, hat Vorderasien durch die *Eröffnung des Suezkanals* endgültig seine Vermittlerfunktion im interkontinentalen Handel und Verkehr verloren. Noch während des späten Mittelalters konnte Vorderasien im Transit- und Fernhandel alle Trümpfe ausspielen, die es dank seiner unvergleichlichen Lage zwischen mehreren Kontinenten und Meeren in der Hand hatte. Die meisten der mittelalterlichen Handelsstraßen zwischen Europa einerseits und Indien und China andererseits gingen über Vorderasien. Die ›Weihrauchstraße‹ und die ›Seidenstraße‹ waren nur zwei von vielen Verkehrswegen durch die Wüsten und Steppen Vorderasiens, die den Seehandel der oberitalienischen Städte auf dem Mittelmeer mit den Handelszentren Süd-, Zentral- und Ostasiens verbanden.

Die Verlagerung der Welthandelsströme im Gefolge der Entdeckung des Seeweges nach Indien hatte dann zu einer ersten empfindlichen Einbuße der Fernverkehrsbedeutung Vorderasiens geführt. Sie hielt sich aber in erträglichen Grenzen; denn etwa gleichzeitig damit entstanden im Osmanischen Reich und im Safawidenreich zwei Wirtschaftsgroßräume, die in ihrer Blütezeit hinreichend eigenen Verkehr induzierten. Außerdem lohnte es sich bei wertvollen Gütern nach wie vor, anstelle des zeitraubenden und umständlichen Seewegs um Afrika herum die Karawanenrouten quer durch Vorderasien zu benutzen. Erst die Eröffnung des Suezkanals 1869 hat den Transithandel und -verkehr Vorderasiens in wirklich entscheidender Weise getroffen. Die Zerschlagung des Osmanischen Reiches und seines einheitlichen Zollgebiets nach dem Ersten Weltkrieg führte schließlich zu einer nochmaligen Beeinträchtigung von Handel und Transitverkehr.
Seit der Mitte des vergangenen Jahrhunderts etwa dringen dann auch billige *europäische Industrieprodukte* immer stärker in die Märkte Vorderasiens ein. Die Eröffnung regelmäßiger Dampfschiffahrtslinien im Mittelmeer, im Schwarzen Meer, im Persischen Golf und im Roten Meer hat daran wesentlichen Anteil. Seit jener Zeit werden westliche Industriegüter zu einer von Jahrzehnt zu Jahrzehnt stärkeren Konkurrenz für das alte einheimische Handwerk und Gewerbe. Die damit zusammenhängenden Probleme der Verwestlichung wurden bereits in Abschnitt 33 dargelegt. Vorderasien unterscheidet sich in dieser Hinsicht interessanterweise kaum von Nordafrika, obwohl hier europäische Staaten erst nach dem Ersten Weltkrieg als Mandatsmächte politisch Fuß faßten, während der Maghreb bereits seit 1830 in die Kolonialpolitik europäischer Staaten einbezogen worden war.
Dieser übermächtigen europäischen Konkurrenz konnte man sinnvollerweise nur durch den Aufbau eigener *moderner Industrien* begegnen; sie treten heute auch in Vorderasien mehr und mehr an die Stelle des traditionellen Handwerks und Gewerbes. Als *Standorte* hierfür werden nun aber wieder die bereits vorhandenen großen Städte und Bevölkerungsballungen bevorzugt; in Iran sind dies z. B. der Umkreis von Teheran und von Isfahan, im Irak der Bereich von Bagdad und von Basra/Schatt el-Arab, in Syrien Damaskus und Aleppo, im Libanon Beirut.
Damit wird der Insel- und Saumcharakter der Kulturlandschaft

Vorderasiens durch die moderne Industrieentwicklung — wenn wir von den Erdölstandorten einmal absehen — nicht gemildert, sondern eher noch akzentuiert. Die alte kulturgeographische Regel, daß räumliche Ballungen eine Selbstverstärkungstendenz besitzen, und daß strukturschwache, menschenarme Räume dadurch noch mehr benachteiligt werden, trifft heute auch auf Vorderasien uneingeschränkt zu (vgl. Abschn. 58). Immerhin sorgen gut ausgebaute Verkehrswege und moderne Verkehrsmittel dafür, daß aus den insel- und bandartigen Bereichen hoher Bevölkerungsdichte und Wirtschaftskraft keine Isolate werden; durch ein sich ständig verdichtendes Geflecht von Menschen-, Waren-, Geld- und Nachrichtenströmen und durch mannigfaltige funktionale Verknüpfungen bleiben sie miteinander in Verbindung.

53 Die Arabische Halbinsel

531 Allgemeiner Überblick

Arabien ist die westlichste der drei großen südasiatischen Halbinseln. Mit ca. 3,5 Millionen qkm Fläche hat es bereits die Dimension eines Subkontinents. Wie bei der Mehrzahl aller Kontinente und Subkontinente liegt auch bei Arabien der *Schwerpunkt von Bevölkerung und Wirtschaft* in einem wechselnd breiten *Randsaum*. Das Innere der Halbinsel wird von wirtschaftlich kaum nutzbaren Wüsten oder bestenfalls Wüstensteppen eingenommen; Niederschläge und Grundwasservorräte sind hier derart begrenzt, daß nur an wenigen, weit verstreuten Stellen kleinere seßhafte Siedlungen und Oasenkulturen ein kümmerliches Auskommen finden (Fig. 24).

Die Vorzugsstellung des Randsaums der Arabischen Halbinsel wird durch eine ganze Reihe von Gründen bedingt. An erster Stelle muß das *Klima* genannt werden: Nur ein relativ meeresnaher Randstreifen Arabiens erhält insbesondere ganz im Süden (Jemen) und ganz im Norden (Levantestaaten und Nordirak), aber auch noch im Westen und im Nordosten (Oman) so reichliche Niederschläge, daß Regenfeldbau betrieben werden kann und nutzbare Grundwasservorräte in größe-

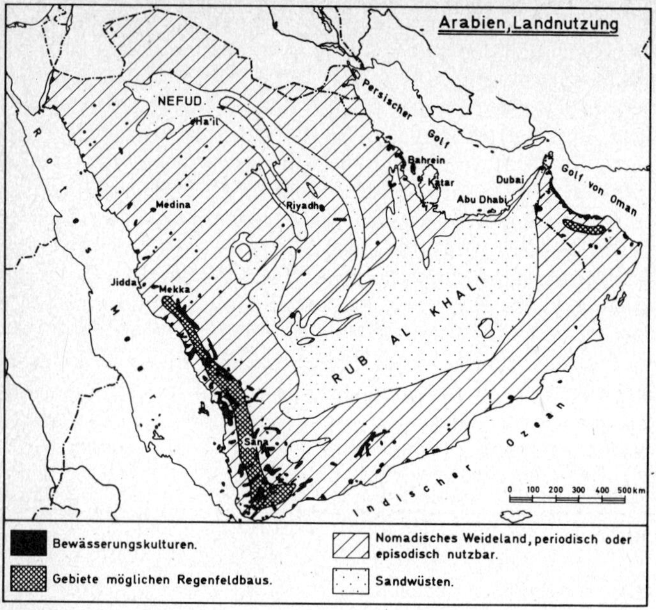

Fig. 24: Landnutzung in Arabien

rem Umfang zur Verfügung stehen (Fig. 21). Vor allem die Gebirge und höheren Bergländer, von denen Arabien gesäumt wird, zeigen dabei eine sehr vorteilhafte niederschlagsverstärkende Wirkung (vgl. Abschn. 23). In engem Zusammenhang mit dem Klima stehen die *Gewässer:* Nur am Nordrand Arabiens gibt es größere ganzjährige Flüsse, z. B. Euphrat und Tigris, Orontes und Jordan, die zur Grundlage für eine ausgedehntere Bewässerungswirtschaft und für eine dichtere Siedlung werden konnten.

Aus geologischen Gesetzmäßigkeiten heraus finden sich die großen Erdöllagerstätten des Persischen Golfs, die mit Abstand bedeutendsten *Bodenschätze* des Orients, ebenfalls am Rande der Halbinsel (vgl. Abschn. 57). Schließlich haben auch *historische Ereignisse* dem küstennahen Saum Arabiens ein besonderes Gewicht verliehen. Es sei nur daran erinnert, daß hier die drei Weltreligionen Judentum, Christentum und Islam enstanden sind, und daß von Mekka und Medina am Westrand Arabiens aus der Islam seinen

Siegeszug nach Afrika und Asien angetreten hat. Gerade in früheren Jahrhunderten zeichneten sich die Araber darüber hinaus als kühne und unternehmende *Seefahrer* aus. Dadurch empfingen wieder insbesondere die Küstenregionen Arabiens vielfältige wirtschaftliche und kulturelle Impulse von den Gegengestaden in Afrika und Indien.

Bei einer vergleichenden Betrachtung der naturbegünstigten Randgebiete Arabiens erscheint der *Norden der Halbinsel* in einem relativ breiten, bogenförmigen Streifen zwischen der Halbinsel Sinai im Westen und der Mündung des Schatt el-Arab (unterste Laufstrecke von Euphrat und Tigris) in den Persischen Golf im Osten mit Abstand am meisten bevorzugt: Nur hier weitet sich der randliche Streifen höherer Niederschläge zu einem breiteren Band, nur hier gibt es wasserreichere, ganzjährige Flüsse, nur hier grenzt Arabien nicht längs schwer zugänglicher Küsten an Meere mit einem fast unerträglich schwülen, feuchtheißen Klima, sondern an das Mittelmeer und die nördlichen Hochländer Vorderasiens. Es verwundert deshalb nicht, daß in diesem Nordsaum insgesamt etwa 30 Mio. Menschen (1977) wohnen, während die Bevölkerung des gesamten übrigen Arabiens auf nur etwa 20 Mio. Menschen geschätzt wird.
Aufgrund seiner nach Norden hin ausgebogenen Form wird der relativ dicht bevölkerte nördliche Randstreifen der Halbinsel Arabien auch ›*Fruchtbarer Halbmond*‹ genannt (Fig. 27). Nur er war bis zum Vorabend des Zweiten Weltkrieges mit Europa in engeren Kontakt getreten, nur er war damit mannigfaltigen politischen, wirtschaftlichen, sozialen und kulturellen Einflüssen aus dem Westen ausgesetzt gewesen. Das ganze übrige Arabien hingegen verharrte vor einem Menschenalter noch in fast mittelalterlichen Zuständen; erst seit dem Zweiten Weltkrieg beginnt es sich gegenüber westlichen Einflüssen zu öffnen.
Das Gebiet des Fruchtbaren Halbmondes tritt auch um Jahrtausende früher als die übrige Halbinsel in das Licht der Geschichte. Seßhafter Ackerbau mit Großviehhaltung und Hochkulturen mit Tempelstädten lassen sich hier bereits zu besonders frühen Zeitpunkten nachweisen. Diese historische Bedeutung, die Bevölkerungszahl, die frühe Verwestlichung sowie insbesondere das wirtschaftliche und politische Gewicht der dortigen Staaten sind wesentliche Argumente dafür, den

Nordsaum Arabiens in einem eigenen Abschnitt (54) abzuhandeln. Im folgenden wird damit zunächst nur von der Arabischen Halbinsel *südlich* der Staaten des Fruchtbaren Halbmondes die Rede sein.

Bis vor wenigen Jahrzehnten befanden sich die Kernräume Arabiens südlich des Fruchtbaren Halbmondes am *Südwestsaum* der Halbinsel. Hier liegt das Hochland von Jemen mit seiner altehrwürdigen früharabischen Kulturtradition und mit noch relativ günstigen Möglichkeiten für seßhaften Feldbau, und hier liegt die Landschaft Hedschas mit den berühmten islamischen Wallfahrtsstätten von Mekka und Medina. Erst die ganz junge Dynamik der Erdölerschließung am Persischen Golf hat seit etwa zwei Jahrzehnten dazu geführt, daß sich das bevölkerungsmäßige und wirtschaftliche Schwergewicht Arabiens immer stärker auf den dem Persischen Golf benachbarten *Nordostrand* der Halbinsel verlagert. Für Saudi-Arabien, das an beiden Regionen Anteil hat, bedeutet diese junge Schwerpunktverlagerung nur eine räumliche Umstrukturierung innerhalb des eigenen Territoriums. Die Staaten ganz im Süden Arabiens (Jemen, Volksrepublik Jemen) hingegen geraten immer stärker in eine Abseitslage, während am Persischen Golf ganz kleine, bisher fast unbekannte Scheichtümer (z. B. Dubai, Abu Dhabi) besonderes Gewicht erlangen und an einer raschen, dynamischen wirtschaftlichen Entwicklung teilhaben.

532 Südarabien und Jemen

Als ein Gebiet seßhafter Landwirtschaft und bis in die Antike zurückreichender Hochkultur heben sich im äußersten Süden Arabiens das Hochland von Jemen und einige oasenreiche Talzüge der Volksrepublik Südjemen (Wadi Hadramaut) eindrucksvoll von den angrenzenden Wüsten und Wüstensteppen der Halbinsel ab. Aufgrund seines natürlichen Reichtums wurde dieser Süden in der Antike ›Arabia Felix‹, d. h. glückliches Arabien, genannt und dem verlassenen, wüstenhaften Arabien (›Arabia Deserta‹) gegenübergestellt. Hier lag das Reich der Königin von Saba, wo die im Altertum so geschätzten Duftstoffe des Weihrauchs und der Myrrhe gewonnen bzw. gehandelt wurden. Als wichtigem Vermittler des Handels zwischen dem Mittelmeergebiet einerseits und Ostafrika,

Indien und Südostasien andererseits kam Südarabien in der Antike große Bedeutung zu. Nach dem heutigen Stand unseres Wissens sind im Hochland von Jemen auch der Ursprung und die erste Blüte einer relativ eigenständigen arabischen Hochkultur zu suchen (vgl. H. V. WISSMANN 1953).

Heute ist von dieser glücklichen Vergangenheit kaum mehr etwas zu verspüren. Seit dem Verfall der dortigen Reiche in der ausgehenden Antike geriet Südarabien immer mehr in eine Abseitsstellung. Der wirtschaftliche und politische Schwerpunkt Arabiens wanderte mit dem Siegeszug des Islam nach Norden (Mekka und Medina); nach der Zerstörung des berühmten Staudamms von Marib um 560 n. Chr. verfielen auch die Bewässerungsanlagen und der Anbau ging zurück. Die Hochländer Südarabiens wurden zu einem abgeschlossenen, nach außen abgeschirmten Rückzugsgebiet, in welches bis zum Zweiten Weltkrieg nur wenige Europäer eindringen konnten. Eine in jeder Hinsicht mittelalterlich anmutende islamische Kultur mit einer feudal-patriarchalischen Ordnung, mit weitgehender Selbstversorgung und mit einfachen handwerklichen Techniken lebte hier noch im 20. Jahrhundert fast ungebrochen fort (vgl. RATHJENS-WISSMANN 1934). Erst die moderne Erdölexploration und die jüngsten Kriege und Auseinandersetzungen im Zusammenhang mit der arabischen sozialrevolutionären Bewegung führten dazu, daß sich nun auch Südarabien für westliche Einflüsse und für modernere wirtschaftliche und technische Entwicklungen zu öffnen beginnt (H. KOPP 1978).

Unter Berücksichtigung von Oberflächenformen, Klima und Möglichkeiten der Landnutzung lassen sich im *Jemen* — wie im nördlich anschließenden, schon zu Saudi-Arabien gehörigen Hochland von Asir — von Westen nach Osten drei Landschaften unterscheiden: Längs der Küste des Roten Meeres zieht sich die Tihama mit ihren niederschlagsarmen Flugsandebenen hin. In diesem 30 bis 60 km breiten, schwülheißen und nur dünn besiedelten Tieflandstreifen finden sich einige wenige Fischerdörfer und Hafenplätze; nur am besser beregneten Gebirgsrand wird die Wüstensteppe von Anbauflächen unterbrochen. Mit einem kräftig zertalten und zerlappten Steilanstieg folgt dann östlich der Küstenebene das aus altvulkanischen Decken aufgebaute Hochland. Seine Durchschnittshöhe beträgt 2000 bis 3000 m, und die Lufttemperaturen sind entsprechend niedrig. Infolge reichlicher Sommerregen ist das Hochland der Kernraum Südarabiens, mit verhältnismäßig

dichter Besiedlung und recht intensiver Landnutzung. Nach Osten zu senkt sich das Hochland dann allmählich zu den Wüsten Innerarabiens hin ab; mit in gleicher Richtung abnehmenden Niederschlägen findet man nur noch in den Tälern landwirtschaftliche Nutzung. Die Vegetation wird immer spärlicher, bis sich auch Tamarisken und Dornsträucher im Wüstensand verlieren (H. KOPP 1975).
Östlich und südlich des Staatsgebiets von Jemen, in der heutigen *Volksrepublik Südjemen*, sind Landnutzung und Siedlung auf wenige kleine Areale beschränkt. Hinter der 30 bis 60 km breiten Küstenregion des Golfs von Aden mit einigen kleineren Palmoasen erhebt sich hier mit markanter Bruchstufe das menschenleere, wüstenhafte Kalkplateau des Djol. In diese Kalktafel ist der 2—4 km breite Talzug des *Wadi Hadramaut* und einiger Seitentäler mit intensiven Bewässerungskulturen und recht wohlhabenden Oasensiedlungen eingetieft (A. LEIDLMAIR 1961).

Noch heute leben etwa 80 % der Bevölkerung Südarabiens von der *Landwirtschaft*. Vor Einsetzen der sozialen Reformbewegungen 1962 überwogen kleine, von Feudalherren abhängige Teilpachtbetriebe. In den eng gedrängten Dörfern des Hochlandes findet man noch viele malerische, wehrhafte Turmhäuser. Neben der traditionellen Hauptanbaufrucht Hirse werden Mais, Weizen, Gerste und Baumwolle angebaut. Auf Bewässerungsland gedeihen Reis, Zitrusfrüchte, Bananen und Gemüse. Auch Obst und Trauben tragen zur Bereicherung des Speisezettels bei. In den östlicheren, schon recht trockenen Teilen des Hochlandes herrscht von Nomaden oder Halbnomaden betriebene Weidewirtschaft (Schafe, Ziegen, Kamele) vor (H. KOPP 1975).
Südarabien erscheint mit dem angrenzenden randtropischen Afrika (Hochland von Äthiopien) nicht nur durch seine Sommerregen und die doch schon recht dunkle Pigmentierung seiner Bewohner, sondern auch durch einige bereits tropische Nutzpflanzen verbunden. Seit vielen Jahrhunderten wird im Jemen an den sorgfältig terrassierten Berghängen in 1000 bis 2000 m Meereshöhe *Kaffee* angebaut. Von hier aus begann Kaffee als Getränk seinen Siegeszug um die Welt. Die kleine Hafenstadt Mokka am Roten Meer war früher, wie schon der Name vermuten läßt, ein wichtiger Ausfuhrhafen für jemenitischen Kaffee. Heute weichen die Kaffeekulturen allerdings zunehmend

dem Anbau des Narkotikums *Kat* (Catha edulis). Dessen Blätter werden in den Städten von fast jedem, der über 10 Jahre alt ist, tagtäglich ab mittags gekaut; dadurch verebbt dann am Nachmittag jede Aktivität.

Das früher blühende traditionelle Handwerk erfuhr vor allem durch die Übersiedlung der etwa 50 000 jemenitischen Juden (Metallhandwerker, Silberschmiede) nach Israel im Jahre 1949 einen starken Rückgang. Südarabien hat keine Eisenbahn; erst seit 1956 werden die größeren Städte des Jemen (Hauptstadt *Sana*, Regierungssitz *Taiz*, Hafen *Hodeida*) durch moderne Asphaltstraßen miteinander verbunden. Der ausgezeichnete Naturhafen von *Aden*, ein teilweise vom Meer überfluteter Vulkankrater, wurde ab 1839 von den Briten zu einem starken Flottenstützpunkt am Seeweg nach Indien und zu einer Bunkerstation für Kohle und Öl ausgebaut. Von größter Bedeutung für die Wirtschaft sind die etwa 800 000 Jemeniten, die als Gastarbeiter vor allem in Saudi-Arabien leben; ihre Geldüberweisungen in die Heimat tragen entscheidend zum Ausgleich der Zahlungsbilanz bei (H. KOPP 1978).

533 Saudi-Arabien

Ein großes zentrales Wüstengebiet politisch und militärisch zu organisieren und fest in den Griff zu bekommen, war bis vor wenigen Jahrzehnten fast unmöglich gewesen. So stand das Innere der Arabischen Halbinsel im Laufe der Geschichte zwar gelegentlich in einer lockeren Abhängigkeit von Staaten, die den Randsaum beherrschten; im Grunde genommen waren die dortigen Nomadenstämme aber doch weitgehend unabhängig. Selbst das Imperium Romanum in der späteren Antike oder das Osmanische Reich im 16. bis 19. Jahrhundert, zwei der großen Ordnungsmächte Vorderasiens, hatten nur den dichter besiedelten West- und Nordsaum Arabiens unter Kontrolle.

Im vergangenen Jahrhundert war das Innere der Arabischen Halbinsel Schauplatz eines erbitterten Machtkampfes zweier mächtiger Beduinenstämme, der Schammar und der Wahhabiten. Erstere wurden von den in Hail residierenden Raschids angeführt, letztere von den in Riad residierenden Sauds. 1902 gelang es dem jungen *Abdul Asis ibn Saud* (1880 bis 1953), das 1890 an die Schammar verlorene Riad wieder zu-

rückzuerobern. In den folgenden Jahren konnte er mit Hilfe einer gut organisierten, ihm absolut ergebenen Beduinentruppe die Raschids immer weiter zurückdrängen und seinen Machtbereich erheblich ausdehnen.
Am Ende des Ersten Weltkrieges hatte Ibn Saud fast die ganze Landschaft *Nedschd* im Inneren Arabiens sowie die *Ostprovinz* (el-Hasa) am Persischen Golf erobert. 1924–1926 kamen dann auch die Landschaften *Hedschas* mit den heiligen Stätten Mekka und Medina und *Asir* an der Grenze zu Südarabien unter seine Kontrolle. 1926 ließ er sich zum König ausrufen. Wenn heute auch der geistig-religiöse Schwerpunkt Saudi-Arabiens am Westrand der Halbinsel (Mekka, Medina) und der wirtschaftliche Schwerpunkt am Ostrand (Ölfelder am Persischen Golf) liegt, so befindet sich doch das politische Zentrum des jungen Staates mit der Hauptstadt Riad immer noch in Innerarabien, der Heimat der Sauds und der Wahhabiten.
Die Eroberung und die anschließende Befriedung eines großen Reiches aus dem Herzen Arabiens heraus konnte nur dadurch gelingen, daß Ibn Saud schon sehr früh zu modernen Methoden wirtschaftlicher und militärischer Organisation griff. Widerspenstige Nomadengruppen wurden mit eiserner Hand zur Ordnung gerufen, und viele Beduinen in einem großangelegten Kolonisationsprogramm zur Seßhaftigkeit veranlaßt. Die etwas dichter besiedelten Regionen des Landes wurden durch Pisten und Straßen miteinander verbunden, und seit 1951 verkehrt sogar eine Eisenbahn zwischen der Hauptstadt Riad und dem Persischen Golf (Fig. 34).

Die hafenarme Küste Saudi-Arabiens am Roten Meer wird – ganz analog zur Küste Südarabiens – von einer 20–40 km breiten, feuchtheißen Ebene gesäumt, die auch hier Tihama heißt. Sie ist Wüstensteppe mit einigen kleinen Oasen. Mit steiler Bruchstufe erhebt sich über ihr das bis 3000 m ansteigende *Hochland von Hedschas und Asir*. Es wird aus kristallinem Gestein und jungen Lavadecken aufgebaut; Anbau und Siedlungen sind auf weit verstreute Quell- und einige kleine Fluß-Oasen beschränkt. Nach Osten zu fallen die Randgebirge dann langsam zum innerarabischen Hochland ab. Dessen zentrale Region zwischen den alten Oasenstädten *Riad* und *Hail* ist überwiegend Schichtstufenland mit verkarsteten Kalkplateaus und dazwischengeschalteten Streifen von Sandwüste. In den schluchtartigen Trockentälern dieses etwa 1000 m hohen Hochlandes liegt eine Anzahl von Palmoasen mit teilweise recht volkreichen Siedlungen. Der Bewässerungsfeldbau erstreckt sich auf Südfrüchte, Datteln, Getreide und Gemüse. Nördlich und südöstlich des zentralen arabischen Binnenhochlandes erstrecken sich ausgedehnte, schwer zugängliche *Sandwüsten* mit Flugsanddecken und Dünenfeldern. Die Wüste Nefud im Norden der zentralen Landschaften erhält immerhin noch gelegentliche Winterregen und wird damit als beduinisches Weidegebiet genutzt. Die Wüste Rub al-Chali hingegen, die Große Arabische Sandwüste, die fast den ganzen Südosten der Halbinsel Arabien einnimmt, ist siedlungs- und menschenleer (›The empty quarter‹). Sie wird von mächtigen Dünenzügen mit bis zu 300 m relativer Höhe durchzogen und stellt die größte zusammenhängende Sandfläche der Erde dar. Dies, sowie ihr extrem arides Klima und das Fehlen fast aller Oasen macht sie zu einem besonders schwer zugänglichen Gebiet Arabiens. 1931 wurde sie erstmals von B. THOMAS, 1932 von H. PHILBY durchquert. Genauere Kenntnisse von der Wüste Rub al-Chali haben wir aber erst seit ihrer systematischen Erforschung mit modernsten, aufwendigen technischen Hilfsmitteln anläßlich der gegenwärtigen Erdölexploration.

Der nördliche Wendekreis verläuft ziemlich genau durch die Mitte des Staatsgebiets von Saudi-Arabien hindurch. Dieserart im *Zentrum des altweltlichen Trockengürtels* gelegen, bleiben weite Teile des sommerheißen Inneren oft jahrelang niederschlagsfrei. Wüsten und Wüstensteppen nehmen mehr als 99 % der Staatsfläche ein. Nur im Bereich von Trokkentälern (Wadis) oder am Fuß von Bergstufen können Grundwasser und Quellen für Oasen erschlossen werden. 1963 wurde das gesamte beackerte Land auf 4000 qkm (das sind nur 0,2 % der Staatsfläche oder soviel wie der Regierungsbezirk Köln) geschätzt. Die Wüstensteppen bieten aber auch den Beduinen, welche in oft ausgedehnten Weidewanderungen auf der Suche nach Futterplätzen sind, eine nur kärgliche Lebensgrundlage. So konnten Viehzucht und Oasenwirtschaft die – heute ca. 9 Millionen zählenden – Bewohner Saudi-Arabiens nur sehr unzureichend ernähren.
Wichtigste Einnahmequelle des Landes vor dem Zweiten Weltkrieg war die alljährliche *Pilgerfahrt nach Mekka*. Es ist Ibn Saud gelungen, die Reise selbst sowie den Aufent-

halt an den Heiligen Stätten so gut zu organisieren, daß die früheren Risiken und Fährnisse weitgehend wegfielen und daß auch Pilger mit geringer Kaufkraft nicht von der Teilnahme ausgeschlossen blieben (C. RATHJENS SEN. 1948). Der Hafen und Flugplatz Dschidda am Roten Meer wurde zum wichtigsten Umschlagsplatz im Pilgerverkehr. Ein Drittel aller Pilger reist heute bereits mit dem Flugzeug an. Selbstverständlich blieben aber auch die Einnahmen aus dem Pilgerverkehr in einem relativ bescheidenen Rahmen. Erst die Entdeckung äußerst reicher Erdölvorkommen im Bereich des Persischen Golfs seit 1938 hat deshalb Saudi-Arabien zu einem raschen wirtschaftlichen Aufschwung verholfen (vgl. Abschn. 34 und 57).

Fast die gesamte *Bevölkerung* Saudi-Arabiens gehört der strenggläubigen islamischen Sekte der Wahhabiten an. Die 1910 gegründeten Bruderschaften dieser Sekte, welche eine asketische Lebensführung mit praktischen Tätigkeiten zur Erschließung des Landes verbanden, waren von Anfang an eine wesentliche Stütze der Herrschaft Ibn Sauds. Etwa die Hälfte der Einwohner Saudi-Arabiens ist heute als Bauern in den Oasendörfern oder als Kaufleute, Handwerker, Arbeiter und Angestellte in den Städten seßhaft. Die andere Hälfte dürfte noch als Nomaden oder Halbnomaden ihr Leben fristen. Der Prozeß der Ansiedlung von Nomaden schreitet jedoch auch in Saudi-Arabien unaufhaltsam voran. In weiten Teilen des Landes lebt die Bevölkerung noch ganz gemäß den altüberlieferten Traditionen. Nur in der Hauptstadt Riad, in den größeren Küstenstädten und in den Erdölgebieten am Persischen Golf werden die Lebensformen bereits stärker durch westliche Einflüsse umgeprägt.

Politisch-militärische Organisation und wirtschaftliche Erschließung setzen ein leistungsfähiges *Verkehrsnetz* voraus. Die alten Karawanenwege mit dem Kamel als Transportmittel sind heute weitgehend verödet. Teilweise bereits auf guten Asphaltstraßen, teilweise noch auf Pisten, sind fast alle Landesteile mit Ausnahme der Sandwüsten für den Kraftfahrzeugverkehr erschlossen. Die Eisenbahnlinie vom Persischen Golf nach Riad soll bis zum Roten Meer verlängert werden. Auch die Hedschasbahn von Syrien-Jordanien nach Medina, die im Ersten Weltkrieg zerstört worden war, soll wiederhergestellt werden. Wichtigster Überseehafen am Roten Meer ist *Dschidda*, der modern ausgebaute Hafen von

Mekka; am Persischen Golf hat neben dem Erdölhafen Ras Tanura *Dammam* als Hafen Bedeutung. Ein reger innerstaatlicher Flugverkehr verbindet Riad mit den wichtigsten Städten des Landes.

534 Die Scheichtümer am Persischen Golf

Noch am Vorabend des Zweiten Weltkrieges waren die arabischen Scheichtümer am Persischen Golf — d. h. Kuwait, Bahrain, Katar, die Vereinigten Arabischen Emirate und Oman — wirtschaftlich und politisch ohne jede Bedeutung. Seit der Eröffnung des Suezkanals lagen sie in einem toten Winkel abseits der großen Linien des Weltverkehrs, und nur das eine oder andere verfallende Befestigungswerk an der Küste zeugte davon, daß sich hier in der Frühzeit des Seeverkehrs nach Indien einige wichtige europäische Flottenstützpunkte befunden hatten. Wenn in älteren Handbüchern als wirtschaftliche Grundlage der Scheichtümer am Persischen Golf Perlentauchen, Waffenschmuggel, Seeräuberei und illegaler Sklavenhandel genannt werden, dann erscheinen solche Betätigungen schon als ein sehr bezeichnendes Indiz für die Bedeutungslosigkeit der Region.

Immerhin, Sklavenhandel und Seeräuberei an der Flanke des leicht verwundbaren Seewegs nach Indien konnten für das Britische Weltreich recht unangenehm werden. Deshalb verdrängte England allmählich die rivalisierenden Seemächte Portugal, Holland und Frankreich aus dem Umkreis des Persischen Golfs und bekämpfte die dortigen Piraten und Waffenschmuggler. Zu Beginn des 19. Jahrhunderts war der Persische Golf zu einer rein britischen Interessensphäre geworden. In den folgenden Jahrzehnten schloß England mit den Herrschern der arabischen Scheichtümer am Golf Schutzverträge ab, welche ihm das Recht militärischer Präsenz und außenpolitischer Vertretung einräumten. Diese Verträge bezweckten allerdings nur Befriedung und Kontrolle, d. h. die Bewahrung des Status quo. An eine wirtschaftliche Inwertsetzung dachte damals noch niemand. Welchen wirtschaftlichen Wert sollten auch einige schlechte Hafenplätze in feucht-heißem Klima mit kaum nutzbaren Wüsten und Wüstensteppen als Hinterland haben?

Erst die Erschließung der Erdölfelder am Persischen Golf weckte die dortigen Scheichtümer aus ihrem Dornröschen-

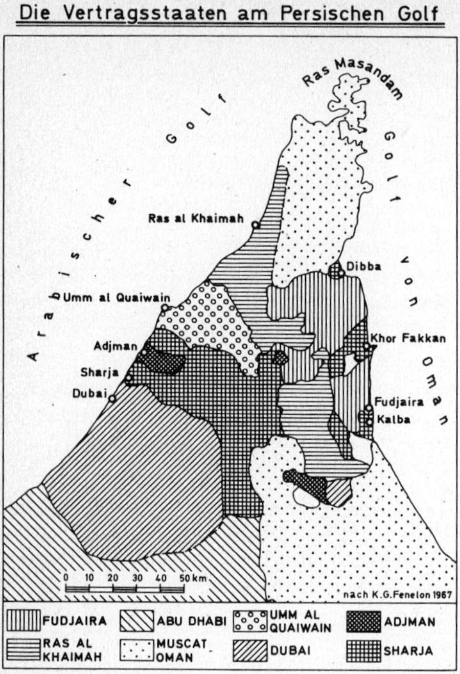

Fig. 25: Die Vereinigten Arabischen Emirate

schlaf. Bereits 1934 begann die Erdölförderung auf der Insel Bahrein; die Lagerstätten erwiesen sich aber als nicht sehr ergiebig. Im Jahre 1938 leitete dann die Entdeckung des Burganfeldes in Kuwait, des größten Erdölfeldes der Erde (Tab. 3), einen gewaltigen wirtschaftlichen Aufschwung ein. Seit 1949 gehören auch Katar, seit 1962 Abu Dhabi, seit 1967 Maskat und Oman sowie seit 1969 Dubai zu den erdölfördernden Ländern am Persischen Golf (vgl. Abschn. 34 und 57).
Dieser ganz junge Erdölboom hat in einigen der Scheichtümer eine nachgerade stürmische wirtschaftliche und technische Entwicklung ausgelöst. Wenn irgendwo im Orient der Ausspruch Gültigkeit hat, daß Staaten durch das Erdöl von mittelalterlicher Traditionsverhaftetheit und größter Armut ohne jeden Übergang zu ungeahntem Reichtum und modernsten technischen Einrichtungen kommen, dann gilt er für die arabischen Scheichtümer am Persischen Golf. Wohin diese eben einsetzende Entwicklung z. B. in Dubai oder Abu Dhabi führen

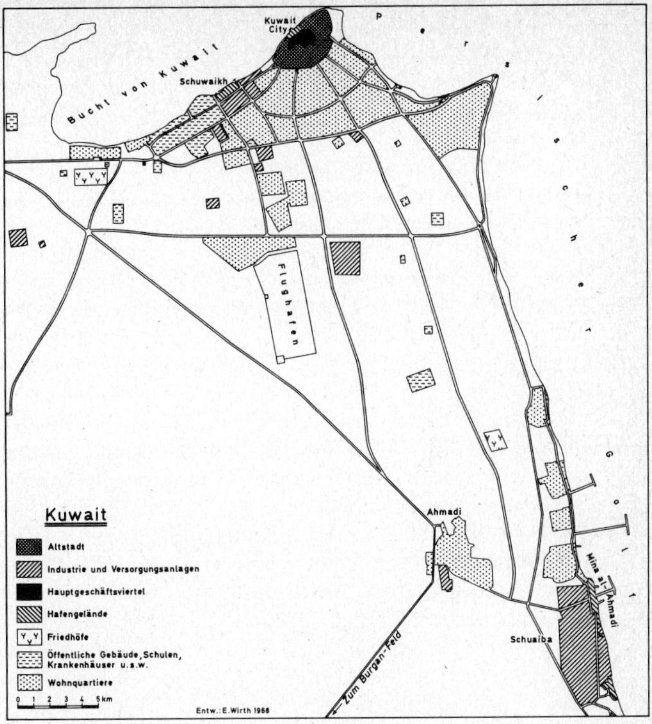

Fig. 26: Kuwait

wird, ist noch gar nicht abzusehen. Nur Kuwait kann heute bereits auf eine etwa dreißigjährige, kontinuierlich und nicht allzu stürmisch verlaufene Aufbauphase zurückblicken. Die kluge, vorausschauende Politik seiner Herrscher hat dieses kleine Land zu einem der modernsten und wohlhabendsten Staaten der Welt werden lassen.

Das knapp 25 000 qkm umfassende Territorium des *Scheichtums Kuwait* ist eintönige Kies- oder Flugsandwüste und bietet keine Möglichkeiten für landwirtschaftliche Nutzung. Selbst das Trinkwasser aus den Brunnen war brakkig; so mußte für die moderne Stadt Trink- und Brauchwasser vom Schatt el-Arab mit einer Rohrleitung herangeschafft oder durch Entsalzungsanlagen aus Meerwasser aufbereitet werden. Den einzigen Ansatzpunkt menschlicher Ansiedlung bildete

bis 1934 der am Nordwestende des Persischen Golfs recht günstig an einer geschützten Bucht gelegene Hafen. Diese kleine Hafenstadt Kuwait, die 1914 ca. 25 000 Einwohner zählte, war ein bescheidener Handelsplatz für Innerarabien und ein lokales Zentrum von Perlfischerei und Bootsbau.
Heute sind die unscheinbaren Lehmhäuser der alten Siedlung völlig verschwunden und durch hochmoderne Betonkonstruktionen westlichen Stils ersetzt worden. Villenviertel für eine Bevölkerung hoher Kaufkraft wachsen von der Küste aus immer weiter in die Wüstensteppe hinein. Eine ganze Reihe neuer Siedlungen sind hinzugekommen: Industrievororte, Hafenplätze für Handelsschiffe und Supertanker, Raffinerien, Verwaltungszentren (Fig. 26). Das Pro-Kopf-Einkommen der Bevölkerung belief sich 1977 auf 12 700 $ (USA: 8640 $, Bundesrepublik Deutschland: 8160 $). In Kuwait stehen die derzeit leistungsfähigsten Meerwasser-Entsalzungsanlagen der Erde sowie eine große Universität und moderne Krankenhäuser mit kostenloser Heilbehandlung. Klimaanlagen sind nicht nur für Villen und Büros, sondern auch für einfachere Sozialwohnungen und für Autos selbstverständlich. Die Abgaben der Ölgesellschaften, die mehr als 90 % der Staatseinnahmen ausmachen, werden für moderne, langfristige Entwicklungsprojekte (vergl. Abschn. 34), für Auslandsinvestitionen und für großzügige Sozialleistungen zur Hebung des allgemeinen Lebensstandards verwandt.
Ähnlich wie Kuwait umfassen auch fast alle anderen Scheichtümer am Persischen Golf nur ein relativ bescheidenes Areal in Küstennähe (Fig. 25). Eine Ausnahme bildet nur das *Sultanat Maskat und Oman*, welches mit über 200 000 qkm (bei gegen Saudi-Arabien nicht genau festgelegten Grenzen) den östlichsten Teil der Halbinsel Arabien einnimmt. Hinter einer bis zu 20 km breiten Küstenebene am Golf von Oman erhebt sich hier ein Bergland, das im Dschebel Achdar 3108 m ü. M. erreicht. Südlich davon hat Maskat und Oman dann noch erheblichen Anteil an den menschenleeren Landschaften Innerarabiens (F. SCHOLZ 1978).
Die Winterniederschläge sind nur im Bereich des küstennahen Berglandes so hoch, daß etwas Regenfeldbau möglich wird. In der Küstenebene westlich von Maskat zieht sich ein bis zu 10 km breiter, durch Grundwasserbrunnen bewässerter Streifen Feldlandes mit Dattelpalmen, Bananen und Feigen hin. Im übrigen ist das Land bis auf wenige Oasen im Inneren

wüstenhaft und allenfalls als Weide für Nomaden zu nutzen. Einige malerisch zwischen steilen Felsen am Golf von Oman gelegene Hafenplätze, z. B. Maskat selbst, haben eine recht wechselvolle Geschichte als Flottenstützpunkt der Portugiesen, als Schlupfwinkel für Seeräuber und als Umschlagsplatz im arabisch-afrikanischen Handel (Sklaven) hinter sich. Heute sind sie, mit Ausnahme des modernen Hafens Mina Qabūs bei Matrah, ohne Bedeutung.

54 Die Staaten des ›Fruchtbaren Halbmondes‹

541 Allgemeiner Überblick

Bereits in der ersten Übersicht über die Arabische Halbinsel (Abschn. 531) wurde darauf hingewiesen, daß der relativ breite, bogenförmige nördliche Randstreifen Arabiens zwischen der Halbinsel Sinai im Westen und der Mündung des Schatt el-Arab in den Persischen Golf im Osten hinsichtlich seiner Landesnatur sehr begünstigt ist. Auch hinsichtlich seiner Bevölkerungszahl und seines politischen und wirtschaftlichen Gewichts kommt diesem Gebiet eine Sonderstellung zu. Somit erscheint es gerechtfertigt, die Staaten des ›Fruchtbaren Halbmondes‹ getrennt vom übrigen Arabien in einem eigenen Abschnitt zu behandeln.
In der Kontaktzone zu den Hochländern des nördlichen Vorderasien sowie zu den Kulturen und Wirtschaftsräumen des östlichen Mittelmeerbereichs gelegen, mit großen, blühenden Städten und einer verhältnismäßig ertragreichen Landwirtschaft, stand das Gebiet des Fruchtbaren Halbmondes schon immer in einem gewissen Gegensatz zu dem südlich angrenzenden Arabien. Von dort, aus dem Herzen der Halbinsel, kamen in den vergangenen drei- bis viertausend Jahren eigentlich immer nur erobernde und beutelüsterne Nomadenscharen, welche Frieden und Wohlstand bedrohten. Die Beziehungen und Bindungen zu den Staaten und Kulturen im Norden (Anatolien, Iran) wie über das Mittelmeer hinweg im Westen (Südeuropa) waren demzufolge meist stärker als die zu den arabischen Kernlanden im Süden. Nur die Religion des Islam und die Pilgerfahrt nach Mekka verbinden nach wie vor mit Arabien.

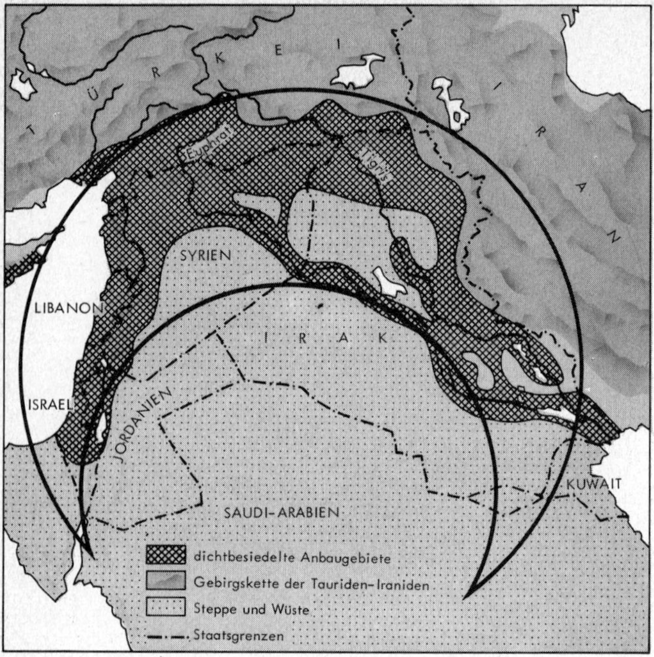

Fig. 27: Der ›Fruchtbare Halbmond‹

In den vergangenen vier Jahrhunderten, von 1534 bis 1918, gehörte das Gebiet des Fruchtbaren Halbmondes zum *Osmanischen Reich.* Obwohl die Regierung in Istanbul diese ihre arabischen Provinzen gegenüber den Stammlanden in Anatolien und gegenüber den Besitzungen auf europäischem Boden meist ziemlich vernachlässigte, prägte die territoriale Zugehörigkeit zum Großraum des Osmanischen Reiches die Staaten des Fruchtbaren Halbmondes doch unverwechselbar bis zum heutigen Tag. Ihr ist es insbesondere auch zu verdanken, daß schon etwa seit der Mitte des vergangenen Jahrhunderts westliche Einflüsse einzudringen beginnen: Am Vorabend des Ersten Weltkrieges war im Bereich des Fruchtbaren Halbmondes durch den Bau von Eisenbahnlinien und Chausseen sowie von Häfen für den Dampfschiffsverkehr, durch die Förderung der Landwirtschaft, die Zurückdrängung der Nomaden und durch die Errichtung von Schulen und Krankenhäusern in

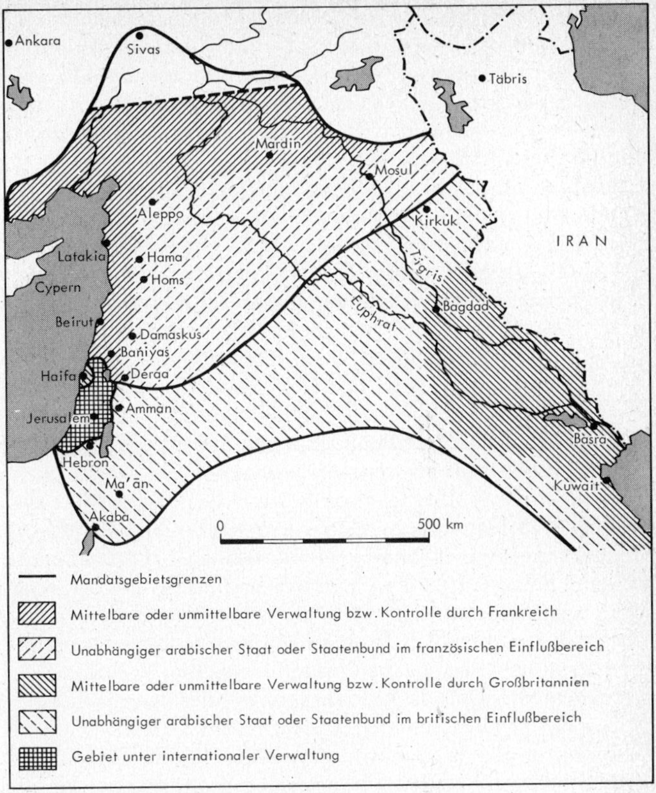

Fig. 28: Das Sykes-Picot-Abkommen

den größeren Städten bereits ein erster Schritt für eine modernere wirtschaftliche und technische Erschließung getan.

Dieses relativ einheitliche, von der Türkei aus beherrschte und verwaltete Gebiet des Fruchtbaren Halbmondes wurde nach der Zerschlagung des Osmanischen Reiches im Jahre 1918 weitgehend willkürlich in Teilstaaten aufgesplittert, über welche anschließend Großbritannien und Frankreich die Mandatsverwaltung übertragen bekamen. Alle heutigen Staaten des Fruchtbaren Halbmondes sind damit *künstliche Neuschöpfungen* des 20. Jahrhunderts. Ihre Grenzen wurden, wie bereits ein flüchtiger Blick auf die Karte lehrt, oft über Hunderte von Kilometern hinweg mit dem Lineal auf dem

Reißbrett entworfen. Von wenigen Ausnahmen abgesehen lehnen sich die neuen Grenzlinien weder an historisch gewachsene Provinzgrenzen noch an Naturraumgrenzen an; fast alle größeren Landschaftseinheiten des Fruchtbaren Halbmondes greifen über die jeweiligen Staaten hinaus auch auf das Gebiet benachbarter Territorien über.

In groben Umrissen erscheinen die Grenzen der heutigen Staaten zum ersten Male in dem berühmten *Sykes-Picot-Abkommen* zwischen Frankreich und Großbritannien vom Mai 1916 (Fig. 28). In diesem Vertrag erhielt Frankreich den Nordwesten, Großbritannien den Süden und Osten des Fruchtbaren Halbmondes als Interessengebiet zugesprochen. Das Gebiet von Palästina sollte unter internationale Verwaltung gestellt werden. Die endgültige Grenzregelung 1920/21 stellte dann die Teilstaaten Libanon und Syrien unter französisches, Palästina, Transjordanien und Irak unter britisches Mandat.

In dem Sykes-Picot-Abkommen von 1916 war den Arabern östlich einer Linie Aleppo—Homs—Damaskus—Totes Meer und westlich der Bewässerungsgebiete des Unterirak die Errichtung »eines unabhängigen arabischen Staates oder Staatenbundes unter der Souveränität eines arabischen Führers« (E. TOPF 1929, S. 21) zugestanden worden (Fig. 28). Dieses Versprechen wurde dann nach Kriegsende nicht eingelöst. Es begann jenes unselige Tauziehen der europäischen Mächte um die Nachfolge der türkischen Herrschaft in Vorderasien, welches den Fruchtbaren Halbmond bis zum heutigen Tag zu einem der gefährlichsten Unruheherde der Weltpolitik hat werden lassen. Die Araber, die auf Freiheit und Unabhängigkeit gehofft hatten, fühlten sich wohl zu Recht getäuscht, ja betrogen. Die stark antiwestlichen Affekte, welche gerade innerhalb der Bildungs- und Führungsschicht z. B. Syriens und des Irak weit verbreitet sind, finden in der Politik der europäischen Mächte seit dem Ersten Weltkrieg eine überzeugende Erklärung.

Die Ereignisse des Zweiten Weltkrieges haben schließlich zum Zusammenbruch der europäischen Mandatsherrschaft über die Länder des Fruchtbaren Halbmondes geführt. Weite Teile der Intelligenz in den nunmehr souveränen Staaten Transjordanien, Libanon, Syrien und Irak drängten jetzt zur *Vereinigung* in einem größeren arabischen Reich oder zumindest in einem festen Staatenbund. Alle diesbezüglichen Bestrebungen waren jedoch zum Scheitern verurteilt; denn in den fünfundzwanzig Jahren seit dem Ersten Weltkrieg hatten die künstlich geschaf-

fenen Nachfolgestaaten des Osmanischen Reiches bereits ein kräftiges Eigenleben und starke Eigeninteressen entwickelt. Provisorien wurden zur Dauerlösung, die normative Kraft des Faktischen setzte sich durch.
Der Libanon, der mit Syrien immerhin noch durch Währungs- und Zollunion verbunden war, löste sogar diese Gemeinschaft wegen unüberbrückbarer Gegensätze in der Zollpolitik 1948/50 auf. Jeder Staat fürchtete, bei einem Zusammenschluß mehr zu verlieren als zu gewinnen: Die im Libanon tonangebenden Christen wären vermutlich von Mohammedanern majorisiert worden, Syrien hätte sich vielleicht mit einer Hegemonie des Irak abfinden müssen, der Irak hätte wahrscheinlich seine Erdöleinkünfte mit den Habenichtsen der Levantestaaten teilen müssen. So blieb bis zum heutigen Tag alles beim alten; die einzigen zu Buche schlagenden Grenzveränderungen seit Erringung der Unabhängigkeit wurden durch die expansive Dynamik des Staates Israel ausgelöst (Fig. 40).

Sehen wir von den gegenwärtigen, eben doch weitgehend zufälligen Staatsgrenzen einmal ab, dann gliedert sich das Gebiet des Fruchtbaren Halbmondes im wesentlichen in drei natürliche *Großlandschaften:* Ganz im Westen liegen, klimatisch und kulturell noch sehr stark vom Mittelmeer her beeinflußt, die Gebirge und Bruchschollenländer der Levante (Palästina, Libanon, Westsyrien). Nach Osten zu folgen zweitens als zentrale Landschaft des Fruchtbaren Halbmondes die Ackerebenen und Regenfeldfluren der Trockensteppe am Nordrand Arabiens (Ostjordanland, weite Gebiete Syriens und des nördlichen Irak). Ganz im Osten schließen sich daran dann drittens im Bereich eines bereits halbwüstenhaften Klimas die Bewässerungsfluren des unteren Euphrat und Tigris an (Unterirak). Einige gemeinsame Charakteristika dieser drei Großlandschaften seien der Einzelbetrachtung der Staaten des Fruchtbaren Halbmondes vorangestellt.

a) In einem wechselnd breiten Streifen wird das östliche Mittelmeer von den *Gebirgen und Bruchschollenländern der Levante* gesäumt. Die Niederschläge sind hier in der Regel noch so hoch und winterliche Frostwetterlagen sind so selten, daß neben Getreide und anderen Winterfrüchten auch Sommerfrüchte und vielfältige mediterrane Baumkulturen ohne zusätzliche Bewässerung gedeihen. Die Bergländer waren

früher dicht bewaldet; ein nun schon Jahrtausende währender Raubbau hat diese alten Waldbestände aber weitgehend vernichtet und eine vielfach katastrophale Bodenabschwemmung ausgelöst. Neben sehr gepflegten, intensiven Kulturen in der Küstenebene und in den breiteren Becken und Tälern des Gebirges finden wir deshalb im Bergland weithin auch kahle, verkarstete Kalktriften mit lockerem Gehölz oder Gestrüpp, die höchstens noch eine kümmerliche Ziegenweide abgeben.
Die Gebirge und Bergländer der Levante erscheinen in vieler Hinsicht noch dem Mittelmeer und über das Mittelmeer hinweg Europa zugewandt. Insbesondere die Staaten Libanon und Israel lassen eine betonte Orientierung zum Westen erkennen. Aber auch das mittelmeernahe Westsyrien mit seinen beiden modern ausgebauten Häfen Latakia und Tartous, mit Kiefern- und Eichenwäldern, Zitruskulturen und gepflegten Ölbaumhainen ist noch stark mediterran geprägt. Dem gebirgigen Charakter dieses küstennahen Teiles der Levante und der schwer zugänglichen Schutzlage vieler Siedlungen ist es zuzuschreiben, daß die Bergländer Palästinas, Libanons und Westsyriens überwiegend dem Altsiedelland zugehören und eine stellenweise ungebrochene Tradition von Anbau und seßhafter Siedlung seit der klassischen Antike aufweisen.

b) Östlich von diesem mittelmeernahen Randsaum des Fruchtbaren Halbmondes erstrecken sich die *Ackerebenen und Regenfeldfluren der nordarabischen Trockensteppe.* Die besiedelten Gebiete Ost-Jordaniens, weite Teile Syriens und der ganze nördliche Irak können hierzu gerechnet werden. Der größere Teil der genannten Trockensteppen war noch um 1850 siedlungsleere nomadische Weideflur. Damit überwiegt Jungsiedelland, welches erst in den vergangenen einhundert Jahren wieder für Anbau und seßhafte Siedlung erschlossen wurde.
Die Winterniederschläge im Bereich der Regenfeldfluren und Ackerebenen sind bereits so niedrig, daß ohne zusätzliche Bewässerung nur noch der Anbau von Wintergetreide wirtschaftlich sinnvoll ist – meist sogar nur im Zweijahresturnus Wintergetreide-Brache. Häufig können hier jedoch nahe der Oberfläche Grundwasservorräte erbohrt werden; auch kleinere Flüsse und Quellen ermöglichen eine ergänzende Bewässerung. Vielerorts findet man demzufolge zwischen den recht extensiv bewirtschafteten Regenfeldfluren kleine Inseln oder Bänder

von Bewässerungsland eingestreut, in denen dann Baumkulturen, Gemüse und vielfältige Sommerfrüchte gedeihen. Auch große, bedeutende Städte, meist alte Handelsplätze und Karawanenstützpunkte, liegen innerhalb oder am Rande dieser Ackerebenen: Amman und Damaskus, Homs, Hama und Aleppo, Urfa, Mosul, Erbil und Kirkuk.

c) Der östliche Teil des Fruchtbaren Halbmondes wird schließlich von den *Bewässerungsfluren des unteren Euphrat und Tigris* (Unterirak) eingenommen. Die Niederschläge in den dortigen Wüstensteppengebieten sind gemäß dem West-Ost-Formenwandel nochmals eine Größenordnung niedriger; so ist ohne Bewässerung kein Anbau mehr möglich. Die beiden Ströme Euphrat und Tigris sowie einige der linken Nebenflüsse des Tigris (z. B. Diyala) führen aber so viel Wasser heran, daß an sich weite Areale bewässert werden könnten. Jedoch erfordern die oft katastrophalen Frühjahrshochwässer und eine rasch fortschreitende Bodenversalzung für einen intensiveren Bewässerungsfeldbau einen erheblichen technischen Aufwand und viel Fingerspitzengefühl. Auch ist gerade der Unterirak bis vor wenigen Jahrzehnten ein bevorzugtes Sommerweidegebiet mächtiger Nomadenstämme gewesen.
Daraus mag es zu erklären sein, daß auch im Unterirak um 1850 nur verhältnismäßig kleine, meist stadtnahe Gebiete landwirtschaftlich genutzt wurden (vgl. E. WIRTH 1962); im Gegensatz zum ägyptischen Niltal sind also die Bewässerungsfluren des unteren Euphrat und Tigris überwiegend Jungsiedelland. Erst in der Zeit des britischen Mandats nach dem Ersten Weltkrieg baute man hier große Bewässerungsstaudämme und im Zusammenhang damit leistungsfähigere Bewässerungskanäle, und erst seit dem Zweiten Weltkrieg wurden dann an den größeren Flußarmen und Kanälen Motorpumpen installiert.

Es würde naheliegen, sich bei der nachfolgenden Einzelbetrachtung an die vorstehend kurz umrissenen drei großen Teillandschaften anzulehnen. Die heutigen Staaten des Fruchtbaren Halbmondes zeigen hinsichtlich ihrer Wirtschaftspolitik und Sozialstruktur aber doch bereits sehr spezifische Eigenheiten; auch nehmen europäisch-westliche Einflüsse in einem klaren Gefälle nach Osten zu ab. Deshalb erscheint eine Zweiteilung unter Berücksichtigung der gegenwärtigen staatlichen

Gliederung sinnvoller: Der Westen des Fruchtbaren Halbmondes wird von den *Levantestaaten* Libanon, Syrien und Jordanien eingenommen, der Osten vom Staat *Irak*. Israel schließlich soll wegen seiner besonderen Problematik in einem späteren Abschnitt (56) gesondert besprochen werden.

542 Die Levantestaaten

»Der Name *Levante* ist zur Zeit der Vorherrschaft der italienischen Stadtrepubliken im europäisch-orientalischen Handelsverkehr des Mittelalters aufgekommen und bedeutet das gleiche wie Orient und Anatolien, nämlich Sonnenaufgang und Osten. Die italienischen Seefahrer verstanden darunter die meernahen Teile der östlichen Küstenländer des Mittelmeers, und zwar insbesondere die Hafen- und die wenigen Binnenstädte, auf die sich ihr unmittelbarer kaufmännischer Einfluß erstreckte« (E. BANSE 1919, S. 16). Diese noch heute gültige Definition beinhaltet bereits, daß die Levantestaaten seit alters in stärkerem Umfang als fast alle anderen Regionen des Orients dem Westen zugewandt waren. Wenn in Abschnitt 33 im Zusammenhang mit dem Prozeß der Verwestlichung auf die Kreuzzüge, auf die Handelsniederlassungen europäischer Mächte und auf die frühen Bemühungen christlicher Mission im ›Heiligen Land‹ verwiesen wurde, dann sind dies nicht zufällig gerade drei Beispiele von Kontakten zwischen Europa und der Levante.
Nicht zufällig ist es auch, daß seit der Herrschaft des Byzantinischen Reiches gerade in den Staaten der Levante das *Christentum* eine relativ starke Position einnimmt. Denn einerseits hat der Einfluß Europas natürlich den im Bereich der Levante seit alters ansässigen christlichen Bevölkerungsgruppen den Rücken gestärkt; zum anderen aber tendierten die Christen der Levante verständlicherweise stärker als die Muslim dazu, westliche Einflüsse zu übernehmen. Der Libanon, ein in vieler Hinsicht besonders typischer Levantestaat, bekennt sich noch heute mit etwa der Hälfte seiner Bevölkerung zu einer der dortigen Spielarten des Christentums. Auch Syrien weist z. B. mit mehr als 10 % seiner Bevölkerung und Jordanien mit etwa 7 % seiner Bevölkerung stärkere christliche Minderheiten auf. Deren Gewicht innerhalb der jeweiligen

Staaten ist übrigens stärker, als es diese Zahlen vermuten lassen; denn gerade christliche Minoritätengruppen sind in den Staaten der Levante wirtschaftlich besonders aktiv, und sie haben sich Neuerungen gegenüber überdurchschnittlich aufgeschlossen gezeigt (vgl. E. WIRTH 1965).
Im Gegensatz zu den Staaten Libanon und Israel (in dessen Grenzen vor 1967) greifen die Territorien Jordaniens und Syriens zwar weit über das Gebiet der eigentlichen Levante hinaus nach Osten aus. Die Schwerpunkte von Wirtschaft und Bevölkerung auch dieser Staaten liegen aber in dem jeweils klimabegünstigten Westen; so kann man cum grano salis durchaus nicht nur Libanon und Palästina, sondern auch Syrien und Jordanien zu den Levantestaaten zählen. In einem solchen etwas weiteren Sinne umfassen die heutigen Levantestaaten ungefähr denjenigen Bereich Vorderasiens, den man vor dem Ersten Weltkrieg mit dem Begriff ›Syrien und das Heilige Land‹ zu umschreiben pflegte; man meinte damit die Gesamtheit der besiedelten Ländereien zwischen dem östlichen Mittelmeer und der syrisch-arabischen Wüste, von den Ketten des Amanus und Taurus im Norden bis zur Halbinsel Sinai und zum Golf von Akaba im Süden.

Libanon: Von allen arabischen Staaten Vorderasiens kommt der Libanon im Landschaftsbild wie in seiner Wirtschaftsstruktur und in den Lebensformen seiner Bewohner europäischen Verhältnissen am nächsten. Die Küste von Tyrus bis Tripolis erinnert durchaus an italienische oder südfranzösische Mittelmeerlandschaften, die Hauptstadt Beirut ist eine Weltstadt stark westlichen Gepräges, das Straßennetz des Landes wurde ausgezeichnet ausgebaut, Handel und Finanzwesen blühen, und im Winter sind die verschneiten Gipfelhänge des Libanon beliebtes Skigebiet für eine Bevölkerung mit weitgehend westlichen Konsumgewohnheiten. Gelegentlich auch ›Schweiz des Orients‹ genannt, war der Libanon bis zum Ausbruch des Bürgerkriegs 1975 einer der dynamischsten und wirtschaftlich am höchsten entwickelten Staaten Vorderasiens.
In einer klaren west-östlichen Abfolge gliedert sich das Land in vier der Mittelmeerküste parallele Landschaftsstreifen. Der *Küstensaum* ist zwar nur wenige Kilometer breit. Durch seine dichte Besiedlung, seine Verkehrsbedeutung und seine bewässerten Intensivkulturen (Zitrusfrüchte, Bananen) kommt diesem Kernraum des antiken Phönizien aber nach wie vor

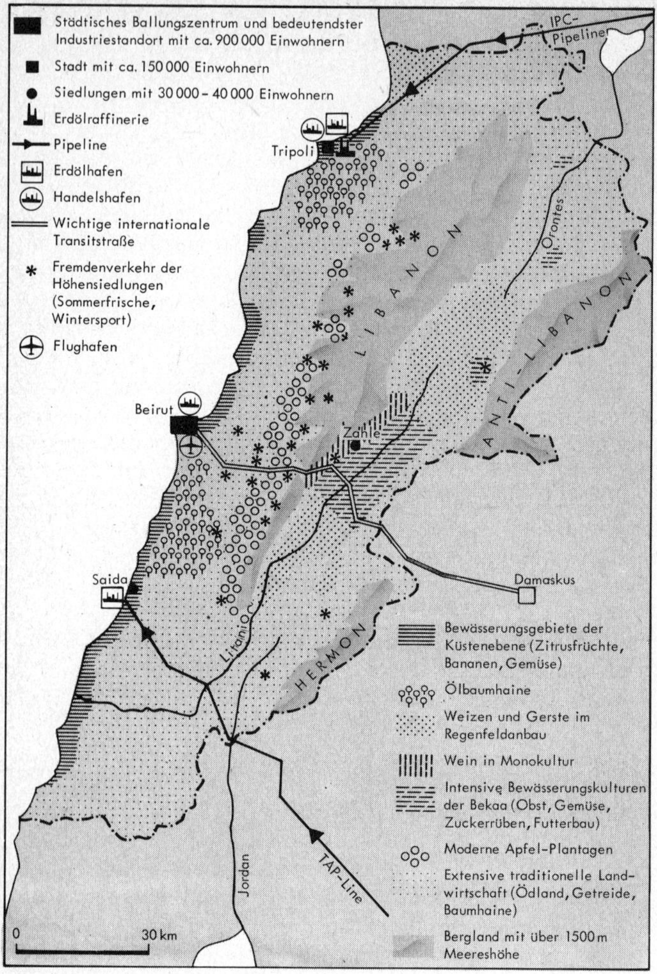

Fig. 29: Libanon — Wirtschaft

besonderes Gewicht zu. Hier liegt auch *Beirut*, die Hauptstadt und das mit großem Abstand bedeutendste Zentrum des Landes. Als Mittelmeerhafen und wichtige Etappenstation des internationalen Luftverkehrs, als Handelsplatz und Finanzzentrum war diese betont fortschrittliche Stadt eine der wirtschaftlich aktivsten Städte Vorderasiens (vgl. H. RUPPERT 1968/1969, E. WIRTH 1966). Der Bürgerkrieg hat seit 1975 allerdings einen schweren Rückschlag gebracht; die Kriegsschäden werden auf 10 Mrd. $ geschätzt.

Infolge der drückenden Sommerschwüle im Küstenbereich ziehen sich die Vororte der wohlhabenden Oberschicht oft weit an den Hängen des *Libanon-Gebirges* hoch. Dieses ist an seiner durch Winterregen reichlich benetzten Westabdachung ebenfalls dicht besiedelt und in intensivem Anbau genutzt. Die höheren, verkarsteten Bergrücken und Plateaus sind dagegen meist nur noch kümmerliche Weidetrift. Durch Rodung und rücksichtslosen Raubbau wurde das ursprünglich dichte Waldkleid bis auf wenige Reste (z. B. geschützte Zedernhaine) beseitigt.

Nach Osten senkt sich das Libanon-Gebirge dann mit steilem Abfall zum tektonischen Graben der *Bekaa*, die als ein weites Hochtal parallel zu Küste und Gebirge das ganze Land durchzieht. Hier reichen die Niederschläge im Südteil noch für Regenfeldbau mit jährlicher Ernte aus. Im Norden hingegen bringen die fruchtbaren Anschwemmungsböden nur im Bereich der Bewässerungsoasen, die sich beidseits am Gebirgsfuß entlangziehen, reichen Ertrag. Im Gegensatz zum Altsiedelland des Küstensaumes und des Libanon-Gebirges war die Bekaa noch gegen Ende des 19. Jahrhunderts überwiegend Weideland für Nomaden; die moderne Erschließung mit intensiven Bewässerungskulturen begann erst vor ca. 30 Jahren. Östlich der Bekaa folgen schließlich die schon sehr trockenen, weitgehend kahlen Bergmassive des *Antilibanon* und des *Hermon*, auf deren Hauptkamm die Grenze nach Syrien verläuft. Siedlung und landwirtschaftliche Nutzung beschränken sich hier auf Bergfußoasen und die im weiteren Umkreis davon liegenden Regenfelder.

Libanon ist der einzige arabische Staat, in welchem die *Christen* sozial, wirtschaftlich und politisch tonangebend sind. Die verschiedenen christlichen Religionsgruppen untereinander und mit den nichtchristlichen Religionsgemeinschaften im Gleichgewicht zu halten, gehörte zu den Grundvoraussetzungen für die Stabilität des gesamten Staatswesens. Die *Auswanderung* spielt seit etwa 100 Jahren für den Libanon eine besonders große Rolle. Auch hier sind die Christen das mit Abstand mobilere Element: Bei einer Erfassung 1932 erreichte die Zahl der christlichen Auswanderer 54 % der noch im Mutterland lebenden Christen, die der muslimischen Auswanderer hingegen nur 9 % der Mohammedaner im Mutterland. Die Geldüberweisungen der Auslandslibanesen in ihre Heimat, insbesondere aber auch der Unternehmungsgeist, die Aufgeschlossenheit und der Erfahrungsschatz heimkehrender Emigranten haben wesentlich zum Wirtschaftsaufschwung des Libanon in den vergangenen Jahrzehnten beigetragen.

Zwei Drittel des libanesischen Territoriums sind landwirtschaftlich unproduktives Berg- und Gebirgsland, und nur 7 % werden im Bewässerungsfeldbau genutzt. Trotz einer verhältnismäßig modernen, hochentwickelten Anbautechnik – der Schwerpunkt der agrarischen Erzeugung liegt auf dem Anbau von Sonderkulturen und auf tierischer Veredelungsproduktion – spielt deshalb die Landwirtschaft im Rahmen der *Wirtschaftsstruktur* des Libanon eine ähnlich bescheidene Rolle wie die Industrie. Nicht weniger als zwei Drittel des libanesischen Volkseinkommens entstammen demgegenüber dem Dienstleistungssektor, insbesondere dem Handel und Finanzwesen.

Diese einzigartige Stellung des Libanon innerhalb der arabischen Welt läßt sich nur durch den Unternehmungsgeist und das Handelsgeschick seiner Bewohner erklären; der Libanese gilt als einer der wendigsten und gewiegtesten Kaufleute der Welt. Eine auf den freien Austausch von Waren und Kapitalien ausgerichtete Wirtschaft ist allerdings in besonderem Maße auf politische Stabilität und friedliche Koexistenz angewiesen. Der schwelende Konflikt mit Israel, die Unruhe der palästinensischen Freischärler-Organisationen und sozialrevolutionäre Strömungen unter der heranwachsenden Jugend haben damit seit dem Ausbruch des Bürgerkriegs 1975 zu einer existenzbedrohenden Krise geführt (vgl. K. S. SALIBI 1976, H. GAUBE 1977).

Syrien: Syrien gehört mit allen seinen Landesteilen noch zum Gebiet mediterraner Winterregen; die Niederschlagsmenge nimmt aber von den Küstengebirgen im Westen (über 1000 mm) nach den Wüsten im Südosten hin (unter 100 mm) ab. In diesem west-östlichen Formenwandel bestimmt die Niederschlagshöhe auch die Möglichkeiten landwirtschaftlicher Nutzung und die Siedlungsdichte.

Am meisten Niederschlag erhalten die *mediterranen Bergländer* Syriens, meist altbesiedelte Gebirge längs der Mittelmeerküste. Mit ihren hellen, nackten Kalkfelsen und den

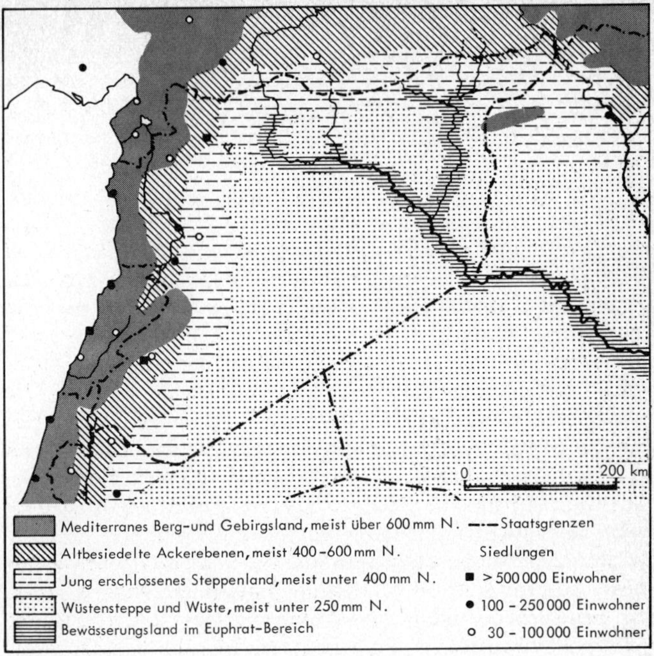

Fig. 30: Syrien — Landschaften des Formenwandels

zu Gestrüpp degradierten Wäldern, mit terrassierten Ölbaumhainen an den Hängen und bewässerten Intensivkulturen im Tal und in der Küstenebene zeigt dieser Teil Syriens durchaus mittelmeerisch-westliche Züge. Bis heute haben sich in den Rückzugsgebieten des Berglandes völkische und religiöse Splittergruppen halten können, die noch stark in alten Traditionen verhaftet erscheinen.

Landeinwärts folgen die *altbesiedelten Ackerebenen* Syriens, ein im Relief schon viel ruhigeres Tafelland mit eingeschalteten Flußtälern und fruchtbaren Becken. Hier liegt heute der wirtschaftliche Schwerpunkt des Landes, und hier finden wir in der Städtereihe Aleppo—Hama—Homs—Damaskus nicht nur die größten Siedlungen Syriens, sondern auch fast alle Standorte moderner Industrien. Ein durchschnittlicher Jahresniederschlag von meist über 350 mm erlaubt noch Regenfeldbau sowohl auf Wintergetreide als auch auf anspruchslosere Sommerfrüchte (Baumwolle, Melonen). In dem steil eingeschnittenen Tal des Orontes dienen altertümliche Wasserschöpfräder der Bewässerung von Gemüseparzellen und Baumhainen; heute werden die traditionellen Schöpfwerke zunehmend durch Motorpumpen und moderne Staudämme ersetzt.

Außerhalb dieser altbesiedelten, recht niederschlagsreichen Bergländer und Ackerebenen im Westen und Norden Syriens sind in Mittelsyrien, d. h. im weiteren Umkreis von Damaskus, die *Bewässerungsoasen der Ghoutas* seit alter Zeit Inseln dichter Bevölkerung, intensiver Landnutzung und alter Gewerbetradition. Die schattigen Ölbaumhaine der Ghouta von Damaskus mit ihren intensiven mehrstöckigen Gartenkulturen und kühlen Bächen galten für die Wüstenbewohner als das Paradies auf Erden. Noch weiter im Süden, gegen die Grenze nach Jordanien zu, folgen die Ackerebenen der südsyrischen *Vulkanlandschaften.* Stellenweise recht fruchtbare basaltische Verwitterungsböden und reichliche Niederschläge haben Südsyrien bereits im vergangenen Jahrhundert zu einem bevorzugten Anbaugebiet von Weizen werden lassen, welches wesentlich zur Getreideversorgung sowohl der Stadt Damaskus als auch der alljährlich durchziehenden Pilgerkarawane nach Mekka beitrug.

Östlich an die Landschaften des vorstehend kurz skizzierten Altsiedellandes schließt sich in Syrien ein breiter Streifen *Jungsiedelland* an (Fig. 30); für ihn trifft all das zu, was in Abschn. 52 über die Rückeroberung früheren Nomadenlandes durch Dorf und Pflug im Laufe der vergangenen einhundert Jahre gesagt wurde. Die Niederschläge sind hier im Rahmen des west-östlichen Formenwandels nochmals geringer. Mit einem Jahresdurchschnitt von etwa 200 bis 350 mm reichen sie nur noch für den Anbau von Wintergetreide aus, und zwischen die Anbaujahre muß je ein Brachjahr eingeschaltet werden.

Dem älteren Jungsiedelland Syriens westlich des Euphrat steht in den fruchtbaren, gut beregneten Ackerebenen Nordostsyriens ein jüngeres Jungsiedelland gegenüber, welches erst seit dem Zweiten Weltkrieg für die Landwirtschaft erschlossen wurde (Fig. 23). Auch das in die Wüstensteppentafel eingetiefte syrische Euphrattal ist erst seit ca. 1950 zu einem Zentrum moderner Bewässerungswirtschaft mit überwiegendem Baumwollanbau geworden. Östlich und südlich des Jungsiedellandes erstrecken sich dann weite, ackerbaulich nicht nutzbare Wüstensteppen. Sie nehmen fast $^2/_3$ des syrischen Staatsgebiets ein (vgl. E. WIRTH 1971).

Im Gegensatz etwa zu Saudi-Arabien, wo Oasen und bewässertes Kulturland nur als kleine Inseln inmitten schier endloser Wüsten und Wüstensteppen liegen, aber auch im Gegensatz zum Libanon, wo der Anbau auf schmale Bänder und Streifen an boden- und reliefbegünstigten Stellen des Gebirgslandes beschränkt ist, finden wir zumindest im Westteil Syriens und in Nordostsyrien weite zusammenhängende *Ackerfluren*, die recht intensiv genutzt werden. Etwa die Hälfte der syrischen Bevölkerung ist in der Landwirtschaft tätig, und es würde keine Schwierigkeiten bereiten, auch eine wesentlich höhere Menschenzahl noch aus eigener Scholle zu ernähren; vor allem seit der Fertigstellung des Euphrat-Staudammes oberhalb von Rakka kann die agrarische Produktion noch erheblich gesteigert werden. Im Verhältnis zu den vorhandenen Ressourcen und zum Potential der Landwirtschaft erscheint Syrien also relativ dünn besiedelt.
Trotzdem ist Syrien kein reines Agrarland. Bereits in der Antike hatte es ein blühendes Gewerbe und viele wohlhabende und große *Städte*. Seit ältester Zeit wird Syrien auch als Durchgangsland bevorzugt; die dortigen Städte waren wichtige Handelsplätze und Ausgangspunkte des Karawanenverkehrs quer durch die Wüsten Vorderasiens. Seitdem sind in Syrien Städtewesen, Handwerk, Gewerbe und Industrie, Binnenhandel und Fernhandel fast unlösbar miteinander verknüpft.
Die beiden größten Siedlungen des Landes, die Hauptstadt Damaskus und die Handelsstadt Aleppo, werden bereits im zweiten vorchristlichen Jahrtausend als wichtige Städte urkundlich genannt. Nach wie vor ist *Damaskus* eines der bedeutendsten nationalen und religiösen Zentren des Orients. Viele historische Bauten und das noch heute blühende Kunsthandwerk zeugen von der Traditionsverbundenheit dieser — nach Mekka und Jerusalem — dritten heiligen Stadt des Islam (vgl. K. DETTMANN 1968/69). *Aleppo* erscheint demgegenüber als eine nüchterne, fortschrittliche und sehr dynamische Handels- und Industriestadt. Seine Zitadelle und sein Bazar gehören desungeachtet zu den schönsten Denkmälern islamischer Baukunst (vgl. E. WIRTH 1966). Einige Teile der Altstadt von

Damaskus und Aleppo atmen noch heute den orientalischen Zauber von Tausendundeiner Nacht.
Auch außerhalb der großen Städte stößt man in Syrien noch überall auf Reste einer bewegten vieltausendjährigen Vergangenheit: Römische Straßen, Tempel und Grenzbefestigungen, frühchristliche Kirchen und Klöster, Kreuzritterburgen, arabische Schlösser, Zitadellen, Bazare, Karawansereien und Moscheen vermitteln einen großartigen Querschnitt durch die Kunstgeschichte vergangener Epochen. Angesichts dieser berühmten antiken, frühchristlichen und islamischen Ruinenstätten und Kunstdenkmäler und angesichts der vielen Naturschönheiten Syriens erscheint der Fremdenverkehr noch relativ wenig entwickelt. Für alle, die bereit sind, auch ein wenig abseits der großen Trampelpfade des Massentourismus zu wandern, dürfte Syrien nicht nur eine, sondern sogar viele Reisen wert sein (vgl. E. WIRTH 1971).

Jordanien: Jordanien ist zweifellos das ärmste, von der Natur am kärglichsten bedachte Land innerhalb der Region des Fruchtbaren Halbmondes. Neun Zehntel seines Territoriums bestehen aus wirtschaftlich kaum nutzbarer Wüste oder Wüstensteppe. Voraussetzungen für künstliche Bewässerung sind nur an wenigen Stellen gegeben. Alle bisherigen Erdölbohrungen blieben erfolglos. Jordanien hat keinen direkten Zugang zum Mittelmeer, und während der Schließung des Suezkanals war Akaba, der einzige Hafen des Landes, nur auf dem riesigen Umweg um Afrika herum über die Straße von Gibraltar mit den europäischen und nordafrikanischen Gegengestaden des Mittelmeers verbunden.
Zu dieser besonderen *Naturungunst* tritt noch die schwierige *politische Situation*. Jordanien ist bisher der Hauptleidtragende in der Auseinandersetzung der arabischen Staaten mit Israel gewesen. Seit Juni 1967 halten israelische Truppen die wirtschaftlich besonders wertvollen Provinzen westlich des Jordans (einschließlich der jordanischen Altstadt von Jerusalem) besetzt. Im Gefolge der Feldzüge von 1949 und 1967 wurde Jordanien das mit Abstand wichtigste Zufluchtsland für die arabischen Flüchtlinge aus Palästina; deren Unterbringung, Versorgung und Eingliederung in die heimische Wirtschaft stellt ein fast unlösbares Problem dar (vgl. Abschn. 56). Über die Hälfte der Bevölkerung Jordaniens besteht heute aus Heimatvertriebenen! Die Unruhe dieser Palästina-Flüchtlinge würde

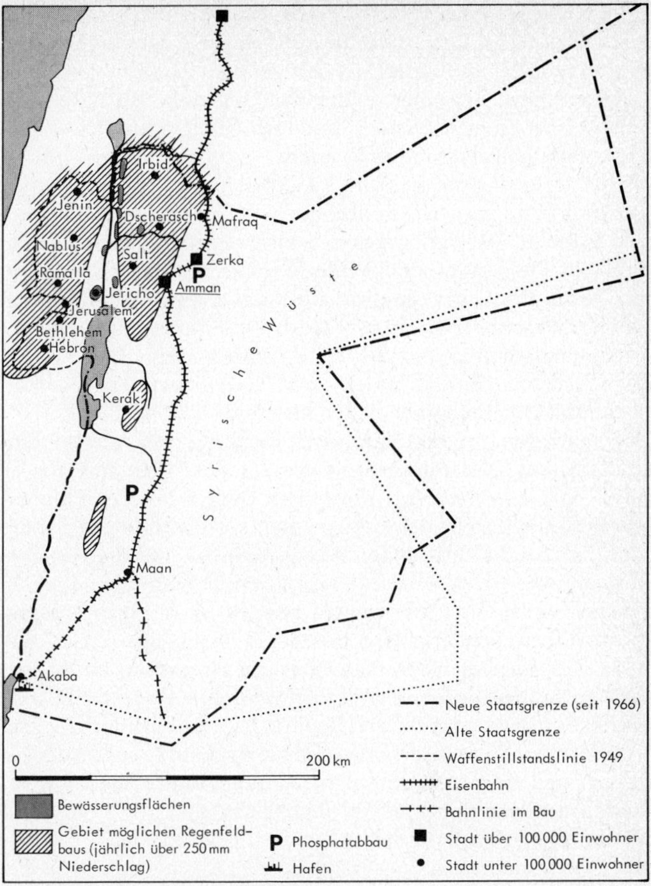

Fig. 31: Jordanien — Wirtschaft

für das Land selbst dann eine stete Gefahr bedeuten, wenn nicht militante Freischärler-Organisationen gerade in Jordanien bestrebt wären, eine Art von Staat im Staate zu errichten.

Wie in Syrien, so werden auch in Jordanien Besiedlung und landwirtschaftliche Nutzung überwiegend von der *Niederschlagshöhe* bestimmt. Demzufolge bildet ein relativ kleines Gebiet im Nordwesten des Landes (nach Südosten etwa

begrenzt durch die Linie Mafraq—Amman—Totes Meer) den Lebensraum für den weitaus größten Teil der Bevölkerung (Fig. 31). Nur hier fallen in den milden Wintern genügend Niederschläge, um einen lohnenden Regenfeldbau zu ermöglichen; hier finden sich auch ergiebige Quellen, und die Flüsse führen das ganze Jahr über Wasser.
Auch diese *Vorzugslandschaften im Nordwesten Jordaniens* eignen sich aber nur streifen- und inselhaft für den Feldbau. Die verkarsteten, wasserarmen Kalkplateaus der dortigen Bergländer sind kahle Weidetriften, oder sie tragen als Reste eines ursprünglich dichteren Eichen- und Kiefernwaldes schüttere Gehölz- und Gestrüpp-Formationen. Nur die Beckenlandschaften und die Täler werden nachhaltig genutzt. Inmitten von Getreidefeldern und Gartenparzellen, Rebkulturen und Ölbaumhainen liegen hier zahlreiche Dörfer.
Die markante, in nord-südlicher Richtung verlaufende Einsenkung des Jordangrabens, der im Toten Meer mit 395 m unter dem Meeresspiegel die tiefste Depression der Erdoberfläche darstellt, teilt den bevorzugten Nordwesten des Landes nochmals in die Bergländer Westjordaniens und die des Ostjordanlandes. Das *Westjordanland,* noch im direkten Einflußbereich des Mittelmeeres gelegen, wird durch entsprechend höhere Niederschläge besonders begünstigt. Da es ehemals dem britischen Mandat Palästina zugehörte, ist es aber auch wirtschaftlich höher entwickelt. Als eine Folge vielfältiger Einflüsse aus Europa, die seit Beginn des 19. Jahrhunderts dem ›Heiligen Land‹ zugute kamen, findet man dort stattliche Siedlungen und eine recht intensive Landnutzung. Obwohl westlich des Jordans nur 5 % der Staatsfläche und 30 % der landwirtschaftlichen Nutzfläche Jordaniens liegen, entfielen 1966/67 auf Westjordanien 80 % der gesamten Olivenernte, 65 % der Obst- und Gemüseernte, etwa die Hälfte der gewerblichen und industriellen Produktion, 80 % aller Hotels, 60 % aller Krankenhausbetten und 55 % der Umsätze im Dienstleistungssektor (Fremden- und Pilgerverkehr!).
Aufgrund dieser Situation wird es verständlich, daß die Besetzung des gesamten Westjordanlandes durch israelische Truppen im Juni 1967 für Jordanien einen besonders schweren Schlag bedeutete. Unter jordanischer Kontrolle befindet sich seitdem nur noch das *Ostjordanland,* also die wenig entwickelten, traditionsverhafteten Landesteile des früheren britischen Mandatsgebiets ›Transjordanien‹. Die kärglichen Acker-

fluren des ostjordanischen Berglandes zwischen der Hauptstadt Amman und der Grenze nach Syrien reichen zur Ernährung selbst der alteinheimischen Bevölkerung (ohne Flüchtlinge) bei weitem nicht aus. Auch die wenigen Ansätze zum Aufbau moderner Industrien in den Städten Amman und Zerka können keinen nachhaltigen wirtschaftlichen Ausgleich geben; denn die Enge des Binnenmarktes, die geringe Kaufkraft der Bevölkerung sowie Mangel an Kapital, Fachkräften und billiger Energie stehen einer rascheren Industrialisierung im Wege.

In dem noch unter jordanischer Kontrolle stehenden Teil des *Jordangrabens* östlich des Flusses wurden im Laufe des vergangenen Jahrzehnts moderne Bewässerungsvorrichtungen geschaffen; mit Hilfe des vom wasserreichen Jarmuk abgeleiteten Ost-Ghor-Kanals sollte das bereits tropisch-heiße Jordantiefland für den Anbau von Intensivkulturen erschlossen werden. Die dortigen Neusiedlerstellen liegen aber in unmittelbarer Nähe der Waffenstillstandslinie von 1967 und im Aktionsbereich palästinensischer Freischärlerorganisationen. Mehrmals wurde der Kanal bereits durch israelischen Beschuß zerstört, und so ist eine geregelte Landnutzung dort schon seit Jahren nicht mehr möglich.

Bis zum Junifeldzug 1967 war der *Fremdenverkehr* für die Wirtschaft Jordaniens von großer Bedeutung. Westjordanien umfaßt ja den Kernraum des biblischen Palästina, Bethlehem, Hebron, die Altstadt von Jerusalem, die Fundstätten der Schriftrollen am Toten Meer und damit fast alle heiligen Stätten der Christenheit. Auch finden sich in Jordanien, ähnlich wie im benachbarten Syrien, großartige, wohlerhaltene Ruinenstätten aus den vorchristlichen Perioden der Antike und aus der Zeit der Kreuzzüge. Infolge der Besetzung des jordanischen Teils von Palästina durch israelische Truppen im Jahre 1967 und infolge der immer wieder aufflackernden Kämpfe zwischen Regierungstruppen und Freischärlern ist der frühere Fremdenstrom inzwischen fast ganz versiegt.

543 Irak

Der heutige Staat Irak umfaßt im wesentlichen das Land beidseits von mittlerem und unterem Euphrat und Tigris, welches in der älteren Literatur ›*Mesopotamien*‹ genannt wurde.

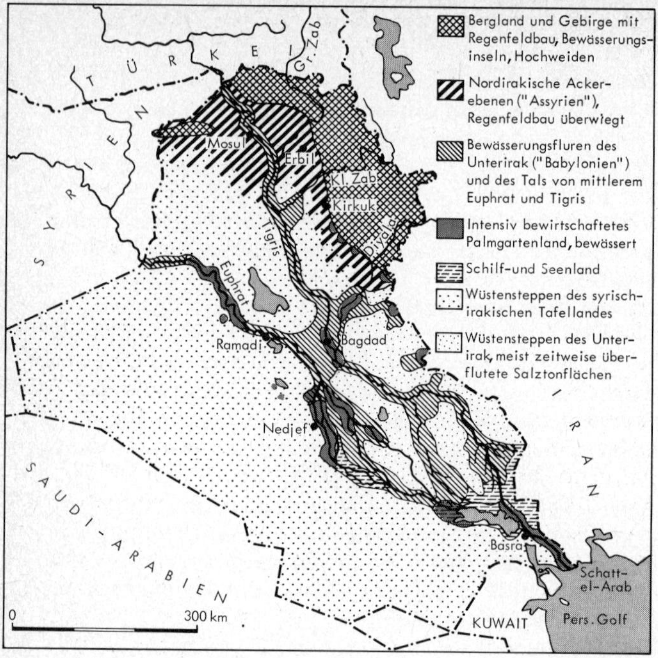

Fig. 32: Irak — Landschaftsgliederung

Besiedlung und wirtschaftliche Nutzung konzentrieren sich hier seit alters vorwiegend auf zwei *Kernräume*, die durch nur dünn bevölkerte Gebiete voneinander getrennt werden. Es sind das einmal die Bewässerungsfluren des unteren Euphrat und Tigris, nachfolgend kurz ›Unterirak‹ genannt, und zum anderen die Ackerebenen und Regenfeldfluren des kurdischen Gebirgsvorlandes, nachfolgend kurz ›Nordirak‹ genannt (Fig. 32). Diese beiden Kernräume des Landes, Unterirak und Nordirak, nehmen etwa 25 % des Staatsgebiets ein. Die restlichen 75 %, vor allem der gesamte Westteil des Irak (Shamiya) und weite Areale zwischen mittlerem Euphrat und Tigris (Djezire), sind eintönige, oft tischebene Kieswüste oder Wüstensteppe. Sie gehen, genau wie die Wüstensteppen und Wüsten des benachbarten Syrien und Jordanien, nach Süden zu ohne erkennbare Grenze in die Wüsten Innerarabiens über.

Das Gebiet des *Unterirak* fällt mit der großen Senkungszone des mesopotamischen Trogs (vgl. Abschn. 57) zusammen, der sich in Verlängerung des Persischen Golfes von Südost nach Nordwest erstreckt. Euphrat und Tigris haben hier in ihrem Unterlauf weite Anschwemmungsebenen geschaffen, welche seit Jahrtausenden im Bewässerungsfeldbau genutzt werden. Daneben gibt es im Unterirak aber auch ausgedehnte Schilf- und Seenflächen sowie weitgespannte, vegetationslose Salztonebenen (Fig. 32). Dieses Tiefland, das antike *Babylonien*, hat gegen Ende des 4. Jahrtausends v. Chr. in den Stadtstaaten der Sumerer die höchstwahrscheinlich erste Hochkultur der Erde hervorgebracht (vgl. Abschn. 1c).
Schon das altbabylonische Sintflut-Motiv und durch archäologische Ausgrabungen nachgewiesene katastrophale *Überschwemmungen* deuten aber darauf hin, daß die Bewässerungskulturen des Unterirak von Anfang an stärker gefährdet waren als die z. B. Ägyptens. Die beiden großen Flüsse des Irak, Euphrat und Tigris, haben — im Gegensatz zum Herbsthochwasser des Nil — als Folge von Winterregen und Schneeschmelze in Anatolien ihr Hochwasser im Frühjahr. Vor 1956 durchbrachen die Fluten dabei oft die Dämme und verwüsteten die heranreifenden Bewässerungskulturen. Der niedrigste Wasserstand von Euphrat und Tigris fällt hingegen gerade auf den Herbst, also auf die Zeit des größten Wasserbedarfs.
Ein weiteres Problem tritt hinzu: Der Grundwasserspiegel steht in weiten Teilen des Tieflandes so nahe der Oberfläche, daß die an sich fruchtbaren Anschwemmungsböden stark zur *Versalzung* neigen. Die Bodenversalzung stieg vor allem dann immer stärker an, wenn sich für längere Zeit keine größeren Überschwemmungen ereigneten; denn diese brachten wenigstens eine überdeckende Schicht jungen, unversalzenen Schlicks auf die Fluren (vgl. E. WIRTH 1962).
Bewässerungswirtschaft im Unterirak bedeutet demnach seit Jahrtausenden ein stetes Lavieren zwischen der Skylla katastrophaler Überschwemmungen und der Charybdis zunehmender Bodenversalzung. Auch Kriege und politische Unsicherheit ließen die Bewässerungsanlagen immer rasch verfallen. So verwundert es nicht, daß noch vor hundert Jahren — am Ende einer Phase allgemeinen Niedergangs — weite Teile des Unterirak nur als extensive Nomadenweide genutzt wurden, und daß damals das Wasser von Euphrat und Tigris meist nur zum Tränken von Herdentieren, kaum jedoch zur Feldbewässerung diente.

Im Nordosten hat der Irak noch an den jungen Kettengebirgen des Taurus und Zagros Anteil. In dem nach Südwesten geneigten Vorland zwischen diesem Gebirge und dem Tigris wurden weite, oft von fruchtbaren Lehmen überdeckte Schotterflächen aufgeschüttet. Hier, im *Nordirak* oder assyrischen Piedmont, liegt der zweite Kernraum des Landes. Er ist, wie das angrenzende Nordostsyrien, ein Teil der Ackerebenen des Fruchtbaren Halbmondes. Die winterlichen Niederschläge sind so hoch, daß der Feldbau auch ohne zusätzliche Bewässerung gute Erträge abwirft. Diese Regenfeldfluren des Nordirak, das antike *Assyrien,* werden seit mindestens 9000 Jahren von einer seßhaften Bevölkerung mit Getreidebau, Großviehhaltung und Lehmhüttendörfern bewohnt. Sie gehören damit zu denjenigen Regionen Vorderasiens, in denen nach heutigem Wissen zum ersten Male in der Menschheitsgeschichte eine Pflanzer-, Sammler- und Jägerbevölkerung zum Ackerbau übergegangen ist (vgl. Abschn. 1c).
Da Feldbau und Siedlung im Nordirak nicht von kunstvollen Bewässerungstechniken und übergreifender staatlicher Organisation, nicht von Staudämmen und sorgfältig instand gehaltenen Kanälen abhängig sind, erwiesen sie sich in Zeiten militärischer und politischer Unsicherheit meist als stabiler und widerstandsfähiger: Um ein Regenfeld zu bebauen, ist man nicht auf andere angewiesen; eigene Initiative und die von selbst fallenden Niederschläge reichen in der Regel aus. In Zeiten wirtschaftlichen und staatlichen Niedergangs erscheint der Nordirak demzufolge als Anbaugebiet bevorzugt. Den ständigen Übergriffen beutelüsterner Nomadenstämme aus dem Inneren Arabiens war allerdings auch der Siedler des Nordirak nicht gewachsen. Ganz analog zum benachbarten Syrien sind somit auch die Ackerebenen des Nordirak überwiegend Jungsiedelland, welches erst in den vergangenen einhundert Jahren wieder für die seßhafte Landwirtschaft zurückgewonnen wurde.

Jene nur wenige Jahrzehnte zurückliegende Zeit allgemeinen Verfalls ist im *heutigen Bild der Kulturlandschaft* des Irak noch allenthalben zu bemerken: Sowohl im Norden als auch im Süden herrschen eintönige, baumlose Ebenen mit extensiv bebauten Getreideparzellen und ärmlichen Lehmhüttendörfern bei weitem vor. Oasenähnliche Bewässerungskulturen mit Dattelpalmen, Fruchthainen und Gemüsebeeten oder

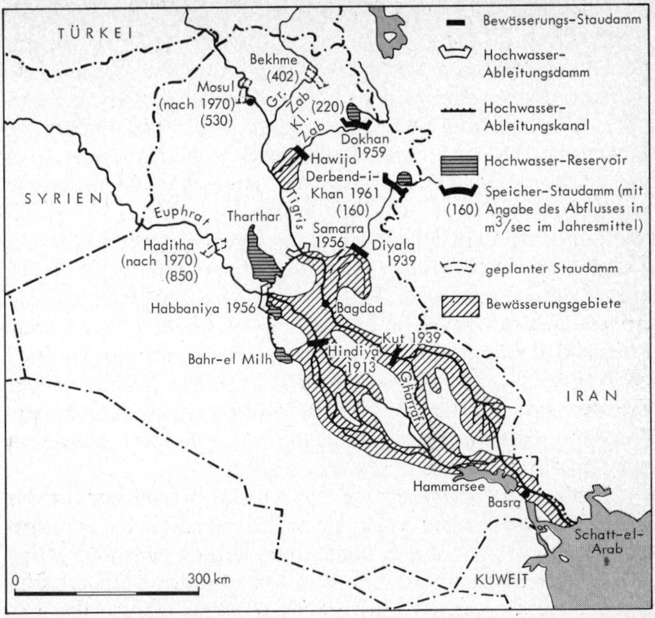

Fig. 33: Staudämme des Irak

mit mehreren Ernten pro Jahr, wie sie für weite Teile des ägyptischen Niltals charakteristisch sind, finden sich nur in einem schmalen, häufig unterbrochenen Saum entlang den Flüssen und Kanälen (Fig. 32). Der größte Teil des unterirakischen Bewässerungstieflandes wird ebenso wie die Regenfeldfluren des Nordirak im Wechsel Winterfrucht/Brache nur jedes zweite Jahr eingesät, und die erzielten Hektarerträge liegen noch sehr niedrig. Nur mit größten Einschränkungen kann man deshalb beim Bewässerungsgebiet von Euphrat und Tigris von einer ›Stromoase‹ sprechen.

Erst zu Beginn dieses Jahrhunderts ging man daran, durch den Bau von großen *Staudämmen* die Voraussetzungen für eine moderne, geregelte Bewässerungswirtschaft zu schaffen (Fig. 33). Noch in osmanischer Zeit erstellte der angloindische Bewässerungsingenieur SIR WILLIAM WILLCOCKS 1903/1911 sein berühmtes Gutachten über die Bewässerung des Unterirak. In den Jahren zwischen den beiden Weltkriegen wurde dann am Euphrat, am Tigris und am Diyala je ein gro-

ßer *Bewässerungsstaudamm* gebaut. Durch diese Dämme konnte die Wasserführung in den nahebei abzweigenden Stromarmen und Bewässerungskanälen geregelt und recht genau verteilt werden. Gleichzeitig wurde der Wasserspiegel oberhalb des Damms um mehrere Meter angehoben, so daß auch in den Monaten herbstlichen Niedrigwassers noch eine ausreichende Versorgung der angeschlossenen Kanäle gewährleistet blieb.
Als nächster Schritt wurde 1956 am Tigris und am Euphrat je ein großer *Hochwasser-Ableitungsdamm* eingeweiht. Beide Dämme hatten die Aufgabe, die im Frühjahr oft bedrohlichen Hochwasserwellen von einem bestimmten Pegelstand an mit Hilfe von großen Kanälen in Depressionen inmitten der Wüstensteppe abzuleiten, wo sie keinen Schaden mehr anrichten können (Fig. 33). Seit 1956 sind dann auch im Unterirak keine Deiche mehr gebrochen, und es wurden keine Kulturen mehr durch Überflutungen vernichtet.
In den tief eingeschnittenen Tälern des kurdischen Berglandes schließlich wurden als bisher letzter Schritt zwei *Speicher-Staudämme* in Betrieb genommen. Im Gegensatz zu den beiden vorher genannten Staudamm-Typen des Tieflandes ist deren Stauvolumen so groß, daß die Hochwasserwellen der wasserreichen linken Nebenflüsse des Tigris während der Frühjahrsmonate ganz abgefangen und gespeichert werden können. Im Laufe des Sommers und Herbstes wird das gestaute Wasser dann langsam wieder in die Flüsse eingespeist, um deren herbstlichen Niedrigwasserstand anzuheben.

Bis zu der die Monarchie stürzenden Revolution des Jahres 1958 war für die Landwirtschaft des Irak fast überall Großgrundbesitz mit teilweise unerträglich drückenden sozialen Verhältnissen charakteristisch. Im Zusammenhang mit *Bodenreform* und Sozialisierung sind diese großen Feudalbesitztümer inzwischen aufgeteilt worden. Noch immer leidet das Land jedoch an dem schroffen Gegensatz zwischen den staatstragenden Arabern, die das Bewässerungstiefland und die Steppen bewohnen, und den im Gebirgsland des Nordostirak siedelnden, freiheitsliebenden *Kurden*. Der neunjährige, immer wieder aufflackernde und die Kräfte des Landes weitgehend verzehrende Bürgerkrieg 1961–1970 ist zwar inzwischen beendet; eine beide Parteien befriedigende Regelung der kurdischen Forderungen nach weitgehender Autonomie und

Selbstverwaltung erscheint jedoch immer noch nicht in Sicht. Hauptstadt und mit Abstand wichtigste Siedlung des Irak ist *Bagdad*, die größte Stadt des arabischen Vorderasien. Aus der Zeit glanzvoller Herrschaft der abbasidischen Kalifen in Bagdad sind heute allerdings nur noch ganz wenige Bauwerke erhalten; im wesentlichen besteht die Altstadt aus unscheinbaren, schmucklosen Lehmziegelhäusern des 19. Jahrhunderts. Auch die Dynamik der modernen wirtschaftlichen und technischen Entwicklung des Orients hat in Bagdad bis heute einen vergleichsweise nur geringen Niederschlag gefunden (vgl. Abschn. 58). *Basra* ist die wichtigste Stadt im Süden des Landes und der bedeutendste Seehafen des Irak. Der Schatt el-Arab, zu welchem sich Euphrat und Tigris oberhalb von Basra vereinen, wird beidseits von einem ununterbrochenen Streifen mit Palmenhainen gesäumt. Sie bilden das größte zusammenhängende Dattelanbaugebiet der Welt.

55 Die Hochländer des nördlichen Vorderasien

551 Allgemeiner Überblick

Bereits in Abschnitt 51 wurde dargelegt, daß sich die Hochländer des nördlichen Vorderasien hinsichtlich ihres Baus und ihrer Oberflächenformen klar von der Halbinsel Arabien abheben; als ein Teil der jungen europäisch-asiatischen Faltungszone sind sie überwiegend Bergland, Gebirge oder Hochfläche. Die Betrachtung des *Klimas* in Abschnitt 51 zeigte hingegen, daß auf den ersten Blick das nördliche Vorderasien mit der Arabischen Halbinsel durch ein sehr ausgeprägtes sommerheißes Trockenklima mit Niederschlägen nur im Winterhalbjahr verbunden erscheint. Eine etwas differenziertere Betrachtung wird nun allerdings ergeben, daß den Hochländern im Norden doch auch klimatisch eine gewisse Sonderstellung zukommt.

Im Sommer liegen die Temperaturen in vielen Teilen der Türkei, Irans und Afghanistans zwar durchaus in der Größenordnung der Temperaturen Arabiens; die Winter hingegen sind im Hochland doch wesentlich kälter. Weite Teile der östlichen Türkei und des westlichen und nördlichen Persien haben *harte und lange Winter* mit Frösten von bis zu −20° C, ja bis zu −30° C. Da gerade in diesen Gebieten im Winterhalbjahr recht hohe Niederschläge fallen (Fig. 21), liegen Ostanatolien, Armenien und Aserbeidschan oft für Monate unter einer Schneedecke begraben. Große Stapel von Reisig und Holz für den Hausbrand sowie reichliche Vorräte von Nahrung und Futter, die oft in eigenen Nebengebäuden untergebracht werden, sind äußerer Ausdruck dieser doch sehr charakteristischen Klimaungunst. Nicht mehr die Hitze und Dürre des Sommers, sondern Schnee und Kälte sind in weiten Teilen des nördlichen Vorderasien des Menschen ärgster Feind.

Neben den strengeren Wintern hat dann vor allem auch die kleinere *Kammerung des Reliefs* auf Lebensformen und Wirtschaftsweise der Menschen in den nördlichen Hochländern Einfluß. So unterscheidet sich z. B. der *Bergnomadismus* in Anatolien, in Iran und in Afghanistan in einigen wesentlichen Punkten von dem ›Flächennomadismus‹ der Sahara und Arabiens: Die Bergländer bieten mit ihren verschiedenen Höhenstufen relativ nahe beieinander liegende Nutzungsstockwerke, die im Jahreslauf ohne weite Wanderungen zu erreichen sind. Die Beduinen Arabiens hingegen müssen auf ihrem alljährlichen Weg zwischen Sommer- und Winterweide oft Entfernungen von über 500 km, ja bis zu 1000 km zurücklegen.

Im Winter geben die meist recht gut beregneten Gebirgsvorländer, aber auch viele niedriger gelegene und damit schneearme intramontane Ebenen, Längstäler und Beckenlandschaften eine gute Futtergrundlage ab. Durch die junge Ausdehnung des Kulturlandes in den Bereich der früher nur von Nomaden genutzten Trockensteppen hinein steht die winterliche Tal- und Gebirgsvorlandweide der Nomaden heute allerdings oft in direkter Konkurrenz mit dem Regenfeldbau seßhafter Landwirtschaft auf Jungsiedelland. Hieraus ergeben sich manche Konflikte, wenn es nicht — was häufig der Fall ist — die Nomaden selbst sind, die im Bereich ihrer ehemaligen Winterweide Dörfer errichten und zum Anbau übergehen.

Eine solche Konkurrenz der Flächennutzung besteht im Bereich der sommerlichen Hochweide nicht; denn Regionen mit einer jährlichen Schneedecke von mehr als sechs Monaten bleiben dem Ackerbau wohl für immer verschlossen. Mancherorts werden diese ergiebigen Weidegründe zwar auch von der seßhaften Bevölkerung genutzt; sie zieht in einer unserer Almwirtschaft ähnlichen Weise mit einem Teil ihres Viehs die Sommermonate über ins Gebirge und lebt dort in sog. Yaylas, Laubhütten- oder Zeltsiedlungen. Dabei bleibt aber für alle genügend Lebensraum, so daß Konflikte nur selten auftreten. Insbesondere bereitet im Gebirge auch die Trinkwasser-Versorgung für Mensch und Vieh im allgemeinen keine Schwierigkeiten; der Beduine Arabiens und Nordafrikas hingegen ist oft froh, wenn er im Sommer aus dem einen oder anderen Wasserloch mit einer abgestandenen, brackigen Brühe gerade noch genügend Flüssigkeit bekommen kann, um nicht verdursten zu müssen (vgl. G. SCHWEIZER 1970, W. HÜTTEROTH 1973).

Abgesehen von den zentralen Steppen- bzw. Wüstenbecken Anatoliens und des Iran waren die Hochländer des nördlichen Vorderasien vor etwa 3000 Jahren mit einem je nach Niederschlagshöhe dichten oder schütteren *Wald* überzogen. Dieser Wald wird seit der frühen Antike von der seßhaften und halbseßhaften Bevölkerung genutzt: Er liefert das Brenn- und Bauholz für die Dörfer und dient den Schaf- und Ziegenherden, in Dürrezeiten aber auch den Rindern als Weide. Auch zur Gewinnung von Holzkohle und zur Deckung des Bedarfs der größeren Städte wurde zu allen Zeiten viel Holz geschlagen. Nun findet der Wald im nördlichen Vorderasien infolge der sommerlichen Dürre ohnehin ungünstigere Lebensbedingungen als bei uns in Mitteleuropa. So konnte der natürliche Jungwuchs die Schäden, die der Mensch dem Walde zufügte, nicht mehr ausgleichen. Die Bestände verarmten immer mehr. Die heftigen Regengüsse schwemmten den Lockerboden ab, der einst durch die Wurzeln der Bäume festgehalten wurde. Nackte, kahle Felshänge und kümmerliche Gehölze, deren junge Triebe sofort wieder von den Ziegenherden verbissen werden, sind das Endstadium dieser bis in die Gegenwart andauernden Waldverwüstung (vgl. H. BOBEK 1951, X. DE PLANHOL 1968).
Besonders in der Türkei, aber auch in Iran und in Afghanistan bemüht man sich neuerdings sehr darum, die noch vorhandenen Bestände an Hochwald zu schützen, und da und dort sogar mit Hilfe von Aufforstungen wieder jungen Hochwald hochzuziehen. Solche protektiven Maßnahmen entziehen aber die noch vorhandenen Waldbestände zunächst einmal der Nutzung. Die nicht mehr schützenswerten, bereits weitgehend degradierten Gehölz- und Gestrüppformationen können den Bedarf an Bauholz und an guten, gerade gewachsenen Stämmen ohnehin

nicht decken. Deshalb behilft man sich seit langer Zeit mit Anpflanzungen von *Pappeln* im Bereich der bewässerten Talsohlen oder entlang der kleineren Bäche. Oft hat man im Bergland schon den Eindruck, als sei der Wald gleichsam vom Berg ins Tal gewandert. Ähnlich wie die Dattelpalme weiter im Süden oder der Ölbaum im mediterranen Bereich ist die Pappel heute fast schon zum Charakterbaum der Hochländer des nördlichen Vorderasien geworden. Man kann sich kaum mehr ein Bergdorf mit Bewässerungsflur vorstellen, das nicht von einem Pappelhain umgeben wäre.

Klarer und eindeutiger noch als durch Relief, Klima und Vegetation heben sich die Hochländer der Türkei, Persiens und Afghanistans nun aber durch ihre eigenständige *Kultur* von den südlich angrenzenden Regionen des Fruchtbaren Halbmondes und Arabiens ab. In erster Annäherung läßt sich für den Orient die Regel aufstellen, daß die *Islamisierung* im frühen Mittelalter auch *Arabisierung* bedeutete; selbst die Berber des Maghreb sind im Laufe der Jahrhunderte größerenteils arabisch überprägt worden (vgl. Abschn. 412, 4313). Die Hochländer des nördlichen Vorderasien bilden jedoch eine markante Ausnahme von dieser Regel: Zwar wurden auch sie fast vollständig islamisiert; sowohl die seldschukisch-türkisch-osmanische als auch die iranische Kultur hatten aber eine so starke Kraft und Eigenständigkeit, daß sie der Arabisierung erfolgreich Widerstand leisten konnten.
Die Völker des nördlichen Vorderasien sprechen demzufolge nichtsemitische Sprachen, und auch in ihrem *künstlerischen Ausdruck* sind sie eigene Wege gegangen. Besonders klar wird dies z. B. an der Architektur: Der zentrale Kuppelbau für Moscheen oder Innenhöfe mit je einer großen, offenen Halle (Liwan) in der Mitte jeder Seite oder die Verkleidung der Wände mit bunten Fayencen und glasierten Ziegeln sind eigenständige Schöpfungen der nördlichen Hochländer. Wo wir solche Formen heute auch im Bereich des Fruchtbaren Halbmondes antreffen, sind sie durch kulturelle Ausstrahlung aus dem Norden zu erklären; so wurden z. B. Kunst und Kultur des Irak stark von Persien her beeinflußt.
Dieser *nicht-arabische Norden* hat in der politischen Geschichte des Orients seit etwa 750 n. Chr. eine entscheidende Rolle gespielt. Immer wieder gelang es Eroberern aus dem Norden, ihren Herrschaftsbereich weit nach Süden hin auszu-

dehnen: Vom iranisch-afghanischen Hochland aus wurden große Teile Indiens erobert und islamisiert. Aus Anatolien hingegen kamen die Völker und Dynastien, die in den vergangenen Jahrhunderten nicht nur den Fruchtbaren Halbmond und Arabien, sondern auch Teile Nordafrikas politisch und militärisch beherrschten (Seldschuken, Mamelucken, Osmanen). Sehen wir vom Erdöl einmal ab, dann ist auch heute noch das Bevölkerungs- und Wirtschaftspotential der Hochländer wesentlich höher als das der Arabischen Halbinsel einschließlich des Fruchtbaren Halbmondes: den etwa 50 Millionen Einwohnern dort stehen hier etwa 95 Millionen Menschen gegenüber.

Eine erste Großgliederung des nördlichen Vorderasien nach Natur-, Siedlungs- und Wirtschaftsräumen könnte in einer sowohl klimatisch als auch kulturell bedingten West-Ost-Abfolge vielleicht drei *Teillandschaften* unterscheiden: Das *westliche und mittlere Anatolien* erscheint in seinem Relief stark zum Mittelmeer hin geöffnet. Klima, Vegetation und Landnutzung sind noch weitgehend mediterran, oder sie sind zumindest stark mediterran beeinflußt. Auch in seiner übrigen Wirtschaft und in den Lebensformen seiner Bewohner gleicht dieser Teil der Türkei in vieler Hinsicht den anderen Mittelmeerhalbinseln und damit Europa.
Östlich hiervon folgen die dicht gescharten, hohen *Gebirge und Bergländer des östlichen Anatolien, Armeniens und Aserbeidschans.* Sie erhalten zwar verhältnismäßig viel Niederschlag; strenge Winter, große Meereshöhen und ein vielfach recht steiles Relief bereiten für Siedlung und Landnutzung aber doch erhebliche Schwierigkeiten. Innerhalb des Staatsgebiets der Türkei ist dieser Osten ein ausgesprochen peripheres, schwer erreichbares und wirtschaftlich ziemlich zurückgebliebenes Entwicklungsgebiet. In den *Hochländern von Iran und Afghanistan* als der 3. Großlandschaft schließlich werden ausgedehnte, kaum nutzbare zentrale Wüstenbecken von Randgebirgen und Bergländern umrahmt, welche etwas mehr Niederschlag empfangen und damit die Kernräume für Siedlung und Landnutzung darstellen.
Die *Staatsgrenzen* zwischen der Türkei, Iran und Afghanistan gehen jeweils mitten durch die genannten Großlandschaften hindurch. Nicht die Linienführung im einzelnen, wohl aber der ungefähre Verlauf der Grenze zwischen der

Türkei und Iran geht jedoch bereits auf eine jahrhundertealte Tradition zurück, durch welche beide Staaten sehr unterschiedlich geprägt wurden. Deshalb seien nachstehend die Türkei einerseits und Iran und Afghanistan andererseits in je einem gesonderten Abschnitt besprochen.

552 Türkei

Wenn wir von Israel einmal absehen, dann gibt es nur einen Staat im Orient, bei welchem man mit Recht fragen kann, ob er nicht eigentlich schon zu Europa gehöre: die Türkei. Das Kernland der Türkei, die Halbinsel Anatolien, wird zwar nach der klassischen Einteilung der Erde in Kontinente zu Asien gerechnet. Ein Blick auf eine Karte der Mittelmeerländer zeigt jedoch, daß man Anatolien mit guten Argumenten auch noch als eine *Halbinsel Südeuropas* ansehen kann. Es würden dann im Bereich des Mittelmeers zwei schmalere, von zentralen Gebirgszügen gleichsam als Rückgrat durchzogene innere Halbinseln (Apenninen-Halbinsel, Balkan-Halbinsel) symmetrisch flankiert werden von zwei gedrungenen, blockförmigen äußeren Halbinseln (Pyrenäen-Halbinsel, Halbinsel Anatolien), deren Inneres aus bereits schon recht trockenen Hochländern besteht, und deren Nordsaum auch im Sommer reichlichere Niederschläge empfängt.

Schwerer noch wiegen die Argumente aus dem Bereich von Kultur und Wirtschaft. Als *Stammland des Osmanischen Reiches* gehörte die Türkei zwar bis zum Ersten Weltkrieg zweifellos zum Orient. Seitdem aber haben die geistige Strömung der Jungtürken sowie der eiserne, unbeugsame Wille Kemal Atatürks und seiner Nachfolger die Türkei mehr und mehr europäisiert. Verwaltung, Armee, Rechtswesen und Wirtschaftsorganisation wurden von Grund auf erneuert und europäischen Verhältnissen angeglichen. Vieles bleibt zwar noch zu tun, und hie und da kommt auch in der Türkei wieder der alte Schlendrian des Orients oder starrer islamischer Konservatismus zum Durchbruch. In ihrer wirtschaftlichen Entwicklung hat die Türkei heute aber doch schon den level z. B. Spaniens, Portugals oder Griechenlands erreicht. Da sich auch die Türken selbst als Europäer fühlen und sehr bewußt zu Europa bekennen, sollten wir dieser Einstellung Achtung entgegenbringen.

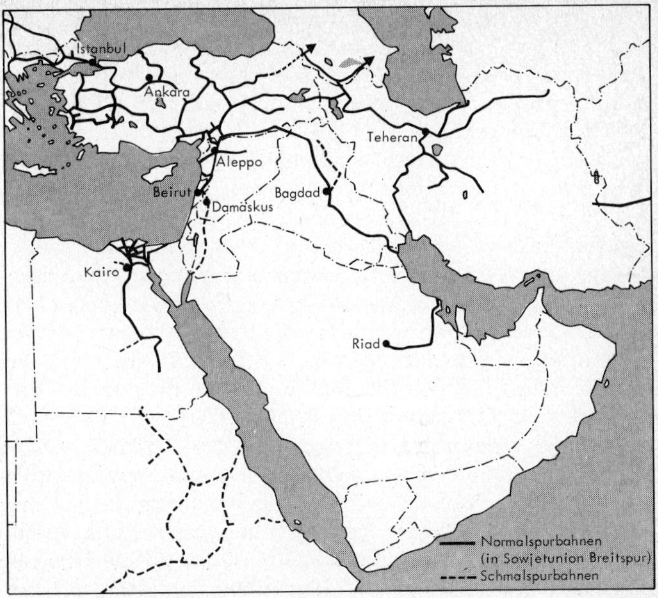

Fig. 34: Eisenbahnen Vorderasiens

Der Geograph kann nun ebenfalls einige gewichtige Argumente dafür anführen, daß die Türkei in vieler Hinsicht bereits Europa zugerechnet sei (H. LOUIS 1954). In Abschnitt 52 wurde es als ein ganz wesentliches Merkmal des Orients herausgestellt, daß hier die *Kulturlandschaft* in ihrem Bauplan kein flächendeckendes, sondern nur ein insel- oder streifenhaftes Muster zeigt; dieses Kriterium trifft gerade für die Türkei und nur für die Türkei nicht zu. Gewiß, auch in Anatolien gibt es fast siedlungsleere Gebirge; diese finden aber in manchen Gebirgen Europas durchaus vergleichbare Gegenstücke. Von solchen Ausnahmen abgesehen ist die Türkei genau wie Europa fast lückenlos besiedelt und flächenhaft landwirtschaftlich genutzt (Fig. 35). Wüsten und Wüstensteppen fehlen. Wenn auf den Karten einiger Atlanten in Anatolien noch Wüsten oder Salzsteppen eingetragen sind, dann stimmt das nicht; auch die Steppen um den zentralen Salzsee Tuz Gölü herum werden heute beackert.

Grad und Muster der Verkehrserschließung gelten als ein weiteres charakteristisches Kennzeichen Europas: Die *Eisen-*

bahnen bestehen hier nicht nur aus vereinzelten, kaum zusammenhängenden Linien, sondern sie sind miteinander zu einem Maschennetz verbunden. Zwar ist das Eisenbahnnetz Anatoliens noch relativ weitmaschig. Die Bahnen bilden aber bereits ein echtes Netz und sind an alle Nachbarstaaten angeschlossen (Fig. 34). Auch in diesem Punkt unterscheidet sich die Türkei – wenn wir von dem Sonderfall des ägyptischen Nildeltas einmal absehen – von allen anderen Ländern des Orients. Selbst Iran und Irak sind demgegenüber nur durch wenige sternförmig von der Hauptstadt ausstrahlende Eisenbahnlinien erschlossen.
Schließlich kann noch ein drittes Kriterium genannt werden. Ungeachtet vieler Ausnahmen läßt sich in erster grober Annäherung wohl sagen, daß in Europa westlich des Eisernen Vorhangs *freie Bauern* auf eigener Scholle die Regel darstellen; der Orient hingegen war bis zum Zweiten Weltkrieg durch vom Grundherrn abhängige tributpflichtige Fellachen charakterisiert. Auch in der Türkei gibt es zwar da und dort Grundherren und Pächter. Im großen und ganzen ist Anatolien aber doch schon immer ein Land freier Bauern gewesen, die eigenen Grund und Boden bewirtschaften. Damit sind der Türkei manche der ganz aktuellen Sozialprobleme anderer Staaten des Orients erspart geblieben.

In einem nachgerade klassisch ausgebildeten zentral-peripheren und hypsometrischen *Formenwandel* (H. LAUTENSACH 1952) gliedert sich Anatolien hinsichtlich seiner Oberflächenformen, seines Klimas, hinsichtlich Bevölkerungsdichte und landwirtschaftlicher Nutzung in die küstennahen Räume des Randsaums einerseits und das zentrale Binnenhochland andererseits: Auf eine unterschiedlich breite Küstenebene entlang dem Schwarzen Meer und dem Mittelmeer folgen sowohl im Norden als auch im Süden recht hohe Randgebirge. Diese rahmen die Hochebenen des zentralen Anatolien ein, welche ihrerseits nochmals in Gebirgszüge und größere Beckenlandschaften (die sog. ›Ovas‹) gegliedert sind. Im Westen Anatoliens sind die Randgebirge durchgängiger und niedriger; stellenweise fehlen sie ganz. Damit können mediterrane Einflüsse von der Ägäis her verhältnismäßig weit ins Innere vordringen.
Klimatisch erscheinen sowohl die *westliche Türkei* als auch die nördlichen und südlichen *Randlandschaften* bevorzugt: Relativ milde Winter und reichliche Niederschläge

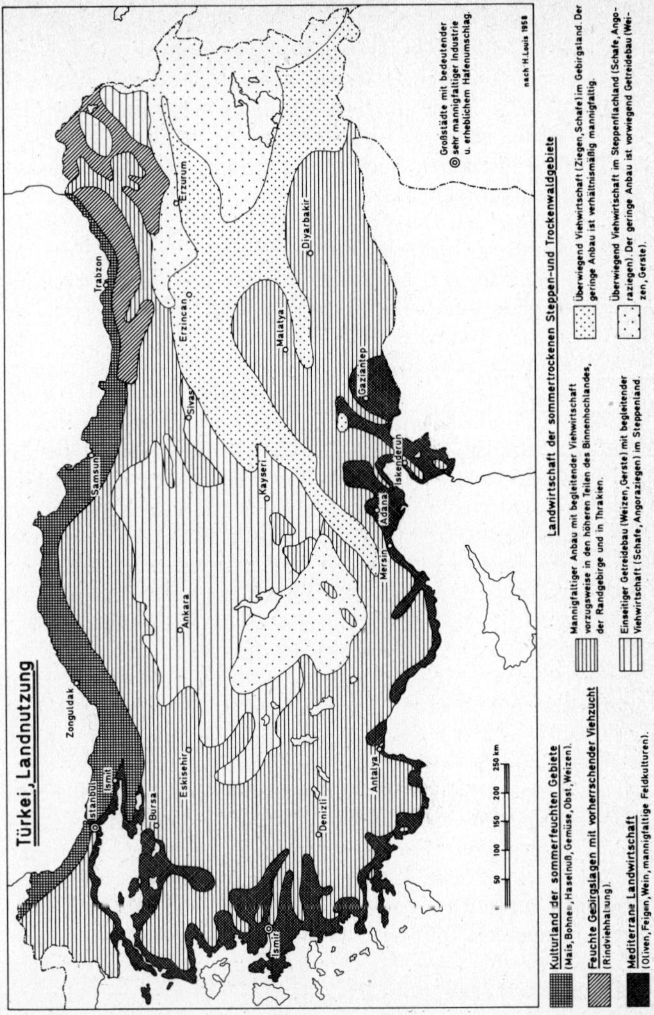

Fig. 35: Landnutzung in der Türkei

bilden hier die Grundlagen für eine dichte Besiedlung und recht intensive Landnutzung (Fig. 35). Im Hinterland der Ägäis werden vielerlei mediterrane Nutzpflanzen angebaut: Oliven- und Feigenbäume, Weintrauben und Tabak, Gemüse, Weizen und Mais. Für die Schwarzmeerküste und die angrenzenden nördlichen Randgebirge sind neben dem Anbau von Mais und Tabak vor allem ausgedehnte Haselnußkulturen charakteristisch. Die klimabegünstigten Küstenebenen im Süden hingegen werden im großflächigen Anbau von bewässerter Baumwolle eingenommen. Auch die Kulturen von Zitrusfrüchten breiten sich hier rasch aus.

Im *Inneren Anatoliens* können die fruchtbaren Böden der Ovas überall dort sehr intensiv genutzt werden, wo am Rande von Gebirgen genügend Wasser für Feldbewässerung zur Verfügung steht. Die Gärten und Felder im Umkreis der dortigen alten Handels- und Gewerbestädte (Konya, Kayseri, Sivas, Malatya) sind überwiegend Altsiedelland (W. HÜTTEROTH 1968). Weite Areale der übrigen Hochfläche Anatoliens waren jedoch noch vor wenigen Jahrzehnten nomadisches Weideland. Erst im Zusammenhang mit der Getreidekonjunktur seit dem Zweiten Weltkrieg sind diese Steppengebiete für einen modernen mechanisierten Weizenanbau erschlossen worden (H. LOUIS 1957, X. DE PLANHOL 1960). Der für den Orient nachgerade schon klassische Gegensatz zwischen Altsiedelland und Jungsiedelland prägt damit auch die Kulturlandschaft Anatoliens in vieler Hinsicht (vgl. W. HÜTTEROTH 1969). Die Nomaden wurden durch das rasche Vordringen des Ackerbaus aus ihren früheren Weidegründen in die Regionen des Hochlandes mit ungünstigeren Böden oder stärkerem Relief zurückgedrängt. Dies führte dort zu einer starken Überweidung mit entsprechender Vegetationszerstörung und Bodenabspülung.

Die naturbegünstigten randlichen Provinzen Anatoliens hatten schon immer etwa die doppelte *Bevölkerungsdichte* des Binnenlandes gehabt. Dieses zentral-periphere Ungleichgewicht wird durch die Binnenwanderung seit einigen Jahrzehnten noch verstärkt: Im Inneren Anatoliens überwiegt die Abwanderung, im Küstenbereich und im Westen die Zuwanderung. Hierbei wirken nicht nur das angenehmere Klima und die günstigeren Möglichkeiten der Landnutzung anziehend; auch fast alle modernen Industrien der Türkei werden in den Randprovinzen, insbesondere im Bereich der Westküste (Raum Istanbul und Marmara-Meer, Izmir) errichtet.

In gewisser Hinsicht zeichnet sich damit im Prozeß der Binnenwanderung eine Reaktion ab auf die Absicht Kemal Atatürks, den Schwerpunkt der modernen Türkei in das Zentrum Anatoliens zu verlagern. Ganz bewußt hatte er 1923 die Hauptstadt der jungen Republik von Istanbul nach *Ankara* verlegt. Dieses war damals ein Landstädtchen mit etwa 30000 Einwohnern; inzwischen ist es zu einer modernen Stadt mit etwa einer Million Einwohnern herangewachsen. Noch heute hat Ankara aber nur wenig Industrie, und es liegt relativ isoliert inmitten eines recht dünn bevölkerten Umlandes. *Istanbul* hingegen, die berühmte, altehrwürdige Hauptstadt des Byzantinischen und des Osmanischen Reiches und eine der schönsten, faszinierendsten Städte der Erde, hat sich nach anfänglicher Stagnation seit dem Zweiten Weltkrieg wieder stürmisch entwickelt. Es ist heute mit 2,5 Millionen Einwohnern die größte Stadt und der wichtigste Industrieplatz der Türkei, sowie nach wie vor das wirtschaftlich, sozial und kulturell tonangebende Zentrum des Landes. Große Bedeutung als Industrie-, Hafen- und Handelsstadt hat daneben *Izmir*, welches etwa in der Mitte der Westküste Anatoliens liegt. Aufgrund seiner natürlichen Lagegunst ist Izmir heute der wichtigste Exporthafen der Türkei.

553 Iran (Persien) und Afghanistan

Die Staaten Iran und Afghanistan umfassen das *Hochland von Iran* einschließlich seiner nördlichen und südlichen Randgebirge. Dazu kommen die im Westen und Osten anschließenden Gebirgsknoten, in welchen diese umrahmenden Bergketten zusammengebündelt erscheinen, sowie als Randsaum die jeweils im Norden und Süden vorgelagerten Tiefländer und Senkungszonen. Die zentralen Teile des Hochlandes sind fast menschenleere, verkehrsfeindliche Wüste; die Schwerpunkte von Siedlung und Wirtschaft finden sich in den Becken und Tälern der Gebirgsumrahmung, im Gebirgsknoten des Nordwestens und im Kaspi-Tiefland. Diese niederschlagsreicheren Randgebiete machen das Hochland von Iran zu einer verkehrsgünstigen Brücke, welche den Mittelmeerraum auf dem Landweg quer durch den großen altweltlichen Trockengürtel hindurch mit Zentral-, Süd- und Ostasien verbindet (vgl. H. BOBEK 1954/55).
Der große *alpidische Hochgebirgsgürtel*, der in überwiegend west-östlicher Richtung ganz Europa und Asien durchzieht, ist im nordwestlichen Iran (Hochland von Armenien und Aserbeidschan) zu einem verhältnismäßig schmalen Gebirgs-

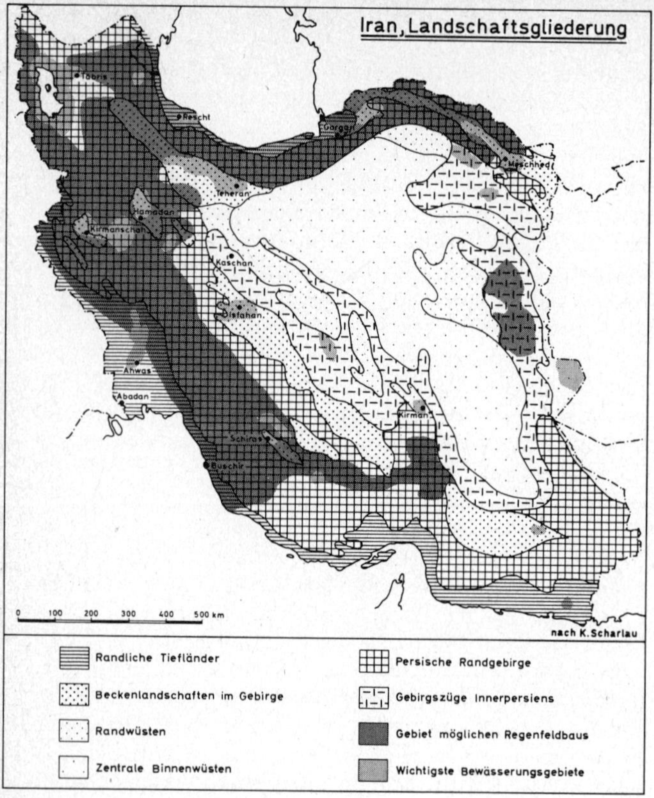

Fig. 36: Iran — Landschaftsgliederung

komplex zusammengerafft. Nach Osten zu gabelt er sich dann in ein schmaleres nördliches und ein relativ breites, viel verzweigtes südliches Randgebirge. Im Norden setzen sich die Gebirgsketten des Elburs und des nordostpersischen Berglandes über die Gebirge Nordafghanistans bis zum Hindukusch fort. Im Süden knicken die Bergketten des Zagros und des südostpersischen Gebirgslandes in Belutschistan nach Norden um und grenzen damit das Hochland mit einem Gebirgswall gegen das östlich anschließende Industiefland ab.

Das *persische Binnenhochland* selbst hat eine Meereshöhe von ca. 1000 m; es wird durch einige Gebirgszüge, insbesondere durch das nord-südlich verlaufende ostpersische Meridionalgebirge, nochmals in eine Abfolge mehrerer Binnenbecken gegliedert. Diese weiten, abflußlosen Becken sind das einzige größere zusammenhängende Wüstengebiet des nördlichen Vorderasien (Fig. 36). Ihre zentralen Binnenwüsten, ein etwa 1000 km langer und 200—500 km breiter Gürtel, setzen sich aus ganz flachen, mit Schutt, Flugsand oder Salzton überdeckten Wannen zusammen (große Kawir, Wüste Lut, Becken von Seistan). Die Wüste Lut (Becken von Schadad) ist mit nur 250 m ü. M. die tiefste Depression des Hochlandes und eine der extremsten, heißesten Wüsten der Erde. Trotzdem dürfte ihre sperrende, verkehrsfeindliche Wirkung wesentlich geringer sein als die der zentralen Sahara oder der Wüsten Innerarabiens. Sowohl die insgesamt doch erheblich kleinere Flächenausdehnung als auch die Gliederung der innerpersischen Wüsten durch niederschlagsbegünstigte, oasenreiche zentrale Bergzüge (Fig. 37) tragen mit dazu bei, daß diese dem Menschen weniger Hindernisse entgegenstellen.

Auch in Iran und in Afghanistan ist das *Wasser* der entscheidende Faktor für die Nutzung des Landes durch den Menschen. Nur dort, wo reichlicherer *Niederschlag* fällt, findet man größere geschlossene Anbaugebiete mit relativ dichter Besiedlung (vergl. Fig. 37 und Fig. 38). Besonders begünstigt erscheint in dieser Beziehung das iranische Kaspitiefland. Die dortigen Landschaften Gilan, Mazenderan und Gorgan zählen zu den wohlhabendsten und wirtschaftlich dynamischsten Gebieten Persiens. Auch die Beckenlandschaften Aserbeidschans und die zentralen Gebirge Afghanistans sowie die feuchteren Teile der nördlichen und südlichen Randgebirge empfangen immerhin noch so viel Niederschlag, daß Anbau ohne Bewässerung möglich ist. Die intramontanen, im Regenfeldbau genutzten Becken bei den alten persischen Hauptstädten Ekbatana (Hamadan) und Persepolis (nördlich Schiraz) haben als die alten Stammlande der Meder und der Perser historisch ein besonderes Gewicht.
Fast alle großen Wüstenbecken des zentralen iranisch-afghanischen Hochlandes sind abflußlos. Nur die Flußsysteme des Sefid-Rud im Norden, des Karun im Süden und des Kabul im Osten entwässern randnahe Beckenlandschaften zum Meer. Im übrigen versiegen die von den Gebirgen kommenden *Flüsse* im Schutt der Beckenfüllungen, oder sie breiten sich zur Zeit

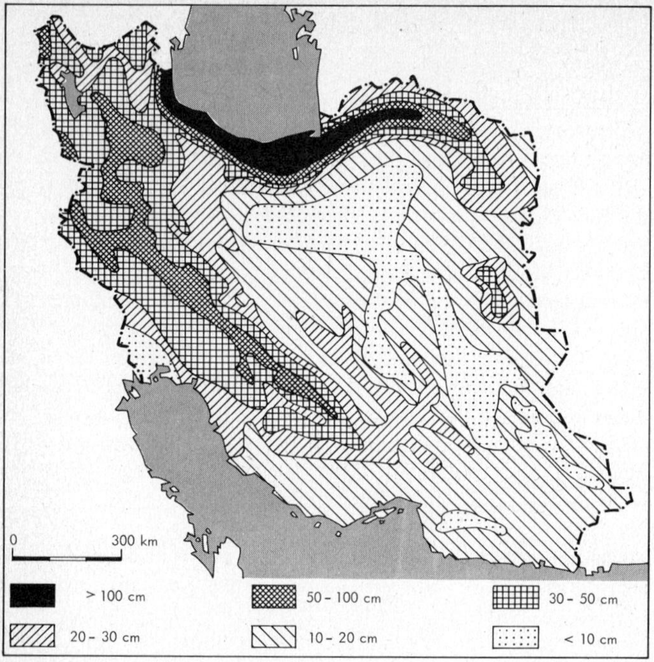

Fig. 37: Iran — Mittlerer Jahresniederschlag

der Schneeschmelze in einer ganz seichten Wasserschicht über die sterilen Salztonebenen der Kawire aus.

Dort, wo die Wasserläufe vom Gebirge in die Ebene austreten, finden sich im Bereich flacher Schuttkegel oder Schwemmfächer ausgedehnte, intensiv bewirtschaftete *Gebirgsrand-Oasen*. Fast alle großen oder ehemals bedeutsamen Städte Irans sind das Zentrum solcher Bewässerungsinseln am Rand von Gebirgsketten oder -massiven: Teheran, Qaswin und Täbriz im Bereich der nördlichen Randgebirge, Kum, Keschan, Jazd und Kerman am Rand zentraler Ketten sowie Hamadan, Erek, Isfahan und Schiraz im Bereich der südlichen Gebirge.

Auch dort jedoch, wo das Wasser der Niederschläge, Quellen, Bäche und Flüsse bereits in dem Schutt versickert ist, der die Gebirge des iranischen Hochlandes allseits einhüllt, wird es vom Menschen noch genutzt. In kunstvollen, wohl schon zur Zeit der persischen Großreiche vor 2500 Jahren bekannten

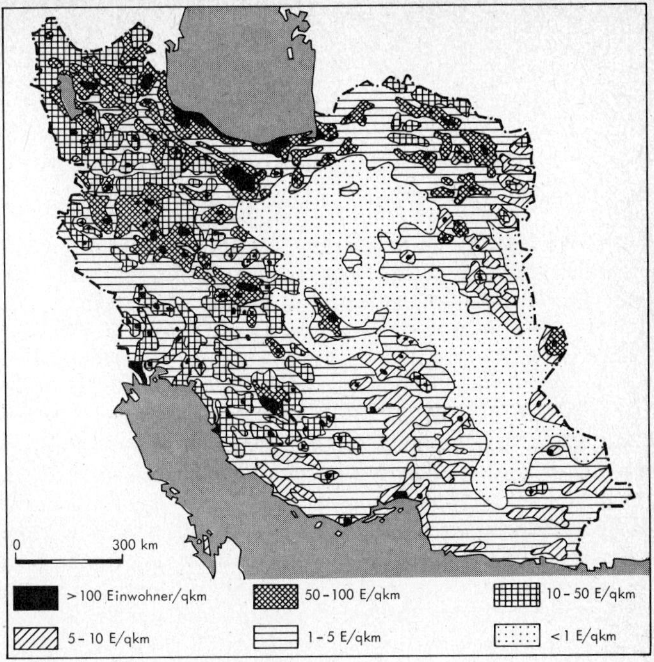

Fig. 38: Iran — Bevölkerungsdichte

unterirdischen Wasserstollen, den sogenannten Qanaten oder Karezen, leitet man das Grundwasser der weiten Talmulden oder der randlichen Becken an die Oberfläche und verwendet es zur Wasserversorgung von Mensch, Tier und Flur.

Diese *Qanat-Oasen* sind fast überall in Iran und Afghanistan zu finden. Nur mit ihrer Hilfe wurde es überhaupt möglich, Fernhandel und Überlandverkehr auf vielen Straßen quer durch das trockene Hochland zu leiten; denn dank der Qanate reihen sich an diesen Straßen im Abstand von höchstens je 30 Kilometern Rastplätze und Wasserstellen. Immerhin sind dem Wasserangebot solcher Qanat-Oasen doch recht enge Grenzen gesetzt. Bei all ihrer Bedeutung für Handel und Verkehr sowie früher auch für die politische und militärische Beherrschung des Hochlandes schließen sie größere Bevölkerungskonzentrationen oder ausgedehntere Bewässerungskulturen weitgehend aus.

Iran: Von den beiden Staaten des iranischen Hochlandes ist der westliche, Iran oder Persien, nicht nur größer und volkreicher, sondern auch wirtschaftlich bereits höher entwickelt. Ein ehemaliger Kosakenoffizier, Reza Schah, hat in den Jahren 1925–1941 das Land befriedet und die Grundlagen für ein modernes Staatswesen geschaffen. Zwar arbeiten noch heute etwa 40 % aller Erwerbstätigen Persiens in der *Landwirtschaft;* auch ist das Land bis vor kurzem noch ein klassisches Beispiel für rentenkapitalistische Unterdrückung der Fellachen gewesen (Vorherrschen von Großgrundbesitz, ungünstige Teilbau- und Pachtverträge, hohe Verschuldung; vgl. Abschn. 32 und H. BOBEK 1962). Seit 1962 und in der zweiten Phase seit 1964 wird jedoch mit Nachdruck und beachtlichem Erfolg eine Bodenreform durchgeführt, welche die Aufteilung der meisten großen Feudalbesitztümer zur Folge hatte.

Gleichzeitig damit gelingt es, die Produktivität der Landwirtschaftsbetriebe anzuheben und das Bewässerungsland durch den Bau großer Staudämme und das Aufstellen von Grundwasser-Motorpumpen auszudehnen. Das kaspische Küstentiefland ist ein besonders reiches und intensiv bewirtschaftetes Anbaugebiet, mit Reis, Tee, Zitrusfrüchten, Tabak und Baumwolle als wichtigsten Nutzpflanzen. Im Hochland werden insbesondere Weizen und Gerste als die altüberlieferten Grundnahrungsmittel angebaut; daneben findet man hier, vor allem im bewässerten Bereich, Weintrauben, Zuckerrüben und mediterrane Baumkulturen (z. B. Granatäpfel, Mandeln, Pistazien). Das sommerheiße, auch im Winter sehr milde Klima Südpersiens schließlich erlaubt den Anbau von Dattelpalmen, Südfrüchten und Zuckerrohr.

Das traditionelle städtische Handwerk und Kleingewerbe sowie das in Iran weit verbreitete ländliche Hausgewerbe verlieren in der Konkurrenz mit modernen *Industrien* zunehmend an Bedeutung, beschäftigen trotzdem aber noch wesentlich mehr Arbeitskräfte als letztere. Vor allem bei der Teppichknüpferei (etwa 400 000 Beschäftigte!), bei Metall-, Holz- und Lederarbeiten und bei der Herstellung von Spezialgeweben hat sich die Handarbeit bis heute behaupten können (vgl. Abschn. 33). Die modernen, sehr dynamischen Industrien Irans sind auf wenige Standorte konzentriert. Wichtigstes Industriezentrum ist die Hauptstadt Teheran (moderne Fahrzeug- und Verbrauchsgüterindustrien); daneben sind Isfahan (Textilindustrie, Stahlwerk) und die Städte der Kaspi-Niederung

(Nahrungsmittel- und Baumwollverarbeitung) von Bedeutung (W. KORBY 1977).

Wesentliche Voraussetzung für die politische Konsolidierung und Befriedung des Landes, für die Brechung der Macht der Nomaden und für eine moderne wirtschaftliche und technische Entwicklung war die Schaffung leistungsfähiger *Verkehrswege*. Heute verfügt Persien über ein gut ausgebautes Netz von vielfach schon asphaltierten Straßen, welche die Weite des iranischen Hochlandes erschließen und den Übergang von der früheren Selbstversorgerwirtschaft zu Marktproduktion und Güteraustausch ermöglichen. Die innerhalb des iranischen Verkehrsnetzes zentral gelegene Stadt Teheran ist durch Eisenbahnlinien mit der Kaspisee und dem Persischen Golf, mit dem Wallfahrtsort Meschhed, mit den innerpersischen Oasenstädten (Kum, Keschan, Jazd und Kerman) sowie über Täbriz mit dem Eisenbahnnetz der Sowjetunion und der Türkei verbunden (Fig. 34).

Die Hauptstadt der persischen Reiche hat in den vergangenen Jahrhunderten oft gewechselt. Je nachdem, auf welche Bevölkerungsgruppen des Hochlandes sich die einzelnen Dynastien stützten und wo demzufolge die Kernräume der jeweiligen Staatsbildungen lagen, hatten Persepolis und Susa, Täbriz und Schiraz, Qaswin und Isfahan Hauptstadtfunktionen inne. Insbesondere *Isfahan*, die inmitten einer fruchtbaren Bewässerungsoase am Rande schroffer Bergmassive gelegene zweitgrößte Stadt Persiens, zehrt noch heute von der Blütezeit safawidischer Herrschaft im 17. Jahrhundert, während derer sie Hauptstadt eines großen und reichen Staates war. Nach wie vor ist Isfahan eines der Hauptzentren persischer Kultur und die wohl schönste Stadt Irans. Die großartige Freitagsmoschee und die vielen wohlerhaltenen Bauwerke aus der Glanzzeit von Schah Abbas machen Isfahan zu dem wohl wichtigsten Anziehungspunkt des Fremdenverkehrs in Persien. Bazar und Altstadt sind noch heute sehr lebendige Zentren des persischen Gewerbes und Kunsthandwerks (GAUBE-WIRTH 1978).

Im Vergleich zu diesen alten, traditionsreichen Städten ist *Teheran* – mit über 4 Millionen Einwohnern die mit Abstand größte Stadt nicht nur Irans, sondern ganz Vorderasiens – recht junger Entstehung. Der Aufschwung Teherans begann erst 1796, als die damalige Kadscharendynastie die Hauptstadt ihres Reiches von Schiraz hierher verlegte. Damals zählte die Stadt noch kaum 15 000 Einwohner. Die entscheidenden Impulse erhielt Teheran seit 1925, als die Dynastie Pahlewi in betontem Bemühen um Zentralisierung alle wichtigen Funktionen des Reiches in der Hauptstadt konzentrierte und die winklige Altstadt zu einer modernen Großstadt mit breiten Straßendurchbrüchen ausbaute. Die junge Dynamik der Erdölerschließung in Iran und reicher Kapitalzustrom ließen dann Teheran seit etwa 1955 im raschen Wachstum von Bevölkerung und Wirtschaft zu einer Weltstadt mit ausgedehnten Geschäftsvierteln und erdbebensicheren Hochhäusern werden (vgl. Abschn. 58). Heute ist die Stadt nicht nur politischer und kultureller Mittelpunkt, sondern auch das mit großem Abstand bedeutendste Verwaltungs-, Finanz- und Großhandelszentrum Persiens sowie der größte Teppich-Handelsplatz der Welt (vgl. P. G. AHRENS 1966, E. WIRTH 1976, M. SEGER 1978).

Afghanistan: Gegenüber Iran erscheint Afghanistan in mancher Hinsicht benachteiligt. Einmal gehört es zu den wenigen Staaten der Erde, die reine Binnenländer sind und keinen direkten Zugang zum Meer besitzen. Zum zweiten ist Afghanistan noch heute ein Land ohne Eisenbahn. Auch wurde hier der traditionelle Karawanenverkehr wesentlich später als in fast allen anderen Teilen des Orients durch den Kraftfahrzeugverkehr abgelöst; noch heute ist das Netz befahrbarer Straßen äußerst weitmaschig. Des weiteren besteht auch hinsichtlich der Landnutzung noch ein erheblicher Entwicklungsrückstand: Nach neueren Schätzungen werden in Afghanistan derzeit nur etwa 3—5 % der Staatsfläche ackerbaulich genutzt, während sich die entsprechenden Werte für Iran immerhin zwischen 10 und 15 % bewegen. Schließlich hat sich Afghanistan auch besonders spät dem Westen geöffnet. Ein erster, 1919 begonnener Versuch der Erschließung für westliche Wirtschaft und Technik unter dem progressiven König Amanullah scheiterte 1929 an einem reaktionären Umsturz. Erst seit dem Zweiten Weltkrieg dringen jetzt wieder in stärkerem Umfang westliche Einflüsse in das Land ein. Desungeachtet haben Großgrundbesitzer und Nomaden noch heute in Afghanistan eine stärkere Position als in fast allen anderen Ländern des Orients.

Aufgrund all dieser ungünstigen Faktoren verwundert es nicht, daß Afghanistan derzeit noch zu den wirtschaftlich überdurchschnittlich zurückgebliebenen und wenig erschlossenen Staaten des Orients gehört. Nur die stellenweise bewässerten intra-

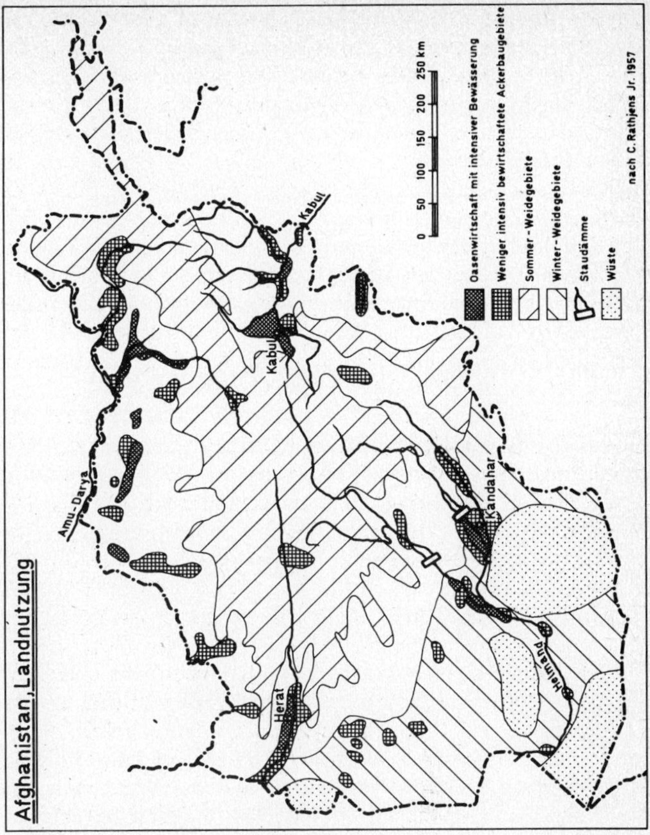

Fig. 39: Landnutzung in Afghanistan

montanen Becken und Hochtäler des zentralen Gebirgslandes und einige größere Bewässerungsoasen an dessen Rand sind dichter besiedelt. Viel kultivierbares Land wird nur als Weide genutzt. Immerhin haben die Bemühungen der Regierung um Förderung und Modernisierung der Landwirtschaft und um Hebung des allgemeinen Lebensstandards in den letzten Jahrzehnten bereits erfreuliche Fortschritte gebracht. Die landwirtschaftliche Produktion konnte gesteigert werden, durch den Bau von Staudämmen wurde das Bewässerungsareal vergrößert, einige moderne Industriewerke sind entstanden, und man bemüht sich überall im Lande um den Bau von Krankenhäusern und von Schulen (vgl. C. RATHJENS JR. 1956/57, 1957, 1965). Vor allem die Hauptstadt *Kabul*, die in den 10 Jahren seit der stadtgeographischen Monographie von H. HAHN (1964) eine überraschende Dynamik gezeigt hat, spiegelt diese jungen Entwicklungen wider.

Die kluge Neutralitätspolitik Afghanistans zwischen der Sowjetunion als dem Nachbarn im Norden einerseits und den westlichen Industriestaaten andererseits, trotz mancher Grenzkonflikte aber auch zwischen Iran im Westen und Pakistan im Osten hat dazu geführt, daß das Land von verschiedensten Seiten durch namhafte Beiträge zur Entwicklungshilfe gefördert wird. Auf längere Sicht sind die Entwicklungsmöglichkeiten Afghanistans wohl durchaus positiv einzuschätzen; denn im Verhältnis zu den vorhandenen Ressourcen ist das Land noch ausgesprochen dünn bevölkert. Voraussetzung einer gedeihlichen Entwicklung ist allerdings die Wiedergewinnung der politischen Stabilität (vgl. E. GRÖTZBACH 1972, 1975).

56 Das Problem Israel

Die Gründung eines souveränen jüdischen Staates auf dem Boden Palästinas im Jahre 1948 bedeutete nur den letzten Schritt einer Entwicklung, welche bereits im vergangenen Jahrhundert eingesetzt hatte: Seit etwa 1870 (1878 erste Kolonie Petach-Tikhwa bei Jaffa) wanderten jüdische Kolonisten vor allem aus Osteuropa legal oder illegal in Palästina ein; sie folgten damit der Aufforderung der zionistischen Weltbewegung, die Zerstreuung der Juden über alle Welt zu beenden und das jüdische Volk wieder in seiner antiken Heimat Palästina zu vereinen. Schon der erste Zionistenkongreß 1897 in Basel erstrebte »für das jüdische Volk die Schaffung einer öffentlich-rechtlich gesicherten Heimstätte in Palästina«.

Die Erfolge dieser Bewegung waren zunächst allerdings recht bescheiden. 1914 gab es in ganz Palästina erst 43 jüdische landwirtschaftliche Siedlungen mit insgesamt 12000 Seelen (A. RUPPIN 1917, S. 85f). Auch hatten die Kolonisten in den ersten Jahrzehnten bei ihren Versuchen, moderne Methoden des Anbaus einzuführen, mit großen Schwierigkeiten zu kämpfen. Nur massive finanzielle Unterstützung durch den Baron

Edmund von Rothschild in Paris seit 1885 bewahrte die jüdischen Siedlungen vor wiederholtem finanziellem Ruin.
Im Rahmen des Prozesses der Verwestlichung brachten die jüdischen Kolonisten von Anfang an europäische Wirtschaftsformen und Lebensweisen nach Vorderasien. Man kann sie deshalb in vieler Hinsicht mit den französischen und italienischen Siedlern im Maghreb vergleichen (siehe Abschn. 4141). Ihre Pionierleistung vor dem Ersten Weltkrieg wird von einem der besten Kenner der Materie folgendermaßen gewürdigt: »Zusammenfassend läßt sich über die jüdischen Kolonien sagen, daß ihre Pflanzungen mustergültig sind, und daß sie durch ihren Unternehmungsgeist große neue Werte geschaffen und mit großem organisatorischem Geschick und starkem Gemeingeist nicht nur den Absatz ihrer Produkte in neuer und vortrefflicher Weise organisiert, sondern auch ihre Kolonien durch Schulen, Ärzte, Apotheken, Wasserleitungen zu Kulturoasen ausgestaltet haben« (A. RUPPIN 1917, S. 88).
Eine verhängnisvolle Problematik dieser jüdischen Siedlungen lag allerdings von Anfang an darin, daß sich die zionistischen Kolonisten nicht in einem – wie gelegentlich behauptet wird – fast menschenleeren Palästina niedergelassen haben, sondern in einem Land, das seit fast zwei Jahrtausenden zur Heimat einer recht dicht siedelnden arabischen Bevölkerung geworden war. Als Großbritannien nach dem Ersten Weltkrieg Palästina als Mandat übernahm, standen den (einschließlich der meist in Städten lebenden altansässigen orientalischen Juden) insgesamt 70000 Juden dort nicht weniger als 700000 Araber gegenüber. Die Araber bewohnten überwiegend die Bergländer Palästinas und bewirtschafteten sie mit den traditionellen Methoden mediterraner Landwirtschaft. Die jüdischen Siedler hingegen hatten sich vor allem in der von den Arabern nur sehr extensiv genutzten Küstenebene festgesetzt und sie für moderne, auf den Weltmarkt ausgerichtete Bewässerungskulturen erschlossen. Diese Küstenebene Palästinas ist noch heute der Kernraum Israels. Etwa 3/4 der Bevölkerung des jungen Staates (in den Grenzen vor 1967) wohnen hier in einer fast zusammenhängenden, stark verstädterten Siedlungsregion.
Unter dem britischen Mandat zwischen den beiden Weltkriegen nahm die Zahl der jüdischen Einwanderer trotz wiederholter Beschränkungen durch die Mandatsmacht rasch zu. 1938 standen innerhalb Palästinas den 850000 Arabern bereits 420000 Juden gegenüber. Nun kam es auch schon zu heftigen Ausein-

andersetzungen zwischen den arabischen und den jüdischen Bevölkerungsgruppen; die von den Landaufkäufern des Baron Rothschild angewandten Methoden haben bei den Arabern empörte Reaktionen hervorgerufen. Israelische Kolonisten ließen sich jetzt auch in einigen recht dicht von Arabern besiedelten Gebieten nieder.

Trotzdem beschränkte sich noch am Ende des Zweiten Weltkrieges das Gebiet dichter oder sporadischer jüdischer Siedlung auf die von der Landesnatur am meisten begünstigten Teile Palästinas, d. h. auf verhältnismäßig schmale Streifen längs der Mittelmeerküste und im Norden des Landes (Fig. 40). Die kahlen, durch Abspülung ihrer Bodenfruchtbarkeit beraubten Kalkbergländer im Inneren Palästinas und die bereits halbwüstenhaften Gebiete im Süden des Landes (Wüste Negev) blieben der arabischen Bevölkerung als Lebensraum vorbehalten. Mit etwa 960 000 Personen war der arabische Bevölkerungsteil noch bei der Gründung des Staates Israel im Jahre 1948 den damals 675 000 Juden an Zahl überlegen. Erst die anschließende Flucht bzw. Vertreibung von ca. 840 000 Arabern hat der jüdischen Bevölkerung innerhalb des jungen Staatswesens auch zahlenmäßig das Übergewicht gegeben.

Die besondere Problematik des deutsch-israelischen Verhältnisses, die Geschichte des Staates Israel und die Ereignisse seit 1948 können hier wohl als bekannt vorausgesetzt werden. Bevölkerungs- und Wirtschaftsstruktur Israels in geographischer Sicht sind von J. KARMON im Geographischen Taschenbuch (1962/63) knapp und klar dargelegt worden. Im folgenden seien deshalb nur noch einige Aspekte der Auseinandersetzung zwischen Israel und den Arabern aufgezeigt. Diese Auseinandersetzung stellt sicherlich eines der am schwersten zu lösenden Probleme im heutigen Orient dar. Nur bei einer sehr selbstgerechten Bewußtseinsverengung könnten wir Europäer hier als quasi Unbeteiligte zusehen oder uns sogar Richterfunktionen im Streit anmaßen. Denn das Problem Israel birgt nicht nur die ständige Gefahr eines weltweiten Konflikts in sich; Europa trägt durch seine frühere Politik auch ein gerüttelt Maß Schuld an dem gegenwärtigen Desaster (vgl. F. STEPPAT 1968, DODD-SALES 1970, H. MEJCHER 1976):

Bereits vor hundert Jahren haben die europäisch-christlichen Mächte beim Osmanischen Reich zum Schutze der ›Heiligen Stätten‹ interveniert und im Jahre 1873 für Palästina eine gewisse Sonderstellung (Autonomer Sandschak) durchgesetzt. Diese hat die Einwanderung und Ansiedlung christlicher wie zionistischer Kolonisten vor 1914 in mancher Hinsicht erleichtert. Während des Ersten Weltkriegs erhielten dann die Araber einerseits und die Juden andererseits von den Engländern und Franzosen feste Zusagen, die sich widersprachen, und die damit den Keim des Konfliktes in sich bergen mußten. Das britische Mandat über Palästina brachte entsprechend harte Konfrontationen zwischen Juden, Arabern und der Mandatsmacht.

Immerhin bedeuteten diese Auseinandersetzungen bis zum Jahre 1933 keinen existentiellen Konflikt; denn gerade in den damaligen Jahrzehnten erhielten die Juden in den westlichen Ländern völlige Gleichberechtigung zugebilligt, und sie wurden wirtschaftlich wie sozial in ihre jeweiligen Gastländer integriert. So war Auswanderung nach Palästina keine Lebensfrage; die Romantik der Zionisten wurde selbst von vielen Juden nicht so ganz ernst genommen. Dann aber kommt in Deutschland mit dem Dritten Reich und der systematischen Judenvernichtung durch Adolf Hitler die große Wende: Für die in Deutschland (und in den von deutschen Truppen besetzten Gebieten) verfolgten, gequälten und vom Tode bedrohten Juden wird die Frage nach einer sicheren Heimstatt zur nackten Existenzfrage. Im verzweifelten Kampf ums Überleben fordern die Juden deshalb während des Zweiten Weltkriegs ganz offen einen eigenen Staat in Palästina.

England, das seit 1919 die Mandatsherrschaft über Palästina ausübte, hatte aus wohlerwogenen Gründen heraus einen souveränen Staat der Zionisten bisher immer abgelehnt. Nun aber erfährt die Weltöffentlichkeit nach Kriegsende 1945 von den grauenhaften Verbrechen, den systematischen Judenverfolgungen und den Massenmorden der Hitlerzeit. Eine weltweite Welle des Mitleids, der Hilfsbereitschaft und der Sympathie schlägt den Juden entgegen, und gleichsam als kollektiver Akt der Wiedergutmachung deutscher Verbrechen durch die ganze Welt wird jetzt den Zionisten in Palästina Eigenstaatlichkeit zugebilligt. In seltener Einmütigkeit erkannten sowohl die USA als auch die Sowjetunion den jungen Staat Israel direkt nach seiner Proklamation am 14. Mai 1948 an.

Kaum jemand dachte damals daran, daß diese Wiedergutmachung des an den Juden begangenen Unrechts neues Unrecht nach sich ziehen mußte — Unrecht an den Arabern. Denn ihnen wurden die von Israel beanspruchten Territorien weggenommen, und sie mußten nach Ausbruch der Feindseligkeiten im Mai 1948 in Massen aus ihrer angestammten Heimat fliehen. So stehen den 1,3 Millionen Juden, die seit 1948 nach Israel zugewandert sind, mindestens 1 Million vertriebener Araber gegenüber, die ohne jedes eigene Verschulden noch heute unter den Spätfolgen des Zweiten Weltkrieges zu leiden haben.

Seit der Gründung des Staates Israel vor nunmehr 30 Jahren vertreten beide Kontrahenten ihre Standpunkte unversöhnlich und ohne Bereitschaft zu einem Kompromiß. Sowohl die Juden als auch die Palästinenser können für ihre jeweiligen Positionen gute Gründe anführen:

a) Für die *Israeli* bedeutet ihr junger Staat die alte wie die neue Heimat. Nach den schrecklichen Verfolgungen durch die Nationalsozialisten erheben sie Anspruch darauf, in einem souveränen jüdischen Staat zu leben, dessen Gestaltung und Verteidigung in ihren eigenen Händen liegt. Die *Palästinenser* hingegen sehen im Staat Israel die letzte westlich-kapitalistische Siedlungskolonie auf dem Boden des Orients. Nachdem man seit dem Zweiten Weltkrieg bereits die Franzosen und Italiener aus ihren Siedlungskolonien in Nordafrika vertrieben habe, gehe es jetzt nur noch um die Vertreibung der Israeli aus Palästina, wenn man den Prozeß der ›Entkolonialisierung‹ vollenden wolle.

b) Die *Israeli* betonen immer wieder, daß ihre Väter und Großväter das von ihnen besiedelte und kultivierte Land den Arabern ja nicht einfach weggenommen, sondern abgekauft hätten; damit sei es Rechtens ihr Besitz. Die *Palästinenser* weisen demgegebenüber darauf hin, daß sich diese Landkäufe typisch rentenkapitalistischer Praktiken bedient hätten; die zionistischen Grundbesitzer und Landkauf-Gesellschaften in Palästina seien – genau wie die städtischen Kaufleute und Feudalherren in den anderen arabischen Ländern – nur unter rücksichtsloser Ausnutzung ihrer überlegenen wirtschaftlichen Position in den Besitz von Grund und Boden gelangt. Im arabischen Bereich wird seit der ägyptischen Revolution 1952 dieses rentenkapitalistisch erworbene Land mit Hilfe der verschiedenen Bodenreformgesetzgebungen den Feudalherren wieder weggenommen; ganz analog müßten jetzt die Zionisten zur Rückgabe des seinerzeit erworbenen Landes gezwungen werden.

c) Die *Israeli* behaupten, das Flüchtlingsproblem hätten die Araber selbst zu verantworten; denn die Flüchtlingsbewegung sei erst durch den Einmarsch arabischer Truppen nach der Unabhängigkeitserklärung Israels ausgelöst worden. Auch seien viele der Flüchtlinge freiwillig gegangen, teilweise sogar von den arabischen Führern zur Flucht aufgefordert worden. Die *Palästinenser* erinnern demgegenüber daran, daß die Palästinaflüchtlinge guten Grund gehabt hätten, ihre alte angestammte Heimat Hals über Kopf zu verlassen; sie machen geltend, daß es sich dabei um eine ganz analoge Situation gehandelt habe wie z. B. bei den deutschen Flüchtlingen und Heimatvertriebenen im Jahre 1945, und sie verweisen auf den israelischen Terrorakt des Massakers von Deir Yassin.

Darüber hinaus erinnern die Araber immer wieder an das Beispiel der ›Golan-Höhen‹ in Südsyrien: Deren gesamte Bevölkerung, mehr als 100 000 Menschen, wurde im Jahre 1967 von den Israeli dazu gezwungen, wenige Stunden nach dem Einmarsch der israelischen Truppen Haus und Hof zu verlassen und im noch unbesetzten syrischen Gebiet Zuflucht zu suchen. Bei diesem eklatanten Fall einer planmäßigen Massenvertreibung könne von ›Freiwilligkeit‹ wirklich nicht mehr die Rede sein.

d) Die *Israeli* schließlich klagen immer wieder über den für sie unerträglichen Terror der palästinensischen Freischärler. Als eine zur Wahrung ihrer Lebensinteressen notwendige Reaktion darauf rechtfertigen sie selbst harte Maßnahmen gegenüber den Arabern der 1967 besetzten Gebiete, obwohl manche dieser Maßnahmen allem Anschein nach nicht nur rechtsstaatlichen Grundsätzen, sondern teilweise auch der Genfer Konvention widersprechen. Die *Palästinenser* weisen demgegenüber darauf hin, daß sich ihre Freischärler nur derselben Methoden bedienten, wie sie während der britischen Mandatsherrschaft auch bei zionistischen Terroristen-Organisationen gebräuchlich gewesen seien. Sie erinnern damit an die Terrorakte radikaler jüdisch-zionistischer Gruppen vor 1948, die oft den Tod vieler ganz Unbeteiligter mit sich gebracht und sowohl die arabische Bevölkerung als auch die britische Mandatsregierung in Atem gehalten hatten.

In diesem fast ausweglosen Dilemma bedeutet es wenig, daß die Vorschläge des *Sicherheitsrats* und der *Vereinten Nationen* zur Lösung des Israel-Konflikts bemerkenswert realistisch erscheinen und an sich wohl einen vernünftigen Kompromiß zwischen den beiden entgegengesetzten Stand-

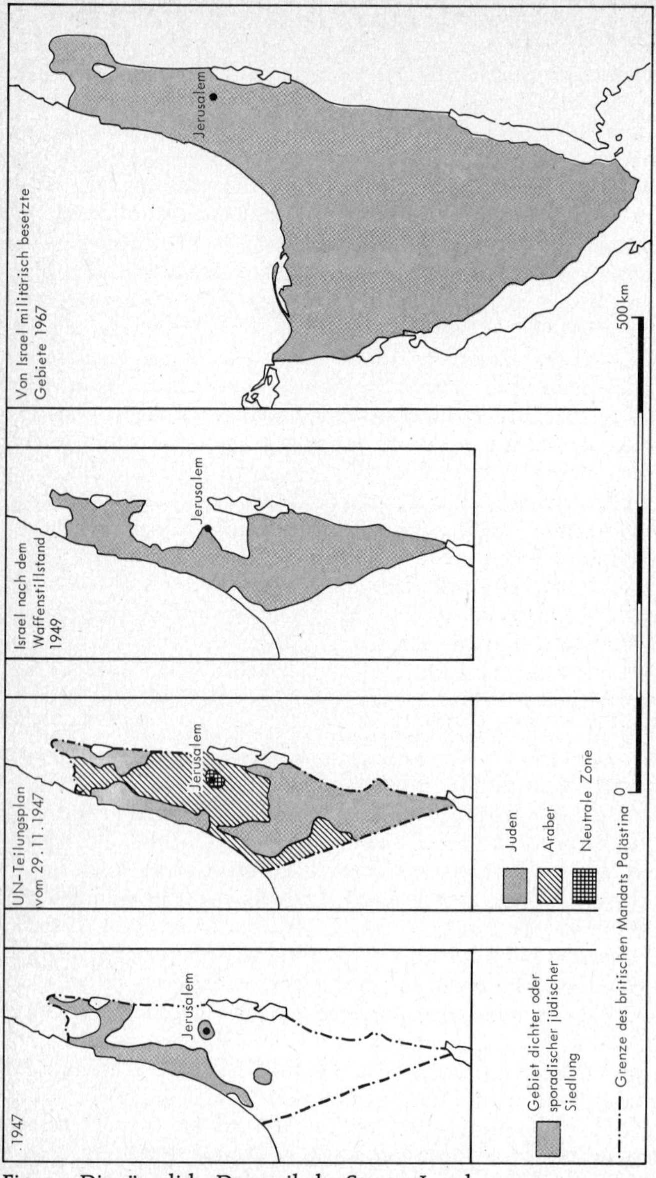

Fig. 40: Die räumliche Dynamik des Staates Israel

punkten anstreben. Denn für einen solchen Kompromiß werden von beiden Seiten Zugeständnisse verlangt, die bis vor kurzem psychologisch noch nicht zumutbar erschienen: Die Palästinenser müßten ehrlich anerkennen und durch bindende Verträge besiegeln, daß der Staat Israel ein Lebensrecht und das Recht auf anerkannte, sichere Grenzen habe. Die Israeli hingegen müßten sich aus allen 1967 besetzten Territorien zurückziehen und zu einer Entschädigung für die arabischen Flüchtlinge bereit sein.
Eine Lösung des Konflikts in vorstehendem Sinne stellt sicher ein noch recht fernes Ziel dar. Der Friedensvertrag zwischen Israel und Ägypten im März 1979 dürfte jedoch einen entscheidenden Schritt zur Verständigung gebracht haben. Die militärische Überlegenheit Israels ist gegenwärtig noch so groß, daß die Araber bei einer neuen kriegerischen Auseinandersetzung wieder den kürzeren ziehen würden. Vor allem Syrien sollte dies bedenken. Auch dem Staat Israel aber, der das von ihm kontrollierte Territorium von Feldzug zu Feldzug weiter ausdehnte (Fig. 40), wird eine weitere Rückgabe besetzter Gebiete mehr nützen als schaden; noch immer greift ja das von Israel besetzte Gebiet über die Grenzen des ehemaligen britischen Mandatsgebiets Palästina hinaus! Auch in Israel selbst werden jetzt Stimmen mit der Ansicht laut, daß als Präventivkrieg deklarierte Feldzüge mit anschließender Besetzung arabischer Gebiete und daß die Gründung weiterer israelischer Siedlungen dort keine Lösung der anstehenden Probleme ermöglichen, sondern nur noch tiefer in die Sackgasse hineinführen.

57 Erdöl am Persischen Golf

Bereits in Abschnitt 34 wurde dargelegt, daß seit dem Zweiten Weltkrieg vielerorts im Orient ergiebige Erdölvorkommen gefunden worden sind, und daß heute bereits die Mehrzahl aller Staaten des Orients an der Erdölförderung beteiligt ist. In diesem weiteren Rahmen der Erdölwirtschaft Vorderasiens und Nordafrikas kommt nun aber den um den *Persischen Golf* gruppierten Feldern eine besondere, nochmals herausgehobene Bedeutung zu. Nach den Schätzungen von 1975 bergen die dortigen Lagerstätten 57 % der gesamten Welt-Erdölvorräte, und mit 1015 Mill. t bestritten sie 1976 mehr als die Hälfte des Welt-Erdölexports. Auch liegen von den insgesamt 11 Erdölfeldern der Welt mit je mehr als einer Milliarde t sicherer Reserven nicht weniger als 9 im Bereich des Persischen Golfs (Tab. 3).

An diesen Erdöllagerstätten haben die arabischen Anliegerstaaten des Persischen Golfs sowie die Staaten Irak und Iran Anteil. Durch eine je getrennte Betrachtung im Rahmen der jeweiligen Großräume (53 Arabische Halbinsel, 54 Fruchtbarer Halbmond und 55 Hochländer des nördlichen Vorderasien) würden die bestehenden Zusammenhänge verdeckt werden. Der Erdölreichtum der Region am Persischen Golf ist nämlich durch die übergreifende geologisch-tektonische Struktur einer großen, einheitlichen Senkungszone am Golf bedingt; auch wirtschafts- und verkehrsgeographisch ergeben sich aus der küstennahen Lage der meisten Felder gemeinsame Probleme. Deshalb sei die Erdölwirtschaft der Gebiete um den Persischen Golf aus der regionalen Betrachtung der betreffenden Staaten herausgenommen und nachfolgend in einem eigenen Abschnitt zusammenhängend dargestellt.

Zwischen den Hochländern des nördlichen Vorderasien und dem alten Festlandsblock des Arabischen Schildes erstreckt sich eine langgezogene, vom Arabischen Meer und Indischen Ozean bis in den Raum von Kirkuk (Nordirak) reichende geologisch-tektonische Senkungszone (Geosynklinale), der sogenannte *Mesopotamische Trog*. Sie ist in ihrem Südostteil heute vom Meer überflutet (Persischer Golf); im Nordwesten hingegen wurde sie in geologisch vermutlich ganz junger Zeit durch die Anschwemmungen der beiden Flüsse Euphrat und Tigris landfest (Tiefland des Unterirak).

An den beiden Flanken dieser langgestreckten Mulde haben sich im Zusammenhang mit deren Absenkung infolge ausnehmend günstiger geologischer Voraussetzungen die derzeit bedeutendsten Erdöllagerstätten der Welt herausgebildet (Fig. 6; vgl. H. BOESCH 1949). Die *Vorkommen an der Nordostflanke*, im Grenz- und Übergangssaum gegen die iranischen und kurdischen Kettengebirge, finden sich in langen, steil gestellten Faltenzügen (Antiklinalen) tertiärer Schichten. Die geologischen Strukturen des dortigen Untergrundes zeichnen sich auch an der Oberfläche in Form von walfischrückenähnlichen Erhebungen oder langgestreckten Sätteln ab. Da hier überdies Spuren von Erdöl bereits seit der Antike bekannt sind (Asphaltvorkommen, ›heilige Feuer‹ von Erdgasaustritten), waren die Lagerstätten an der Nordostflanke des Mesopotamischen Trogs verhältnismäßig einfach aufzuspüren und zu erschließen. Die beiden wichtigsten Feldergruppen sind die von Chusistan (Iran) und von Kirkuk (Nord-Irak). Die entsprechenden Suchbohrungen wurden bereits 1908 bzw. 1927 fündig.

Im Gegensatz hierzu finden sich die *Lagerstätten an der Südwestflanke* des Mesopotamischen Trogs in weitgespannten, viel flacheren und oft schildförmigen Aufwölbungen und Strukturen des Untergrunds. Sie lassen sich anhand der Oberflächenformen nicht erkennen und waren deshalb wesentlich schwieriger aufzuspüren; entsprechend sind fast alle der dortigen Felder erst seit dem Zweiten Weltkrieg für die Förderung erschlossen worden. Zur Gruppe der Südwestflanke gehören folgende Ölvorkommen (mit Jahr des Fündigwerdens): Südirak (1948), Kuwait (1938), Saudi-Arabien (1936), Neutrale Zone (1953), Katar (1939), Bahrain (1932), Verein. Arab. Emirate (1953) und Oman (1964) (vgl. Fig. 6).

Als vorläufig letzter Schritt der Erschließung wird seit nunmehr etwa einem Jahrzehnt (mit ersten Anfängen 1957/58) der *Meeresboden des Persischen Golfs* selbst abgebohrt. Die dabei auftretenden technischen Schwierigkeiten können verhältnismäßig leicht bewältigt werden, da die mittlere Wassertiefe nur etwa 25 m beträgt und auch die größten Tiefen kaum über 100 m hinausgehen. Diese sog. off-shore-Bohrungen sind inzwischen bei einer ganzen Reihe von geologischen Strukturen des Untergrundes fündig geworden. Um die Rechte der Anliegerstaaten auf Konzessionsvergabe und auf Erhebung von Royalties und Steuern eindeutig abzugrenzen, ist mittlerweile das gesamte Meeresgebiet des Persischen Golfs an die angrenzenden Staaten aufgeteilt worden.

Gerade auf den ergiebigsten Erdölfeldern um den Persischen Golf wird man vergeblich nach einem Wald von Bohrtürmen suchen, wie er z. B. für die Felder Nordamerikas charakteristisch ist. Im Abstand von je mehreren hundert Metern finden sich in meist ödem, wüstenhaftem Gelände mannshohe *Rohrsonden*, von den Erdölleuten ›Christbäume‹ genannt; in einem Geviert von etwa 4 m Seitenlänge werden sie von einem unauffälligen, 2 m hohen Drahtzaun umgeben. Ungeachtet ihrer Unauffälligkeit wären viele dieser Sonden in der Lage,

bei vollem Betrieb pro Jahr je etwa 1 Million t Rohöl zu fördern (vgl. Tab. 4). Pumpen und andere Vorrichtungen zum Heben des Öls sind meist nicht erforderlich; im Gegenteil, der natürliche Lagerstättendruck, der das Öl in der Sonde nach oben treibt, ist vielfach so hoch, daß es technische Schwierigkeiten bereitet, seiner Herr zu werden.
Mit Ausnahme der Lagerstätten des nördlichen Irak befinden sich alle Erdölfelder des Mesopotamischen Trogs nahe der Küste des Persischen Golfs. Ein weitverzweigtes Netz von Rohrleitungen führt das Öl zu den dortigen *Verladestationen* am seeschifftiefen Wasser. Diese sind oft weit in den Golf hinausgebaut; denn mit einem Tiefgang, der schon heute bei Supertankern 25 m überschreitet, können sich die Tankschiffe in dem Flachmeer des Persischen Golfs der Küste an kaum einer Stelle nähern.
Im Zusammenhang mit der modernen Entwicklung der letzten zehn Jahre haben die Erdölstaaten am Persischen Golf den Umschlag des Rohöls auf Tanker in je einem großen Verladehafen konzentriert. Für Saudi-Arabien ist dies Ras Tanura, welches seit 1969 von Supertankern mit bis zu 350 000 tdw angelaufen werden kann, für die Neutrale Zone Mina Abdullah und für Kuwait Mina al-Ahmadi. In Mina al-Ahmadi wurde 1969 fast 19 km von der Küste entfernt im Persischen Golf eine Verladebrücke installiert, die von Supertankern mit bis zu 500 000 tdw angelaufen werden kann. Das Öl der Felder des Südirak wird in Khor al-Amaija unweit der Mündung des Schatt el-Arab auf Tanker verladen; das Öl der südiranischen Felder schließlich wird in großen Unterwasser-Pipelines auf die Insel Charak mitten im Persischen Golf gepumpt und dort dann umgeschlagen.
Anders als bei den günstig gelegenen küstennahen Lagerstätten bereitete der Abtransport des Öls aus dem Raum um Kirkuk (Nordirak) zunächst erhebliche Schwierigkeiten; liegen die dortigen Erdölfelder doch je mehr als 700 km sowohl vom Mittelmeer als auch vom Persischen Golf entfernt. Nach dem Fündigwerden im Jahre 1927 dauerte es deshalb noch 7 Jahre, bis 1934 zwei erste *Rohrleitungen* quer durch die Syrische Wüste zum Mittelmeer fertiggestellt wurden. Sie ermöglichten den Abtransport — und damit auch die Förderung — von 4 Millionen t Rohöl pro Jahr. Bei diesem sehr bescheidenen Durchfluß blieb es bis in die Zeit nach dem Zweiten Weltkrieg. Erst seit 1949 erhöhte sich dann durch den Bau

zusätzlicher leistungsfähiger Rohrleitungen die Transportkapazität für Rohöl und damit auch die Förderkapazität für Erdöl aus den Feldern um Kirkuk entscheidend. Heute wird die Syrische Wüste nicht nur von den Rohrleitungen aus dem Nordirak gequert, sondern auch von der sog. TAP-line (Trans-Arabian-Pipeline). Letztere verbindet die Ölfelder Saudi-Arabiens mit einem Verladehafen im südlichen Libanon und gestattet es damit, einen Teil des arabischen Erdöls ohne den zeitraubenden Umweg um Afrika herum direkt ins Mittelmeer zu bringen.

Es versteht sich von selbst, daß durch die Erschließung der Erdöllagerstätten am Persischen Golf die dortigen Staaten in verstärktem Maße in den *Prozeß der Verwestlichung* mit einbezogen wurden. Im Bereich der Ölfelder, der Raffinerien und der Verladestationen entstanden nicht nur ganz moderne technische Anlagen, sondern auch Wohnsiedlungen oder ganze Städte westlichen Typs mit gepflegten Park- und Gartenanlagen, klimatisierten Bungalows, Shopping-Centers, Swimming-pools, Klubräumen, Schulen, Krankenhäusern usw. Ein Vergleich mit den kolonialzeitlichen Europäerquartieren der größeren Städte des Maghreb (Abschn. 4143) ist nicht von der Hand zu weisen. Mit Ausnahme relativ weniger leitender Positionen werden heute alle Arbeitsplätze bei den im Lande tätigen Erdölfirmen entweder mit Einheimischen oder mit Gastarbeitern aus dem weiteren Bereich zwischen Libanon und Indien besetzt. Diese ›Erdöl-Beschäftigten‹ werden gut bezahlt; sie eifern in ihrem Lebensstil und in ihren Konsumgewohnheiten sehr bewußt westlichen Vorbildern nach. Über die Wandlungen von Kulturlandschaft und Lebensformen Südirans und Saudi-Arabiens unter dem Einfluß des Erdöls berichten die beiden Arbeiten von DON E. TOTTEN (1959) und I. DJAZANI (1963).

Vom Irak abgesehen bekennen sich heute noch alle Erdölstaaten am Persischen Golf zu einer liberalen Wirtschaftspolitik mit ungehemmtem Kapitalverkehr und freier Entfaltung privater wirtschaftlicher Initiativen. Schon durch den Kapitalzustrom im Zusammenhang mit der Erdölerschließung hat die Region des Persischen Golfs innerhalb Vorderasiens wirtschaftlich ein besonderes Gewicht bekommen. Als Folge der dauernd schwelenden Krise um Israel im Bereich der Levantestaaten bahnte sich überdies nun noch in den jüngst vergangenen Jahren ein interessanter *Prozeß räumlicher Schwerpunktverlagerung* an: Das Kapital und die wirtschaftlichen Aktivitäten sowohl Europas als auch der reichen Erdölländer des Orients selbst ziehen sich mehr und mehr aus den Ländern der Levante zurück; sie scheinen sich zunehmend in den Bereich des Persischen Golfs zu verlagern.

Gerade der Libanon, bisher die ›Schweiz des Orients‹, hat seit 1975 viel von seiner Attraktivität für arabisches Kapital verloren; denn die ständigen Unruhen der palästinensischen Freischärler, die unkontrollierbaren und willkürlichen Einfälle israelischer Stoßtrupps im Süden des Landes sowie die immer wieder aufflammenden Kämpfe in Beirut brachten eine wachsende allgemeine Unsicherheit mit sich. Selbst als Sommerfrische und als Zweitwohnsitz für reiche Araber der Golfregion hat der Libanon in den letzten Jahren an Beliebtheit eingebüßt, nachdem seit 1967 bereits der Touristenstrom aus Europa und den USA nachgelassen hat. Auch verlegen neuerdings manche westliche Firmen ihre Nah- und Mittelostvertretung von Beirut weg — entweder zurück nach Athen oder Zypern, oder aber in die dynamischen Wirtschaftszentren nach Kuwait oder Teheran.

Die *Region des Persischen Golfs* hingegen gilt heute immer mehr als Hort einer freien, liberalen Wirtschaft; politische und wirtschaftliche Ruhe und Stabilität scheinen hier gesichert. So wächst sie allmählich zu einem neuen attraktiven Schwerpunkt des Orients heran (Tab. 8). Selbst die ›islamische Revolution‹ in Iran und die Vertreibung von Schah Reza Pahlewi hat den wirtschaftlichen Aufschwung nicht entscheidend geschwächt. Auch die Touristenströme beginnen sich entsprechend umzuorientieren: Anstelle des Libanon werden die klimatisch begünstigten Gebirge und Hochbecken Südirans (Schiraz), aber auch das Küstengebirge Syriens mehr und mehr zur beliebten Sommerfrische für die Scheichtümer der Golfregion.

Zwei Beispiele mögen abschließend die wachsende wirtschaftliche Bedeutung der Staaten um den Perisschen Golf nochmals kurz beleuchten: *Saudi-Arabien* hat heute als größter Importeur der arabischen Welt (1976: ca. 30 Mrd. DM), Ägypten (1976: ca. 9,6 Mrd. DM) und Israel (1976: ca. 10,4 Mrd. DM) weit überflügelt.

Tabelle 8: Die Verlagerung der wirtschaftlichen Aktivität in Vorderasien

	Gesamteinfuhr in Mrd. DM	
	1964	1976
Israel	3,2	10,4
Arabische Anliegerstaaten Israels	7,1	18,3
Anliegerstaaten des Persischen Golfs	7,2	> 90,0

(Die Anliegerstaaten des Persischen Golfs zahlen überwiegend in harter Währung. Die arabischen Anliegerstaaten Israels zahlen überwiegend in weicher Währung oder in Form bilateraler Warentausch-Abkommen.)

Das *Scheichtum Dubai* aber, welches mit 70 000 Seelen noch nicht einmal die Einwohnerzahl einer Stadt wie Erlangen oder Gladbeck erreicht, war 1969 der drittgrößte Importeur der Welt für Gold und der zweitgrößte Importeur der Welt für Schweizer Uhren; ist es doch zum bevorzugten Umschlagplatz des Schmuggels mit Indien geworden. Mit einem Wert von 1,2 Mrd. DM erreichte der Goldimport des Scheichtums im Jahre 1969 immerhin schon 20 % der gesamten Goldproduktion der nichtkommunistischen Welt (Middle East Express, Monthly Edition, Febr. 1971, S. IV). Zahlen dieser Art mögen zunächst recht zufällig, vielleicht sogar kurios erscheinen; sie sind aber doch ein recht aussagekräftiges Indiz für die Entwicklungen, die sich gegenwärtig im Bereich der Golfregion vollziehen.

58 Der sozialistisch-staatswirtschaftliche und der kapitalistisch-privatwirtschaftliche Weg der Landesentwicklung

Bis vor etwa 25 Jahren waren alle Länder des Orients feudalistisch-rentenkapitalistisch strukturiert gewesen. Mit gewissen Einschränkungen gilt dies selbst für die ehemaligen europäischen Kolonien in Nordafrika und die Mandatsgebiete in Vorderasien; eine Ausnahme bildeten dort nur die von europäischen Colons selbst bewirtschafteten Betriebe, die weitgehend westlich-kapitalistisch organisiert waren. Im Jahre 1952 beginnt dann mit der *ägyptischen Revolution*

eine Welle von Staatsstreichen und Militärputschs, welche sozialistischen Tendenzen zum Durchbruch verhalfen. In teils gemäßigterer, teils radikalerer Form haben diese Umsturzbewegungen links orientierter Kräfte heute bereits mehr als die Hälfte aller Staaten des Orients erfaßt (H. MEJCHER 1976).
Damit aber wird die Frage nach der *künftigen Entwicklung* unabweisbar: Braucht es nur noch wenige Jahre, bis durch eine sich fortsetzende Folge von Revolutionen auch die letzte Monarchie im Orient hinweggefegt sein wird, oder werden künftig im Orient zwei unterschiedliche Typen von Staatsformen und entsprechenden Wirtschaftssystemen nebeneinander bestehen? Gleichzeitig drängt sich eine weitere, für den Geographen noch viel wichtigere Frage auf: Welches der beiden Staats- und Wirtschaftssysteme treibt die Landesentwicklung im Orient rascher und effektiver voran, das sozialistisch-staatswirtschaftliche oder das kapitalistisch-privatwirtschaftliche?
Ganz unabhängig davon, wie die Antwort auf solche Fragen ausfallen wird — eines sollte allem vorweg festgehalten werden: Die *Landreformen* und die *Brechung der Macht des feudalen Großgrundbesitzes* im Zusammenhang mit den Revolutionen z. B. im Irak oder in Ägypten waren schon lange fällig und wohl unausweichlich; sie haben sozial unhaltbaren Zuständen, rücksichtsloser Ausbeutung und schreiendem Unrecht ein Ende gesetzt. Auch die Enteignung der europäischen Siedler im Maghreb erscheint aus sozialen Gründen in vieler Hinsicht gerechtfertigt (vgl. Abschn. 4162); wenn sie wirtschaftlich für die einheimische Bevölkerung zunächst kaum eine Besserung brachte, so lag dies wohl vor allem an den Schwierigkeiten einer Umstellung auf ganz neue Betriebsformen.
Im Gegensatz zum Maghreb zog die Bodenreform im Irak oder in Ägypten keine ernsthaftere wirtschaftliche Krise nach sich; denn die Neuverteilung von Grund und Boden ließ sich hier zunächst unter Beibehaltung der alten Produktionsweise und Betriebsstruktur durchführen. Das Einkommen der Fellachen verbesserte sich schon allein dadurch nicht unerheblich, daß ihnen nunmehr infolge geringerer Abschöpfungen höhere Teile des Ernteertrages verbleiben. Aufgrund dieser jungen Wandlungen verhungern die Menschen im Orient heute nicht mehr — im Gegensatz etwa zu Indien, wo nach wie vor ein weithin kaum vorstellbares Massenelend herrscht.

Gerechterweise muß nun aber darauf verwiesen werden, daß eine ganz analoge Entwicklung auch in vielen der bis vor kurzem von Revolutionen verschonten, also der ›feudalistisch‹ verbliebenen Länder des Orients eingesetzt hat und unaufhaltsam fortschreiten dürfte. Trotz aller gegenteiliger Behauptungen hat die Bodenreform auch schon während der Monarchie in Iran große Fortschritte gemacht (U. PLANCK 1974). Soziale Reformen wurden hier zwar sicherlich nicht mit derselben Rigorosität durchgeführt wie im Irak oder in Algerien; dafür blieb aber die Eigeninitiative weitgehend erhalten. Dies führte dazu, daß gerade in den dynamischen Wirtschaftszentren Irans der traditionelle Rentenkapitalismus zunehmend von einem modernen privatwirtschaftlichen Kapitalismus abgelöst wurde, der nicht nur das Einkommen und Vermögen der Oberschicht vermehrte, sondern auch den Lebensstandard der breiten Massen fühlbar anhob. Die marxistische These, im Kapitalismus würden die Reichen immer reicher und die Armen immer ärmer, trifft hier also gerade für die Armen nicht zu.

Ein Vergleich der jüngeren Entwicklung von Bagdad mit der von Teheran mag schlaglichtartig die unterschiedlichen Auswirkungen eines sozialistisch-staatswirtschaftlichen (Bagdad) und eines kapitalistisch-privatwirtschaftlichen Systems (Teheran) auf die jeweilige *Landeshauptstadt* veranschaulichen. Dabei sei zunächst in Kauf genommen, daß ein Schlaglicht natürlich nur eine Seite hell beleuchten kann und andere Seiten ganz im Dunkeln läßt.

Die Innenstadt von *Bagdad* hat sich seit der Revolution und der Ermordung des Königs im Jahre 1958 eigentlich kaum verändert. Nach wie vor sind die Hochhäuser der Bank-Street, deren Planung noch in die Zeit der Monarchie zurückreicht, die einzigen markanteren modernen Bauwerke der Innenstadt. Die Hauptgeschäftsstraße Bagdads, die Rashid-Street, sieht im wesentlichen noch heute so aus wie in den Jahren vor dem Zweiten Weltkrieg.

Kurz vor der irakischen Revolution 1958 wurde eine neue große Verkehrsachse, die heutige Jumhuriva-Street, durch das Häusergewirr der Altstadt durchgebrochen. Die angrenzenden, in die Sanierung mit einbezogenen Grundstücke wurden Geschäftsleuten und Firmen zum Kauf angeboten und erzielten zunächst Preise von bis über 2000 DM/qm. Nach der Revolution fielen dann die Quadratmeterpreise auf etwa ein Zehntel ihrer früheren Höhe ab. Selbst auf diesem Niveau aber, bei teilweise unter 100 DM/qm, wollte sich das Privatkapital nicht mehr in der Innenstadt engagieren. So liegen weite Partien des Straßendurchbruchs noch heute, 14 Jahre nach der Sanierung, unbebaut da.

Wie hektisch mutet demgegenüber die Bautätigkeit in dem nördlichen, hochmodernen Teil der City von *Teheran* an! Bis 1978 wuchsen hier mit erdbebensicheren Stahlkonstruktionen neue Hochhäuser empor, und kaum eine der großen nationalen oder internationalen Weltfirmen fehlte in dieser demonstrativen Schau westlichen Kapitalismus. Auch in den anderen, etwas weiter südlich gelegenen Teilen der Innenstadt wird der traditionelle Baubestand der Zwischenkriegszeit zunehmend durch moderne Hochbauten ersetzt. Die Bautätigkeit ist dabei natürlich nur Indiz für eine dahinterstehende wirtschaftliche Dynamik; in noch nicht einmal zwei Jahrzehnten ist Teheran unbestreitbar zu einer Weltstadt geworden.

Spiegelbild für diese Hektik, aber auch für den fast schrankenlosen Individualismus, ist der Straßenverkehr in Teheran, bei dem meist nur das Recht des Stärkeren oder des schneller Reagierenden gilt, und der trotzdem — oder gerade deshalb — an sich selbst zu ersticken droht. Viele europäische Beobachter empfinden das allgemeine Verkehrsverhalten in Teheran als ausgesprochen aggressiv. Wie rücksichtsvoll und tolerant erscheint demgegenüber bei aller Undiszipliniertheit im einzelnen selbst der Straßenverkehr in der Fünfmillionenstadt Kairo!

Der vorstehende Vergleich der Hauptstädte des Irak und Irans ist vielleicht Bagdad gegenüber nicht ganz fair; denn selbstverständlich erscheint der Gegensatz zwischen Bagdad und Teheran im innerstädtischen Geschäftsbereich, dem angestammten Standort des Privatkapitals, besonders eindrucksvoll. Die Dynamik Bagdads liegt nicht in der City, sondern in den Wohnvierteln. Unterstützt durch ein Programm des sozialen Wohnungsbaus sind hier seit der Revolution in den Außenvierteln ausgedehnte neue Quartiere entstanden. Die Elendsviertel im Süden Teherans hingegen wurden jahrzehntelang vernachlässigt; so konnte hier das revolutionäre Potential für den Umsturz 1978 heranreifen.

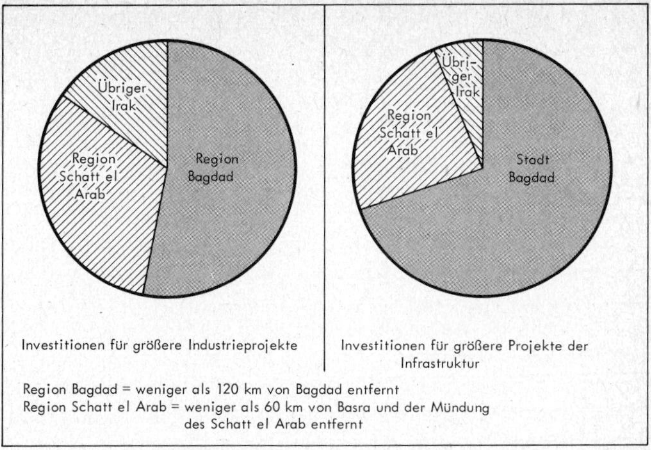

Fig. 41: Die Investitionen des irakischen Fünfjahresplanes 1965–70 in ihrer räumlichen Verteilung

Außerhalb der großen Städte fällt ein Vergleich der jüngsten Entwicklung in Iran und im Irak aber ebenfalls nicht zuungunsten Irans aus: Eine ganze Reihe sehr sorgfältiger Detailuntersuchungen über die Auswirkungen der Bodenreform in Iran hat im einzelnen zwar noch manche Mißstände, im großen und ganzen aber doch eine erhebliche Verbesserung der Wirtschafts- und Sozialstruktur feststellen können (vgl. A. LAMBTON 1969, D. WARRINER 1969). Wie in unseren modernen westlichen Industriestaaten scheinen sich allerdings auch in Iran die *regionalen Disparitäten* im freien Spiel der Kräfte eher noch zu verstärken: Gerade in den schon besser erschlossenen und sozial günstiger strukturierten Gebieten haben Bodenreform und moderne wirtschaftliche Entwicklung besonders kräftige positive Impulse ausgelöst. Zwar bessert sich die Lage auch in den peripheren Gebieten zusehends; das Wachstum scheint dort aber doch wesentlich langsamer zu sein, so daß sich die berüchtigte Schere zwischen dynamischen und zurückbleibenden Regionen eher noch weiter öffnet.

›Gerecht‹ sind solche regionalen Disparitäten sicherlich nicht; ob sie aber dem Land als Ganzes genommen zum Schaden gereichen, möge dahingestellt bleiben. Denn viele Entwicklungsexperten und Volkswirtschaftstheoretiker vertreten heute die Ansicht, daß man ein räumliches Ungleichgewicht zwischen

impulsgebenden Wachstumszentren und peripheren Passivräumen im Interesse einer raschen, dynamischen Entwicklung zunächst einmal in Kauf nehmen müsse; ein zu frühes Streben auf regionalen Ausgleich würde die Entwicklung insgesamt empfindlich hemmen (vgl. D. E. KEEBLE 1967).
Interessanterweise beginnt sich nun aber auch in dem sozialistisch-staatswirtschaftlichen Irak ein räumliches Ungleichgewicht mindestens derselben Größenordnung herauszubilden: Vor der Revolution von 1958 wurde die Entwicklung aller Landesteile von der Monarchie ziemlich gleichmäßig vorangetrieben; seit 1958 jedoch konzentrieren sich die Investitionen der Republik im wesentlichen auf zwei Gebiete: auf das weitere Umland (Radius ca. 120 km) von Bagdad und auf das Gebiet von Basra und der Mündung des Schatt el-Arab (Fig. 41). Dadurch werden die bereits vorher schon recht erheblichen regionalen Unterschiede der Wirtschaftskraft im Irak zuungunsten der peripheren Gebiete noch weiter verstärkt.
Die neue Politik regionaler Schwerpunktförderung im Irak gründet unter anderem in dem Interesse revolutionärer Systeme, sich politisch zu legitimieren: Usurpatoren der Macht sind im Orient viel stärker von der Gunst der Massen — insbesondere der Massen in der Hauptstadt — abhängig als Könige oder Herrscher aus lange etablierten Dynastien. Um die Gunst der Massen zu erhalten, bemüht man sich, gerade in der Hauptstadt und in deren engerem Umkreis viel zu investieren. Zur Stützung der eigenen Machtposition werden dabei insbesondere propagandistisch wirksame oder gar spektakuläre Projekte sowie solche Investitionen bevorzugt, die direkt dem Konsum zugute kommen (Wohnungsbau, öffentliche Parks, Subventionen für Grundnahrungsmittel, Zollfreiheit für billige Konsumgüter usw.). Das Schicksal fernerer Provinzen interessiert demgegenüber viel weniger; denn selbst Aufstände oder erhebliche soziale Unruhe dort gefährden die Regierung nicht unmittelbar. Erst wenn die Sezession ganzer Landesteile bevorsteht (Irakisch-Kurdistan), wird auch die eigene Position bedroht.

Eine abschließende Bilanz zu ziehen, erscheint heute noch viel zu früh. Immerhin spricht beim Abwägen von Pro und Contra einiges dafür, daß zur Zeit Kapitalismus und Privatinitiative im Orient eine raschere und dynamischere Entwicklung ermöglichen als Sozialismus und staatliche Planung. Ob sich dadurch allerdings die weitere Ausbreitung sozialistisch orientierter revolutionärer Strömungen wird aufhalten lassen, steht auf einem gänzlich anderen Blatt. Das Beispiel Iran zwingt hier sehr zum Nachdenken.

Selbstverständlich sollte die Anerkennung des gegenwärtigen wirtschaftlichen Erfolgs in den nichtsozialistischen Staaten des Orients auf keinen Fall unsere Kritik an Beschränkungen der demokratischen Freiheiten und manchen Praktiken der Geheimdienste ausschließen; diese sind mehr als nur ein Schönheitsfehler. Die rigorose Einschränkung der Meinungsfreiheit sowie die Folterungen in iranischen Gefängnissen haben ja auch — neben der wachsenden Korruption und der Entfremdung zwischen Regierung und Geistlichkeit — entscheidend zum Umsturz in Iran 1978 beigetragen. Ob jedoch die neue Regierung mehr Freiheit und Menschenrechte gewähren wird, ist noch völlig offen.

Wie dem auch sei — jenseits von Gut und Böse scheint sich sowohl in den sozialistischen wie in den kapitalistischen Ländern des Orients die Entwicklung des Landes und die Hebung des allgemeinen Lebensstandards durch eine gewisse *Beschränkung der persönlichen Freiheiten* und der demokratischen Grundrechte beschleunigen zu lassen. Wer denkt heute noch daran, daß Kemal Atatürk, Vater des Vaterlandes und Begründer der modernen Türkei, die Bewohner seines Landes mit grausamer Strenge und eisernem Zwang zu einer modernen westlichen Lebensweise gezwungen hat! Heiligt der Zweck solche Mittel? Jeder von uns kann diese Frage wohl nur ganz persönlich für sich beantworten.

6 Schlußbetrachtung und Ausblick

Versuchen wir, in einer *kurz- bis mittelfristigen Prognose* ein Bild der Zukunft des Orients zu entwerfen, dann überwiegen die gedämpften, wahrscheinlich sogar die düsteren Farben: Es ist trotz des Friedensschlusses 1979 immer noch keine Lösung des Palästina-Problems abzusehen. Ein großer Teil der für die Landesentwicklung dringend benötigten Kapitalien geht in die Rüstung. Innere Streitigkeiten entzweien das arabische Lager. Viele hochqualifizierte Akademiker ziehen eine Beschäftigung in Europa oder Nordamerika der Rückkehr in ihre Heimatländer vor. Selbst die Wirtschaft relativ weit entwickelter Staaten, z. B. der Türkei oder des Libanon, hat mit dauernden Schwierigkeiten zu kämpfen. Israel schließlich versteht es, sich in seinem Konflikt mit den Arabern zum Vorkämpfer der westlichen Welt gegenüber den Interessen des Ostblocks zu deklarieren; immer wieder droht der Orient deshalb zu einem Feld der weltweiten Auseinandersetzung Ost-West zu werden.

Demgegenüber sieht eine *langfristige Prognose* sehr viel freundlicher aus. Wer weiß, ob die heute so brennenden, kaum lösbar erscheinenden Probleme des Orients in zwanzig Jahren überhaupt noch aktuell sind! Wie rasch kann sich doch die Szenerie gerade im Orient ändern: Nach Nassers Tod stimmten fast alle Pressekommentare darin überein, daß es sich der Nachfolger Nassers noch viel weniger als dieser leisten könne, den Prestigeverlust einer Verständigung mit Israel hinzunehmen. Inzwischen aber hat Anwar Sadat einen Friedensvertrag unterzeichnet, der noch vor fünf Jahren undenkbar erschien. Und noch ein zweites Beispiel: Noch im Jahre 1970 schienen die palästinensischen Freischärler-Organisationen der entscheidende Faktor im Kampf gegen Israel zu sein. Ihre Flugzeugentführungen erregten weltweites Aufsehen, die Tage der Monarchie König Husseins schienen gezählt. Wer hätte damals gedacht, daß binnen eines Jahres die politische und militärische Macht der Freischärler gebrochen sein würde?

Gegenüber solchen erstaunlich kurzlebigen Phänomenen der Tagespolitik wird die grundlegende geographische, wirtschaftliche und soziale Situation des Orients auf die Dauer vermut-

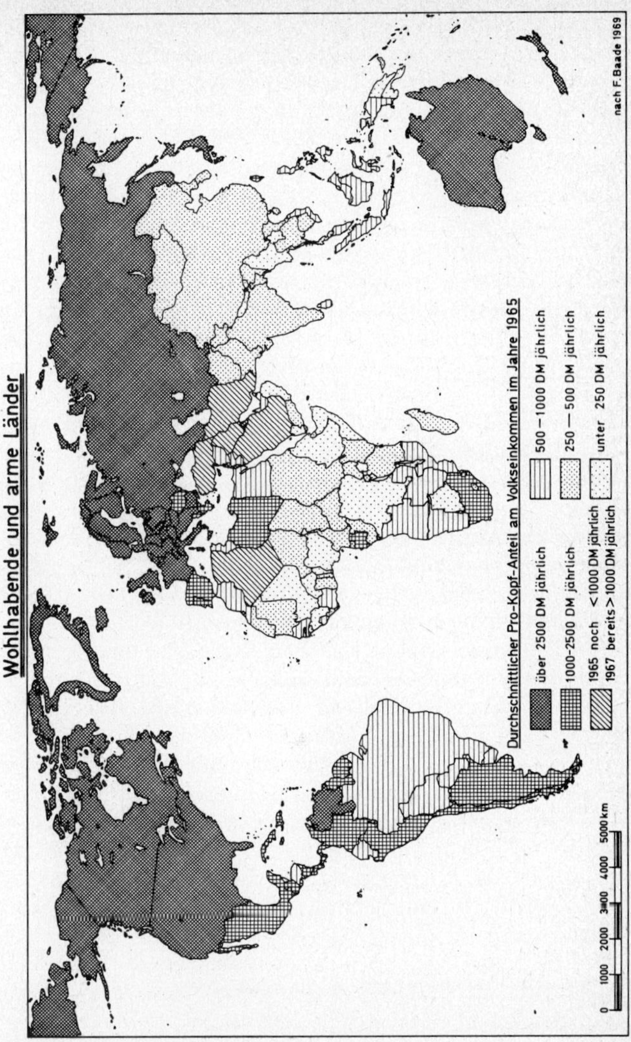

Fig. 42: Wohlhabende und arme Länder

lich ein stärkeres Gewicht haben: Die direkte Nachbarschaft zu Europa, die hohen und weiter steigenden Erdöleinkünfte sowie die rasch fortschreitende Verwestlichung werden es den Ländern Nordafrikas und Vorderasiens auf längere Sicht wohl ermöglichen, den *wirtschaftlichen Take-off* im Sinne von W. W. ROSTOW (1956, 1960) zu vollziehen. In absehbarer Zeit dürfte damit ihre weitere Entwicklung aus ihrer inneren Wirtschaftsdynamik heraus getragen werden, ohne daß hierfür noch starke Anstöße von außen nötig wären. Wie Fig. 42 zeigt, liegen viele Staaten des Orients bei einem weltweiten Vergleich der Entwicklung heute bereits im Mittelfeld. Auch heben sich die jährlichen Zuwachsraten des Sozialprodukts sehr positiv vom Durchschnitt der meisten anderen Entwicklungsländer ab.

Dennoch belasten einige Entwicklungstendenzen, wie sie besonders deutlich in den *Maghrebländern* zutage treten, die wirtschaftliche und soziale Gesamtsituation erheblich. Die jährliche Zuwachsrate der Bevölkerung liegt seit der Verbesserung der medizinischen Betreuung bei etwa 3 % jährlich, in manchen Jahren noch darüber. Das bedeutet bei gleichzeitig verbesserten Bildungs- und Ausbildungsmöglichkeiten ein erhöhtes Defizit im Angebot der Erwerbsmöglichkeiten; denn dieses steigt zwar, reicht aber keinesfalls aus, um der ständig wachsenden Nachfrage nach angemessen dotierten Arbeitsplätzen auch nur annähernd nachzukommen. Die Bevölkerungsexplosion ruft hier nach raschen Maßnahmen!

Die Verbesserung der Agrarstruktur und die Tendenzen zur Mechanisierung der Landwirtschaft in Bodenreformgebieten – wie in Algerien – einerseits sowie die hohe Kinderzahl der kleinen Fellachen andererseits lassen auf dem Agrarsektor keinesfalls ein Auffanggebiet für die jugendlichen Arbeitskräfte erwarten. Zudem wird auch der Konkurrenzdruck im Absatzbereich für die vorwiegend mediterrane Agrarproduktion der exportorientierten landwirtschaftlichen Entwicklung auf längere Sicht gewisse Grenzen setzen.

Die vorstehend skizzierte Entwicklung hat im Maghreb einen besonders starken Wanderungsdruck aus den inneren Agrargebieten und aus den Steppen, aber auch aus den Oasenregionen zu den mittelmeerischen Randzonen bzw. – in Marokko – zu den atlantischen Küstenebenen zur Folge gehabt. Diese nordafrikanischen Gunstgebiete, die überall bereits eine besonders dynamische Entwicklung erkennen lassen, sind jedoch schon seit der Kolonialzeit relativ dicht bevölkert und zu einem Teil bereits seit längerer Zeit dadurch gekennzeichnet, daß sie einen hohen Anteil von Gastarbeitern stellen. Hier sei an das Beispiel der Wanderungsbewegung algerischer Arbeitssuchender nach Frankreich und anderen europäischen Industrieländern erinnert. Solche Vorgänge lassen den Maghreb im gesamtorientalischen Bereich eine Sonderstellung einnehmen.

Die Urbanisierungswelle erfaßt zudem die mediterrane Küstenzone des Maghreb in besonders hohem Maße. Die Zuwachsrate in den dortigen Städten liegt bereits bei über 5 % im Jahresdurchschnitt. Die Zuwanderung aus den inneren Landesteilen verschärft die soziale Situation der Stadtbewohner. Sichtbarer Ausdruck hierfür sind die randstädtischen ›Bidonvilles‹.

Die wirtschaftlichen Entwicklungsmöglichkeiten der nordafrikanischen Länder liegen somit vor allem im weiteren Küstenbereich; die künftige Entwicklung kann jedoch nicht ohne eine verstärkte Industrialisierung gerade in dieser schmalen, aber bevölkerungsreichen Zone auskommen. Dabei wird es unerläßlich sein, auch in den inneren Regionen die wirtschaftlichen Entwicklungsansätze zu verbessern, um auch der dort lebenden Bevölkerung eine Verbesserung ihres Lebensstandards zu ermöglichen.

Das Damoklesschwert der alles überschattenden Bevölkerungsexplosion der Maghrebländer schwebt deutlich über dieser Entwicklung. Um es wirkungslos zu machen und um zu vermeiden, daß jegliche wirtschaftliche Progression im Nachholbedarf steckenbleibt, ist die Reduzierung des Bevölkerungswachstums unerläßlich. Anfänge hierfür läßt im Augenblick lediglich Ägypten erkennen.

Schließlich bleibt zu erwähnen, daß im gesamten Orient die Maghrebländer erst als letzte ihre Kolonialherrschaft beseitigen konnten und daher ihre Bindungen an Europa und besonders an Frankreich noch immer sehr eng sind. Diese Sonderstellung bleibt trotz aller Gemeinsamkeiten der arabischen Welt unverkennbar. Ihre Öffnung zur Zusammenarbeit auch mit östlichen Industriestaaten wird davon kaum berührt.

Wenden wir abschließend den Blick von solchen Sonderentwicklungen nochmals auf die Staaten des Orients insgesamt: Aus der heutigen Situation ergibt sich für die westlichen Industriestaaten eine ganz klare *Forderung*: Um den Take-off der Staaten des Orients zu beschleunigen – um diese also möglichst rasch so weit zu bringen, daß sie sich selbst helfen können –, sollten unsere Bemühungen um eine effektive *Entwicklungshilfe* in vielfältiger Form künftig noch wesentlich intensiviert werden. Entwicklungshilfe ist in Nordafrika und Vorderasien nicht nur nötig, sondern auch wirtschaftlich sinnvoll. Auch hier zeigt es sich nochmals, um wie vieles der Orient besser dran ist als z. B. die Staaten des indischen Subkontinents; denn dort erscheint das Elend so groß und die Lage auf längere Sicht so hoffnungslos, daß viele Entwicklungshilfe wohl nur als ein Akt christlicher Nächstenliebe verstanden werden kann.

7 Anhang

71 Literaturverzeichnis

711 Zitierte Literatur

Achenbach, H.: Die Halbinsel Cap Bon – Strukturanalyse einer mediterranen Kulturlandschaft in Tunesien. Jahrbuch der Geographischen Gesellschaft zu Hannover 1963, Hannover 1964.

–: Die Agrarlandschaft der tunesischen Nordküste um Bizerte. Erdkunde, Bd. 21, H. 2, 1967, S. 132–146.

–: Agrargeographische Entwicklungsprobleme Tunesiens und Ostalgeriens. Jahrbuch der Geographischen Gesellschaft zu Hannover, Jahrbuch für 1970, Hannover 1971.

Adam, A.: Casablanca. Essai sur la transformation de la société marocaine au contact de l'Occident. Paris, 1968, 2 Bde.

Ahmad, N. A.: Die ländlichen Lebensformen und die Agrarentwicklung in Tripolitanien. Heidelberger Geographische Arbeiten, H. 25, Heidelberg 1969.

Ahrens, P. G.: Die Entwicklung der Stadt Teheran. Eine städtebauliche Untersuchung ihrer zukünftigen Gestaltung. Opladen 1966. (Schriften des Deutschen Orient-Instituts. Monographien.)

Arnold, A.: Die Industrialisierung im Maghreb als Mittel der regionalen Strukturpolitik. Umschau in Wissenschaft und Technik. 71. Jg. 1971.

Attia, H.: La répartition géographique de la population tunisienne à partir du recensement de 1966. Rev. Tun. de Sci. ssc., C.E.R.E.S., 1969, Nr. 17–18, S. 505–520.

Ayache, A.: Marokko, Bilanz eines Kolonialunternehmens. Berlin 1969.

Baade, F.: Dynamische Weltwirtschaft. München 1969.

Banse, E.: Die Türkei. Eine moderne Geographie. Braunschweig 1916, 3. Aufl. 1919.

Bataillon, C.: Le Souf. Etude de Géographie humaine. Inst. de Recherches Sahariennes, Mémoire, Nr. 2, Alger 1955.

–: Nomades et nomadisme au Sahara. Paris 1963.

Birot, P. und Dresch, J.: La Méditerranée et le Moyen-Orient, Paris 1953.

Bobek, H.: Die Rolle der Eiszeit in Nordwestiran. Zeitschrift für Gletscherkunde, XXV, 1937, S. 130–183.

–: Die natürlichen Wälder und Gehölzfluren Irans. Bonn 1951. (Bonner Geogr. Abh., H. 8.)

–: Klima und Landschaft Irans in vor- und frühgeschichtlicher Zeit. Geogr. Jahresbericht aus Österreich, XXV, 1955.

–: Iran. In: Geogr. Taschenbuch 1954/1955, S. 372–376.

–: Die Hauptstufen der Gesellschafts- und Wirtschaftsentfaltung in geographischer Sicht. Die Erde 90 (1959), S. 259–298.

–: Iran. Probleme eines unterentwickelten Landes alter Kultur. Frankfurt/Berlin/Bonn 1962. (Themen zur Geographie und Gemeinschaftskunde).
BOESCH, H.: Erdöl im Mittleren Osten. Erdkunde 3 (1949), S. 68–82.
BRIGOL, M.: L'habitat des nomades sédentarisés à Ouargla. T.I.R.S., Bd. XIV, 2. Semester, S. 181–197, Alger 1957.
BUTZER, K. W.: Studien zum vor- und frühgeschichtlichen Landschaftswandel der Sahara. Teil I: Die Ursachen des Landschaftswandels der Sahara und Levante seit dem klassischen Altertum. Teil II: Das ökologische Problem der Neolithischen Felsbilder der östlichen Sahara. Teil III: Die Naturlandschaft Ägyptens während der Vorgeschichte und der Dynastischen Zeit. Akademie d. Wiss. und d. Literatur in Mainz. Abh. Math. – Naturwiss. Kl., Wiesbaden 1958, Nr. 1 und Nr. 2.
–: Contribution to the Pleistocene. Geology of the Nile Valley. Erdkunde, 1959, S. 46–67.
CAPOT-REY, R.: Les limites du Sahara français. T.I.R.S., Bd. VIII, Alger 1952.
–: The present state of nomadism in the Sahara. Probl. of the Arid Zone, XVIII, UNESCO, 1962, S. 301–310.
CHARLES-PICARD, G.: Nordafrika und die Römer. Übersetz. von ›La Civilisation de l'Afrique Romaine‹. Stuttgart 1962.
CHEVALLIER, D.: Un exemple de résistance technique de l'artisanat syrien aux XIXe et XXe siècles. Les tissus ikatés d'Alep et de Damas. Syria 39 (1962), S. 300–324.
–: De la production lente à l'économie dynamique en Syrie. Annales (Economies, Sociétés, Civilisations) 21 (1966), S. 59–70.
DESPOIS, J.: La colonisation italienne en Libye. Paris 1935.
–: L'Afrique du Nord. 1. Teil: L'Afrique blanche. Paris 1949, 1964.
–: La Tunisie orientale. Sahel et basse steppe. Etude Géographique, Paris 1955.
– und R. RAYNAL: Géographie de l'Afrique du Nord-Ouest. Paris 1967.
DETTMANN, K.: Damaskus. Eine orientalische Stadt zwischen Tradition und Moderne. In: Mitt. Fränk. Geogr. Ges. 15/16 (1968/69), S. 183–311. (Erlanger Geograph. Arbeiten Heft 26, Erlangen 1969.)
DJAZANI, I.: Wirtschaft und Bevölkerung in Khuzistan und ihr Wandel unter dem Einfluß des Erdöls. Tübingen 1963. (Tübinger Geogr. Studien Heft 8).
DODD, C. H., und M. E. SALES: Israel and the Arab World. London 1970.
EMBERGER, L.: Une classification biogéographique des climats. Trav. de l'Inst. Bot. Montpellier 1955, Bd. 7, S. 3–43.
FENELON, K. G.: The Trucial States. A brief economic survey. Beirut 1967. (Middle East Economic and Social Monographs No. 1).
FLOHN. H.: Zur Frage der Einteilung der Klimazonen. Erdkunde, Bd. XI. H. 3, 1957.
FREUND, W.: Die Djerbi in Tunesien. Kölner Beitr. z. Sozialforschung und angewandte Soziologie, Bd. 11, 1970.
GANSSEN, R.: Trockengebiete, Böden, Bodennutzung, Bodenkultivierung, Bodengefährdung. Hochschultaschenbücher. Bibliograph. Institut, Nr. 354–354a, Mannheim/Zürich 1968.
GAUBE, H.: Geschichte und soziale Hintergründe des libanesischen Bürgerkrieges. In: GR. 29. Jg. 1977. S. 286–290.

GAUBE, H., und E. WIRTH: Der Bazar von Isfahan. Wiesbaden 1978. (Beihefte zum TAVO, B, Nr. 22).

GAUSSEN, H. und BAGNOULS, F.: Les climats biologiques et leur classification. Ann. de Géographie, 66, 1957, S. 193–220.

GERSTER, G.: Sahara. Berlin 1959.

GIESSNER, K.: Die algerische Sahara – ihre industrielle Erschließung und Nutzung. Stuttgart 1970.

GRÖTZBACH, E.: Kulturgeographischer Wandel in Nordost-Afghanistan seit dem 19. Jahrhundert. Meisenheim/Glan 1972 (Afghanische Studien Bd. 9).

– (Hrsg.): Aktuelle Probleme der Regionalentwicklung und Stadtgeographie Afghanistans. Meisenheim/Glan 1976 (Afghanische Studien Bd. 14).

HAHN, H.: Die Stadt Kabul (Afghanistan) und ihr Umland. Gestaltwandel einer orientalischen Stadt. Bonn 1964. (Bonner Geograph. Abh. Heft 34).

–: Wachstumsabläufe in einer orientalischen Stadt am Beispiel von Kabul/Afghanistan. Erdkunde 26 (1972), S. 16–32.

HÜTTEROTH, W.-D.: Ländliche Siedlungen im südlichen Inneranatolien in den letzten vierhundert Jahren. Göttingen 1968. (Göttinger Geogr. Abh. Heft 46).

–: Das Wüstungsproblem im Orient – dargestellt am Beispiel des inneren Anatolien. Geogr. Rdsch. 21 (1969), S. 60–63.

–: Zum Kenntnisstand über Verbreitung und Typen von Bergnomadismus und Halbnomadismus in den Gebirgs- und Plateaulandschaften Südwestasiens. In: Vergleichende Kulturgeographie der Hochgebirge des südlichen Asien (Erdwissenschaftliche Forschung) Bd. V. Wiesbaden 1973, S. 146–156.

IBN KHALDOUN, KITAB EL IBAR: ›Histoire des Berbères‹. Alger 1852–1856. Übersetzung aus dem Arabischen.

JULIEN, CH.: Etudes maghrébines. Paris 1968.

KARMON, Y.: Israel. Bevölkerungs- und Wirtschaftsstruktur. In: Geogr. Taschenbuch 1962/1963, S. 141–156.

KEEBLE, D. E.: Models of Economic Development. In: Chorley, R. J., und P. Haggett (Hrsg.): Models in Geography. London 1967, S. 243–302.

KING, R.: The Pilgrimage to Mecca: Some geographical and historical aspects. Erdkunde 26 (1972), S. 61–73.

KNETSCH, G.: Geologische Überlegungen zu der Frage des artesischen Wassers in der westlichen ägyptischen Wüste. Geol. Rundschau, 1962, S. 640–650.

KOPP, H.: Die räumliche Differenzierung der Agrarlandschaft in der arabischen Republik Jemen (Nordjemen). In: Erdkunde. Band 29. Bonn 1975. S. 59–68.

–: Der Einfluß temporärer Arbeitsemigration auf die Agrarentwicklung in der Arabischen Republik Jemen. In: Erdkunde. Band 31. Bonn 1977. S. 226–230.

–: Die Arabische Republik Jemen. Entwicklungsprobleme und Entwicklungsmöglichkeiten eines rohstoffarmen Landes der Vierten Welt. GR. 30 (1978), S. 88–93.

KORBY, W.: Probleme der industriellen Entwicklung und Konzentration in Iran. Wiesbaden 1977 (Beihefte zum TAVO, B, Nr. 20).

LAMBTON, A. K. S.: The Persian Land Reform 1962–1966. Oxford 1969.

LAUTENSACH, H.: Der geographische Formenwandel. Studien zur Landschaftssystematik. Bonn 1952. (Colloquium Geographikum, Bd. 3).
–: Maurische Züge im geographischen Bild der Iberischen Halbinsel. Bonner Geogr. Abh., H. 28, 1960.
LE COZ, J.: Le Rharb. Fellahs et Colons. Bd. 1: Les cadres de la nature et de l'histoire. Bd. 2: Une région géographique mouvante. Rabat 1964.
LEIDLMAIR, A.: Hadramaut. Bevölkerung und Wirtschaft im Wandel der Gegenwart. Bonn 1961. (Bonner Geograph. Abh. Heft 30.)
–: Umbruch und Bedeutungswandel im nomadischen Lebensraum des Orients. Geogr. Zschr. 53 (1965), S. 81–100.
LOUIS, H.: Über den geographischen Europabegriff. Mitt. Geogr. Ges. München 39 (1954), S. 73–93.
–: Die junge kulturgeographische Entwicklung der Türkei. In: Verh. 30. Dt. Geographentag Hamburg 1955. Wiesbaden 1957, S. 59–72.
–: Karte ›Türkei, Wirtschaft‹, In: C. Troll (Hrsg.): Großer Herder Atlas. Freiburg 1958, S. 153.
MANSHARD, W.: Afrika – südlich der Sahara. Fischer Länderkunde, Bd. 5, Frankfurt 1970 (überarbeitete Ausgabe 1979).
MECKELEIN, W.: Libyen – Geographisches Strukturbild eines Wüstenstaates. Geogr. Taschenbuch 1956/57, S. 374–382.
–: Forschungen in der zentralen Sahara. Klimageomorphologie. Braunschweig 1959.
MEJCHER, H.: Die Arabische Welt. Aufbruch in die Moderne. Stuttgart 1976.
MENSCHING, H.: Marokko. Landschaften im Maghreb. Heidelberg 1957.
–: Das Medjerda-Projekt in Tunesien. Die Erde, 1962, Jg. 93, H. 2, S. 117–135.
–: Nordafrika. Die Große Illustr. Länderkunde, Bd. II, 1963, S. 87–233.
–: Zur Länderkunde des westlichen Mittelmeergebietes und Nordwestafrikas. Geogr. Zeitschrift, 1967, Jg. 55, H. 3.
–, GIESSNER, K. und STUCKMANN, G.: Die Hochwasserkatastrophe in Tunesien im Herbst 1969. Geogr. Zeitschrift, 1970, Jg. 58, H. 2, S. 81–94.
–: Der Maghreb. Eine regionalgeographische Einführung. Geogr. Rundschau. Jg. 23, H. 8, 1971.
–: Nomadismus und Oasenwirtschaft im Maghreb. Braunschweiger Geographische Studien, H. 3, S. 155–167, Braunschweig 1971.
MERNER, P. G.: Das Nomadentum im nordwestlichen Afrika. Berliner Geogr. Arbeiten, H. 12, Berlin 1937.
NACHTIGALL, H.: Beiträge zu Feldbau und Nomadismus der Beni Mguild (Marokko). Zeitschrift f. Ethnologie, 1967.
NOIN, D.: Casablanca. Paris 1965, 1971.
OBST, J.: Die Erdölexploration in Libyen. Erfolge und Aussichten. Die Erde, 99. Jg., H. 3, S. 265–276, Berlin 1968.
OTREMBA, E.: Allgem. Agrar- und Industriegeographie. Erde und Weltwirtschaft Bd. 3, 3. Aufl., Stuttgart 1968.
PENNEC, P.: Les transformations des corps de métiers de Tunis sous l'influence d'une économie externe du type capitaliste. Vervielf. Manuskr.; Tunis 1964.
PLANCK, U.: Iranische Dörfer nach der Bodenreform – Sozialorganisation und Sozialökonomik. Opladen 1974 (Schriften d. Dt. Orient-Instituts).

Planhol, X. de: Expansion et problèmes de l'agriculture turque. Revue de Géographie de Lyon 35 (1960), S. 91–103.
–: Le déboisement de l'Iran. Annales de Géographie 78 (1969), S. 625–635.
Plum, W.: Sozialer Wandel im Maghreb. Hannover 1967.
Poncet, J.: Paysages et problèmes ruraux en Tunisie. Tunis 1962.
–: Les champs et l'évolution du paysage agraire en Tunisie. Ann. de Géographie, Jg. 71, Nr. 388, 1962.
Press, H. et al.: Gutachten über Talsperrenbauten im Euphrat auf syrischem Gebiet zum Zwecke der Hochwasserabfangung, der Niedrigwasseranreicherung, der Energiegewinnung und der Bewässerung. Vervielf. Manuskr., 2 Bde. (Text, Anl.). Berlin 1962.
Rathjens jr., C.: Die Staats- und Wirtschaftsstruktur Afghanistans. In: Geogr. Taschenbuch 1956/1957, S. 382–392.
–: Afghanistan in der jüngeren Entwicklung des Orients. In: Verh. 30. Dt. Geographentag Hamburg 1955. Wiesbaden 1957, S. 73–84.
–: Afghanistan, ein Land junger Wirtschaftsentwicklung. Geogr. Rdsch. 9 (1957), S. 463–472.
–: Afghanistan – ein Entwicklungsland. Bild der Wissenschaft, Oktober 1965, S. 840–848.
Rathjens sen., C.: Die Pilgerfahrt nach Mekka. Von der Weihrauchstraße zur Ölwirtschaft. Hamburg 1948. (Hamb. Abh. zur Weltwirtschaft).
– und v. Wissmann, H.: Rathjens-v. Wißmannsche Südarabien-Reise. Band 3: Landeskundliche Ergebnisse. Hamburg 1934. (Hamburgische Universität. Abhandlungen aus dem Gebiet der Auslandskunde, Bd. 40.)
Rognon, P.: La confédération des nomades Kel Ahaggar. Ann. de Géographie, Jg. 71, Nr. 388, 1962.
Rostow, W. W.: The Take-Off into Self-Sustained Growth. Economic Journal 66 (1956), S. 25–48.
–: Stadien wirtschaftlichen Wachstums. Eine Alternative zur marxistischen Entwicklungstheorie. Göttingen 1960.
Ruppert, H.: Beirut. Eine westlich geprägte Stadt des Orients. In: Mitt. Fränk. Geogr. Ges. 15/16 (1968/69), S. 313–448. (= Erlanger Geograph. Arbeiten Heft 27, Erlangen 1969).
Ruppin, A.: Syrien als Wirtschaftsgebiet. Berlin 1917, 2. Aufl. Berlin/Wien 1920 (auch als Beiheft zum Tropenpflanzer Nr. 3/5, 1916 erschienen).
Salibi, K. S.: Cross roads to civil war. Lebanon 1958–1976. New York 1976.
Scharlau, K.: Zum Problem der Pluvialzeiten im Nordost-Iran. Zeitschr. f. Geomorph. 1958, Bd. 2, H. 4, S. 258–277.
Schiffers, H.: Die Sahara und die Syrtenländer. Hannover 1950.
–: Die Sahara und ihre Randgebiete. Bd. Physiogeographie. München 1971.
Schmieder, O. und Wilhelmy, H.: Die faschistische Kolonisation in Nordafrika, Leipzig 1939.
Scholz, F.: Seßhaftwerdung von Beduinen in Kuwait. In: Erdkunde. Band 29. Bonn 1975. S. 223–234.
–: Entwicklungstendenzen im Beduinentum der kleinen Staaten am Persischen/Arabischen Golf. – Oman als Beispiel. (Versuch einer Analyse). In: Mitt. d. Österr. Geogr. Ges. Bd. 118, H. 1. Wien 1976. S. 70–108.

–: Sultanate of Oman. Aerial Photographic Atlas: Natural Regions and Living Areas in Text and Photographs. Stuttgart 1978.

SCHWEIZER, G.: Nordost-Azerbaidschan und Shah Sevan-Nomaden. Strukturwandel einer nordwestiranischen Landschaft und ihrer Bevölkerung. In: Strukturwandlungen im nomadisch-bäuerlichen Lebensraum des Orients. Wiesbaden 1970, S. 81–148. (Geograph. Zeitschrift, Beihefte Heft 26).

–: Bevölkerungsverteilung im Vorderen Orient. Geogr. Rundsch. 30 (1978), S. 98–100.

SEGER, M.: Teheran. Eine stadtgeographische Studie. Wien/New York 1978.

STEPPAT, F.: Zionism-Judaism. Some historical aspects of the clash between zionism and arab nationalism. University Christian Center Forum (Beirut) 1968, S. 1–13.

STREBEL, O.: Bodengesellschaften Syriens und des Libanon. Geol. Jb., 1965, 84, S. 1–22.

TAIEB, M.: La structure urbaine d'Alger. Eléments pour les études urbaines en pays sous-développés. Annales de Géographie. Nr. 437, S. 33–45, Paris 1971.

TOPF, E.: Die Staatenbildung in den arabischen Teilen der Türkei seit dem Weltkriege nach Entstehung, Bedeutung und Lebensfähigkeit. Hamburg 1929. (Hamburgische Universität, Abhandlungen aus dem Gebiet der Auslandskunde. Bd. 31).

TOTTEN, D. E.: Erdöl in Saudi-Arabien. Heidelberg/München 1959. (Heidelberger Geogr. Abh. Heft 4).

TROLL, C.: Qanat-Bewässerung in der Alten und Neuen Welt. Mitt. der Österr. Geograph. Gesellschaft, Wien 1963.

– und PAFFEN, K. H.: Karte der Jahreszeitenklimate der Erde. Erdkunde, 1964, H. 1, S. 5–28.

UNESCO–FAO: Carte bioclimatique de la région méditerranéenne, Paris, Rom 1963.

WAGNER, H. G.: Bevölkerungsentwicklung im Maghreb. Geograph. Rundschau, Jg. 23, H. 8. Braunschweig 1971.

WALTER, H.: Vegetationszonen und Klima. Stuttgart 1970.

WARRINER, D.: Land Reform in principle and practice. Oxford 1969.

WILCOCKS, SIR W.: The Irrigation of Mesopotamia. London 1911.

WIRTH, E.: Der heutige Irak als Beispiel orientalischen Wirtschaftsgeistes. Die Erde 8 (1956), S. 30–50.

–: Agrargeographie des Irak. Hamburg 1962. (Hamburger Geographische Studien, Bd. 13.)

–: Zur Sozialgeographie der Religionsgemeinschaften im Orient. Erdkunde 19 (1965), S. 265–284.

–: Damaskus–Aleppo–Beirut. Ein geographischer Vergleich dreier nahöstlicher Städte im Spiegel ihrer sozial und wirtschaftlich tonangebenden Schichten. Die Erde 96 (1966), S. 96–137, 166–202.

–: Strukturwandlungen und Entwicklungstendenzen der orientalischen Stadt. Versuch eines Überblicks. Erdkunde 22 (1968), S. 101–128.

–: Das Problem der Nomaden im heutigen Orient. Geogr. Rdsch. 21 (1969), S. 41–51.

–: Der Orient. In: Hinrichs, E. (Hrsg.): Illustrierte Welt- und Länderkunde in drei Bänden. Band III, Die Großräume der Erde. Zürich 1970, S. 259–319.

–: Syrien. Eine geographische Landeskunde. Darmstadt 1971. (Wissenschaftliche Länderkunden, Bd. 4/5.)
–: Die Beziehungen der orientalisch-islamischen Stadt zum umgebenden Lande. Ein Beitrag zur Theorie des Rentenkapitalismus. In: Festschrift Ernst Plewe, Wiesbaden 1972, S. 323–333.
–: Zum Problem des Bazars (sūq, çarşi). Versuch einer Begriffsbestimmung und Theorie des traditionellen Wirtschaftszentrums der orientalisch-islamischen Stadt. Der Islam 51 (1974), S. 203–260; 52 (1975), S. 6–46.
–: Die orientalische Stadt. Ein Überblick aufgrund jüngerer Forschungen zur materiellen Kultur. Saeculum 16 (1975), Heft 1, S. 45–94.
–: Der Orientteppich und Europa. Erlangen 1976. (Erlanger Geogr. Arbeiten Heft 37).
Wissmann, H. von: Stellung und Bedeutungswandel des Orients in den Lebensräumen der Alten Welt. Zeitschr. der Ges. für Erdk. zu Berlin 1942, S. 353–368.
–: Geographische Grundlagen und Frühzeit der Geschichte Südarabiens. Saeculum 4 (1953), S. 61–114.

712 Ergänzende und weiterführende Literatur
(bereits unter 711 angeführte Titel sind nicht mehr genannt)

a) Orient allgemein

Baer, G.: Population and Society in the Arab East. New York 1969.
Becker, C. H.: Islam und Wirtschaft. Archiv für Wirtschaftsforschung im Orient I (1916), S. 66–77.
Birot, P. und Dresch, J.: La Méditerranée et le Moyen Orient. Bd. 1: La Méditerranée Occidentale. Paris 1953. Bd. 2: La Méditerranée Orientale et le Moyen-Orient. Paris 1956.
Boesch, H.: Der Mittlere Osten. Bern 1959.
Bourgey, A.: Le pétrole et ses incidences géographiques dans le Moyen-Orient arabe. Rev. Géogr. Lyon 46 (1971), S. 233–284.
Brandenburg, D.: Die Baumeister des Propheten. Städtebau und Kultur der islamischen Völker. Zürich/Freiburg 1971.
Brockelmann, C.: Geschichte der islamischen Völker und Staaten. München/Berlin 1939.
The Cambridge History of Islam. Bd. I: The Central Islamic Lands. Bd. II: The Further Islamic Lands. Islamic Society and Civilization. Cambridge 1970.
Coon, C. S.: Caravan: The story of the Middle East. New York 1951.
Fischer, Th.: Mittelmeerbilder. Gesammelte Abhandlungen zur Kunde der Mittelmeerländer. 2. Aufl. Leipzig/Berlin 1913. – Neue Folge Leipzig/Berlin 1908.
Fisher, W. B.: The Middle East. A Physical, Social and Regional Geography. London/New York 1950, 6. Aufl. 1971.
Flohn, H.: Zur Kenntnis des jährlichen Ablaufes der Witterung im Mittelmeergebiet. Geofisica pura e applicada 13 (1948), S. 167–188.

GRUNWALD, K. und RONALL, J. O.: Industrialization in the Middle East. New York 1960.
HAUDE, W.: Über vieljährige Schwankungen des Niederschlages im Vorderen Orient und nordöstlichen Afrika und ihre Auswirkungen auf die Ausbreitung von Tier und Mensch. Die Erde 94 (1963), S. 281 bis 312.
HITTI, PH. K.: History of the Arabs from the earliest times to the present. London/Melbourne/Toronto, 9. Aufl. 1968.
HOTTINGER, A.: Die Araber. Werden, Wesen, Wandel und Krise des Arabertums. Zürich 1960.
ISSAWI, CH. (Hrsg.): The Economic History of the Middle East 1800–1914. A Book of Readings. Chicago/London 1966.
KÜHNEL, E.: Die Kunst des Islam. Stuttgart 1962. (Kröner Taschenausgabe, Bd. 326).
LEWIS, B.: The Middle East and the West. Bloomington 1964. (Indiana University International Studies.)
LONGRIGG, S. H.: Oil in the Middle East. Its discovery and development. London 1954.
–: The Middle East. A Social Geography. London/Chicago 1963.
–: The Middle East and North Africa 1971–72. London, 18. Aufl. 1971.
MONTAGNE, R.: La civilisation du désert. Nomades d'Orient et d'Afrique. Paris 1947. (Coll. Le Tour du Monde.)
Nomadismus als Entwicklungsproblem. Bielefeld 1969. (Bochumer Schriften zur Entwicklungsforschung und Entwicklungspolitik Bd. 5.)
ORGELS, B.: La terre et les hommes dans le Monde Musulman. Brüssel o. J. (Correspondance d'Orient No. 8.)
Oxford Regional Economic Atlas: The Middle East and North Africa. London 1960.
PLANHOL, X. DE: Caractères généraux de la vie montagnarde dans le Proche-Orient et dans l'Afrique du Nord. Ann. Géogr. 71 (1962), S. 113–130.
–: Les fondements géographiques de l'histoire de l'Islam. Paris 1968. (Nouvelle Bibliothèque Scientifique.)
– und ROGNON, P.: Les zones tropicals arides et subtropicales. Paris 1970.
SAYEGH, KAMAL S.: Oil and Arab Regional Development. New York/Washington/London 1968. (Praeger Special Studies in International Economics and Development.)
SWEET, LOUISE E. (Hrsg.): Peoples and Cultures of the Middle East. An Anthropological Reader. Vol. I: Cultural Depth and Diversity. Vol. II: Life in Cities, Towns, and Countryside. New York 1970 (American Museum of Natural History).
TAESCHNER, F. und STEPPAT, F.: Geschichte der arabischen Welt. Stuttgart 1964. (Kröners Taschenausgabe, Band 359.)
UNESCO–FAO: Carte Bioclimatique de la région méditerranéenne 1 : 5 Mill. 2 Bll. Paris 1962.
WALKER, D. S.: The Mediterranean Lands. London/New York 1960.
WARRINER, D.: Land Reform and Development in the Middle East. A Study of Egypt, Syria, and Iraq. London/New York 1957, 2. Aufl. 1962. (Royal Institute of International Affairs.)
WEULERSSE, J.: Paysans de Syrie et du Proche-Orient. 2. Aufl. Paris 1946. (Coll. Le Paysan et la Terre.)

b) Nordafrika

AFRICAIN, J. L.: Description de l'Afrique, trad. par Epaulard. Paris 1956, 2 Bde.

African Statistical Yearbook 1975. Part 1. North Africa. Addis Abeba 1976.

BARTH, H.: Reisen und Entdeckungen in Nord und Central Afrika in den Jahren 1849 bis 1856. Gotha 1858.

BERNARD, A.: Afrique septentrionale et occidentale: L'Afrique du Nord. Géogr. Universelle, Bd. XI, Paris 1937.

BIROT, P. und DRESCH, J.: L'Afrique du Nord: Les Problèmes Physiques. In: La Méditerranée Occidentale. Paris 1953, S. 391–452.

CAPOT-REY, R.: Le Sahara français. Presse Univ. France. 1953.

Centre de Recherches et d'Etudes sur les Sociétés Méditerranéennes. Faculté de Droit. Aix-en-Provence (Hrsg.): Rapports de dépendance au Maghreb. Ed. du CNRS, Paris 1976.

DESPOIS, J.: Les paysages agraires traditionnels du Maghreb et du Sahara septentrional. Ann. de Géogr. 1964, 396, S. 129–171.

DRESCH, J.: Réforme agraire du Maghreb. Paris 1963.

DUBIEF, J.: Le climat du Sahara. Institut de Recherches sahariennes, Alger 1959, 1963, 2 Bde.

GIESSNER, K.: Der mediterrane Wald im Maghreb. Geogr. Rundschau, H. 10, 1971, Braunschweig.

GLAUERT, G.: Veränderungen in der Bevölkerungsstruktur Nordafrikas in den letzten Jahrzehnten. Die Erde, 1957, 88, S. 298–319.

–: Bevölkerung und Städtewesen des östl. Maghreb im Zeitabschnitt der Entkolonialisierung. Mitt. d. Geogr. Ges. München 1962, Bd. 47, S. 117–156.

HOTTINGER, A.: Die Arabischen Staaten Nordafrikas. Hannover 1971.

HOUSTON, J. M.: The Western Mediterranean World. London 1964.

ISHOW, H.: Réformes agraires au Maghreb. In: Actuel Développement. Paris. Nr. 15. 1976. S. 52–56.

ISNARD, H.: Le Maghreb. P.U.F. Paris 1966.

JULIEN, C.-A.: Histoire de l'Afrique du Nord. Tunisie – Algérie – Maroc. Paris 1952, 2. Aufl.

KIRSTEN, E.: Nordafrikanische Stadtbilder – Antike und Mittelalter in Libyen und Tunesien. Heidelberg 1961.

KNAPP, W.: North West Africa. A political and economic survey. Oxford 1977.

MAIRE, R.: Flore de l'Afrique du Nord. Paris 1952.

MARTINI, H. J.: Geologische Grundlagen der Wasserversorgung im ariden Nordafrika. Wasserwirtschaft in Afrika. Bonn 1963.

MENSCHING, H.: Bedeutung und Wert geographischer Forschung im Rahmen der Entwicklung der Länder des Maghreb. Die Erde, 1963, 94, S. 210–224.

–: Die Maghrebländer – Eignungsraum und geographische Grenzen in Nordafrika. Tag.-Ber. u. wiss. Abh. d. Dt. Geographentages, Bochum 1965, Wiesbaden 1967.

–, GIESSNER, K. und STUCKMANN, G.: Sudan – Sahel – Sahara. Geomorphologische Bobachtungen auf einer Forschungsexpedition nach West- und Nordafrika 1969. Jahrb. der Geogr. Ges. Hannover, Jahrb. f. 1969, Hannover 1970.

NACHTIGAL, G.: Sahara und Sudan. Berlin 1879, Bd. 1.
PLUM, W.: Nordafrika. Der Maghreb. Nürnberg 1961.
SCHACK, A. v.: Der Maghreb zwischen den Mächten. In: Internationales Afrikaforum. München. 11 (1975). 1/2. S. 85–93.
SCHLIEPHAKE, K.: Die ländliche Wasserversorgung in Nordafrika. Probleme und Zukunft der landwirtschaftlicchen Bewässerung. In: Afrika spectrum 2. 1972. S. 52–74.
–: Agrare Wandlungen am nördlichen Rand der Sahara. In: Afrika spectrum 3. 1972. S. 105–111.
TEUTSCH, L.: Das römische Städtewesen in Nordafrika. Berlin 1962.
UNESCO: Nomades et nomadisme au Sahara. Paris 1963.
WOHLFAHRT, M. und E.: Nordafrika: Tunesien, Algerien, Marokko. Berlin 1955.

Algerien

BOURDIEU, P.: Sociologie de l'Algérie. Presse Univ. France, 1961, 126 S.
Bundesstelle für Außenhandelsinformationen (1977): Algerien. Wirtschaftsdaten und Wirtschaftsdokumentation. Köln 1977.
DURAND, J. H.: Les sols d'Algérie. Alger 1954.
ELSENHANS, H.: Algerien. Koloniale und postkoloniale Reformpolitik. Institut für Afrika-Kunde. Hamburg 1977.
ISNARD, H.: Agriculture européenne et agriculture indigène en Algérie. C.d.O.M., 1959, Nr. 46, S. 147–159.
JAEGER, F.: Trockengrenzen in Algerien. Pet. Geogr. Mitt., 1963, Bd. XLIX, Nr. 223, S. 7–65.
–: Landschaft und Landwirtschaft Algeriens. Boletim Paranaense de Géographie, 1964, Nr. 10–15, S. 233–267.
KLOOS, H.: Algerien. Die Länder Afrikas. Bonn 1968.
MENSCHING, H.: Algerien – Geographische Grundlagen seines Lebensraumes. H. 2 (Algerien), Jg. 1970, Inst. f. Auslandsbeziehungen Stuttgart. Dort weitere Artikel über Algerien.
PELLETIER, J.: Alger 1955. Essai d'une géographie sociale. Paris 1959.
PLANHOL, X. DE: Les transformations récentes de l'habitat et du paysage rural en Algérie. C.d.O.M., 1960, 13, Nr. 51, S. 355–365.
ROUVERAUX, P.: La réforme agraire en Algérie. Soc. belge d'études et d'expansion, 1960, Bd. 59, S. 516–522.
SCHLIEPHAKE, K.: Die algerische Erdölwirtschaft: Binnenwirtschaftliche Probleme und energiepolitische Konsequenzen. In: Afrika spectrum. Hamburg. 9. 1974. S. 139–151.
–: Industriearbeiter und Kulturkontakt in Algerien und Tunesien. In: Vierteljahresberichte. Bonn. Nr. 63. 1976. S. 49–62.
VIVATELLE, G.: L'Algérie algérienne. Paris 1970.

Libyen

ABBAS HILMI AL-HILLI: Grundlagen, Stand und Entwicklungsmöglichkeiten der Wirtschaft in Libyen. Forschungsberichte des Landes Nordrhein-Westfalen. Westdt. Verlag, Köln–Opladen 1961.
Arabische Republik Libyen. In: Libyen heute. Bonn. Nr. 1. 1974.
DESIO, A.: Übersicht über die Geologie Libyens. Geol. Rundschau, 1942, S. 415–421.
DESPOIS, J.: Aperçu sur l'économie libyenne. Etudes sur la Libye septentrionale. Ann. de Géogr., Jg. 71, 1962, Nr. 385.

HECHT, F., FÜRST, M. und KLITZSCH, E.: Zur Geologie von Libyen. Geol. Rundschau, 1964, H. 2, S. 413.
KANTER, H.: Libyen – eine geographisch-medizinische Landeskunde. Heidelberg 1967.
KNETSCH, G.: Beobachtungen in der libyschen Sahara. Geol. Rundschau 1950, Jg. 38, H. 1, S. 40.
SCHIFFERS, H.: Libyen und die Sahara. Bonn 1962.
–, REDMER, H. und H. WEIS: Libyen. Brennende Wüste – blühender Sand. Berlin 1975.
SPÖCKER, J.: Die wirtschaftliche Entwicklung Libyens. Zeitschrift für Wirtschaftsgeographie, 1962, 6. Jg., H. 1.
WEIS, H.: Beitrag zur Kulturgeographie des Fezzan und der östlichen Zentralsahara. Mitt. Österr. Geogr. Ges., Wien 1961.
WITTHAUER, K.: Länderbericht Libyen. PGM, 112. Jg., 1968, H. 3, S. 220ff., Gotha.
WITTSCHELL, L.: Der tripolitanische Dschebel, eine große Denudationsstufe. Zeitschrift f. Geomorphologie, 1928/29.

Marokko

ARNOLD, A.: Die industrielle Entwicklung Marokkos. Zeitschrift für Kulturaustausch, 21. Jg., H. 3, Stuttgart 1971.
BASLER, A.: Regionale Entwicklung und regionale Wirtschaftspolitik in Marokko unter Berücksichtigung der räumlichen Lenkung des Industrialisierungsprozesses. Berlin 1976.
CELERIER, J.: Maroc. Paris, Berger-Levrault, 1954.
CHOUBERT, G. und MARCAIS, J.: Géologie du Maroc. Notes et mém. Serv. géol., Rabat 1952, Nr. 100.
EICKENBERG, CH.: Wassererschließung und -versorgung in Marokko. In: Afrika Information. Hamburg 1976, 9. S. 1–4.
–: Marokko. Rahmenbedingungen und Struktur der marokkanischen Wirtschaft. Hamburg (Afrika-Verein) 1977.
FISCHER, TH.: Marokko. Eine länderkundliche Skizze. Geogr. Zeitschrift, 9. Jg., H. 2, 1903 abgedruckt in: ›Mittelmeerbilder‹, Berlin–Leipzig 1906.
JÄGER, H.: Das Talfilalet. Modernisierung einer Flußoase durch Staudammbau in Marokko. In: Geogr. Rundschau 28. 1976. S. 339–341.
JOLY, F.: Etudes sur le relief du Sud-Est marocain. Trav. de l'Inst. scientif., 1962, Nr. 10, Rabat.
MARTIN, J., JOVER, H., LE COZ, J., MAURIER, G., NOIN, D.: Géographie du Maroc. Hatier, Librairie nationale, Casablanca 1970.
MAURER, G.: Les Montagnes du Rif Central. Etude Géomorph. 499 S. Rabat 1968.
MENSCHING, H.: Morphologische Studien im Hohen Atlas von Marokko. Ein Beitrag zur Geomorphologie und zum Klimagang des Quartärs in Nordafrika. Würzburger Geogr. Arb., H. 1, Mitt. d. Geogr. Ges. Würzburg 1953.
–: Das Quartär in den Gebirgen von Marokko. Petermanns Geogr. Mitt., 1955, Erg.-H. Nr. 256.
MIKESELL, W.: Northern Marocco. A cultural geography. Berkeley and Los Angeles 1961.
NESER, L.: Planung und Ordnung in Marokko. Inst. f. Raumforschung, Informat. 1–2, Bonn 1955.

Noin, D.: La population rurale du Maroc. P.U.F., Paris 1970, Bd. I und II.
–: Aspects du sous-développement au Maroc. Ann. de Géogr., 1966, Nr. 410, S. 411–431.
Pletsch, A.: Traditionelle Landwirtschaft in Marokko. In: Geogr. Rundschau 29. 1977. S. 115–121.
Raynal, R.: Quelques aperçus géographiques sur l'évolution des régions humaines au Maroc. Hesperis, 1952, Nr. 1–2.
–: Bodenerosion in Marokko. Mitt. Geogr. Inst. d. Martin-Luther-Universität, H. 4, Halle 1957.
–: Plaines et piedmonts du bassin de la Moulouya (Maroc Oriental). Etude géomorphologique. Thèse, Rabat 1961.
Suter, K.: Marokko in der Nachkriegszeit. Geogr. Helvetica, II, H. 4, S. 229–242, 1947.
Terrasse, H.: Histoire du Maroc. Casablanca 1949, 2 vol.
Treydte, K.-P.: Marokko – Wachstum und sozio-ökonomische Stagnation im Agrarsektor. Bonn (Friedrich-Ebert-Stiftung) 1973.
–: Agrarpolitik in Marokko. Zwischen Modernisierung und innerer Kolonisation. In: Afrika heute. Bonn. 1974. 1–2. S. 57–61.

Tunesien

Arnold, A.: Die Industrialisierung in Tunesien und Algerien. Entwicklungsprobleme nordafrik. Länder im Vergleich. Geogr. Rdsch., 23. Jg., H. 8, S. 306–316, 1971.
–: Der Fremdenverkehr in Tunesien. In: Gerling-Festschrift. Würzburger Geogr. Arb. Heft 37. 1972. S. 453–489.
Attia, H.: L'évolution des structures agraires en Tunisie depuis 1962. Rev. Tun. Sc. Soc., 1966, Nr. 7, S. 33–58.
Beck, C. und K. Taubert: Das Nebhana-Bewässerungsprojekt in Tunesien. In: Geogr. Rundschau 29, 1977. S. 336–340.
Bonniard, F.: La Tunisie du Nord. Le Tell septentrional. Etudes de géographie régionale. Paris 1934.
Castany, G.: Carte géologique de la Tunisie au 1 : 500 000. Notice explicative, 1953, 2. Auflage.
Despois, J.: Régions naturelles et régions humaines en Tunisie. Ann. Géo., 1942, 51, Nr. 286, S. 112–128.
–: La Tunisie. Ses régions. Paris 1961.
Donner, W.: Die agrarische Entwicklung des Medjerdatales in Tunesien. Z. f. Ausl. Landw., 1963, S. 96–111.
Fakhfakh, M.: Evolution des relations de Sfax et de sa région. Rev. Tun. Sci. Soc. 1968, Nr. 15, S. 263–273.
–: La grande exploitation agricole dans la région Sfaxienne. Tunis (Centre d'Etudes et de Recherches Economiques et Sociales) 1976.
Giessner, K.: Naturgeographische Landschaftsanalyse der tunesischen Dorsale (Gebirgsrücken). Jb. d. Geogr. Ges. Hannover, Hannover 1964.
Glaubert, G.: Tunesien. Geogr. Rd., 15, Nr. 3, 1963, S. 89–102.
Kool, R. G. A.: L'Agriculture Tunisienne. Analyse d'une économie en voie de modernisation. Wageningen 1963.
Ibrahim, F.: Das Handwerk in Tunesien. Eine wirtschafts- und sozialgeographische Analyse. Hannover: Geogr. Gesellschaft Hannover. 1975. Sonderband 7.

Kassab, A.: L'agriculture tunisienne. In: L'information géographique. Paris. 40, 1976. S. 119–128.
Klug, H.: Die Insel Djerba. Wachstumsprobleme und Wachstumsprozesse eines südtunesischen Kulturraumes. In: Schriften des Geogr. Inst. d. Univ. Kiel. Bd. 38. Kiel 1973 S. 45–90.
Makhlouf, E.: La modernisation de l'agriculture en Tunisie. Rev. Tun. Sci. Soc., 1968, Nr. 15, S. 17–53.
Matar, K.: Tunesien. Die Länder Afrikas. Bonn 1967.
Mensching, H.: Morphologie des südtunesischen Stufenlandes. Man. u. Ref. I.G.U., Comm. Arid Zone, Iraklion/Kreta 1962.
–: Die südtunesische Schichtstufenlandschaft als Lebensraum. Mitt. Fränk. Geogr. Ges. Erlangen 1963, Bd. 10, S. 82–93.
–: Tunesien – eine geographische Landeskunde. Wissenschaftliche Buchgesellschaft Darmstadt. 3. Auflage 1979.
– und Achenbach, H.: Tunesien. Geogr. Strukturskizze eines Maghreblandes. Geogr. Taschenb., 1964/65. S. 170–185.
– und F. Ibrahim: Desertification im zentraltunesischen Steppengebiet. Nachrichten der Akad. der Wiss. in Göttingen. II. Math.-Phys. Klasse. Nr. 8. Göttingen. 1976.
Poncet, J.: La colonisation et agriculture européennes en Tunisie dépuis 1881. Etude de géographie historique et économique. Recherches Méditerranéennes. Etude II., Paris–Den Haag 1961.
–: La colonisation agricole en Tunisie. Ann. G., 1963, 72, S. 494.
–: Les apports entre les modes d'exploitation agricole et l'érosion des sols en Tunisie. Secr. d. Etat à l'Agr., 1964.
Schmitthenner, H.: Tunesien und Algerien, die Landschaft und ihre Bewohner. Stuttgart 1924.
Solignac, M.: Etude géologique de la Tunisie septentrinale. Publ. de la Soc. des Mines, Tunis 1927.
Stuckmann, G.: Hydrogeographische Untersuchungen im Bereich der mittleren Medjerda und ihre Bedeutung für den Landschaftshaushalt in Nordtunesien. Jb. Geogr. Ges. Hannover, Sonderheft 3, Hannover 1968.
Taubert, K.: Der Sahel von Sousse und seine Randlandschaften. Naturgeogr. Voraussetzungen und postkoloniale Entwicklung einer alten tunesischen Kulturlandschaft. Jb. Geogr. Ges. Hannover, Hannover 1967.
Tixeront, J.: Conditions historiques de l'érosion en Tunisie. C. R. de l'Ass. gén. de la Comm. d'Erosion du Sol, Brüssel 1951, Bd. III., S. 73–81.
Winkler, E.: Wirtschaftsgeographische Untersuchungen in Tunesien 1963. Mitt. Öst. Geogr. Ges., 1964, Bd. 106, H. 1, S. 54–65.
Wolkowitsch, M.: L'emigration des Français de Tunisie. Ann. G., 1959, Jg. 68, S. 253–257.

Ägypten

Blanckenhorn, M.: Ägypten. Heidelberg 1921.
Brechtel, R.: Die Ausdehnung der Bewässerungsfläche im Nildelta und ihre Folgen. In: Gießener Beiträge zur Entwicklungsforschung. Reihe 1. Band. 2. Gießen 1976. S. 73–78.
Butzer, K. V.: Environment and human ecology in Egypt during predynastic and early dynastic times. Bull. Soc. Geogr. Egypt., 1959, 32, S. 43–88.

Ehlers, E.: Ägypten. Bevölkerungswachstum und Nahrungsspielraum. In: Geogr. Rundschau 29. 1977. S. 111–107.
Girgis, M.: Industrialization and trade patterns in Egypt. Univ. Kiel. Inst. f. Weltwirtschaft. Kieler Studien. 143. Tübingen 1977.
Grienig, H. und Vogt, M.: Die wirtschaftliche Entwicklung der VAR. Dokumentation der Zeit, 1967, S. 28–37.
Haude, W.: Die naturgegebene Wasserspende an Ägypten und den Nil. Die Erde, 1961, S. 18–42.
Hurst, H. E.: The Nile. Londres 1952.
Issawi, C.: Egypt in revolution. Londres 1963.
Knetsch, G.: Über Boden- und Grundwasservorkommen in der Wüste (am Beispiel westägyptischer Vorkommen). Nova acta Leopoldina, 1966, S. 160–166.
Leemann, E.: Vom Nildelta. Geogr. Helvetica, 1964, S. 160–166.
Little, T.: High dam at Aswan, the subjugation of the Nile. Londres 1965.
Lozach, J.: Le delta du Nil. Le Caire 1935.
Marchal, L.: Alexandria. Cahiers Inf. Géogr. Paris 1954, S. 12–19.
Meyer, G.: Erschließung und Entwicklung der ägyptischen Neulandgebiete. In: Erdkunde 32. 1978. S. 212–227.
Radwan, S.: The impact of agrarian reform on rural Egypt, 1952–1975. Hrsg.: World Employment Programme Research (ILO). Geneva 1977.
Reh, H.: Geologie, Lagerstätten und Bergwirtschaft der VAR. Zeitschrift f. angew. Geologie, 1965, S. 608–613.
Ritter, W.: Das Kattara-Projekt. Mitt. d. Ö. Geogr. Ges. Wien 1966, S. 360–363.
–: Die Fremdenverkehrsgeographie Ägyptens. Zeitschrift für Wirtschaftsgeogr., 1966, S. 44–52.
Schamp, H.: Die Sinai-Halbinsel. Erdkunde, 1953, S. 232–235.
–: Ägypten. Geogr. Taschenb. 54/55, S. 363–371.
–: Der Nil und seine wasserwirtschaftlichen Probleme. Geogr. Rundschau, 1959, S. 465–472.
–: Die Umsiedlung der Nubier in Oberägypten, eine sozialgeographische Studie. Tag.-Ber. und wiss. Abh. Dt. Geographentag Bochum, 1965, S. 283–292.
–: Ägypten, das Land am Nil im wirtschaftlichen und sozialen Umbruch. Frankfurt 1966.
–: Der Hohe Damm und das Gabgaba-Projekt. Geogr. Rundschau, 1966, S. 468–474.
–: Kharga, von der Oasis magna zum Neuen Tal. Die Erde, 1967, S. 173–202.
–: Sozialismus und Bodenreform in Ägypten. In: 38. Deutscher Geographentag Erlangen-Nürnberg 1971. Wiesbaden 1972. S. 278–288.
Shahin, I.: Egypt's policy for industrialization. (The Middle East Development Conference. Egypt the Next Five Years.) Cairo 1976.
Voigt, M.: Die Entwicklung der Industrie in Ägypten (VAR). Dtsch. Außenpolitik, 1967, S. 1103–1109.
Werkmeister, H. F.: Studien zur Wüstenkultivierung in Ägypten. Beitr. zur Landespflege, 1966, S. 53–92.
Wohlfahrt, M. und E.: Das neue Ägypten. Berlin 1962.
Wrage, W.: Die sterbende Fellachenkultur. Geogr. Rundschau, 1965, S. 317–323.
Ziock, H.: VAR – Ägypten, Bonn 1964.

c) Vorderasien

AMIRAN, D. H. K.: L'utilisation du sol en Israel. Ann. Géogr. 72 (1963), S. 693–719.

ASFOUR, E.: Syria: Development and Monetary Policy. Cambridge/Mass. 1959. (Harvard Middle Eastern Monographs).

BHARIER, J.: Economic Development in Iran 1900–1970. London/New York/Toronto 1971.

BILL, J. A.: The Social and Economic Foundations of Power in Contemporary Iran. The Middle East Journ. 17 (1963), S. 400–413.

BLUME, H. (Hrsg.): Saudi-Arabien. Natur, Geschichte, Mensch und Wirtschaft. Tübingen–Basel 1976.

CASKEL, W.: Die Bedeutung der Beduinen in der Geschichte der Araber. Köln/Opladen 1953. (Arbeitsgemeinschaft für Forschung des Landes Nordrhein-Westfalen, Geisteswiss., Abh. Heft 8.)

CRESSEY, G. B.: The Shatt al-Arab Basin. The Middle East Journal 12 (1958), S. 448–460.

CHRISTIANSEN-WENIGER, F.: Gefährdung Anatoliens durch Trockenjahre und Dürrekatastrophen. Zschr. für Ausl. Landwirtsch. 3 (1964), S. 133–147.

–: Ackerbauformen im Mittelmeerraum und Nahen Osten, dargestellt am Beispiel der Türkei. – Bewässerungs-, Trocken-, Feuchtlandwirtschaft. – Frankfurt/Main 1970.

DEQUIN, H.: Jemen und die landwirtschaftliche Entwicklungshilfe der BRD. Zschr. für Ausl. Landwirtsch. 2 (1963), S. 83–95.

–: Die Landwirtschaft Saudisch-Arabiens und ihre Entwicklungsmöglichkeiten. Frankfurt 1963. (Zschr. für Ausl. Landwirtsch., Sonderheft 1.)

DIDDEN, H.: Irak. – Eine sozio-ökonomische Betrachtung. Opladen 1969. (Schriften des Deutschen Orient-Instituts.)

DODD, C. H. und SALES, M. E.: Israel and the Arab World. London 1970. (The World Studies Series.)

dtv-Perthes-Weltatlas Bd. 1: Naher Osten. München 1973.

EDENS, D. G. und SNAVELY, W. P.: Planning for economic development in Saudi Arabia. The Middle East Journal 24 (1970), S. 17–30.

ENGLER, G.: Entwicklungsplanung in Abu Dhabi. Orient (Hamburg) 11 (1970), S. 39–43.

ERINÇ, S. und TUNÇDILEK, N.: The Agricultural Regions of Turkey. Geogr. Rev. 42 (1952), S. 179–203.

FISHER, W. B. (Hrsg.): The Cambridge History of Iran. Bd. I: The Land of Iran. Cambridge 1968.

GEHRKE, U.: Deutsche Beiträge zur Kenntnis Irans im 20. Jahrhundert. Orient (Hamburg) 12 (1971), S. 167–177.

– und H. MEHNER (Hrsg.): Iran. Natur – Bevölkerung – Geschichte – Kultur – Staat – Wirtschaft. Tübingen–Basel 1975.

GIBB, H. und BOWEN, H.: Islamic Society and the West. A Study of the Impact of Western Civilization on Moslem Culture in the Near East. Vol. I: Islamic Society in the Eighteenth Century. Part I, London 1950. Part II, London 1957.

GOICHON, A.-M.: La transformation de l'économie jordanienne. Orient (Paris) 12e année, Nr. 45–46 (1968), S. 121–173.

GRANT, C. P.: The Syrian Desert. Caravans, Travel and Exploration. London 1937.

GRÖTZBACH, E.: Junge sozialgeographische Wandlungen im afghanischen Hindukusch. Mitt. Geogr. Ges. München 54 (1969), S. 115–134.
HAHN, H.: Ländliche Sozialstruktur und Entwicklungsmöglichkeiten in Afghanistan. In: Lauer, W. (Hrsg.): Argumenta Geographica Festschrift Carl Troll. Bonn 1970, S. 271–285. (Colloquium Geographicum, Band 12.)
HAUDE, W.: Witterung und Weizenanbau in Jordanien. Meteor. Rdsch. 19 (1966), S. 97–111.
HÜTTEROTH, W.: Getreidekonjunktur und jüngerer Siedlungsausbau im südlichen Inneranatolien. Erdkunde 16 (1962), S. 249–271.
–: Schwankungen von Siedlungsdichte und Siedlungsgrenze in Palästina und Transjordanien seit dem 16. Jahrhundert. In: Verh. 37. Dt. Geographentag Kiel 1969. Wiesbaden 1970, S. 463–475.
–: Fragestellungen und Ergebnisse anthropogeographischer Forschung in Anatolien. Mitt. Geogr. Ges. München 56 (1971), S. 77–94.
INTERNATIONAL BANK FOR RECONSTRUCTION AND DEVELOPMENT: The Economy of Turkey. An Analysis and Recommendations for a Development Program. Baltimore 1951.
–: The Economic Development of Iraq. Report of a Mission organized by the IBRD at the request of the Government of Iraq. Baltimore 1952.
–: The Economic Development of Syria. Report of a Mission organized by the IBRD at the request of the Government of Syria. Baltimore 1955, 3. Aufl. 1963.
–: The Economic Development of Jordan. Report of a Mission organized by the IBRD at the request of the Government of Jordan. Baltimore 1957.
–: The Economic Development of Kuwait. Report of Missions organized by the IBRD at the Request of the Government of Kuwait. Baltimore 1965.
ISSAWI, CH.: Economic Development and Liberalism in Lebanon. The Middle East Journal 18 (1964), S. 279–292.
JABALE, J.: Le problème Israelo–Arabe. Cahiers de l'Orient Contemporain 66 (Juni 1967), S. 5–25.
JACOBS, N.: The Sociology of Development. Iran as an Asian Case Study. New York/Washington/London 1966.
JOHANSEN, U.: Zur volkskundlichen Forschung in der Türkei. Der Islam 43 (1967), S. 75–89.
KAHANE, A.: Die raumordnerischen Probleme der Zentralregion im Staate Israel. Raumf. und Raumordn. 22 (1964), S. 57–65.
KARMON, Y.: Israel. A Regional Geography. London/New York/Sydney/Toronto 1971.
KLAER, W.: Libanon. In: Geogr. Taschenbuch 1966/1969, S. 117–129.
KNETSCH, G.: Eine Struktur-Skizze Ägyptens und einiger seiner Nachbargebiete. Geol. Jahrbuch 74 (1957), S. 75–86.
KRAUS, W. (Hrsg.): Afghanistan. Natur, Geschichte und Kultur. Gesellschaft, Staat und Wirtschaft. Tübingen/Basel 1972.
KREEB, K.: Ökologische Grundlagen der Bewässerungskulturen in den Subtropen. Mit besonderer Berücksichtigung des Vorderen Orients. Stuttgart 1964.
KREISER, K., et al (Hrsg.): Lexikon der Islamischen Welt. 3 Bde. 1974. Urban-Taschenbücher Bd. 200/1–200/3.
LAMBTON, A.: Landlord and Peasant in Persia. London 1953.
LATRON, A.: La vie rurale en Syrie et au Liban. Etude d'économie sociale. Beirut 1936. (Mémoires de l'institut Français de Damas).

Lechleitner, H.: Der Ausbau der Bewässerungswirtschaft im jordanischen Anteil des Jordangrabens. In: Festschrift Leopold G. Scheidl zum 60. Geburtstag, II. Teil. Wien 1967, S. 75–92.

Lell, H. J.: Entwicklungspläne und Entwicklungsperspektiven in Afghanistan. Orient (Hamburg) 10 (1969), S. 199–207.

Lewis, B. (Hrsg.): Welt des Islam – Geschichte und Kultur im Zeichen des Propheten. Braunschweig 1976.

Louis, H.: Probleme der Kulturlandschaftsentwicklung in Inneranatolien. Erdkunde 2 (1948), S. 146–151.

–: Städtische und ländliche Bevölkerungszunahme in der Türkei zwischen 1935 und 1965. In: Wilhelmy, H. (Hrsg.): Deutsche geographische Forschung in der Welt von heute. Kiel 1970, S. 155–166. (Festschrift für Erwin Gentz).

Mallakh, R. el: Economic development and regional cooperation: Kuwait. Chicago 1968. (Publications of the Center for Middle Eastern Studies, Univ. of Chicago 3).

Mellaart, J.: Earliest Civilization of the Near East. London 1965. (The Library of Early Civilizations).

Orni, E., and Efrat, E.: Geographie Israels. Jerusalem 1966.

Planhol, X. de: Traits généraux de l'utilisation du sol en Perse. In: UNESCO: Land Use in semi-arid mediterranean Climates. Paris 1964, S. 95–99. (Arid Zone Research Bd. 26).

–: Les nomades, la steppe et la forêt en Anatolie. Geogr. Zschr. 53 (1965), S. 101–116.

–: Kulturgeographische Grundlagen der Islamischen Geschichte. Aus dem Französischen übertragen von Heinz Halm. Zürich/München 1975 (Die Bibliothek des Morgenlandes).

Raswan, C. R.: Tribal Areas and Migration Lines of the North Arabian Beduins. Geogr. Rev. 20 (1930), S. 494–502.

Rathjens, jr. C.: Kulturgeographischer Wandel und Entwicklungsfragen zwischen Turan und dem Arabischen Meer. In: Arb. aus d. Geogr. Inst. der Univ. d. Saarlandes Bd. 10 (1965), S. 5–22.

Sanlaville, P.: Les régions agricoles du Liban. Rev. Géogr. Lyon 38 (1963). S. 47–90.

Sauvaget, J.: Alep. Essai sur le développement d'une grande ville syrienne des origines au milieu du XIXe siècle. 2 Bde. Paris 1941 (= Bibl. Archéol. et Hist. Bd. 36).

Sayigh, Y. A.: Entrepreneurs of Lebanon. The Role of the Business Leader in a Developing Economy. Cambridge/Mass. 1962.

Schweizer, G.: Bevölkerungsentwicklung und Verstädterung in Iran. Geogr. Rundsch. 23 (1971), S. 343–353.

Thoumin, R.: Géographie humaine de la Syrie Centrale. Tours 1936.

Tübinger Atlas des Vorderen Orients. Wiesbaden 1978 ff.

Vaumas, E. de: Le Liban (Montagne libanaise, Bekaa, Anti-Liban, Hermon, Haute Galilée libanaise). Etude de géographie physique. 3 Bde. Paris 1954.

–: Structure et morphologie du Proche-Orient. Nouvel essai de synthèse et orientation de recherche. Rev. de Géogr. Alpine 49 (1961), S. 225–274, 433–509, 645–739.

Winkler, E.: Die Türkei. Bevölkerungs-, Wirtschafts- und Verkehrsentwicklung. In: Geogr. Taschenbuch 1962/63, S. 156–179.

Wissmann, H. v.: Arabien. In: Klute, F. (Hrsg.): Handbuch der Geogr. Wiss., Band Vorder- und Südasien. Potsdam 1937, S. 178–211.
Zimpel, H.-G.: Bevölkerungsdichte und Siedlungsverteilung im Bereich der mediterranen Randschwelle der Arabischen Halbinsel (Zum Entwurf einer Karte im Maßstab 1:1 Mill.). Mitt. Geogr. Ges. München 50 (1965), S. 47–75.

73 Sachregister

74 Verzeichnis und Nachweis der Karten

Marokko
Bevölkerungsentwicklung* in 1000

1956	1957	1958	1959	1960	1961	1962	1963	1964	1965	1966
10396	10688	10987	11350	11626[1]	12030	12360	12665	12959	13323	13725

* Schätzungen zur Jahresmitte.
[1] Volkszählungsergebnis vom 18. 6. 1960.

Quelle: »Monthly Bulletin of Statistics«, UN, New York, N. Y.

Marokko
Bevölkerungsentwicklung in 1000

1967	1968	1969	1970	1971	1972	1973	1974	1975	1976	1977
14140	14630	15030	15520	15379*	15847	16309	16800	17305	17830	18250

* Zählung am 20. Juli (+ 220000 im Ausland)
Quelle: Länderkurzberichte Marokko, Allg. Statistik des Auslandes. Statistisches Bundesamt Wiesbaden.

Marokko
Gebiet und Bevölkerung

Fläche, Bevölkerung und Bevölkerungsdichte nach Provinzen bzw. Stadtpräfekturen[1] JM	Fläche km²	1975	
		Bevölkerung 1000	Einwohner je km²
Agadir	18855	848	45
Hoceima (Al-Homina)	3550	273	77
Azilal	10050	365	36
Beni Mellal	7075	490	69
Boulemane	14790	130	9
Chechaouèn	4350	279	64
Jadida	6000	656	109
Kelaa Srarhna	10070	516	51
Essaouira	6335	405	64
Fes	10145	1130	111
Figuig	55990	99	2
Kenitra (früher Rabat)	8805	1044	119
Khemisset	8305	388	47
Khenifra	11115	275	25
Khouribga	4250	372	88
Ksar as-Souk	59585	367	6
Marrakesch	14755	1109	75
Meknes	8510	687	81
Nador	6130	531	87
Ouarzazate	56990	581	10
Oujda	20700	670	32
Safi	7285	595	82
Settat	11445	744	65
Tanger	1195	331	276
Tarfaya	43420	80	2
Taza	15465	588	38
Tetuan	6025	607	101
Tiznit	23585	389	17
Casablanca (Stadtpräfektur)	1855	2011	1084
Rabat-Salé (Stadtpräfektur)	2100	746	355

[1] Neueste Verwaltungsgliederung (Stand: 1975); ohne Saharaprovinzen (früher Spanisch-Sahara).

Bevölkerung nach Stadt und Land	Einheit	1960[1]	1971[3]	1973	1974	1975
in Städten[4]	1000	3412	5410	5995	6299	6619
	%	29,3	35,2	36,8	37,5	38,2
in Landgemeinden	1000	8215	9969	10314	10501	10686
	%	70,7	64,8	63,2	62,5	61,8

Bevölkerung in ausgewählten Städten[5]		1960[1]	1968[2]	1970[2]	1971[3]	1975
Rabat, Hauptstadt	1000	227	410	460	523	724
Casablanca (Dar el Beida)	1000	965	1250	1395	1506	2000
Marrakesch	1000	243	285	305	333	–
Fes	1000	216	270	290	325	–
Meknes	1000	176	225	245	248	–
Tanger	1000	142	150	170	188	–
Oujda	1000	129	140	160	176	–
Kenitra	1000	87	120	130	139	–
Safi	1000	81	120	130	129	–
Tetuan	1000	101	115	125	139	–

			1960[1]	1970	1971[3]	1973	1974
Ausländer	JM	1000	396	170	112	112	112
Franzosen		1000	175	89	–	75	71
Spanier		1000	93	41	–	–	–

[1] Volkszählungsergebnis vom 18. Juni; Wohnbevölkerung.
[2] Nur moslemische Bevölkerung.
[3] Volkszählungsergebnis vom 20. Juli; Wohnbevölkerung, einschl. Ausländer.
[4] 1960 und 1971: 117 städtische Siedlungen.
[5] 1968 und 1970: JM.

Quelle: Länderkurzberichte Marokko, Allg. Statistik des Auslandes Stat. Bundesamt Wiesbaden.

Marokko
Hauptarten der Bodennutzung* in 1000 ha

Jahr	Gesamtfläche	Landwirtschaftliche Nutzfläche[1]				Waldfläche	Sonstige Fläche
		insgesamt	Ackerland und Dauerkulturen		Dauerwiesen und -weiden[3]		
			zusammen	darunter bewässerbar[2]			
1958	41046[a]	15835	6667	87	9168	5325[a]	19886[a]
1960	44368	18604	5564	108	10040[b]	5385	20379
1963	44505	15510	7860	135	7650	5337	23658
1966	44505	15508	7858	150	7650	5337	23660
1972	45873	19937	7437	850	12500	5179	19539

* Schätzung.
[1] Die Angaben sind Schätzungen, da der Grenzverlauf des Landes an einigen Stellen noch nicht endgültig festgelegt und vermessen ist. – [2] Zusammenhängende Gebiete (etwa 125000 ha durch Stauwerke). – [3] Zumeist Naturweiden.

[a] Ehemals französische und spanische Zone zusammen. – [b] Einschl. 2,8 Mill. ha mit Alfagras.

Quelle: »Production Yearbook«, FAO, Rom: »Annuaire Statistique du Maroc«, Rabat.

Marokko
Anbau und Ernte*

Jahr	Orangen	Clementinen u. Mandarinen	Zitronen	Grapefruit	Datteln	Feigen	Oliven	Mandeln	Wein
				Erntemenge in 1000 t					
1950	?	?	5,0	3,0	25	30	69	30,0[a]	71
1955	177	23	6,0	3,3	120	67	82	3,5[a]	191
1956	210	28	7,0	6,9	41	34	266	3,0[a]	225
1957	250	23	8,0	9,5	71	46	49	3,9[a]	192
1958	317	31	8,9	12,2	62	49	198	33,0	210
1959	351	68	12,0	15,0	55	58	113	–	270
1960	384	31	9,2	12,5	49	78	181	16,9	231
1963	423	48	8,0	10,0	79	61	200	9	258
1965	523		8,0	–	86	79	267	15	507
1968	678	120	4,0	–	90	65	400	8	310
1970	709	167	3,0	11	90	76	180	9	203
1971	666	154[b]	3,0	6	79	67	195	8	276
1972	688	150[b]	4,0	8	90	67	269	9	264
1973	733	145[b]	3,0	9	92	67	229	9	282
1974	815	164[b]	3,0	10	90	67	241	9	295

* Die Angaben beziehen sich bis einschl. 1957 auf die ehemalige Süd- und Nordzone, ab 1958 auf ganz Marokko.
[a] Nur ehemalige französische Südzone.
[b] Nur Mandarinen.

Quellen: »World Crop Statistics« 1948–1964. FAO, Rom. »Produktion Yearbook«, FAO, Rom. »Monthly Bulletin«, FAO, Rom. »Annuaire Statistique du Maroc«. Rabat.

Marokko
Produktion ausgewählter Erzeugnisse

Jahr	Steink. (Anthrazit)	Erdöl	Eisenerz		Manganerz (Mn-Inh.)	Zinkerz (Zn-Inh.)	Bleierz (Pb-Inh.)	Antimonerz (Sb-Inh.)	Kobalterz (Co-Inh.)	Naturphosphat
			effektiv	Fe-Inhalt						
				1000 t					t	1000 t
1955	467	103	1352	770	191	43	90	675	758	3872
1960	412	92	1577	874	225	49	95	325	1271	7472
1961	410	80	1462	815	263	41	88	368	1290	7950
1962	370	127	1149	675	208	34	90	407	1436	8162
1963	404	150	1035	609	144	33	74	686	1371	8549
1964	400	120	888	525	154	46	70	1560	1678	10098
1965	419	103	951	561	137	50	77	2150	1850	9824
1966	450	103	1017	585	135[a]	46	80	1500	1950	9439
1968	451	89	–	810	74	30,5	80,4	2694	15200	10500
1970	433	46	–	872	112	15,8	84,5	4328	6039	11400
1972	547	28	–	234	96	18,2	94,8	2008	11400	15010
1974	576	25	–	534	175	13,8	84,0	4000	12000	19700
1975	648	20	–	554	131	16,7	66,0	3000	14000	14120

Quellen: »Annuaire Statistique du Maroc«, Rabat. Länderkurzberichte Marokko, Allg. Statistik des Auslandes, Statist. Bundesamt Wiesbaden.

Algerien
Gebiet und Bevölkerung

	1954	1960	1964	1966	1970	1973	1976
Gesamtfläche (1000 km^2)				2293[1]			
Gesamtbevölkerung (1000)	9530	10784	11645	11822[2]	14330	15772	17304
Bevölkerungsdichte (EW/km^2)	4,0	4,5	4,9	5,2	6,2	6,9	7,5

[1] nach anderen Angaben 2381741 km^2.
[2] Volkszählergebnis vom 4. April.

Fläche, Bevölkerung und Bevölkerungsdichte nach Landesteilen und Wilajets[3]	Verwaltungssitz	Fläche	1966[1]	1969[2]	1973	
			Bevölkerung			Einwohner je km^2
		km^2	1000			
Nordalgerien		288710	11111	13032	13565	47
Algier	Algier	3123	1629	1932	2179	698
Annaba	Annaba	24306	939	1060	1212	50
Aurès	Batna	35893	749	854	880	25
Constantine	Constantine	19906	1469	1693	1789	90
El-Asnam	El-Asnam	12740	776	923	895	70
Médéa	Médéa	48728	865	1012	967	20
Mostaganem	Mostaganem	11283	766	896	967	86
Oran	Oran	16538	947	1104	1256	76
Saida	Saida	57780	236	273	274	5
Sétif	Sétif	18190	1165	1383	1328	73
Tagdempt	Tagdempt	26085	361	416	418	16
Tizi-Ouzou	Tizi-Ouzou	6072	777	973	866	143
Tlemcen	Tlemcen	8067	432	512	534	66
Saharagebiete		2004480	711	779	866	0,4
Oasis	Ouargla	1243354	501	549	606	0,5
Saoura	Béchar	761126	210	230	260	0,3

Bevölkerung nach Stadt und Land JM	Einheit	1966[1]	1971	1972	1973	1974
in Städten	1000	4613	6923	7437	7952	8467
	%	39,0	46,9	48,7	50,4	52,0
in Landgemeinden	1000	7209	7846	7834	7820	7808
	%	61,0	53,1	51,3	49,6	48,0

Bevölkerung in ausgewählten Städten		1966[1]	1970	1974	1975
Algier, Hauptstadt					
Stadtgebiet	1000	904	–	–	–
Städt. Agglomeration	1000	944	1187	1504	1800
Oran	1000	326	398	485	–
Constantine	1000	251	296	350	–
Annaba	1000	167	229	313	–
Blida	1000	96	124	159	–
Sétif	1000	98	124	157	–
Sidi Bel Abbès	1000	89	116	151	–
Tizi-Ouzou	1000	53	109	224	–
Tlemcen	1000	86	100	115	–
Skikda	1000	72	96	128	–
El Asnam	1000	69	89	114	–
Batna	1000	69	89	115	–
Mostaganem	1000	75	87	102	–
Béjaïa	1000	65	82	104	–
Médéa	1000	53	74	102	–
Biskra	1000	59	71	85	–

[1] Volkszählergebnis vom 4. April; [2] 1. April; [3] Gliederung nach dem Stand von 1974.

Algerien
Flächennutzung (in 1000 ha)

	1959	1961	1966	1970	1975
Landwirtschaftl. Nutzfläche	45 554	45 471	42 449	45 452	45 502
Ackerland	6 787	7 066	8 099	7 000	7 050
bewässert	–	–	234	290	320
Wiesen und Weiden	38 767	38 405	37 754	38 452	38 452
sonstige Flächen	189 254	189 658	189 645	190 298	190 248

Quelle: Statistisches Bundesamt Wiesbaden.

Algerien
Beschäftigte im produzierenden Gewerbe (in 1000)

	Bergbau	Verarbeitende Industrie	Energiewirtschaft	Baugewerbe	insgesamt
1954	14,2	152,5	5,7	86,5	258,9
1960	19,6	152,4	5,2	132,0	309,2
1966	21,1	140,8	243,3	70,9	1724,9
1970	31	124,1	275,4	114	–
1972	38,9	143,9	321	131,7	–

Algerien
Produktion ausgewählter Erzeugnisse

	1966	1968	1970	1972	1974	1976
Steinkohle	32	–	15	16	14	15
Eisenerz (Fe-Inh.)	1 642	3 084	2 840	3 670	3 990	3 400
Kupfererz	1,2	0,8	0,6	0,4	0,4	0,4
Bleierz	3,96	4,8	6,6	4,9	3,0	2,4
Zinkerz	10	15,4	16,9	17	10,4	12,2
Antimonerz	0,1	0,1	0,1	0,1	0,1	0,1
Schwefelkies	23	23	23	–	–	–
Steinsalz	116	120	130	140	–	–
Naturphosphat	45	361	492	547	797	1 040
Erdöl	33,2	42,2	47,3	50,1	47,2	50,0
Erdgas	2 040	2 652	2 904	3 618	6 773	–

Algerien
Produktion ausgewählter tierischer Erzeugnisse (in 1000 t)

	1956	1963	1965	1968	1970	1973	1976
Rindfleisch	28	24	25	23	26	27	29
Schweinefleisch	6	3	2	1	–	–	–
Hammelfleisch	34	34	37	54	44	42	47
Geflügelfleisch	–	69	80	85	30	32	38
Kuhmilch	337	283	289	220	185	340	390
Schafmilch	70	66	68	64	66	120	144
Ziegenmilch	130	35	40	82	93	116	135

Quelle: Statistisches Bundesamt Wiesbaden.

Tunesien
Gebiet und Bevölkerung

Gegenstand der Nachweisung		Einheit	1966	1973	1974	1975	1976
Gebiet und Bevölkerung							
Gesamtfläche[1]		km²			164150		
Landfläche		km²			155360		
Gesamtbevölkerung	JM	1000	4533[a]	5444	5641	5572[b]	5970
Bevölkerungsdichte (Gesamtfläche)		Einw. je km²	27,6	33,2	34,4	33,9	36,4
Jährliche Bevölkerungszunahme		%	2,2	2,1	3,6		3,5

Bevölkerungsdichte nach Gouvernoraten (Bezirken)[3] JA	Gesamtfläche km²	1966[2] Bevölkerung 1000	1971 Bevölkerung 1000	1972 Bevölkerung 1000	1973 Bevölkerung 1000	1973 Einwohner je km²
Tunis und Vororte	2080	790	1086	1115	1160	558
Bizerte	4280	330	329	335	345	81
Béja	6710	321	305	308	315	47
Jendouba	3050	255	280	285	290	95
Le Kef	8060	311	346	352	359	45
Kasserine	9040	212	244	251	257	28
Gafsa	18530	321	373	383	394	21
Médenine	57320	242	270	273	279	4,9
Gabès	28950	204	232	236	242	8,4
Sfax	8870	425	480	488	499	56
Kairouan	7030	278	320	328	337	48
Sousse	6080	521	584	589	605	100
Nabeul	4150	324	330	336	348	84

Bevölkerung und Bevölkerungswachstum nach geographischen Regionen und Gouvernoraten (Bezirken)[5]	1966[2] Bevölkerung 1000	1975[4] Bevölkerung 1000	Bevölkerungswachstum 1966 bis 1975 %
Tunis Nord[6]	733	970	3,17
Nordostregion (Nord Est)	739	920	2,46
Tunis Süd[6]	165	202	2,27
Bizerte	294	346	1,85
Nabeul	280	372	3,20
Nordwestregion (Nord Ouest)	845	945	1,25
Siliana[7]	169	185	1,00
Le Kef	202	227	1,30
Béja	216	244	1,39
Jendouba	258	289	1,55
Zentralregion (Centre)	626	781	2,49
Kasserine	190	236	2,45
Sidi-Bou-Zid[8]	171	213	2,47
Kairouan	265	332	2,52
Südregion (Sud)	644	781	2,18
Medenine	244	290	1,95
Gafsa	195	238	2,21
Gabès	205	253	2,37
Küstenregion (Littorale)	946	1174	2,42
Sfax	391	473	2,15
Mahdia[9]	171	214	2,52
Monastir[9]	177	224	2,65
Sousse	208	264	2,70

[1] Den tiefer gegliederten Tabellen dieses Berichts liegt z. T. eine abweichende Angabe zugrunde. – [2] Volkszählungsergebnis vom 3. Mai (ortsanwesende Bevölkerung). – [3] Alte Verwaltungsgliederung mit 13 Gouvernoraten. – [4] Volkszählungsergebnis vom 8. Mai (ortsanwesende Bevölkerung). – [5] Neue Verwaltungsgliederung vom Juni 1974 mit 18 Gouvernoraten. Die Gouvernorate sind nach ihren Hauptorten benannt. – [6] Tunis-Nord und Tunis-Süd wurden Ende 1971 aus dem früheren Gouvernorat Tunis sowie Teilen von Bizerte, Nabeul und Béja gebildet. – [7] Siliana wurde im Juni 1974 aus den östlichen Teilen von Béja und Le Kef gebildet. – [8] Sidi Bou Zid wurde im Februar 1974 aus Teilen von Gafsa, Sfax und Kasserine gebildet. – [9] Mahdia und Monastir wurden im März 1974 von Sousse abgetrennt.
a Volkszählungsergebnis vom 3. Mai (ortsanwesende Bevölkerung.) – b Volkszählungsergebnis vom 8. Mai (ortsanwesende Bevölkerung).

Quelle: Allg. Statistik des Auslandes – Länderkurzberichte Tunesien, Statist. Bundesamt Wiesbaden.

Tunesien
Bevölkerungsentwicklung in 1000

1959	1960	1961	1962	1963	1964	1965	1966	1967	1968
3810	3890	3980	4070	4170	4260	4360	4460	4560	4920

Quelle: »Monthly Bulletin of Statistics«. UN, New York.

1969	1970	1971	1972	1973	1974	1975	1976	1977
5027	5137	5300	5330	5444	5641	5572[a]	5970	6070

[a] Volkszählergebnis am 5. Mai (ortsanwesende Bevölkerung).

Tunesien
Hauptarten der Bodennutzung in 1000 ha

Jahr	Fläche		Landwirtschaftliche Nutzfläche			Waldfläche	Sonstige Fläche
	insges.	darunter Landfläche	insges.	Ackerland u. Dauerkulturen	Dauerwiesen u. -weiden		
1951	15583	–	3943	3843	100	900	10740
1954	12518	–	4370	4265	105	900	7248
1957	12518	–	5017	4912	105	980	6521
1964	16415	15590	9986	4334[a]	5652[b]	841[c]	5588
1970	16415	15536	7590	4340[d]	3250	576	8195
1974	16415	15536	7610	4360[e]	3250	576	8175

[a] Davon bewässerbar 79000 ha. – [b] Nur Hutungen (Naturweide). – [c] Ergebnis der Forsterhebung 1963. – [d] 85000 ha bewässerbar. – [e] 90000 ha bewässerbar.

Quelle: »Production Yearbook«, FAO, Rom.

Tunesien
Produktion ausgewählter Erzeugnisse

Jahr	Eisenerz (effektiv)	Bleierz (Pb-Inhalt)	Zinkerz (Zn-Inhalt)	Meersalz (NaCl) (Absatz)	Erdgas	Zement	Mauerziegel	Hüttenweichblei	Quecksilber
	1000 t				Mio. m³	1000 t	Mio. Stck.	1000 t	t
1960	1033	17,9	3,8	114	6,8	405	26	19,9	5,7
1961	879	16,8	3,4	161	7,0	329	36	18,5	1,9
1962	761	13,1	4,4	170	7,0	363	38	15,8	–
1963	865	13,8	4,4	351	7,0	361	38	12,6	–
1964	939	13,3	3,3	253	7,7	455	35	11,5	5,0
1965	1117	15,8	3,8	354	8,1	454	43	14,2	3,0
1966	1267	14,2	2,9	305	8,4	477	62	14,0	8,8
1967	918	13,9	3,1	320	9,8	473	68	13,2	10,1
1968	1015	14,9	3,9	355	9,5	492	71	14,0	11,6
1969	946	23,9	9,1	283	9,0	602	61	16,1	8,0
1970	774	22	11,9	302	5,0	546	69	21,5	4,0
1971	936	20,9	11,4	346	1,2	583	64	18,8	11,1
1972	892	20,3	11,3	286	20,4	628	84	25,0	8,0
1973	814	15,6	8,6	325	114,0	524	64	26,0	4,1
1974	818	12,5	6,2	296	201,6	564	64	27,0	3,2
1975	616	10,7	4,8	230	210,0	616	59	24,1	2,9
1976	494	10,3	5,4	342	214,0	479	–	24,2	–

Tunesien
Produktion ausgewählter Erzeugnisse

Jahr	Naturphosphat[1]	Superphosphat[2]	Packpapier	Fischkonserven	Olivenöl	Gemüsekonserven	Obstkonserven	Bier	Zigaretten	Strom	Gas
	1000 t		t	t	1000 t	t		1000 hl	Mio. Stck.	Mio. kWh	Mio. cbm
1960	2101	58	3750	5488	32	8234	5393	143	–	317	16
1961	1982	66	3838	6051	125	8866	7405	152	2363	329	16
1962	2097	56	3666	4035	35	14879	9426	141	2366	345	16
1963	2365	71	3950	5663	45	12826	9186	153	2498	367	16
1964	2771	78	4670	3992	89	14624	8791	201	2555	446	18
1965	3040	124	4840	2250	95	18745	10127	198	2697	494	19
1966	3216	–	4797	3148	53	23903	5778	207	2808	574	19
1967	2810	131	4913	4850	20	20693	8775	233	2977	620	20
1968	3361	–	4801	2134	28	12235	7437	223	3047	678	20
1969	2599	367	5500	3546	90	21458	9658	169	3258	732	20
1970	3020	415	6233	379[a]	160	22456	8639	202	3390	794	19
1971	3162	698	6245	377[a]	180	4000[a]	14080	281	3549	887	19
1972	3378	455	6956	319[a]	141	6000[a]	7000[a]	331	4258	1013	19
1973	3474	450	6687	322[a]	127	7000[a]	8000[a]	340	4368	1130	19
1974	3906	430	7123	271[a]	166	6000[a]	7000[a]	362	4575	1275	19
1975	3512	355	7978	73[a]	171	3000[a]	6000[a]	308	4756	1203	20
1976	3400	369	8457	–	176	–	–	279	4675	1339	22

[1] 26 bis 30 % P_2O_5-Inhalt [2] Gewöhnliches und Trisuperphosphat [a] nur Ausfuhr

Quellen: »Statistical Bulletin«, UN, New York; »Annuaire Statistique de la Tunisie«, Tunis; »Allg. Statistik des Auslandes – Länderkurzberichte Tunesien«, Statist. Bundesamt Wiesbaden.

Libyen
Gebiet und Bevölkerung

Fläche, Bevölkerung und Bevölkerungsdichte nach Kommissariaten (Muhafeda = Muqataa)[2] JM	Hauptstadt	Fläche	1964[1]	1970	1971	1972	
			Bevölkerung				Einwohner je qkm
		1000 qkm	1000				
Westliche Kommissariate (Tripolitanien)	Tripolis	333	1034	1261	–	1362	4,1
Tripolis (Tripoli)		3	380	503	522	545	182
As Sauija (Zavia)		7	191	204	211	231	33
Dschabal al Gharb (Jebel el Gharbi)		150	181	224	232	245	1,6
Misrata (Misurata)		148	146	161	167	157	1,1
Chums (Homs)		25	137	169	176	184	7,4
Östliche Kommissariate (Cyrenaika)	Bengasi	857	451	593	–	637	0,7
Bengasi (Benghasi)		17	279	278	292	306	18,0
Al Kalig		720	–	99	103	103	0,1
Dschabal al Achdar (Jebel el Akhdar)		17	88	112	113	119	7,0
Darna (Derna)		103	84	104	108	108	1,0
Südliches Kommissariat (Fessan, Fezzan)	Sabha	559	79	83	–	97	0,2
Sabha (Sebcha)		559	79	83	86	97	0,2

	Einheit	1965	1968	1969	1970	1971
Geborene	auf 1000 d. Bev.	28,2	36,0	43,1	42,4	48,0
Gestorbene	auf 1000 d. Bev.	4,4	4,9	7,4	7,8	8,3

Bevölkerung nach Altersgruppen (im Alter von … bis unter … Jahren) JM	1964[1]		1970		1971	
	insgesamt	weiblich	insgesamt	weiblich	insgesamt	weiblich
unter 15	683	331	847	410	998	484
15–45	630	305	782	378	690	332
45–65	170	78	210	96	177	80
65 und älter[3]	81	37	100	45	73	34

Bevölkerung nach Stadt und Land JM	Einheit	1964[1]	1968	1979	1970	1971
in Städten	1000	385	457	484	512	531[c]
	%	24,6	25,3	25,9	26,4	26,4
in Landgemeinden	1000	1179	1346	1385	1426	1479
	%	75,4	74,7	74,1	73,6	73,6

Bevölkerung in ausgewählten Städten		1964[1]	1970	1971	1972	1973
Tripolis (Tripoli)[4]	1000	214	350	380	400	445
Bengasi (Benghasi)	1000	137	195	230	308	–
Al Baida (El-Beida)	1000	35	–	35	36	–
Darna (Derna)	1000	21	40	34	25	–
Misrata (Misurata)	1000	37	70	60	–	–
Chums (Homs)	1000	14	17	30	–	–
Tobruk	1000	16	25	25	–	–

[1] Volkszählungsergebnis vom 31. Juli. – [2] Neue Verwaltungseinteilung (seit 1970). – [3] Einschl. Personen unbekannten Alters. – [4] Landeshauptstadt.

Quelle: Allg. Statistik des Auslandes – Länderkurzberichte Libyen, Statist. Bundesamt Wiesbaden.

Libyen
Flächennutzung (in 1000 ha)

Jahr	Landwirtschaftliche Nutzfläche	Ackerfläche insgesamt	bewässert	Wiesen und Weiden	Waldflächen	sonstige Flächen
1959	11067	3067	–	8000	462	164425
1962	11285	2509	–	8776	485	164184
1968	3641	2511	165	1130	501	171812
1971	9521	2521	120	7000	535	165898

Libyen
Gebiet und Bevölkerung

	1960	1964	1968	1970	1972	1974	1976
Gesamtfläche (in 1000 km²)				1760			
Gesamtbevölkerung (1000)	1349	1564	1802	1940	2084	2350	2530
Bevölkerungszunahme (%)	3,7	3,7	3,8	3,6	3,7	3,7	3,7

Libyen
Produktion von Erdöl (in Mio. Tonnen)

1961	1964	1965	1966	1967	1968	1969	1970	1971	1972	1973	1974	1975	1976	1977
0,9	41,4	58,5	72,6	82,5	125,0	150,0	159,2	132,0	106,3	104,6	74,8	71,0	91,9	100,1

Quelle: Allg. Statistik des Auslandes – Länderkurzberichte Libyen, Stat. Bundesamt Wiesbaden. Fischer Weltalmanach.

Arabische Republik Ägypten
Gebiet und Bevölkerung

Fläche, Bevölkerung und Bevölkerungsdichte nach Verwaltungsungseinheiten	Hauptstadt	Fläche km²	1960[1] Bevölkerung 1000	1966[2] Bevölkerung 1000	1972[3] Bevölkerung 1000	1972[3] Einwohner je km²
Stadtbezirke						
Kairo	Kairo	214	3349	4220	5326	24865
Alexandrien	Alexandrien	290	1516	1801	2143	7402
Port Said	Port Said	397	245	283	326	820
Sues	Sues	307	204	264	393	1281
Provinzen in Unterägypten						
Ismailia	Ismailia	829	284	345	417	503
Behera	Damanhur	4593	1686	1979	2328	507
Damiette	Damiette	599	388	432	491	819
Kafr asch Scheich	Kafr asch Scheich	3492	973	1119	1288	369
Gharbija	Tanta	1995	1715	1901	2162	1084
Dakahlija	Mansura	3462	2015	2285	2587	747
Scharkija	Sagasig	4702	1820	2108	2452	522
Minufija	Schibin al-Kum	1514	1348	1458	1563	1032
Kaljubija	Benha	944	988	1212	1455	1542
Provinzen in Oberägypten						
Giseh	Giseh	1079	1336	1650	2068	1917
Fajum	Fajum	1792	839	935	1043	582
Beni Suef	Beni Suef	1313	860	928	999	761
Minja	Minja	2274	1560	1706	1863	819
Assjut	Assjut	1553	1330	1418	1517	977
Suhag	Suhag	1540	1579	1689	1799	1168
Kena	Kena	1811	1351	1471	1601	936
Assuan	Assuan	882	385	521	683	774
Grenzbezirke						
Rotes Meer	–		26	38		
Neues Tal	–	916098 (Rotes Meer, Neues Tal, Matruh)	34	59	389	0,4
Matruh	–		104	124		
Sinai[4]	–	49769	50	131		

	Einheit	1965	1970	1971	1972	1973
Geborene	auf 1000 der Bevölkerung	41,5	34,9	34,8	34,1	35,4
Gestorbene	auf 1000 der Bevölkerung	14,0	15,0	13,1	14,4	12,9
Gestorbene im 1. Lebensjahr	auf 1000 Lebendgeborene	113,2	116,3	103,3		

[1] Volkszählungsergebnis vom 20. September. Ohne rd. 100000 Nomaden in den Grenzbezirken. – [2] Volkszählungsergebnis vom 31. Mai. – [3] JM. – [4] Seit Juni 1967 unter israelischer Militärverwaltung. – [5] 1970 und 1975: Schätzungen der ILO, Genf. – [6] Nach der Volkszählung von 1960 in die Stadt Giseh eingemeindet.

[a] 18. März 1975: 5859000 Einwohner, mit Vororten 6757000. – [b] Wohnbevölkerung, von der nur 5000 bis 10000 zivile Einwohner am Ort verblieben sind, der Hauptteil infolge der Kämpfe und Kriegszerstörungen nach 1967 ins Hinterland evakuiert wurde.

Quelle: Allg. Statistik des Auslandes – Länderkurzberichte Ägypten, Statist. Bundesamt Wiesbaden.

Arabische Republik Ägypten
Bevölkerung

Bevölkerung nach Altergruppen (im Alter von ... bis unter ... Jahren)[5]	1961[1]		1970		1975	
	insgesamt	männlich	insgesamt	männlich	insgesamt	männlich
	% der Gesamtbevölkerung					
unter 15	42,7	22,1	42,7	21,8	43,1	22,0
15–45	40,5	20,1	42,5	21,5	42,1	21,4
45–65	13,3	6,6	11,6	5,6	11,5	5,6
65 und älter	3,5	1,6	3,2	1,4	3,3	1,5

Bevölkerung nach Stadt und Land JM	Einheit	1966[2]	1970	1971	1972	1973
in Städten	1000	12385	14015	14135	14940	15375
	%	41,2	42,1	41,5	42,9	43,2
in Landgemeinden	1000	17691	19314	19941	19899	20244
	%	58,8	57,9	58,5	57,1	56,8

Bevölkerung in ausgewählten Städten		1960	1966	1970
Kairo, Hauptstadt	1000	3349	4220	4961[a]
Alexandrien	1000	1516	1801	2032
Giseh	1000	262	571	712
Port Said	1000	245	283	313[b]
Sues	1000	204	264	315
Mahallat al Kubra	1000	178	225	256
Tanta	1000	184	230	254
Mansura	1000	151	191	212
Imbada[6]	1000	136	–	–
Assuan	1000	63	128	202
Assjut	1000	127	154	176
Sagasig	1000	124	151	173
Ismailia	1000	116	144	168
Damanhur	1000	127	146	161
Fajum	1000	102	134	151
Minja	1000	93	113	122

[1] Volkszählungsergebnis vom 20. September. Ohne rd. 100000 Nomaaden in den Grenzbezirken. – [2] Volkszählungsergebnis vom 31. Mai. – [3] JM. – [4] Seit Juni 1967 unter israelischer Militärverwaltung. – [5] 1970 und 1975: Schätzungen der ILO, Genf. – [6] Nach der Volkszählung von 1960 in die Stadt Giseh eingemeindet.

[a] 18. März 1975: 5859000 Einwohner, mit Vororten 6757000. – [b] Wohnbevölkerung, von der nur 5000 bis 10000 zivile Einwohner am Ort verblieben sind, der Hauptteil infolge der Kämpfe und Kriegszerstörungen nach 1967 ins Hinterland evakuiert wurde.

Quelle: Allg. Statistik des Auslandes – Länderkurzberichte Ägypten, Statist. Bundesamt Wiesbaden.

Arabische Republik Ägypten
Gebiet und Bevölkerung

	1960	1966[a]	1968	1970	1972	1974	1976
Gesamtfläche (1000 km²)				1001			
Kulturland (km²)				35580			
Gesamtbevölkerung (1000)	26085	30100	31800	33329	34839	36417	38070
Bevölkerungsdichte bezogen auf das Kulturland	733	846	894	938	979	1024	1069
bezogen auf die Gesamtfläche (Einwohner je km²)	26	30	32	33,3	35	36	38
Jährlicher Bevölkerungszuwachs (%)	2,4	2,7	2,9	2,5	2,2	2,2	2,2

[a] Volkszählergebnis vom 20. September und 31. Mai 1966.

Arabische Republik Ägypten
Flächennutzung (in 1000 ha)

	1960	1965	1968	1971	1973
Landwirtschaftliche Nutzfläche	2568	2490	2780	2852	2852
Bewässerte Fläche	2481	2673	2730	2735	2720
Waldfläche	–	2	2	2	2
sonstige Fläche	97432	97508	97218	97291	97291

Quelle: Allg. Statistik des Auslandes – Länderkurzberichte Ägypten, Stat. Bundesamt Wiesbaden.